运河造船记

苏娜 著

浙江工商大学出版社
ZHEJIANG GONGSHANG UNIVERSITY PRESS
·杭州·

图书在版编目（CIP）数据

运河造船记 / 苏娜著 . — 杭州：浙江工商大学出版社，2022.4

ISBN 978-7-5178-4153-1

Ⅰ . ①运… Ⅱ . ①苏… Ⅲ . ①长篇小说—中国—当代 Ⅳ . ① I247.5

中国版本图书馆 CIP 数据核字（2020）第 208688 号

运河造船记

YUNHE ZAOCHUAN JI

苏娜　著

责任编辑　张晶晶

责任校对　穆静雯

封面设计　林朦朦

责任印制　包建辉

出版发行　浙江工商大学出版社

（杭州市教工路198号　邮政编码310012）

（E-mail：zjgsupress@163.com）

（网址：http：//www.zjgsupress.com）

电话：0571-88904980，88831806（传真）

排　　版　杭州市拱墅区冰橘平面设计工作室

印　　刷　杭州宏雅印刷有限公司

开　　本　710mm × 1000mm　1/16

印　　张　22.25

字　　数　433千

版 印 次　2022年4月第1版　2022年4月第1次印刷

书　　号　ISBN 978-7-5178-4153-1

定　　价　68.00元

目录

第一章
东都荔枝案

自从隋朝京杭大运河开通以来，唐代开始，京杭大运河被很好地开发和利用，造船坊和漕运应运而生，成为贯穿南北经济的运输生命线。

今天是浙北余杭的造船坊老板苏荣的大女儿纳征的日子，定下的是越窑老板俞城的独子俞默焕。这两户人家是世交，苏荣又是漕运的总帮主，这更让俞苏两家的关系亲近了不少。

苏家祖宅的院子里堆满了俞家的聘礼，苏家的二小姐苏然开心地点着这一箱箱沉甸甸的礼品，笑得像个猫儿。

“这么开心，难不成是你出嫁？”苏韵的声音很平淡，仿佛此时定亲的不是她一般，然而她微微抬起的小手指泄露了她欢喜的心情。

“瞧瞧，姐姐，你这是说的什么话？妹子我还不是替你欢喜？再过几天姐姐就要做新娘子，嫁给俞哥哥了，是不是很开心？”

“开心？”苏韵推了推妹妹的脑袋，很是拿自己这个爱闹爱笑的妹妹没辙。

“是啊，姐姐难道不是想做俞哥哥的新娘子很久了吗？”

“怕是我短时间内做不了你俞哥哥的新娘了。”苏韵叹了口气，声音带着一丝无奈，还有一丝她自己都不曾察觉的不舍。

“为什么呀？”

“爹爹让我去一趟东都洛阳，要给杨太真送些荔枝。”

“这才开年没多久，就要送荔枝啊？”

“这一趟是皇标，耽误不得。”

就在苏然难过地垂下头的时候，一个青衣小帽的男子缓缓走了过来，他手里的扇子画的是听风且月的潇洒，正配了他那一世容色的俊雅。

这就是她将要嫁的男子，越窑俞城的独子俞默焕。这俞家在永兴拥有万亩茶园，更是越州青瓷的进贡商贾。

家世不必说，自然是巨富之家，而俞默焕本人更是江浙一带的传奇人物。

俞默焕自小就是个善于谋略的商业奇才，他对待外人冷静自持，老谋深算，给人少年老成的感觉。自打他十岁起，就一直为俞家出谋划策，更是做大了俞家的瓷器生意。

他的聪明还不是最被人津津乐道的，最让人称赞的是他的内敛老成，总是一副泰山崩于前而面不改色的模样。

他是出了名的好脾气，脾气好到让人怀疑他压根就不知道什么叫作生气。

面对这样的天纵英才，其实她是有些心慌的，毕竟她是一个不怎么聪明还有些倔强的女子，面对他总有一种自惭形秽的感觉。

“你要去一趟东都洛阳？”俞默焕不着痕迹地打量着苏韵，很想从她的表情中看出一丝其他的东西，可惜她的表情始终是淡淡的，让他不知道她在想些什么。

“嗯。”

“可要我陪你同去？”既然你要去洛阳，我陪着你也是好的，俞默焕如是想着。

“不用了，你在余杭等我就好了。”

他随意一句话就让自己羞红了脸。这是一种暗示吗？她有些不安地看着眼前的俞默焕，而他仅仅是露齿一笑，简单回答了一个“好”字。

苏韵还恍惚想着与未婚夫俞默焕的那羞涩一瞥，便已经从余杭出发来到了东都洛阳，这东都洛阳人来人往，虽然没有帝都长安繁华，却也是熙熙攘攘的热闹之地。

她此时习惯性地边在茶棚里喝茶，边等待防援开仓验货。她正吃着盘子里的花生米，却看到父亲被人一下按趴在了地上。她立刻跑了上去，却被人隔开，眼睁睁地看着自己的父亲苏荣被人揍得爬不起来，满脸是血。

“父亲！”

她才惊呼出声，就被东都转运使大声斥责道：“父亲？你父亲竟然敢给杨太真运送腐烂不堪的荔枝，你们等着被满门抄斩吧！带走！”

一箱一箱的荔枝被带走，她眼睁睁地看着父亲被人拖走而无法阻止，只能赶在后边大声喊叫着，却没人搭理她。

“大人，我们冤枉啊……”她还想跟上去，却被防援的人推倒在地，泪水哗啦啦地落了下来。

苏韵花了几吊铜钱终于在东都洛阳的大牢内见到了自己的父亲，而此时父亲已经被打到昏厥。

转运使叹了口气，对这个跪在他衙前三天不走的孝女终于心软，开了口：“小丫头，不是我不愿意帮你，而是这事关系到杨太真，你可懂？”

“杨太真？”苏韵抬起那红彤彤的眼眸，呆呆地重复着转运使的话。

“那杨太真如今是咱们帝都长安最显贵的人物，谁敢得罪？我看你是孝女，也不忍心你少年丧父。若是你真的想救你的父亲，你要去一趟帝都长安求一求杨太真才是啊。”

“求杨太真？”苏韵一时没反应过来，但却记住了杨太真三个字。

“据说那杨太真最喜欢孝女孝子，若是你以哀情动之，或许能为你爹博得一线生机。”

苏韵听后眼睛里终于有了一丝希望，她刚想叩拜，却被转运使扶了起来，“我跟你说这些，你就只自己知道，切莫对他人言说。”

“阿韵懂，转运使的好意，阿韵铭记不忘，并对今晚的事情守口如瓶。”

“那你尽管去吧，记得一定要见到杨太真。”转运使叹了口气，他也不知道为什么竟然对一个素昧平生的小丫头说这些。

“谢谢，转运使。”

“去吧去吧，我也当是给自己积攒阴德。”转运使摆了摆手，转身回到内间，只留下冷风中的苏韵站在那里。

苏韵走回停船的地方的时候，随船的伙计们还在窃窃私语，他们讨论的依旧是发霉的荔枝。

“你说咱们运来的时候都是新鲜的，从未开仓，怎么会腐烂发霉了呢？”

“就是就是，那大小姐都去了三天了也没换回老爷，是不是真的出了什么大事？”

“可是咱们确实是新鲜荔枝装仓的啊？”

“大小姐来了，你们别说了。”

随船的伙计看到苏韵虽然红着一双眼眸，却已经不再哭泣。

这苏韵本就是一个理智胜过感情的人，她小走几步捡起地上掉落的荔枝，皱着眉，陷入沉思。

等她抬起头的时候，随船船长常福走了过来，对着苏韵行了一个礼：“大小姐。”

“嗯，阿福，你可认识去长安的路？”苏韵红着眼睛看向常福，眼睛里带着希望。

“认得，大小姐。”常福点点头，虽不知道此时大小姐想要做什么，但他知道大小姐做什么都是对的。

“带我去帝都长安，我要去一趟宝峰庵。”苏韵坚定地说道，那说话的声音都比平时要高了几分，足见她已经下定决心。

“那咱们要跟老爷告个别吗？”

“这转运使没有扣住咱们的小船，也没有把咱们一起收监，就说明天无绝人之路。”苏韵也知道身后的伙计们在担心什么，她需要安抚人心，更需要给他们一些信心。

“大小姐，那我先要准备去长安的干粮，估计要三天左右。”

“好，三天以后起航去帝都长安宝峰庵。”苏韵看着大船深吸了一口气，这一次她一定要成功，为了父亲。

“是，小姐。”

三天是一段不长不短的日子，对苏韵而言却是一段煎熬的日子，她很怕，很怕她还没到皇城，还没见到杨太真，就一道圣旨过来，父亲就身首分离。到时候他们一家人该如何过啊？

她拿出荷包，仔细地摸着荷包上的刺绣，眼泪再次啪啦啪啦地落下来。

今年她才十五岁，不过是及笄成人的年纪，没想到遇到了生死大劫。她有些承受不住地将头埋入膝盖里，很想放声大哭，却只能压抑着低低哭泣。

船舱里的灯晃悠悠的，有些发暗，她抱紧自己的胳膊，有些畏惧黑，有些畏惧那即将到来的暴风雨。

她纤瘦的身子，在春寒料峭的时候，像零落的飘叶，孤孤单单，仿佛随时就会被大风吹走，仿佛随时能被那万人践踏的力量碾成泥。

她抬起头看向窗外，正是万家灯火的时候，甚至能看到街上牙牙学语的小孩被父亲抱着给糖吃。

那父亲对孩子低声细语的模样，让她咬紧了嘴唇，可是泪水再度不争气地流了下来。她怕压抑不住哭声，让船上伙计们听到她的软弱，她只能捂住嘴巴，任凭泪水犹如断了线的珍珠，一滴一滴地落下。

“俞公子？你怎么在这里？”

这一声低呼，让正在哭泣的苏韵错愕，她有些怀疑自己的耳朵，真的是俞公子吗？他会来吗？这一刻，她很希望这个未婚夫出现，她需要安慰，更需要支持的力量。

“嗯，我来东都送青瓷。”

“你可来了，俞公子，这几天大小姐都伤心坏了，天天闷着哭呢。”

“嗯，这是我给大家带来的下酒菜，你们辛苦了。”俞默焕依旧是温柔如水的表情，他将酒菜交给小厮。

“可有越州黄酒？”有一伙计小心翼翼地问道。

“有，拿去分了吧。”

俞默焕点头，这一声肯定的答复让身后的小厮们欢呼雀跃了起来。

“好咧，谢谢俞公子。”

俞默焕走进船舱的时候，正看到苏韵擦着眼泪，有些手足无措地扯着自己的衣角。

他温润的脸上带着一贯的柔和，走了过去，牵起她的手，却被她仓促推开。

“你我虽是订了亲，却还没有成亲，这……不太合礼数。”她的脸依旧红了起来，礼教让她知道什么叫作于礼不合，当然更多的来自小女儿家的矜持。

俞默焕感受到手里的温度转瞬即逝，有些失望地握住拳，他不希望那还在掌心的温暖这么快地消失，就将这握住拳的手放在了衣袖里。

他眨了眨眼：“嗯，你喜欢就好。”

苏韵靠着门板，看向他有些不知道该说些什么，显得有些木讷：“你这次来是……”

“苏叔的事情，我知道了，来帮你。”俞默焕的声音有一种魔力，可以让人瞬间就产生安全感，能让人彻底地心安。

有时候安全感，就是对方言简意赅，却带着巨大的能量，让你相信，有他在什么都能摆平，更让你不再担心和着急。似乎只要有他在，什么都能够化险为夷。

“那你打算怎么……怎么帮我？”苏韵不确定的声音传来，伴随着那娇滴滴的声线，形成了可怜兮兮的氛围，惹得俞默焕极度地不舍。

俞默焕笑了起来，走近她，如儿时一般揉了揉她的发顶，带着宠溺的语气，不紧不慢地说道：“杨太真喜欢瓷器，尤其是青瓷，我家越州青瓷是贡品。这一季我恰好要去给杨太真看新品，你可以与我一起进入宝峰庵，而不是翻墙。”

这句话让苏韵的脸再次红了起来，她确实打算翻墙或者钻狗洞，毕竟那宝峰庵守卫森严，她实在找不到路子进去。

俞默焕顿了顿，抬起她的下巴，与她对视：“阿韵……”

苏韵仿佛才回过神来，一副懵懂的模样，呆呆地望着眼前的男子：“什么？”

“有我在，你……不用再哭了……你的泪水很烫……”灼伤了我的心，只是这后面的话他没说。

他只是为她擦泪，他的手很温柔，让她呆愣在了原地，像个小傻子。

第二章
初见杨太真

宝峰庵在长安城外一处山峦环翠的山上，从宝峰庵望下去能够看到朱雀大街，更能看到明德门，还能看到承天门，甚至能看见玄武门。

苏韵跟着俞默焕来到宝峰庵之中，看到两侧威风凛凛的侍卫，有些紧张地缩了缩脖子，俞默焕悄然地将手伸过来，一把抓住了她的手，用他手掌的温度传递一份安心。

而她则是羞红了脸，却意外地安心了不少。

这也难怪，她不过十五岁的年纪，又没有见过太大的风浪，会害怕、会紧张很正常，只是这种正常在杨太真面前却是最要不得的。

俞默焕站在宝峰庵山下，忍不住再次提醒身边的苏韵："阿韵，到了杨太真面前，你要做的就是整理好思路，说得动之以情，晓之以理，明白吗？"

苏韵双手揉搓着，有些不自信地说着，声音很小，像极了蚊子哼哼的感觉："我……我行吗？我怕自己口吃……"

"想想苏叔，你必须要亲自来。杨太真喜欢缇萦救父的故事，你懂吗？"俞默焕轻轻一笑，这一笑仿佛春季百花初绽，让人犹如置身在繁花似锦的锦绣盛世，这是一种魔力，能平息任何不安的魔力，就连他的说话的语气都能让人意外地安心。

苏韵不再紧张，看着身边的男子，不自觉地点头："嗯，我尽量。"

俞默焕深知苏韵还是一个孩子，他只能更明确地对她提出她该做的事情，他相信她一定能做到："不是尽量，而是必须，这是苏叔生死攸关的时刻，明白吗？"

她咬住嘴唇，溢出一句自己都有些听不清楚的话来："可是我……"

他将手指放在她的唇边，温柔地说道："阿韵，你要是想咬可以咬我的手指，我不怕痛，只是你要知道只有你成长了，苏家才经得起风雨，别忘了，你是长女。"

她看着俞默焕，那紧张感虽然还在，可是责任感让她沉住了气，她重重地点了一下头，她知道有些事情只能靠着自己，任何人都只是辅助。

此时主殿内，杨太真正在做功课，周围的熏香让整个房间看上去如梦似幻。人们都说杨太真有着闭月羞花的容貌，如今看来，确实是美人。只是这美丽的人可有一副好心肠？她不知道，但是她必须要努力赌一赌。

“默焕，这是今年最新的瓷器？”杨太真拿起瓷器一边端详一边问道。

“是的。”

“可有什么名堂？”杨太真把玩着手里的瓷器，笑眯了眼睛。

“环醇杯。”俞默焕堆起笑容，恭敬地将竹笺递上去。

杨太真笑眯了眼睛，看着手上小小的竹笺，很是满意：“嗯……还有我名字之中的环啊？”

“回太真的话，这次的青瓷酒杯以圆为基，以酒为形，正好契合了这环和醇酿酒香的含义。琉璃杯当配醉桃酿，夜光杯当配葡萄酒，青瓷杯当配美杜康。”俞默焕的夸奖把杨太真逗得笑了起来，本来光彩熠熠的大眼，此时眯成了一条缝，像个舒服极了的猫咪。

“瞧瞧，这默焕自八岁就开始奉承贫道了，如今更是变本加厉了。”杨太真端起茶杯润了润喉，对身边的丫鬟打趣道，言语中充满对俞默焕的喜爱。

“太真一直照拂我俞家生意，这是俞家没齿不忘的恩德。”俞默焕趁热打铁地恭维着，而杨太真显然很受用，竟然满意地点起头来。

杨太真满意地将环醇杯交给丫鬟碧儿，她看了一眼跪在一旁一直不出声的小厮。能让俞默焕带进来的人，怕是有什么重要的事情，只是这件事她管得了吗？

杨太真思量间，苏韵从袖口取出早就写好的竹简，将竹简高举过头顶，这一卷竹简让杨太真不自觉地皱起了眉头。

俞默焕的竹笺是一根竹片，而这小厮的竹简却是数十根竹片，想必这件事不小，小厮不是她熟知的人，她确实不想管理闲事。

“贫道有些乏了，这竹简就放在这里吧，贫道空了就会去看的。”杨太真揉了揉太阳穴，仿佛真的乏了一般。

这句话无异于是拒绝帮她，苏韵不可置信地抬起头来，她知道今日若是就这么打了退堂鼓，爹爹必然要被处以极刑，她输不起时间，更输不起命运。

“太真，在您休息之前可否听我说几句话？”苏韵的声线不免拔高了几分，她希望杨太真能真真切切地听清楚她要说的事情。

“贫道的时间不是谁都能给的，也不是谁都配拥有的。”杨太真的眼睛眯了起来，散发出危险的光芒，若是苏韵再多说一句，下一刻身首异处也不是不可能的。

“古有缇萦救父，今有我漕运苏韵救父，不知太真可愿帮我？”苏韵企图用汉朝的典故来让杨太真动恻隐之心，只可惜她的希望落空了。

“救父？那缇萦的父亲是受到了诬告。你可知道贫道不在朝中，管不得朝堂大事？再说贫道与你非亲非故，为什么要为你冒险去处理麻烦？”

杨太真这句话可谓无情，苏韵缩了缩脖子，可看到杨太真站起身即将走开的时候，她突然大声说道：“难道为您运送荔枝，因为保鲜不当而被判处极刑，就不会让您卷入麻烦之中？”

这句话很大胆，苏韵看到了杨太真转过头来时那带着杀意的眼神，仿佛下一秒，杨太真一个克制不住，就会让苏韵人头落地。

俞默焕拉了拉苏韵的手，立刻跪在地上，对着杨太真告饶道：“太真勿恼，因着苏韵是默焕未过门的娘子，正赶上我的岳父运送荔枝不利，想着太真或许能给岳父一条活路，便带着她来跟太真求求情。”

“是吗？我的荔枝？”杨太真转过身来，看向地上那个叩拜的女孩。

“我听人说太真年少丧父，后来由三叔抚养，虽然叔父也是长辈，但终究抵不上自己的爹娘来得亲昵。您十岁丧父之后，曾经写下了‘若有缇萦救父意，若天假年，愿以寿岁续父命’。不知太真可还记得自己写下这句话的时候，自己的心思？”她的声音一字一句皆是力道，那么清晰，震慑了杨太真的心，让杨太真陷入回忆之中，就连那好看的眉都皱了起来。

苏韵见杨太真迟疑了起来，跪着往她身边爬去，爬到她脚下的时候，抬起头，那亮晶晶的大眼睛诉说着倔强和不屈，像极了十岁时候的杨太真，她透过苏韵的眼睛仿佛看到了当初的自己，当初那个为救父不顾一切的自己。

“太真，这天底下的女儿哪一个不希望自己的双亲健康长寿？坊间流传情人小儿女喜欢说‘如同梁上燕，岁岁长相见’。可谁又知道子女更希望如同梁上燕，与父母岁岁长相见？自古便有彩衣娱亲之说，那孝道可是我大唐立足之本，更是为人之初啊！”

她的泪水啪啪地落下，浸湿了衣裳，而她却顾不得擦掉，趁着杨太真心软了下来，继续说着，说着那所谓“动之以情，晓之以理”的言语，只求杨太真高抬贵手。

“我父亲犯下的罪孽是让荔枝发了霉，可是要从闽浙来到这帝都长安，即便是走京杭大运河，也是要十天半个月，新鲜的荔枝发了霉也是情理之中的。若是太真信我，我必有办法，将荔枝再运来一次，保证荔枝不腐不烂，新鲜如初。”

“荔枝不腐不烂，新鲜如初？你父亲都做不到，你做得到？”杨太真皱起眉头，她确是不信一个小丫头能够做到她父亲都做不到的事情。

“能，我能做到。我愿意立下军令状。我更相信太真能体谅为人子女的心思，愿意给我这次机会。让天下人看看太真您是位多么人美心美的女子，又是多么的善良纯良。”

苏韵现在只想着用军令状换取父亲生的机会，至于其他，她相信天无绝人之路，必然有船到桥头自然直的生路。

“就算我放过你，即便你立了军令状，你以为一切就会改变吗？”杨太真终于松了口，她知道苏荣，这个人是京杭大运河的漕帮总帮主，若是真的杀了苏荣，只怕整个漕运都会瘫痪。如今大唐正在跟周边的番邦打仗，漕运的军粮和官粮可是耽误不得的。

但这苏荣终究是犯了事，若是轻易放了苏荣，那她杨家就会被人小视，她万万不能就此在这里开一个不好的头，让人们以为杨家好欺负。

可若是真的不放，怕是朝堂上那些老不羞就会借此又编排事情来污蔑自己，如果导火索和关注点都转移到这个苏荣女儿的身上，倒是省了她不少的事情。

“会改变，只要我能解决荔枝保鲜的问题，甚至能为大唐创造漕运的新历史，我相信陛下一定会嘉奖我，更会从宽对待我的父亲，也会为太真您带来无限的赞美和支持。”她的语气越发绵软起来，她相信人都喜欢听甜言的，而她不介意捧高杨太真。

“说得倒是好听。只是小丫头，若是你真的签了军令状，你可知道军中无戏言？”杨太真蓄意板着脸，想要吓退这个小丫头。

“我知道，但是我只有签了军令状，陛下才会给我机会，太真才会给我时间，让我去证明。”苏韵无疑是自信的，在她的眼里，只要是她想的，必然能通过努力做成。

“你倒是自信。”杨太真莞尔一笑，只是这笑中夹杂了太多的算计和目的。

“不知道太真可否赐给我纸笔？”苏韵看时机成熟，立刻叩拜起来，语气更是虔诚。

“来人，去取文房四宝来。”杨太真终于被苏韵所感动，决定试试帮帮这个小丫头，就当是为自己积德了。

“是……”

杨太真看着那工整的字迹，一边点头一边笑道：“你这漕运家的女儿倒是写得一手好字，若是不去学一些诗词歌赋倒是浪费了。”

“那太真可否给我两个半月的时间，毕竟我来回也需要时间。”苏韵握了握手，知道自己不该跟杨太真讨价还价，可是她必须横下心来，毕竟这事关父亲的性命。

“好，两个半月，你可不要错过荔枝成熟的时间，要是下了季节，那贫道可就爱莫能助了。”杨太真盯着苏韵半天，看着这个小丫头一副胸有成竹的模样，心再次软了起来，罢了罢了，既然答应帮这个小丫头，就要帮到底。

“不会，请您放心。”苏韵喜出望外地点着头，声音都带着轻快。

“既然你说不会，那就是不会。”杨太真笑着点头，而苏韵则是舒出一口长气。

在酒肆的上房里，苏韵揉着眉头，方才生死一刹那的感受，让她的心跳至今都没缓下来。

一旁的俞默焕给她带来一杯温水，而她则是木然地接过来，仰头喝下。

“阿韵，你立了军令状，可知道如何保鲜？”俞默焕还是有些不放心，他怕这个小丫头只是应承下来而已。

“我不知道，我只知道，尽快回到余杭，我相信群策群力。”苏韵果然不知道如何保存，只是凭着一股蛮力去争取一件事情罢了，他心里有些苦涩，还有些无奈。

“可若是最后办不到呢？”俞默焕试着提醒这个不顾后果的小丫头，却发现这个小丫头一点也不深想。

苏韵抬起头看着这个唱反调的俞默焕：“若是办不到，那么我选择与我爹一起去死。”

俞默焕的心突然疼了起来，这个倔强的小丫头，做事完全不留余地，可他能怎么办？

既然这个小丫头决定了非要做这件事，他除了支持和帮助，怕是别无他法了吧？既然是这样，那他一定要多想想如何将保鲜的事情解决，也好让阿韵顺利渡过难关，谁让她是自己未过门的娘子呢？他不多担待，谁还多担待？

他拍着她的肩膀，像是将力量传输给她一般，温柔地说道：“好，只要这是你喜欢的，我就与你一起。”

她抬起头，看着这个目光坚定，总是支持自己的男子，忍不住开口道谢：“谢谢。”

他习惯性地揉了揉她的发顶：“傻瓜，我终究是你的夫君。”

“可你我还未成亲……”她又红了脸。

“那也是我俞默焕的娘子，不是吗？”

她闷闷地点点头，甜甜地笑开了。

第三章
山雨似欲来

离开余杭才几天，家里已经发生了翻天覆地的变化，本来热闹非凡的苏家门前，此时冷冷清清，简直可以用门可罗雀来形容。

下了马车的苏韵捡起地上的叶子，叹了口气，这一来一回不知不觉已经到了三月中旬，尽管她用了最快的时间赶回来，可还是晚了一些吗？

就在她望着手中叶子发呆的时候，苏然匆匆跑了出来，像是知道了苏韵回来一般，满眼都是惊喜：“大姐？”

这声大姐掺杂了很多的情绪，带着欣喜，带着期待，带着希望，也带着生机，却让苏韵感觉肩膀上的担子更重了一些。

“嗯，是我。”苏韵此时不免想起了与俞默焕分手的时刻，她隐约觉得那匆匆而来的小厮，似乎带着欲言又止的模样，那模样仿佛俞家做了什么不利于苏家的决定。

苏韵其实希望自己的预感是错误的，她宁愿相信俞家会为了两家定下的亲事而两肋插刀，也不愿相信世态炎凉。

“大姐你可回来了，你知道吗……”苏然还想说什么，却被管家打断，那神神秘秘的容色，让苏韵再次有了不好的预感，莫非真的出了什么事？

“大姐，你这一路回来，也是风尘仆仆，咱们先进去吧，先进去吧。”

苏韵一直是个急脾气的人，她忍不了自己妹子这般欲言又止的模样，抓住苏然的手，带着审视：“妹子，你从来不是个支支吾吾的人，怎么现在学会藏头藏尾了？”

“大姐，你想多了，我只是看你回来高兴的，娘可是准备了一大桌子菜呢。”

苏韵看着苏然顾左右而言其他的模样，她相信其中一定另有隐情。

苏然到底是年龄小了一些，没有拉动苏韵半分，她焦急地看向苏韵：“大姐，你怎么这样？”

“妹子，你我是姐妹，朝夕相处，你什么性子我知道，不可能短短半个月的时间，你就变了性子。”苏韵显然不相信苏然这种粉饰太平的模样，她想知道真相，哪怕那真相是鲜血淋漓的残酷。

“大姐……我实在不好说……”

“是父亲的漕运出现了问题，还是造船坊出现了问题？是账没有收回，还是要账的登门造访前来催账？是小厮们卷款私逃，还是主账们齐心协力坑我们苏家？”

苏韵的这些话很尖锐，让一个十二三岁的小丫头实在不知道该如何回答，可是苏然知道自己的大姐是个牛脾气，若是不回答她，她是绝对不会善罢甘休的，非得打破砂锅问到底不可。

“大姐，如果我告诉你，你可不能告诉母亲是我说的，我怕母亲又罚我。”

“不会，只要你说到底发生了什么事情。”

“大姐……”

苏韵看着苏然那一副怕惹怒自己的模样，抓紧了苏然的手，眸子里闪着坚韧的目光：“妹子，你说就是，我现在只想知道真相。”

“俞家前段时间派人送信来，说……”

“说什么？”

“说大姐抛头露面有失体统，说要让未来姐夫好好地训斥你呢。”

苏韵觉得事情没有这么简单：“就这样？”

“嗯，就这样，书信还在娘的案头呢。”

“因为爹爹漕运出了问题，惹了太岁，就找茬压我们苏家一头？”显然，苏韵想得比苏然深刻很多，她自然而然地想到俞家为了脸面是不会退婚的，却会另外想办法在自己嫁过去之前，给她一次下马威，让她收敛锋芒。

只是她苏韵从十岁开始就跟着父亲东奔西走，父亲膝下无子，她是长女，大唐自建国以来又允许女子经商，这不得抛头露面简直是无稽之谈。

但这话中深层次的含义，怕是要好好地琢磨琢磨了，事情绝对不可能就这么单纯的。

“大姐，你有没有生气啊？”

“没有，走吧，吃完饭，我下午还要去一趟俞家大宅呢。”

“你去俞家大宅找人家晦气？”

苏韵被自己的妹子逗笑了起来：“我又不是个武艺高强的女子，就算找晦气也要想想自己能不能四两拨千斤，万一被人家拿住，揍个鼻青脸肿怎么办？”

“大姐，你这是害怕了？”

苏韵揉了揉自己妹子的脑袋，爱怜地说道：“等你再大一点，你就知道大姐这句话的意思了，毕竟人在屋檐下，还是要做一些安分守己的事情，走吧，去吃饭。”

“哦，好。”

苏夫人是一个保养得当的中年女人，当年也是一个叱咤漕运的女强人，只是嫁人生了二女儿以后，更多地趋向于相夫教女了。

“娘，我回来了。”

“嗯，这一趟漕运如何？”

开门见山的语言让苏韵刚拿起碗筷便放了下来，面对长辈不可先动筷，不可碗筷对着长辈，这是她自小便养成的家教规矩。

“嗯，还好，只是在东都洛阳出了点小插曲，不过娘你放心，我会搞定的。”

“是荔枝的事情吗？”

果然什么事情都不能隐瞒得了自己这个母亲，只是她能说什么？她不希望自己的母亲担心：“娘，我记得爹出发前在咱们冰窖准备了十万斤的荔枝，对吗？”

“对。”

“我下午去一趟俞家，请他们资助一些冰块和冰鼎子，这件事就平息了。”苏韵一副自信满满的样子。

“二月取冰，三月存荔枝，倒是可以一试。只是冰鼎子可都是铜制，那冰块又费些银子，亲家能愿意吗？”苏夫人显然相信了苏韵的话。

“娘，我和那俞家的独子大少爷可是订了亲的，他们不认咱们苏家，总得认我这个儿媳妇吧？再说漕运，这些年他们在我们苏家省了多少钱？他们还能这么吝啬不成？”

“既然你都这么说了，那就吃饭吧。”

苏韵舒出一口气，赶紧吃着碗里的饭，这一刻整个苏家的饭堂里悄然无话音，只有碗筷声。

苏韵的马车到达俞家大院的时候，俞家大院是紧闭着的，她抬起头看向俞家牌匾，深吸一口气，这一次一定要说服俞家出钱。

“来福……”

“大小姐。”

“去敲门。”

“是。”

苏韵等待着俞家侧门打开，可是她看到打开的却是俞家的小门。侧门走贵妇和亲戚，可这小门却是奴仆下人才走的……

苏韵的脸黑了起来，俞家现在就不给自己这个未来儿媳脸面了吗？给一扇小门？

此时来福有些担心地看着脸已经黑成乌云的苏韵，深怕苏韵一个不开心冲上去砸烂人家大门，虽然大小姐没有这么野蛮，可她小时候也不是没做过这种暴力事件。那苏家校门曾经就被大小姐一时任性给砸烂过。

苏韵抬着头望着那扇小门许久，久到来福的腰都痛了，她才发言：“来福，你从小门进去，去找俞默焕。我倒是想知道，这是不是他的意思，他知不知道自己的未婚妻被这般羞辱？”

“是，大小姐，我这就去。”

来福慌张地往小门里跑去，苏韵则是靠在马车里闭目养神，直到侧门再次打开，而出来迎接的却不是俞默焕，而是俞默焕的堂弟俞默箜。

“苏家女郎，今日不见，别来无恙。”

苏韵一听这声音便知道是那个与自己不对盘的俞默箜，她从马车上跳了下来，如小时候一般，堆起假笑：“很好，好得不能再好。”

“我听说你的父亲在东都洛阳跟转运使喝茶下棋，可有此事？”

苏韵挑了挑眉，语气低沉了几分，一副自己怎么不知道的模样：“啊，还有这事？”

“你这装模作样的本事还是那般笨拙，可惜瞒不了我的眼睛。”俞默箜笃定地说着。

“笨拙瞒不了你的眼睛？精明就把你耍得团团转？你的智慧着实堪忧啊。”苏韵笑了一下，立刻绷紧脸，越过他往前走去。

而俞默箜则在她身后大声说道：“俞家大院可不是你能如鱼得水的，当心三堂会审，五福逼问，逼得你两眼泛红，泪水滂沱。”

苏韵转过身，笑了起来，只是那笑不达眼底，就连声线都带着一丝鄙夷：“可惜我这人心态好，怕是妖魔鬼怪，也难以让我屈服，更何谈那懦弱的泪水？”

俞默箜不再说话，跟在苏韵的身后往俞家大堂走去，两侧的丫鬟仆人们窃窃私语，整体的气氛真的犹如俞默箜所说，带着山雨欲来风满楼的架势。

而这种感觉在苏韵走入俞家大堂见到那些当家长辈时，更是加深了不少，莫非这俞家真的打算袖手旁观，翘首看个热闹了事？

苏韵习惯性地咬了咬嘴唇，她闭了闭眼，深呼吸，杨太真那迫人的气势她都能挺过来，又何必害怕眼前这些纸老虎一般的长辈。

就在苏韵给自己打气的时候，一个中气十足的中年男音响了起来，这是俞默焕的父亲俞城的声音。

“大侄女，今天所来是谓何事？可见到我给你母亲的书信了？”

这开门见山就来了一句“可见到我训斥你胡作非为的信了？”。这句话没有丝毫的善意，反而带着一种打压她的语气，而他身后是那些正襟危坐的长辈，好一场下马威！

第四章
女子当如是

苏韵怎么会听不出来这俞城是在当着众人的面给自己施压？她只是好奇眼前的这些人向她施压的目的是什么，只是单纯地拒绝出钱资助她救父，还是他们想借此机会取得一些漕运上的更大便利？

若是后者还好，毕竟以后是一家人，漕运上的费用减少点也没多大问题；可若是前者，那她一时之间还不知道该如何是好。

“苏家大丫头，你怎么不说话？我大哥问你话呢。”俞城的二弟俞忠是个暴躁而又贪财的人，他的眼睛本就小得可怜，此时更像是一只眼睛眯成了一条缝的肥胖而惹人厌恶的田鼠。

“我说话？说什么话？”苏韵干脆装作什么也不知道，她现在需要知道对方想要什么，才能来什么接什么。

“你不是挺聪明的吗？”俞忠愣住，一点也不清楚这个鬼精鬼精的丫头想干啥。

“老二，还是我来说吧。”此时俞城拿出了大家长的气势，语气很慢，声音很低，显然是为了让苏韵紧张。

可惜苏韵对俞城的表情语气没有太多的反应，依旧是呆呆木木的，这让俞城皱起了眉头。

“苏家大丫头，本来这些话该是我和苏贤弟说的，可惜他现在仍滞留在东都洛阳，本来想着你的母亲或许能给你说清楚一些，显然你的母亲也不打算告诉你，只能由我越俎代庖了。”

俞城这一段话，不过是引子，苏韵眨着眼睛，她很想知道正题是什么。

俞城本想着苏韵会接下一句，问一下是什么事情，可显然这个苏韵丝毫不在乎他对她的看法，这让俞城有些不开心。自己的儿媳妇竟然没有对自己很恭敬，哪里的公公都不会满意的。

“我体谅你苏家没有男娃，你帮衬着你父亲做些漕运生意，管理一些船坊事宜，也是应当。可这终究是你未出嫁之前的历练，并不是你该学的，也不是你必学的。眼看你与我家阿焕的喜事将近，你还是少些抛头露面的好。”

俞城这些话让苏韵皱起了眉毛，不让她再参与商界事宜？不让她跑船经商？这是什么逻辑？若是没有她苏家漕运，没有这扬州转运使的关系，这俞家的瓷器如何走出余杭，又如何到达东都洛阳？

多年前来她苏家的时候，俞家客客气气，低声下气的，还直夸她懂漕运和经商是为他俞家添福，是他家俞默焕百年修来的大福星。怎么？在她及笄之年，不过是东都洛阳出了一些事情，态度就急转直下，趾高气昂地指责她就是个贩夫走卒，就是个抛头露面不知羞耻的女子了？

这一刻苏韵是有些气的，但是她压住了自己的怒气，点着头，一副受教的模样："多谢俞伯伯的教导，待我父亲归来，我一定会跟父亲好好商议一番，再决定阿韵如何足不出户，如何？"

苏韵是想将话题转到自己父亲的身上去，她想试试俞家在做什么打算，是不想帮忙，还是纯粹压价。

"你父亲？你父亲出了什么事情？"俞忠站了起来，抖动着嘴巴。

"怎么？俞二伯还不知道？我这次登门就是为了来跟俞伯伯和俞二伯商议……"

苏韵还没说完，俞城就打断了苏韵的话头："苏贤弟的事情先放一放，我看你这认错的心思不太对，一副应付搪塞的模样。我倒是想让你说说，你这阳奉阴违的到底想说些什么？"

俞城这话让苏韵皱起了眉，什么叫作自己阳奉阴违？他还不是她的公公，这还没过门呢，就想管着自己？而且这岔开的话题正是救她爹，看来俞家多半不想帮忙了。

此时苏韵的心沉了下去，有一股怒气和憋屈在心里发酵，但是她紧紧地把它们按压了下去，她知道此时不该发火，更不能发火。

"苏韵，我大哥问你话呢！"

这一唱一和的，让苏韵不得不开口，毕竟整个大堂之上都是俞家长辈，就连俞家的女眷都坐在了里面，她若是不回话，就显得她没有家教了。

"阿韵不太清楚俞伯伯的意思，这阳奉阴违是指哪般？"苏韵此刻静心听着，她知道了俞家的心思，自然知道再委曲求全地央求人家是不可能了，索性放开手脚，彰显她苏家女子的气质也是好的。

"我让你少些抛头露面，你却说要暂且放下。"俞城不肯给苏韵一个台阶，直接将丑话说在脸上。

"抛头露面？那俞伯伯的意思是让我学那波斯人，将自己全身都包裹起来，只露出眼睛吗？"

苏韵抬起头，一副诧异的模样，这让俞城一口气堵在了心口，苏韵一定是故意的，故意歪曲他的意思！

"苏家大丫头，我说的是什么意思，你不可能不清楚。"

"那俞伯伯的意思是哪般？阿韵，真的不太清楚。"苏韵眨眨眼，仿佛真的不理解一般，只是那头抬得很高，有一种浑然天成的骄傲嵌在她的身上。

“不清楚？一个女人家跟一大帮跑船的伙计在大运河上行船十天半个月，有时候更是一年半载，像个什么话？”俞城的语气更是沉了几分，显然他不开心苏韵的明知故问。

“啊……是说我家引以为本的漕运啊。只是俞伯伯，这漕运本就是官家制定运军粮的河运，我不知道这漕运惹得俞伯伯哪里不开心了？难道因为我爹爹膝下无子，派我这个唯一成年的女儿前去监督，就是大错特错了吗？”

苏韵的眉头皱了起来，她知道孝道是俞城最无法反驳的话题，她蓄意将声音变得越来越大：“我爹已经在河运上忙碌了半生，我这做女儿的，难道就不能尽孝？难道就不能替我那老父亲押运吗？这是什么道理？”

“不是不能尽孝，而是你嫁入我们家之前，不能再做你现在做的事情了。”俞城终于点出了他其中一个目的，就是让她苏韵变成失去翅膀的鸟儿，成为一只笼中雀。

“做现在的事情？若是我不做，我小妹不过十二三岁，谁来帮衬我爹？”苏韵皱起眉，她相信这块生意俞家一定想染指。

“翁婿关系最亲，自然可以让阿焕来帮衬。”俞城刚说完这句话，那俞忠就不甘示弱地嚷了起来。

“我家阿箜也可以帮着阿焕做些事情。”

苏韵听到这句话，心里是又气又笑，气的是这俞家趁着苏家倒霉的时候，就想空手套白狼，直接拿走苏家最赚钱的生意，鸠占鹊巢；笑的是，她还没过门呢，这群不知道是聪明还是酒囊饭袋的所谓长辈，就按捺不住，想要接手苏家漕运了。

只是，有她苏韵在，他们真的以为能得逞？

苏韵若有所悟地点头：“原来漕运姓俞不姓苏。”

这句话让俞城愣住，让俞忠火了起来，只见俞忠大声嚷道：“你个小丫头片子，胡说八道什么呢？”

“啊，你恼羞成怒了？”苏韵看向俞忠，眨了眨眼，笑不达眼底，语气冰冷了几分，“我爹现在身陷囹圄，俞家不仅见死不救，现在还要瓜分我苏家的产业吗？我很纳闷，难道就因为我苏家是一帮女子，就要被你们这般戏弄和欺负吗？别忘了我还没过门呢？俞家目前充其量只是苏家的往来伙伴，罢了！”

苏韵的语气越来越快，对于眼前的极品亲家，言辞是越来越犀利：“你们这般瞧不起女子，可还记得我大唐太宗之后的则天女陛下？可还记得则天陛下就是商女出身？可曾记得当时女子已经快要入朝为官，更是有不少女子经商。那名噪天下的公孙大娘，更是当今女子之中的典范。我想问各位，女子怎么了？就该弱小吗？”

苏韵看着那些想要驳斥却驳斥不来的俞家长辈，她的反讽语气更是加重了几分：“我来俞家，本想着凭两家定亲的关系，借些银两买点冰鼎子，好再次运输荔枝救下我父亲。可惜啊……若俞家此时与苏家签下减去一成漕运费的契约，也是可以接受的，毕竟能帮俞家省下不少的钱财，对我未来夫家也是极好的事情，毕竟我要嫁过来的。可我万万没想到俞家竟然狮子大开口，想要侵吞整个苏家产业。”

苏韵笑眯眯地从怀里拿出聘书，在手里扬了扬：“按照本朝法律，女子有和离的权利，即便是定亲的女子，只要未过门，依旧有着单方面取消婚约的权利！我苏韵虽然不才，不过是十五岁乳臭未干的年纪，可我知道一件事情。”

苏韵的尾音拉长，继续说道：“那就是人若待我三分好，我还他人十分好。滴水之恩必当涌泉相报，但若是遇到了贪得无厌的人，那只能一刀两断！所以这婚书，这合作的契约，这多年的生意往来，看来至此开始，只有老死不相往来，才能圆了你们今天的贪婪了！”

苏韵将那聘书，当着众人的面，撕得粉碎，再往上一扬，正赶上春风大作，这些碎纸片如雪花一般飞舞在了俞家大堂里。

苏韵一边往外走一边大声地说道：“俞家长辈们，我苏韵至少还是苏家的二当家，我说的话必然会作数。”

她走了一半，回过头，冷笑一声，继续往前走去。

只是身后的那些俞家长辈，却失魂落魄了起来，苏家要跟他们彻底掰了关系？

第五章
落叶随风飘

苏韵大咧咧地从房间里走出来的时候，抬起头看了看那还未落山的太阳，眼睛带上一抹自嘲，她竟然未过门就成了下堂妇，真是有趣。

苏韵深吸一口气，又将肺里的气息尽数吐出，长叹一声，笑了起来：“罢了罢了，以后就这样吧。”

“来福，咱们回府吧，我累了。”

“是嘞，大小姐。”

随着马车前行，苏韵将头靠在靠背上，仿佛一身的力气全部被抽走了，只能软弱无力地瘫靠在那里，一动不动。

她看着自己带着茧子的双手，这双手本来也该是绣花绘图的，本该是柔软犹如凝脂的，可惜她苏家无男丁，只能靠自己硬撑。

父亲本就是苏家的独子，而到了她这一辈，苏家更是无男丁，她有时候真的希望苏家能够多出一个小弟弟，也许就不会有这么多的事情发生了。

等苏韵回过神来的时候，马车被挡在了苏家门外，苏韵诧异地掀起车帘，看到的却是一大批锦帽貂裘的人围在大门口，手里还拿着账本，像是来讨账的一般。

苏韵的心里咯噔一下，直觉眼前的这一切并不是个好现象，莫非要出什么事情？

众人听到马车停下的声音，一回头看到苏家的二当家——苏韵大小姐，立刻围了过来。

“苏大小姐，这是我去年的账，苏家今年无论如何都得给我结账才是。”

“是啊，这是我今年才开始的账，我们家人少单薄，如今苏家出了这样的事情，我们实在无法撑得起任何的亏损，还请苏大小姐赶紧结账。”

“对啊，苏大小姐，这是我们去年的订单，如今苏家风雨飘摇，我们打算撤回订单，要回赎金，请苏大小姐如期结账。”

一群人犹如苍蝇一般，嘤嘤嗡嗡地围了过来，这些人的嘴脸让苏韵错愕地愣在原地，难为她十五岁的年纪就要承受这种如变天一般迅速的变脸。

这些人，在苏家如日中天的时候，对她那是百般奉承，对她爹那更是溜须拍马，恨不得把整个苏家说出一朵花来，更恨不得将她苏家的大门踏平。

可当她爹陷入困境，这些人就是墙倒众人推，一个个如此薄情寡义的嘴脸，真是让她看透了什么叫作世态炎凉。

常福赶紧跑了过来，找来几个下人挡住这些企图靠近苏韵的人，而苏韵则是快走几步走到大门处，回头大声地说道：“你们若是要钱，也得给我苏家调拨钱款的机会不是？”

这句话算是安了外面那些人的心，他们停止了吵闹，只听苏韵缓缓说道：“给我七天时间，七天之后，苏家在大门处摆龙门，与大家一个一个结总账。常福，送客！”

苏韵握住拳头，大步朝着苏家的内院走去，一边走着一边对莱福管家说道：“管家，把我苏家所有的产业都拿来大堂给我看。”

“是，大小姐。”

“常福，通知我母亲和妹妹，来大堂一下。”

“是，大小姐。”

苏韵接过丫鬟递过来的茶水，坐在那红杉木的太师椅上，安静地发着呆，直到苏夫人到来。

“阿韵，发生了什么事情？”

“没什么事情，娘，不过是变卖一些家产救父亲罢了。”

“变卖……有这么严重吗？那亲家？”

“娘，以后不再有什么亲家了，我把聘书给撕了。聘礼明天也给俞家追回去……”苏韵虽然笑着，可是苏夫人却感觉到了苏韵在努力地克制自己的脾气。

“阿韵……你若是有难处，就跟娘说。”苏夫人叹了口气，语气是那般温柔。

“谢谢娘，我没事，真的。”苏韵强迫自己将眼泪缩回去，只是攥住苏夫人的手，那力道有些重。

“嗯。只要你说，娘都帮你。”

这一时之间，苏家变卖家产的消息，在余杭不胫而走，整个余杭的大户人家都翘首观望，很好奇这苏家到底摊上了怎么样的大事。更有些好事者，每天蹲在苏家大门口看热闹。

这七天家产变卖，基本连娘亲和妹妹的首饰都卖了一个精光，这让苏韵有了极深的愧疚感，可正是这种愧疚感和耻辱感让她没办法歇一歇，只能硬着头皮往上冲。

“龙门阵”前，她亲自解除了一单单的生意往来，一手交钱一手交账，每一笔银子都仿佛剜了她的心口一般，而她则是打落牙齿和血吞，只能强颜欢笑地去了结这一桩桩烦心事。

太阳西下，她看着一地的狼藉，配合着零星几个带着包袱离开的仆人，眼泪再也克制不住地流了下来。

她怕人笑话，只能尴尬地说一句："这边风很大，我先去码头坐一会儿。"

她匆匆留下这句话，便提起裙摆往水北街的码头而去，在码头处，终于忍不住大喊一声，这喊声是那般撕心裂肺，竟让她的嗓子都喊哑了。

她抱着双膝，坐在码头处，任凭风吹着她发间的流苏，一动不动，目光呆滞，仿佛一个失了魂魄的木偶娃娃一般。

此时她的脑海里犹如走马灯一般，想着与父亲和母亲共享天伦的美妙时光。

那时候父亲喜欢扛着她在水北码头看龙舟比赛，父亲知道她喜欢粽子，还特地给她带了娘亲煮好的粽子，就坐在这里，陪着她一起欢呼，一起雀跃。

她低声地喊了一句"父亲"，却把整个声音藏在了口型里，抿紧了嘴巴，只是眼泪断了线，一颗一颗，仿佛珍珠，噼里啪啦地纷纷落下。

她的眼睛眯了起来，那红肿的眼睛，透过这泪水染起的氤氲，模模糊糊地看到了与俞默焕的幸福时光。

俞默焕喜欢带她来这水北码头，她坐在水北码头踢着水，看着船来船往，而他则是一支短笛横在唇边，吹着越地之歌。

她记得俞默焕曾经说有一首曲子，要在她及笄的时候吹给她听，那是一首越地的曲子。

她傻傻地哼出那首曲子的调子，却没来得及知道这首曲子的词是什么。

就在她无意识地哼唱时，一个温润的男音在她背后响起："今夕何夕兮搴洲中流，今日何日兮得与王子同舟。"

这熟悉的声音让苏韵愣住，她不敢回头，也不想回头，只能闭上眼，以为自己产生了幻觉。

可是那温润的男音并没有消失，反而越来越清晰，只听得那男音又缓缓说道："蒙羞被好兮不訾诟耻，心几烦而不绝兮得知王子。"

他站在了她的身边，弯下腰，将手搭在她的肩头，继续缓缓地说着："山有木兮木有枝，心悦君兮君不知。"

这"君不知"，让苏韵傻傻地抬头，果然看到了那温润如旧的男子，她的未婚夫俞默焕。

她狠狠地擦着眼泪，拍掉他的手："你不知道七日之前被我休了吗？"

"自古只有男休妻，哪有妻休夫的？"俞默焕缓缓笑开，依旧是那般不紧不慢，温柔如水。

"可是我撕毁了你我的聘书，还惹怒了你的家人。"苏韵继续解释着，她本不需要解释，可是她忍不住，忍不住依靠这个一直给她安全感的男人。

“撕了聘书？”俞默焕错愕了一下，他去安吉待了几天，想到了一些保鲜的方法，便立刻马不停蹄地赶来，却听到了他的小女人说撕了聘书？

苏韵有些讷讷地说道：“你父亲不管我爹死活，要你继承我家的家业，我一时气不过……”

她的声音越来越小，小到自己都听不清楚自己说了什么。

“所以你就一不做二不休，把我与你的聘书给毁了？”俞默焕挑高了眉毛，没好气地问道。

“你爹和你二叔说话太不中听，还不肯帮我救我父亲……”苏韵说到一半，还想再说什么，却被俞默焕打断了话题。

“苏家虽然没男丁，可你一个便胜过数十个男丁，又何须自惭形秽？这聘书……这聘书你撕了就撕了吧，大不了我重写一封就是了。”俞默焕笑着坐下来，将怀里的手绢递了过去，“擦擦泪水。”

“你不记恨我？我……”苏韵一时之间不知该说什么。

俞默焕用手绢擦着苏韵的脸颊，她脸上的泪水未干，而他擦得很是仔细，生怕弄痛了她一般。

“你记得，我是我，我爹和我二叔是他们，我是什么样子的人，你比我更清楚，不是吗？难道我们从小的情分，就是假的？”俞默焕一边帮她擦着泪水，一边不紧不慢地说道。

“你知道我变卖了我家的家业去支付欠款了吗？我怕是难以救出我爹了，毕竟冰鼎子需要很多钱……”

苏韵还想再说些什么，却被俞默焕拉住了手：“你想用冰块保鲜？”

苏韵愣住，这么说不对吗？冰块本就是保鲜用的呀？

俞默焕习惯性地揉了揉苏韵的脑袋，笑了起来，“别发愁了，走，先跟我去吃饭，吃饱了才有力气思考。”

第六章
有夫莫如此

俞默焕一把将苏韵拉起来，可是苏韵蹲在这里许久了，腿已经麻了。

等俞默焕将她拉起来的时候，她踉跄几步，差点摔倒，俞默焕笑了笑，将她一把抱住，扶正以后，蹲下身子说道：“上来吧，我背你走。”

“可是……我娘和妹子还没吃饭。”苏韵说出的话让俞默焕再度低笑了几声，“我派人去送饭菜了，你现在的任务是跟我走，知道吗？”

“哦。”

此时正是三月阳春的时候，柳絮纷飞，飘落在两人的头上身上，沿着河边清澈的水流，缓缓而去，伴随着那夕阳的余晖，印下了两人的少年时光。

以至于多年以后，她都会记得俞默焕那柳絮之中的侧颜，那向上弯曲的嘴角，那星眸剑眉的俊秀，那宠溺而又无奈的呵护，那执着而又坚韧的性格。

俞默焕带她来到一大山脚下，这山脚下有一个人工湖，是俞默焕十八岁做生意成功之后，给自己置办的别院，也是他犒劳自己的一份礼物。

刚到别院，苏韵就皱起了眉头，这里似曾相识，好像是儿时他们两家做邻居时的住宅。

那时候苏韵的父亲和俞默焕的父亲刚刚开始创业，住的房子是挨着墙的，墙里墙外，爬山虎盘满了院子，两个黄髫小孩趴在墙头，采着枣树上的冬枣，聊着最新的戏曲。

那时候家里虽然穷，但是两个小孩子却过得很充实，那时候他们不过几岁的年纪，还不知道什么叫作青梅竹马，只知道每天醒来的第一件事情，就是敲对方的家门，邀约对方一起去集市上卖些小物件儿。

那时候他们还不知道什么叫作日久生情，只知道每天归来的时候，都会去看一眼对方在不在，都会在墙头等着对方回来聊会儿天，说会儿话，笑一笑，闹一闹。

苏韵有些哽咽地看着那与苏家老宅几乎一样的布局，虽然是仿照的，却与她记忆里的一模一样。

“俞默焕……”她动情地叫了一声，这一声带着泪，带着喜。

“嗯，我在。”他笑了起来，知道阿韵满意自己的安排，也好，她开心就好。

“你还记得我家老宅的模样？”

“那是你我儿时最美好的记忆，我又如何能忘记？你毕竟是我的未婚妻，能让你开心，什么都好。”他的话很甜，甜得她不知道该如何回答他。

她轻轻地嗯了一声，擦了擦泪，拍着他的肩膀：“把我放下来吧，我腿不麻了。”

俞默焕并未如她所说，反而背着她继续往前走去，一边走一边温柔地说道：“你是我的未来妻子，我听说这结婚的人，新郎是要把新娘背进自己的家门的，如今你让我先体验一把，也是好的，就当锻炼一下，省得到时候咱们大喜的时候，我会生疏。”

苏韵讶异，他说大喜的时候？他还想着与她……可是她撕毁了婚书啊

“你……可知道我撕毁了什么？”苏韵不安地说道。

“聘书，不过我那里有备份，你撕毁了，我可以再写两封，一封给你撕纸玩，一封给你留档。”俞默焕将苏韵放下的时候，他的眼睛依旧如少时那般专注而又深邃，仿佛一汪秋水，将她深深地吸入潭底。

“我……”她想说什么，却说不出，可是她的心里却是开心的，很开心很开心。

“尝一尝这个，这个是竹筒饭，有竹子的清香。”俞默焕接过下人递过来的竹筒，为她小心地打开，帮她吹着竹筒上的热气。

她看着筷子上那香气扑鼻的米饭，再看着那个一直宠爱着自己的俞默焕，眼泪再次流了下来：“你为什么要对我这么好？”

“傻瓜，我们的感情不是任何事情能够干扰的，很多事情是你想多了，而我只会把你的，所有关于你的事情想简单。”俞默焕伸手给她擦掉眼泪，慢条斯理地说道，“吃吧，这米饭很香。”

“简单有什么好？”苏韵张口咽下饭，言语不清地问道。

“至少在我的心里，你说的便是你说的，我不会去质疑，不会去担心，不会去紧张，也不会去害怕。因为在我看来，你就是你，我只要记住你是谁，那么你说的什么事情我都会去相信。”俞默焕为她细心地夹着菜，一副理所当然的模样，仿佛本该如此。

“可若是我骗了你呢？”苏韵诧异地问着自己也纳闷的话语。

“你骗了我？你若是骗了我，那就骗了我好了，只要我不骗你，那就好了。”

“为什么？”

“因为你是苏韵，我的未婚妻子，知道吗？小傻瓜。”俞默焕缓缓笑开，点了点她的额头，温声细语地说道，“张嘴吃一口，乖。”

第七章
温柔俞默焕

苏韵一边吃着竹筒饭一边感受着身边温暖的男子给她带来的那种欣慰，也许这就是人处在低潮之时需求他人帮助的心理吧。苏韵这时候还不知道自己对俞默焕的感情到底有多么深刻，只知道此时她有些感动罢了。

此时苏韵和俞默焕坐在他私家园林的湖畔处，俞默焕看着放松下来的苏韵，笑了起来，“最近你忙着变现，已经不再有更多的时间了，能赶上杨太真与你的约定吗？”

俞默焕的这句提醒让苏韵紧张了起来，她光顾着维护苏家的颜面了，怎么忘记了这件事情？这妹妹年幼，母亲又身体不好，她是唯一家里的顶梁柱，怎么可以……她不能出任何事情的。

她的眼里泪水开始打转，尽管她一点也不想哭，可是鼻子就是酸酸的，泪水就是忍不住地滴落下来。

她知道这样的自己很没用，像个不知世事的孩子，更像一个软弱无能的笨蛋，可是她一想到自己即将支离破碎的家庭，她就忍不住地想要哭泣。

俞默焕叹了口气，伸出手抓住她削薄的肩头，拍了拍她的肩膀，语气是那般轻柔：“但是你要知道，有我在，即便是限期将至，我也有把握让这时限延长，让苏叔化险为夷。只是阿韵……”

苏韵抬起头满眼希冀地看向身旁这个智多星似的男人，他一向都是足智多谋的，一定有办法的，一定有办法的，她相信他，更相信父亲命不该绝。

“只是什么？你说什么我都答应你。”苏韵迫不及待地说道。

俞默焕为她挽起零碎的头发，帮她顺在耳后，前倾下身子：“阿韵，记住你是漕运帮主的女儿，不需要遇到一点小事就慌了心神，更不该轻易交出自己的底牌，答应别人任何事，这会让你很吃亏知道吗？而我最见不得你吃亏，明白吗？”

“我……”苏韵也知道俞默焕说得很对，可是她也是被逼无奈。

“阿韵，任何人都要经过一些事情才会长大，你也不例外，终究会长大成人。你现在才十五岁，这一次你可以懦弱和软弱，但是下一次遇到了事情，一定要记住，不慌才能不忙，不忙才不会出错，不出错才有机会反败为胜。”俞默焕深深叹息一声，“我最近会去打点一下余杭的转运使，看看能不能帮你争取一次扬名的机会。”

“那我呢？”苏韵很想知道自己除了等待还能做什么？

“最近余杭到扬州之间的漕运以及河运都出现了货物较迟到达的情况，陛下最近下了批文说是要整改航运和河运的能力，我想这是个机会，转运使很希望咱们余杭船坊能出一个比较好的主意，解决眼下的困难。”俞默焕相信，只要有一点儿的启发，阿韵就能有更多的想法去实现。

“如今三月，逆风而行，必然运输缓慢，难道是船的动力问题？”苏韵瞬间想到了问题症候。

“看来你已经想到了一些事情，不如咱们就兵分两路，我去关注一下保鲜存放的事情，你去研究一下这一批的船能不能实现朝廷要求的整改。”俞默焕笑了笑，揉了揉她的发髻，“记住，在这期间，你有什么好的想法，需要我如何出钱出力，抑或出人，都直接来找郭管家就好了，他会全力以赴地帮你。”

“你呢？”苏韵感觉到俞默焕要走了，她不放心地追问着，难掩心里的不舍。

“长安多春秋，春秋多战事，我不为你打点，又要为谁打点？”俞默焕叹了口气，将手放在她的脸颊上，“而我只希望你记得，我不管是谁，在哪里，是什么身份，这辈子我只肯为你而拼命，而你若有良心……此生便不该负了我。”

俞默焕叹息一声，阿韵虽然是个及笄的女子，可终究还是稚嫩了点，现在说这么深的话，怕是她难以理解自己的话中意。

俞默焕握了握手里的签文，这是白马寺主持给自己批的签文，这签文让他对她充满了不放心，却又充满了骄傲感。也许这就是他最矛盾的地方吧。他希望她一辈子弱小而依赖他，不希望她被太多人欣赏，唯恐这样失去了她。可又希望她能够扬名立万、天下称颂，希望她是那最耀眼的明星，能够不负此生。

他攥着签文的手越来越紧，可是脸上的笑容却越来越深，看着这懵懂呆傻的小丫头，轻笑一声，点了点她的小鼻头：“你呀，与我订了亲，这街坊四邻都知道了你我的事，即便撕毁了婚约，也只是撕毁了一张纸，没有撕毁你我的那份约定，你终究还是我的未来妻子，关于这一点，你不该忘了。”

苏韵沉闷地轻嗯一声，想到什么又抬起头：“可是你的家人想要侵吞我家的家业，我为了妹妹和娘，我也不能……”

苏韵话才说了一半，俞默焕将手放在了她的嘴唇上：“若是你信我，我愿意与你去衙门立一份随你归置的家产，你嫁过来带了多少嫁妆，我把你的嫁妆返还给你，再添一份一样贵重的如何？”

苏韵睁大眼睛，那不是自己还额外多得了一份嫁妆？这俞家能同意吗？

她的眼神让俞默焕看懂了，他闷笑起来，仿佛遇到了什么最好笑的笑话，笑得眼睛都如同月牙：“傻瓜，我俞默焕有多少本事，你还不清楚？我是自己挣来的家业，不是家族给的，我自然可以任意处置。而我想把我挣来的家业给我的妻子去支配，那也是无人可以说道的。这些事情你只要在乎我愿意与否就好，何必关心我的家人？”

“你爹会杀了你的。”苏韵认真地说着，却再次逗笑了俞默焕。

“你该说我二叔没占着便宜，会来敲诈我。至于我爹，他不过是被我二叔蛊惑了心神罢了，但是我自己名下的家业，他即便是我的父亲，也是无权涉问的，更何况是插手处置。”

“那你不怕你二叔知道你把这么多钱给我一个外人，却不想着给你那个无所事事的堂弟俞默箜，会派人绑架你，让你把我这两份嫁妆悉数交出去？”苏韵只是想帮他分析时局，却不知为什么又惹得俞默焕再次笑起来，而且是放声大笑。

这大笑的声音引来不少小厮丫头的目光，她羞红了脸，实在不知道俞默焕有什么好笑的。

俞默焕许是笑够了，停住笑声，抬起苏韵的下巴，带着那一贯的温柔，只是眼神里面的感情更深了：“你不是外人，你真是一个傻丫头呢。”

第八章
宠妻是有道

俞默焕的眼神更加认真，语气低沉而又好听，天生带着磁性一般，将她深深地吸引其中：“我再说一遍，傻丫头，你，不是外人，而是我这辈子，我的命里那唯一认定的女人。我认定了你，必然会给你最好的一切。再说钱，生不带来，死不带走。我给咱们俩的子孙后代留下够吃的就行了，你又何必管那么多？”

“可是，你们俞家……”苏韵其实是感动的，可是她还是想说他俞默焕的父母和二叔与他想的到底是不一样的。

俞默焕的声音再度低了一些，像是想要在离开之前跟苏韵好好地谈一谈一般，他不疾不徐地说着那绵绵情话：“我与别人或许不一样，我这辈子不求大富大贵，也不求妻妾成群。”他抓住她的手，是那般地紧，紧得不允许她躲开：“我只求愿得一心人，白首不相离。也许你不知道我的母亲吧？”

“你母亲不是白氏吗？”苏韵想要挣扎却被他的大手拉得更近了一点，她躲不开，只能叹了口气，抬起头，诧异地问道。

“我母亲？白氏是嫡母，却不是我娘。走吧，陪我去那边的画舫上面喝杯茶，消化一下食物，可好？”俞默焕抓住她的手，并没有听她来得及说句好，就牵着她往画舫走去。

他的声音仿佛是最美妙的低音，诉说着让她感动而又感激的话语，让苏韵有一种沉醉的感觉。

“我娘是刘氏，她是四世三公之家的女儿，可惜武后夺位的那一场权力角逐下，他们刘氏成了牺牲品。而我娘成为乐府优伶，后来被我爹买回来，成了唯一的一个妾。我娘命运坎坷，但她却也是一个心向阳光的女子。”俞默焕的声音很慢很慢，仿佛拉开了一场序幕，为她解说一场风花雪月的凄美故事。

“我娘小时候常跟我说，卓文君在最美好的时代不该选择司马相如。诚然，这句话是带着一丝埋怨的，但更多的是向往，你知道为什么吗？”俞默焕看向一旁的苏韵，伸出手来，扶着苏韵走过一颗颗水中的石头路。

“为什么？因为卓文君的《白头吟》吗？”苏韵想起了一首自请下堂而

去的诗歌来，那好听的娇俏声音诉说着卓文君哀怨的故事，“皑如山上雪，皎若云间月。闻君有两意，故来相决绝。当年司马相如一曲《凤求凰》，那一日不见如隔三秋的话语还犹在耳畔，没过多少年，就开始想着纳妾了。”

“看来你很能体会卓文君？”俞默焕想，也许阿韵想要说些她自己的心声，便顺着她的话问道。

“虽然我还没嫁过人，但是这世上的哪一个女人不希望自己的丈夫只爱自己一人，又有哪个女人希望与他人分享自己的丈夫？又有哪个女人愿意自己的孩子必须跟另外一个女人的孩子争宠？如果说夫君变心还能忍受的话，那么孩子因为父亲偏爱而失落的眼神，那可是刀割一般，能逼得女人发了疯地去报复另外一个女人。”苏韵顿了顿，她忘记不了十岁那年在扬州街头看到的那个抱着孩子跳湖的女子。

那个女子一副华贵模样，而女子怀里的孩子显然是吓坏了，一个劲地挣扎。后来听父亲说，这女子是富贵人家的正妻，可正妻的孩子不受宠，眼看着孩子一天天闭门不出地抑郁下去，这正妻最终发了疯，抱着妾室的儿子跳了湖。

后来正妻的儿子因为母亲这般决绝，又因为妾室上门的厮打和追骂，终于心理崩溃，在家里上吊自杀。这几乎灭门的惨案，让富家人彻底地心灰意冷，终于在白马寺出家为僧，以度残年。

她目睹了一场惨剧，更见到了太多争宠的闹剧，俞默焕的母亲并不是一个个例，她又怎么会不理解呢？

苏韵抿了抿嘴巴，皱着眉头继续说道：“一个女人，丢掉了鞋子，赤着足走在觥筹交错的宴席中间，披头散发，凄凄地看着那心爱的男人，哭得难以掩住声音。后悔当年的嫁娶心思，更后悔当年所嫁非人，恨自己无奈的啼哭和懦弱，却咬牙想要自请下堂。”

苏韵抬头看向俞默焕，那亮晶晶的眼睛暗淡了许多：“这就是女人，凄苦一生的女人，若是所嫁非人，除了和离别无他法。”

俞默焕心疼地帮着苏韵拭去泪水：“怎么说着说着，又哭了起来？莫非成了一个你最不齿的小哭包？”

“我……我只是被风吹眯了眼睛，这风太大了。”苏韵摇了摇头，虚心地否认着。

“确实你说的这些，我娘也曾跟我说过。我见过我娘的郁郁寡欢，更见过我娘的风烛残年。正因为那青灯伴孤影太过于凄凉，我才暗暗发誓，若是我认定了一个女人，便会一生一世，一双人一张床。你知道吗？愿得一心人，白首不相离很美，只是这种美需要两个人一起才能实现。”俞默焕叹息一声，他这一去少不得又要三个月的时间，他怕出变数，只能继续说着。

俞默焕双目含情，不管苏韵是如何的羞赧，他必须要在事情发生之前，告诉她，她与他这辈子的缘分。尽管他知道将会有变数，但是他相信缘分这种东西，不仅讲究天定，更讲究人定。

他相信只要自己的心够坚定，铁杵不光能磨成绣花针，还能够撬开阿韵的心防，让她愿意寄托她的一生，让她肯与他一起度过这人生百年。

他的声音是那般深情，深情得让苏韵有一种不好的预感，却也有一种如痴如醉的幸福感，这也许就是“福兮祸所依，祸兮福所伏”吧？

“阿韵，我听说人从出现开始，一男一女便是注定的一对，如同身体的一部分。我有些波斯来的朋友告诉我，这个世界上有个说法，说女人是男人的肋骨造就的。我不知道这个说法的真实性，但是我却想用这个来跟你说，你若是我的肋骨，那么你离我的心脏太近了，近到若是失去了你，我就如同失去了一根保护心脏的肋骨，必然会血流涌出，失血而亡。”

俞默焕的声音很慢，也很低沉，沉得苏韵张大了嘴巴，看着眼前的这个有些疯狂，有些执着，还有恐慌的男人。

“如果你和我是两个早就注定了的情人，那么我希望你知道，你在我的心底十年，这十年太久，久到我已经不习惯见不到你了。若是有一天你经历了一些事情，我请你记得，一个人的十年很短，没有几个十年。在这个世界上，能用十年记住你的人，必然是深爱你的人。若是你希望有一个人与你‘愿得一心人，白首不相离’，那么你该选择那个十年不肯忘记你，更不肯离开你的人。”

俞默焕继续说着，说着让苏韵无法回答的话语，这情话很深，包含了他的真情实意。

“我知道你一定好奇我怎么了，有些话我无法跟你说，毕竟有些事情是无法诉说的。但我唯一能跟你说的是，这一世既然我活在了有你的凡尘里，恰好你与我定了这白头偕老的约定，那么我一定会抓紧你的手，是死也不肯放手的那种抓紧，来与你共度这余生。我也许并不像外面很多的男人那样，希望自己的女人很多……”

俞默焕顿了顿，声音拔高了几分，表情更是亢奋了几分：“也许我在你的眼里并不是一个特别优秀和有权势的男人，但是请你相信，我一定是这个世界上最不会辜负你的男人，最会保护和在乎你的男人，更是守护你绝对不受伤害，不受任何人的伤害，包括来自我本人的伤害的男人！你知道吗？”

“俞默焕，你怎么了？表情不对劲，你到底发生了什么事情？”苏韵不放心地说道。

“阿韵……”俞默焕闭了闭眼深吸一口气，缓下情绪，恢复那种不紧不慢的表情，只是眼神还是那般亢奋。

“什么？”

“若是有机会，去一趟白马寺，去找主持求一个签，一定要他解文。”俞默焕不该说一些话，可是他终究是忍不住要说出这句话。

“白马寺？怎么了？”苏韵不明就里地问着。

“那里有着你我这一生的幸福，也有着你我这一世的恩怨。但无论是什么样子的恩怨，无论什么样子的风浪，我只希望你知道，我与你终究是那分不开的一对，知道吗？”俞默焕其实是喝了一些酒的，只是苏韵看不出他喝了酒。

可是俞默焕将她搂进怀里的时候，苏韵却发现他的衣衫之上有着酒气。

“你喝酒了？”苏韵不确定地问道。

“嗯，喝了一点。”俞默焕点头，却是揉着她的发髻，“但是我没醉。”

“你酒量不好，我又不是不知道。”此时的苏韵权当俞默焕只是喝醉了，才说了这么多的醉话。

第九章
弱冠成年礼

俞默焕叹息一声，看着匆匆走开的苏韵，他抬起手，手里的温度稍纵即逝，可是他依旧想握在手心，攥住那属于他的温暖。

他温柔地笑开，这是他成年以后难得的笑容，更是难得的真心。

只是这个小丫头可还记得，过几天就是他的成年之礼了？她会不会只想着她的救父事情，却忘记去看他的成年之礼？若是真的忘记了他的成年之礼，怕是才会真的伤了他的心吧。

他将手心放在唇边一吻，再度笑起，看来明天要给小丫头说一下他的事情。

第二天艳阳高照，苏韵想着走出门去余杭船坊督查一下最近的造船事宜，看看到底是什么样的船可以比现在的船走得快一些。

她背着手，告别了母亲和妹妹之后，决定先去城郭处的阡陌水田走走，那边的水田最近正时兴一种叫作踏水车的东西，可以将低处的水提到高处来。不知道对她的造船术会不会有什么启发。

余杭水路四通八达，她最喜欢的就是从水北码头处，乘着一叶乌篷小船，晃晃悠悠地划船而去。

坐在这乌篷船里，点燃一个灯笼，若是起风了，顺风而去，自由自在地呼吸着春夏之交的幸福；若是下雨了，坐在乌篷船里，船里有着红泥小炉火，一杯暖暖的绍兴老黄酒，摇摇晃晃，欣赏着最忆是江南。

她一直喜欢余杭，喜欢烟雨朦胧的余杭，喜欢清如水的运河，喜欢两岸的绿柳成荫，喜欢四季的交替变换。

她光着脚丫子，哼着小曲儿，踢着水，带着难得的好心情。

“杭铁头咧苏空头，杨虚子喏抠明州，叼无锡哇恶常州，越州师爷，金陵大萝卜。”两岸的说书人正说着江南水乡的趣事，她瞪大了眼睛，将手放在耳边，闭着眼睛倾听着越州软语的趣事。

“正月开岁，二月绀香，三月桃良，四月秀蔓，五月鸣蜩，六月精阳，七月流火，八月未央，九月授衣，十月获稻，葭月潜龙，腊月嘉年。”那楼上的教书先生正教着私塾里的孩子们《诗经》里面的趣事。

也不知道是谁捣蛋，竟然采来那梨花朵朵，爬到了书楼之上，大把大把地撒着花瓣，白色的梨花纷纷而下，是那般洁白，让人看着如梦似幻，仿若仙境。

苏韵忍不住伸出手去，接住这飘飞而下的花瓣，放在鼻尖嗅了嗅，扬起一个大大的笑容。

春天的江南真是美到了极致，让人也不自觉地心旷神怡起来。

“你可知道两小儿辩日？”一旁扎着小辫儿的丫头抬起头看向刺绣的姐姐，奶声奶气地问着。

“孔子说的那个清官难断家务事的事情？这是《论语》的故事，小丽。”

苏韵听得出来那个姐姐是极度耐心的，只是妹妹却以为姐姐在敷衍她，不开心地嘟起嘴巴：“姐姐，可是你还没解释呢。”

码头之上，帮着茶客们倒水的姐姐，放下手里的水壶，揉了揉小丽的发髻：“你长大了就懂了。”

“可我还是不懂啊。”小丽依旧不依不饶。

苏韵扑哧一笑，将船划了过去，笑眯眯地靠近小丽，悠悠地说道：“那让阿韵姐姐来告诉你如何？”

“阿韵姐姐？你从京都回来了？”小丽开心地问着。

“回来了，喏，还给你带了一包长安的糖果。”苏韵从乌篷船里取出一包糖果递给了这个才五六岁的小丫头。

“阿韵姐姐真好，知道小丽喜欢什么。”

“那小丽想不想知道《论语》里面，孔老夫子是怎么说这两小儿辩日的呢？”

“想。”

“那小丽，现在是早上还是中午？”苏韵笑眯眯地看着可爱的小丽。

“是中午，这日晷都指向了午时呢。”

“那你可看见了自己的影子？”苏韵跳到岸上，绑住船，走到茶棚里，习惯性地端起茶来喝了一口，这一口很痛快，很解渴。

“姐姐，我的影子很短呢。”

“那早上和下午呢？”苏韵点了点小丽肉嘟嘟的腮帮子。

“很长哟。”

“可是你中午看到的太阳最大，早上看到的最小，不是吗？”苏韵指了指太阳，笑眯眯的，那小巧可爱的虎牙，在阳光底下闪着光泽，是那般娇俏和淘气。

“是啊。这是怎么回事呢？我的影子和这太阳的大小不一样呢。”

“所以你说这中午是太阳最大的时候呢，还是太阳最小的时候呢？你说得清楚吗？”苏韵接过小丽的姐姐小柔递过来的茶水，继续咕咕地大口喝着。

“我……”小丽挠了挠头，看来是真的想不明白。

“好了好了，你去一边玩吧，我还要跟你的阿韵姐姐，说些事情呢，乖。”

“哦。”

小柔将一卷竹简递给了苏韵：“阿韵，这是我爹从洛阳送来的书信，东都出了些事情，还要你赶紧抉择呢。”

苏家在这运河沿线上有着上千家茶馆和茶棚，小柔管理的这一处也是苏家为了漕运和河运而建造的。

“发生了什么事情？”苏韵皱着眉头，打开竹简仔细地阅读起来。

“听说是东家在东都的大牢里遇到一个怪人，这个怪人和杨太真似乎有什么交情，扬言要让东家好看呢。”小柔的声音有些着急。

“我爹在转运使的大牢里，怎么会遇到怪人？我去看我爹的时候没有看见什么怪人啊，这是怎么回事？”

“我猜想，兴许是有人知道了东家最近打算参加运河造船节，蓄意打压东家。”小柔煞有其事地说道。

“运河造船节？那不是四月的时候吗？对啊，眼看就到四月了，难道……”苏韵握紧竹简，有些不太清楚地看向远方，她的目光无法聚焦，她的心思已经混乱了起来。

若是真的要参加四月的运河造船节，怕是爹爹在大狱里就会遭受更多的罪，而且会延误了救助爹爹的最佳时期，也会破了杨太真给自己的最终期限，这该怎么办？

俞默焕说是能帮自己，他怎么帮自己呢？

此时苏韵深吸一口气，只想着俞默焕能够快点出现。

一个书生模样的男子从远处而来，笑眯眯地念叨着：“一月气聚，春梦初来，同声相应，同气相求，今世初遇宛如旧雨相逢，恍然一梦缘定三生。”

那好听悦耳的声音竟然让苏韵的心定了下来，俞默焕竟然跟来了？不知为什么，只要见到俞默焕，她就能安定心神，更能镇静下来。

“二月水谷，山雨欲来风已满楼，情虽初萌爱已盈袖。以情为水，以爱做谷，以心成窖，却不知这一次酿就的酒是甘醴还是苦酒？”俞默焕站在船头上，扬着衣袖，对着苏韵行礼，仰头喝下手中的酒，看向苏韵挑了挑眉。

两岸的少男少女们，开始起哄叫好，叫得苏韵羞红了脸。

“三月驼云，风雷震动于下而云雨囤积于上，情海波涛里有温柔细雨也有阴云密布，三月的驼云倾倒的是二月的水谷，有苦酒，有甘醴，如人饮水，冷暖自知。但却不知，我心她已知。”俞默焕再度敬酒，而苏韵则是捂着脸蛋，想要逃开，却被小柔抓住，只能红着脸。

“四月裂帛，人生相聚难免别离，恩爱愈笃难免龃龉，爱恨难分聚散依依，不断地裂帛，又不断地缝缝补补，心碎了，还有情；神伤了，还要爱。只是那人可知道我爱是她爱？她爱是我爱？”俞默焕大胆地表白着，今日是他弱冠之前的最后一天，他需要学着越州的习俗，对着心爱的女孩子表白心意。

“五月袷衣，风雨过后一弯彩虹，用锦帛再为心爱的人做一件无雨则遮风的袷衣，密密的针脚里缝进的是满满的情深深的爱，郎若有意知侬情，侬心为郎密密缝。但不知我的越州女，你可愿为我临行密密缝？有可愿为我绣一个上好的香囊，配一段上好的姻缘？”俞默焕温柔如水地看着苏韵。

“答应他！答应他！”

奔放的人们，开心地起哄，让苏韵无所适从，只能抓紧手。

“六月莲灿，荷叶田田，莲花绽放。柔情似水知郎意，花红胜火似侬情。却不知道我的阿韵可愿与我共度相思意？”俞默焕走下船来，抓住苏韵的手，轻声地问道。

“七月兰桨，桂棹兮兰桨，击空明兮溯流光，渺渺兮予怀，望美人兮天一方。击楫中流天各一方，聚少离多黯然心伤，兰桨不渡相思之海，锦书难托绵远之思。那你可知道像是有几分？”俞默焕不肯放过害羞的苏韵，继续大声地问道。

“八月诗禅，人心易变，直道难行，由爱生恨，猜疑实多，隐语诗禅，我心悱恻。九月浮槎，相思如渴，秋尾浮槎，云淡风轻，纵然是天河海上，挡不住心海系舟、神游意会，金风玉露一相逢，便胜却人间无数。而你便是我的最美风景，你可知道？”

俞默焕继续大声地说道：“十月女泽，从最崔嵬的男峰遥望最温柔的女泽，远望，当归。十一月乘衣归，柴门闻犬吠，风雪夜归人。寒衣早织就，远人方归来。十二月风雪客，一天风雪，人生寂寞，欢聚嫌夜短，忽忽远行客。而我想对你说，陌上花开，君可缓缓归来，我可等你缓缓归矣。你可愿与我白首同心？与我执子之手？”

第十章
只为你取字

俞默焕永远是那般温柔，笑容浅浅，一手在前，拿着一把折扇轻摇，儒雅之中透着一点书生的写意风流，一手在后，拘谨之中显出他的细腻情感。

这样的男子，像是山水写意中才有的那种男子，阔达却又敞亮，给人一种明媚阳光的感觉，似乎只要有他在身边，便如同阳光倾洒而下，让人感觉到光明的同时还感觉到了温暖与安全。

这样的男子，真的是江南烟雨之中才会孕育出来的男子，细腻而又体贴，给人一种江南小生特有的白面温柔，给人一种最忆江南才有的朦胧憧憬。

她望着眼前这个男子，听着这个男子一遍又一遍地说着“陌上花开，待君缓缓归矣”。这话太美，美得她那颗心都颤抖了起来。

娘曾说过这世界上最美的感情来自《诗经》，她以前不懂《诗经》的美，不懂那“一日不见，如三秋兮”的思念，不懂那“青青子佩，悠悠我思。纵我不往，子宁不来”的缠绵。

可如今，在他用自己的语言去解读那《诗经》之美的时候，她终于懂了，懂了这男女之间的爱情是那般地美好，犹如天上的明月，月光如水倾洒而下，谁都逃不开，谁都避不开，只能互相看着，互相望着，这一眼便是万年。

她知道自己的脸已经羞红，可是她更知道自己被他人告白的心是腾飞的，一种雀跃而无法按捺的幸福感，她喜欢这种陌生的感觉，也喜欢这种强烈的感情。

当她被好事者推搡一下，被推到俞默焕怀里的时候，她情不自禁地笑了起来，更是点了点头。

欢呼声在周围蔓延开来，越州的民风自开唐以来，越发地开明活泼，男女对歌求爱告白，已经成为再现《诗经》精彩的习俗。

俞默焕搂着怀里的这个小丫头，笑眯了眼睛，看来她喜欢自己这突如其来的告白，而他更是满意她的羞涩如花。

他低下头，在她的耳边，小心翼翼地，生怕惊动到这个小天使一般，温柔的声线，顺着那突出的喉骨，发出令人沉醉的声音："阿韵，若是你应了我，去我的乌篷船，坐一坐可好？"

苏韵眼下恨不得将自己埋在俞默焕的怀里，避开众人那欢呼雀跃的声线和过于热情的视线，只能点头算是同意。

俞默焕将这个不知道如何走路的小丫头打横抱起来，瞥了一眼她手里的竹筒，并未多话，将她带到自己的乌篷船上，命令小厮开船之后，便取过船舱里的斗篷盖在了她的身上。

"阿韵，这水雾有些大，盖上我的斗篷，也暖和些，毕竟仲春也是有些凉气的。"俞默焕为她仔细地盖上披风，又为她取来暖暖的绍兴老黄酒，递给她，"暖一暖。"

苏韵笑眯眯地接过黄酒，喝了几口又想到什么，深吸一口气，抬起头看向俞默焕："你怎么知道我来这边了？"

俞默焕笑了起来，他习惯性地揉了揉她的发髻，一副宠溺的模样："余杭就这么大，你去哪里，我自然知道。"

俞默焕为她擦着嘴唇，擦掉那残留的酒渍，而她则是抓住他的手。

"我又不是小孩子，不再是你小时候看到的带着口水兜兜满街跑的野丫头了。"苏韵这话才一出，就被俞默焕那似笑非笑的眼睛给闹了个大红脸。真是该死，自己好端端地提小时候的糗事做什么？这不是自找难看吗？难不成人家跟你表白了，你就跟人家掏老底了？尽管这老底俞默焕都知道，可是也不该这么明着说出来。

苏韵习惯性地咬着嘴唇，却被他伸出来的手指挡住："阿韵，不要咬嘴唇，会痛。"

"可是我不会痛啊。"苏韵诧异地看向俞默焕。

俞默焕皱了皱眉："傻丫头，我会痛。"

这句话让她再度羞红了脸，这个俞默焕自从十二岁以来，就开始这般能说会道了。每次他一出现都非要给自己一个满堂彩式的见面会不可，而每一次她都要红透了脸蛋，不敢直视这个家伙。

一阵沉默之后，俞默焕再次打破了这种沉默，他知道自己这成人之礼必须要她来参加才完美。

"阿韵，你知道明天是什么日子吗？"俞默焕笑了笑，他帮她挽着碎发，等待她的答案。

"什么日子？黄道吉日吗？我查查老皇历，如何？"苏韵傻傻地从腰间拿出随身携带的老皇历。这走船的人家，势必要带着老皇历才能够清楚这一天是适宜出行还是适宜居家的。

正当苏韵兴致勃勃地算着明天的日子，俞默焕把手盖在了她的手上，另一只手抬起她的下巴："难道你这么不关心我吗？"

不知道为什么，他有些怨念，不清楚这个笨笨的丫头，为什么会忘记了自己这么大的事情。她真的不知道弱冠对于男子意味着什么吗？

“什么事情？”苏韵傻呆呆地问出口，突然住了嘴，啊……这不是俞默焕二十弱冠的日子吗？真是该死，这么重要的日子，她竟然给忘记了。

可这也怪不得她，她一回来四处碰壁不说，苏家的资金更是日益短缺。如今柴米油盐酱醋茶，样样都要钱，她必须要在去营救父亲之前打理好现在的一切，让母亲和妹妹衣食无忧。再说她每天都忙得前脚打后脑勺的，她真的不是故意的。

她嘟着嘴巴，斗着手指，只能假装可爱，嘟嘟囔囔地说着：“《礼记·曲礼上》记有：男子二十冠而字。男子，年至二十，便要在宗庙中行加冠的礼数。冠礼由父亲主持，并由指定的贵宾为行冠礼的青年加冠三次，分别代表拥有治人、为国效力、参加祭祀的权力。这是你的成人礼，我怎么敢忘呢？”

俞默焕看着苏韵讨好的模样，点着头，一副算你有良心的模样：“我加冠的时候宾客会问我父亲取什么字，你觉得我取什么字比较好？”

这句话却把苏韵给问倒了。她读书不多，就连她及笄的时候的字都是俞默焕托人转给他爹的，他给她的字是“俞娘”。

说起她自己这个字，她真的是无奈至极，就因为这个该死的俞默焕说什么“俞”是空中木，是为舟亦是船的意思，苏家是漕运河运的大家，苏家的大小姐取字俞娘，便是指造船以及河运之家女子的意思。

她那个同样读书不多的爹，竟然同意给自己这个草率的“俞娘”字。可是这俞娘的字得了之后，她就被迫与这个俞默焕绑定在了一起，毕竟出嫁随夫姓，她就成了俞苏氏，还是逃不开“俞”这个姓氏。这个俞默焕，有时候真的是鬼精鬼精的，简直是让人无可奈何。

“怎么？我给你取的字不好吗？别忘了《淮南子·汜论训》中说，古者为榆木方版，以为舟航。”俞默焕明知故问地说着，倒是把苏韵给说了一个黑脸。

“你读书多，我比不过你，但是你说你给我一个愉快的‘愉’也行啊，哪怕是雨水的‘雨’也行啊，非要你的姓，谁不知道你的小心思？”苏韵一时气不过还了嘴去，却给俞默焕逮住了机会，一亲芳泽。

他借着船颠簸的机会，一把将她搂在了怀里，顺势吻到了她的唇上，他在保持住平衡之后，却装作什么也没发生一般，仅仅是轻咳一声，便继续说道：“你既然知道了我的小心思，我那精明的苏叔，未来的老岳父又如何能不知道我的小心思？只能说我取的字，苏叔认可了，那便你该是我俞家的媳妇儿，是我俞默焕的小娘子，对吗？”

苏韵嘟起嘴巴，轻啐一口：“呸……书生面相，黑厚的心肠，简直就是偷香窃玉的坏人。”

“那你就是那引诱他人偷香窃玉的小姐了？”俞默焕这一反嘴，让苏韵再次脸红起来。

这开唐以来，南北通商，四方来朝，唐朝的女子们习惯了看一些戏本子和小画书。更有那皮影戏里面唱的痴男怨女，整日里说一些风花雪月的故事，让她一个不过十五岁的女孩，一个充满生活希望和憧憬的女孩，怎么能不动心？

“你要是再欺负我，我就不帮你取字了。”苏韵嘟起嘴巴，她知道怎么反击这个聪慧过人的俞默焕。

“哦？你可想到了？”俞默焕点了点她的眉心，等待着她的下文。

她望着眼前的这个男子，这般眉目如画，当真是吸引女生，尤其是笑起来的模样，那般温柔，那般温暖，真是女子的致命伤，连她都抵抗不了他的魅惑之力。

“你说榆木方版，以为舟航。那你叫作沐舫，如何？”苏韵随口一说，可没想到这俞默焕真的听了就进去。

“沐舫？哪两个字，写到我的手心里，我瞧一瞧。”俞默焕认真地看向苏韵。

而苏韵竟然有一种上了贼船下不来的错觉，望着俞默焕那认真的模样，写下“沐舫”二字。

第十一章
待长发齐腰

俞默焕笑着沾着茶水，写下“沐舫”二字，笑了起来：“倒是个有趣的字，只是这字……虽然形象，却不适合我这样游手好闲的男子。”

“应该叫什么？”苏韵挑高了眉，她不信这个家伙能说出什么好的自称来。

“乐人生百武，了然了然；天青而高耸，湛蓝湛蓝。我这一生若是知足常乐，天伦为重，便是这世间最重情、最守义、最顾家的男子，甚好甚好。”俞默焕抬起头，那明亮的双眸闪动着耀人的光芒，这光芒仿佛能勾魂摄魄，苏韵竟然看呆了去。

总是听人说俞默焕长得不错，她以往也只是羞涩于他那滔滔不绝还不带重样的情话，压根没有仔细看过这人的面容，如今细细看来，倒是真的白面书生，俊俏得很。

“怎么？阿韵可是觉得我这‘乐天’二字不够好？”俞默焕这一笑，随着那风吹过河水带来的仲春的清新，让她不自觉地陷入这春水荡漾迷人眼的梦幻之中，只留下一个呆子的模样，供人取笑。

他伸出手来，晃了晃，自得地笑开：“我的阿韵长大了，竟然懂得看我的容貌，端详我的容色了吗？”

这句话说出来真的是羞死人了，苏韵连忙端起茶杯，以喝茶掩盖自己的丢脸，却依旧无法止住俞默焕的闷笑。

她皱着眉，嘟着嘴巴，看着眼前这个笑得不肯停止的男子：“你笑够了没有？要是再笑，你明天的成人礼我不去看了。”

她懂得他，只要是她的威胁，他都会老老实实。

果然俞默焕停止了笑容，只是长叹一声：“你呀……就是容不得我乐上一乐，唉……”

俞默焕从她的手上取过竹筒，斜靠在窗前仔细地看着，一边看一边看向苏韵，那表情由方才的嬉笑改成了一本正经的模样，他的手指习惯性地敲着桌子，皱起眉。

“东都洛阳，是谁的天下，竟有人这般去卖好给杨太真？难道不顾礼法，不顾王法了吗？”

这句话像是说给苏韵听，又像是说给他本人听。

“我不知道爹爹在大狱里到底受了什么罪，但是你我的日程安排必须要加快再加快才行了。”苏韵深吸一口，“我这几日打算去采风，寻找一些加快船只航速的方法，你可愿帮我？”

“这是你今天出来的缘由？”

“嗯，我听说踏水车最近很流行，我想知道其中有什么原理，更想知道这能用什么方法做成。”

这一年，也许苏韵根本不会想到，她不过是去乡间小道看了一眼那踏水车，不过是在典籍里埋头读了一些书籍，竟然创造了大唐造船历史上的又一个里程碑——车轮船。只能说，历史滚滚而去，每一个人都在扮演着重要的角色，只是身在当时，当局者迷罢了。

苏韵走到踏水车面前的时候，是欢快的，这踏水车果然如听说的一般，将低处的水通过人工踩踏，引到高处，顺着水渠浇灌着周围的田地。

田地之间，纵横交错，水渠依次而去，不遗漏一块田地，不绕过一块田地。这真的是上古时代造就的智慧，这种智慧福泽后世，更是将靠天降雨才能丰收的漏洞给填平。这种发明，作为一个造船坊的当家人，她真的是感叹的，感叹那句巧夺天工。

苏韵情不自禁地走到踏水车上，一步一步地踏着，虽然有些吃力，却能够感觉到水被引上来的幸福。

“阿韵，你可想到了什么？”俞默焕看着笑得很是幸福的苏韵，温柔地帮她擦着额头的汗珠。

苏韵害羞地想要抓住他的手，却被他成功地避开，他依旧执拗地为她擦着汗珠，不管她的脸有多红，也不管周围的人看得有多么起劲，他只做他想做的事情罢了。

“嗯？阿韵？你又神游太虚了？”他揶揄着这个总是喜欢害羞的丫头，也享受着她害羞的小模样。

“我自己来就好，你不用帮我……我……”苏韵还没说完，却被俞默焕抢了话题。

“你只要告诉我你想做的，稍后的事交给我就好了，至于旁枝末节，不是你该想的事情。这灵感总是突然而来，稍纵即逝的，若是你跟我斗嘴而忘记了，可是得不偿失的，傻丫头。”

俞默焕的这番话让苏韵不情不愿地“哦”了一声，她无奈地将自己散乱的辫子从背后抓了过来，准备打散了再编一次，以此来缓解她的羞涩，却被俞默焕给抢了去。

“听说新婚小夫妻，丈夫最喜欢的便是清晨早起为自家娘子绾发，你这发还是交给我的好。”俞默焕走到她的身后，将手帕交给她，为她仔细地编着辫子。

而她舔舔唇瓣，紧张地搓着手里的手帕，他真是的，这周围这么多人，他不知道他这般会让她很害羞吗？可是她为什么会感觉到丝丝的甜蜜和幸福呢？那周围投递过来的女孩子羡慕的眼神，让她竟然有一种飘飘然的感觉。唉，她果然被他带坏了。

俞默焕将铜镜递给她的时候，她快速地抓过铜镜往旁边的乌篷船里跑去，而俞默焕则是慢慢走着，背后的口哨和叫好声，竟让他兴冲冲地摆了摆手："等定好日子，请大家到我俞家去喝喜酒、拿喜糖，乡亲们一定要来哟。"

苏韵再也忍不住，对着小厮大声喊道："快开船！快点！丢死人了……"

俞默焕看着苏韵这般，哈哈大笑起来，那笑容里有着幸福，也有着青春的肆无忌惮。

俞默焕走进乌篷船船舱的时候，她已经开始像模像样地画着一艘船的模样。

他知道这时候他不能打扰这个正在思考的女孩子，他托着腮，温柔的目光犹如那绵延不断的春雨，滋润着眼前这个被爱情包裹着的小女人。

人们都说认真的人是最美的，他现在感觉，认真思考的阿韵真的很美，那是一种专注的美，更是一种自信的美，一种由内而外自信向上的美。这种美极具感染力，让他的内心也跟着光芒万丈起来。

"你在看什么？"苏韵抬起头的时候看到俞默焕笑得很温柔，却不知道他在笑什么。

"看你。"

"我？我有什么好看的？"

"看我的阿韵……终于长大了。"俞默焕笑了起来，他其实不是个很爱笑的男子，却唯独面对阿韵的时候，总是不自觉地保持着笑脸，也是发自内心地想要笑着。

"我长大了？什么意思？我不是已经成年了吗？"苏韵诧异着，在她的心目中及笄便是长大成年了。这成年的女子怎么还叫作长大？

俞默焕摇了摇头，温柔而又深情地缓缓说道："阿韵，你还记得自己小时候的头发是什么样子吗？"

"几岁？"

"七岁。"

"嗯，大概到这里吧？"苏韵比画着。

"是啊，那时候你的头发稀疏而短，扎个发髻更显得稀稀疏疏。如今这浓密的秀发，青丝飞扬，已经到达腰际。那句话怎么说来着？啊，对了，叫作待我长发及腰，书生娶我可好？"俞默焕看着苏韵的脸再次羞红，他继续说着让她害臊的话。

“我黄髫小儿，发髻团团，却与你竹马相随，如今你长发及腰，丫头，你可记得那年年少？

“我蓝衣布袄，青绳小辫，却与你提灯嬉笑，如今你长发及腰，丫头，你可记得那年瑞雪？

“我总角宴宴，乳牙未掉，却与你纸鸢看潮，如今你长发及腰，丫头，你可记得那年钱塘？”

俞默焕靠近苏韵，对着她的耳朵清楚地说道：“如今你长发及腰，阿韵可记得那年青梅之约？”

第十二章 赶上碰瓷儿

“俞默焕……”

“嗯？”俞默焕的脸被苏韵无情地推开，只能揉了揉脸蛋，他的阿韵还是那么害羞，看来他要多多地让她习惯他的亲昵才对。

“你这人来找我肯定不是陪我喝茶闲磕牙的，肯定有事，对吗？我不相信你只是来逗我开心的，我更不相信你这次出来只是为了看个热闹。”苏韵知道俞默焕这般在人群之中出现，必然是有了非她不可的事情，她想知道，这是什么事情，是不是与爹爹有关。

“嗯，是有些事情，只是你把我无情地推开了，还不介意将我的脸推扁了，我不高兴了。”俞默焕揉了揉脸，一副不怎么开心的模样。

“那你要告诉我与什么有关，我就给你赔不是。”苏韵讨价还价的习惯，从小时候跟着爹爹走南闯北就养下来了，她习惯性地用交易来做任何事情，也习惯你来我往，虽然这样显得有些市侩，显得她没有太多的人情味。

可是有些事情，有些时候，明算账还是比较好的，省得不清不楚，更加麻烦。

“你这是要跟我泾渭分明吗？那我就更不说了。”俞默焕拿乔，摇了摇头，一副不想说的模样。

苏韵哪里容得下这个家伙在自己面前浪费时间，她猛地站起来，准备往船外走去，俞默焕皱着眉，本能地抓住她的手，他有些哀怨地看着这个小丫头：“我就让你这么难受吗？”

“我不是难受，而是我想知道我问的话，你到底给不给我说，若是你不想说，眼看时限将至，我没闲工夫陪你东拉西扯，更没有那么多的时间陪你东逛西逛，抱歉。”苏韵现在只感觉到了危机，父亲还在大牢，吉凶不知，她不能置之不理。

他的睫毛很长，伴随着这透进来的阳光，为他敛下一片暗影，从侧面看去，他的侧颜俊俏而又美好，果然是一个十足的白面书生俏郎君，倒是让女子见了就有了怀春的小心思。

只是他的眼睛为什么那么忧郁？他的嘴唇开始抿紧了，似乎有发怒的征兆，她做错什么了吗？没说错话呀，她说的可是事实啊。她很想挠头，可是她忍住了，只能硬着脖子看着这个略显失望的男子。

“阿韵，在你看来，我到底是什么？”

“什么是什么？”苏韵不知他什么意思，一脸莫名其妙的模样，半张着小嘴，想当然地说道。

“我可以理解你小，也可以理解你矜持，但是我做不到，能够完全地理解你这般地视若无睹。我对你不够好吗？”俞默焕想不通，他刚才告白的时候，她是那般地欣喜，他更不明白，他逗她害羞的时候，她又是那么地受用，怎么这会子却说翻脸就翻脸了，一点也不顾及他的感受？

“没有啊，你对我很好。”苏韵后退一步，却被他抓住了胳膊，他将她拽回到眼前，与他隔着船舱里的小案桌，他们犹如掰手腕一般，一边一个，互瞪着对方。只是他的眼里带着失望，而她的眼里带着诧异。

“没有？是啊，我确实没有对不起你的地方，更没有对你不好的地方，为什么在你的心里，对我的爱恋没有一点涟漪？”此时的俞默焕毕竟才二十岁，他不知道有些话不能说，也不知道有些话一旦说出口，就会意味着要永远改变不了她对自己的抵触，他更不知道此时他的愤愤不平，为他的追妻大业制造了无穷无尽的困难。

若是他再年长十岁，若是他有了一些经历，也许他不会有如今这般的动作和语态，更不会不经过大脑地说出这些混账话。怨只怨，那时他年轻不懂事，而她也是年纪小，两个脾气比较倔强的人，在最风华正茂的时候，发生了一场最不愉快的辩论。

可是事实没有如果，命运没有重来，他自己造了孽，只能自己吃苦果。

“涟漪？我不懂？我父亲身陷囹圄，而我作为嫡长女，却要在这里跟你亲亲密密，还要与你风花雪月，你说这像话吗？抱歉我给你了错觉，这是我不对，我现在离开。”

苏韵这话说得好像是大家好聚好散一般，俞默焕的心一下子慌乱起来，他抓紧她的手：“阿韵……”

“你放手，我还有要紧事，你想要生闷气，恕我不能与你同步。”苏韵挣扎着想要他放手，奈何他就是铁了心地不肯放手。

“你想做什么？”

“阿韵，不要走，我有些话还没说完。”俞默焕还想说什么，却被苏韵打断了谈话。

“你不想帮我，而我这人有自知之明，绝对不做强人所难的事。”苏韵此时想起了俞家老宅的事情，毕竟那俞家的人想要窃夺苏家的家业，这俞默焕是俞家的人，他又怎么会帮她苏韵呢？看来一切都是她想多了。

“不，阿韵，我想说的是两件事。”俞默焕还想说，却被苏韵冷酷地再次打断，此时苏韵的眼睛里带着寒星和失望，她已经彻底把对俞家大院的恨意转嫁到了俞默焕的身上。

“俞大少爷，容我离开，我一点儿也不想知道你要说什么。”苏韵再次用尽全力去推俞默焕的手，俞默焕却是越抓越紧，甚至牢牢锁住了苏韵的双手。

他将她的手按在了案桌上，他的双目明亮有神，却又是那般地急切：“阿韵，我想说的是荔枝的保鲜方法我找到了，难道你都不想知道了吗？”

“不必了，我想我也不是个笨蛋，我一定能找到另外一种保鲜的方法。”

“可是我已经帮你找到了，而且是最省钱的方法。”

苏韵看向俞默焕，不理他的急切，一副拒不接受的模样。

“阿韵，你不要任性，这是事关苏叔的事情，你不能这般地倔强。我找到了方法，你……”

“我什么？你找到了方法，我就要对你感恩戴德吗？”苏韵冷哼一声，“对不起，我这人不接受。”

“阿韵，除此之外，我还知道江南转运使李皋到了余杭，难道你不想知道他在哪里吗？造船节即将到来，你不想趁这个机会，让陛下知道你的杰作吗？你难道不想想，若是造船节上你真的造出来一艘好船，对于苏叔，对于苏家，对于大唐意味着什么吗？这些你都不想吗？你拒绝我，一时意气之后，可知道会错过什么？”

俞默焕的音量拔高，虽然他还是不明白阿韵为什么突然爆发，但是他此时只想让阿韵知道他的意思，他是真的想帮助苏韵的。

“是吗？李皋，皇亲国戚？你知道的倒是详细。”苏韵毕竟从小就在这漕运和河运上摸爬滚打，更知道造船节对于苏家的意义，她或许不是个好脾气的姑娘，却是一个精明的商人，对于折本的事情，她是不会去做的。

“是的，就是这个皇亲国戚李皋，我知道他在哪里，也知道如何找到他！”俞默焕知道苏韵已经接受了他的建议，他心里呼出一口气，还好还好。

“你可知道我距离杨太真给的日期越来越近了？如今已经是十天过去了，而我一无所获，你觉得我还有时间去参加造船节吗？”苏韵说出另外一件让自己头疼的事情，她了解俞默焕，这个俞默焕若是能说出一个法子，必然会为了这个法子找到排除万难的解决渠道，而她静待答案即可。

“从现在开始算，你有十天的时间造船，造船节之后，你即可送荔枝去长安，还是有时间的。”

“你倒是算得清楚，只是这样时间如此紧迫，能赶出来？”苏韵有些不开心地说道，她的语气里带着埋怨，她想让他知道，他耽误了她的计划，让她没有办法造船。

“我知道你担心什么，但我相信你一定能够做到。你现在需要做的就是查验我的保鲜技术，而且关于造船图纸，我已经画出来一些雏形，你只要看看哪一个符合你的要求就好。”

“你倒是能算计。这是为我早就算好了一切？”苏韵其实是满意于俞默焕这种军师性质的人才的，只是讨厌他太过自以为是，以及对她要求太多。

“为你，我早就愿意付出一切了。”他望着这个终于雨过天晴的小丫头，无奈一叹。

第十三章
又一个碰瓷

这时，船剧烈地摇晃起来。“俞默焕，你个蠢材，又跑出来丢人现眼啦？”一个公鸭嗓的男人在船外大喊大叫着，让苏韵有些不开心，也成功地让俞默焕黑了脸。

此时船摇摆不定，苏韵一个站立不稳，直接倒入俞默焕的怀里，俞默焕也没有控制住平衡，抱着苏韵倒在了船舱里，他的后脑勺撞到了案桌，所幸没有受伤。

可是苏韵却有些尴尬地想要起身，可这船越来越晃动得厉害，只听到窗外那人大笑道：“就凭你，还想参加几天后的造船节？简直是笑话！你还是好好地卖你的青瓷，赚你走街串巷的小钱就行了。”

俞默焕此时哪里理得了外面那斯的叫唤示威？他眼下只想让苏韵毫发无伤，这船摇晃得太厉害，尽管他用了最大的努力去保持平衡，却依旧不能保证她不会受伤。

苏韵本想抬起头，离俞默焕远一些，可就在这一推一挪动的时间，摇晃的船只将她带到了船梯子上，只听咚的一声，她的额头起了一个不大不小的红印子。

她捂着额头，皱着眉，这疼痛倒不是第一位的，最让她难受的是外面那聒噪的示威。

“俞默焕！你哑巴了？你想让我一下将你撞到船底下去吗？你想当一个落汤鸡？”外面男人讨厌的声音再次传来，“看你不说话，我当你同意了啊！来人啊，给我撞翻这船！”

俞默焕抿着嘴巴，他此刻没有时间去反唇相讥，他一把将苏韵拉到身边：“阿韵，一会船翻过来的时候，我把你托高，你从窗口爬出去，要快。”

“那你呢？”

“不用管我。”

“可是……”苏韵此时有些不舍，有一种生离死别的感觉在她的心底晕开，让她不开心，也让她不放心。此时她的心竟然砰砰地加快了节奏，她真的担心俞默焕这个家伙。

“没什么可是！阿韵，我水性不错，而且我是男人，你不用担心我。”俞默焕此时容不得苏韵吞吞吐吐，犹犹豫豫，他当机立断地将苏韵从窗口托了出去。

此时整个船翻了过去，而他则是在狭小的船舱里，与下沉的速度拼命，他需要竭尽全力地往外游去。

“啊哈哈哈……俞默焕，这下看你还怎么保持你的假惺惺的嘴脸！怎么样，爽不爽？”那人还在船上大叫。

苏韵从水底游出来的时候，四处看着，却没发现俞默焕的身影。莫非俞默焕还没从那沉船里面游出来？

苏韵深吸一口气，凭借着多年练就的憋气，她在水底寻找着俞默焕的身影。可是任凭她怎么找，都找不到俞默焕，这河水不深，水也不是多么地浑浊，为什么找不到他呢？

此时她的心跳越来越快，一种他会死亡的恐慌席卷了她，这种恐慌从指尖传递到了全身，将她整个人变得愈加僵硬和冰冷。

她无声地张了张嘴，想喊俞默焕，却喊不出来，只能呆呆地四处找着，只能一次又一次地将头探出水面，再回到水底去寻找那个一直让她觉得安心和温暖的大男孩。

“哟……这是谁啊？这不是苏大小姐吗？你来这里做什么？瞧瞧这一身湿透的，啧，想想也是，你现在还能做些什么？只能跟一只随时会脱毛的蠢狗一起窝囊一辈子了！”

苏韵抬起头来，这个说话的人，她认识却不是很熟，这个人是从家的二少爷从坤，一个向来游手好闲，喜欢四处欺负人的路霸，更是一个难缠的刺头。

“怎么？你是被我说中了内心，伤心欲绝了？”从坤的公鸭嗓子再度升高，引得苏韵频频皱眉。

苏韵一脸嫌弃地看向从坤：“我伤心欲绝？哪只眼睛看出来的？”

“我两只眼睛都看到你的眼睛红红的，怕是要哭了。难道你怕自己成望门寡？不过也难怪，谁让你那爹眼神不好，给你找了这么一个短命鬼。不过呢，大爷我不嫌弃你是个守望门寡的，你要是愿意做我的小妾，我倒是可以抬举你一下。”

从坤蹲了下来，看着在水面上保持着平衡的苏韵，却看到苏韵挑高了眉毛：“你把我撞到了水里，害我出丑，还想让我与你好？”

“怎么？我从坤也是余杭有名的阔少，你跟着我能吃什么亏？”从坤伸出手指，拿出手帕擦了擦汗水，“你打算在这河水里待多久？待得我都厌烦你这一身的土腥气了。”

“我待多久，与你何干？”

“你要是叫我一声从哥哥，今晚与我一起，那我可以让你上船，如何？”从坤似乎在晓以利弊，可是他的话没一句是中听的。

“我苏家即便是瘦死的骆驼，也比你从家大。再说我上了你的贼船，怕是会被我爹打断腿，依我看，我还是不要自找难看了，毕竟跟笨蛋在一起，日子久了也会变成傻子。”苏韵撇了撇嘴，极其厌恶地转身，打算游回岸上。

“苏韵，你挑衅我？你以为得罪了我能成功上岸？来人！”从坤伸出手，指向苏韵，“将她给老子用渔网网上来，老子当众给大家乐呵乐呵。”

苏韵回过神来瞪着这个胆大妄为的从坤：“从坤，你敢！”

“我有什么不敢的？你苏家如今是孤儿寡母，我不欺负你，谁欺负你？你就是太欠缺教训，左右大爷我今儿个有足够的时间，要好好地教训教训你。”从坤一呲牙，那歪七扭八的牙齿在阳光下，闪出森森白光，像极了恶鬼。

“教训我？我看你还不配。”苏韵从腰间拿出随身的小皮鞭，她准备将从坤拉下水。

这从坤看清楚苏韵手中的皮鞭，笑得前仰后合：“你以为你这样就能拿我怎么样吗？你在水里，我在船上，你可知道？你个傻妞！”

“我不知道我的法子行不行，但是对付你，足够了。”苏韵快速地伸出鞭子，卷住从坤的脚，一个使劲儿将从坤拉到了水里。

她一个使劲，双脚踢向了从坤的肚子，尽管这水带了阻力，减缓了她的力道，却依旧给了从坤一个措手不及。

一入水，从坤就呛住水。连喝好几口水之后，从坤想着从水里游出来，却被苏韵抓住手，她靠着自己身体的惯性，拉住从坤就往水底下沉去，这让毫无防备的从坤又接连喝了好几口水。

可是偷袭终究是偷袭，反应过来的家丁，纷纷跳入水里，苏韵知道他们要救从坤，而她除了趁乱再给从坤两巴掌以外，只能快速地游开。

所幸她的水性极好，游泳速度鲜有对手，她像个水中的美人鱼一般，快速地游到一旁，看着从坤被人救上船，咳嗽不止的从坤一边指着苏韵，一边愤恨，可是他却说不出半句话来，只能剧烈咳嗽。

“咳咳……你这个贱人……我要将……你在这里……践踏至死！你这个……没爹护着的……浪蹄子！”从坤咳嗽了半天，终于缓过来，指挥着手下打算去水底下绑人。

可就在这时，那本该在水底的俞默焕，却换好了干燥的衣服站在了另外一艘船的船头，他的船从一侧快速地撞向从坤的船，将从坤再度撞入水里，而苏韵却被俞默焕直接拉上了船。

俞默焕解下自己的外衣，为她披上，在她耳边说道：“不要让别的男人看到你这副样子，快穿好衣服。”

这声音不大，却让她害臊了许久，这话，她反驳不来，驳斥不能，只能干受着。

再度回到船上的从坤指着俞默焕："咳咳咳……你这该死的混蛋，竟然想谋杀我？"

"你撞我的船，不许我撞你的船？这是什么道理？"

"你可知道你欠我什么？你欠了我的，我来讨要，你还不了我，我就撞你，怎么了？"

"霸王逻辑。"俞默焕冷冷地说道，他转身想要走开，却被苏韵拉住了手。

俞默焕看向还站在他身边的苏韵，皱了皱眉："你怎么还不进去？"

"阿焕，我想知道，他和你到底发生了什么。"苏韵看那叫嚣得很凶的从坤，诧异道。

"不过是年前我和他打赌，结果他输了，没什么大不了的。"俞默焕避重就轻地回答道。

"不过是打赌？俞默焕，你说得倒是轻巧！你当时有一份大单子，因为原料进不来，就找我想办法。我好心借给了你一批原料，可你却给我次货的价钱。我气不过来找你茬，哪里有错？再说你身边的这个小女人，今日里惹到了我，我教训她，又是哪里不对？"

苏韵看向俞默焕，这是真的假的？怎么感觉一切有些不对劲。

第十四章
从坤劣迹斑斑

俞默焕的眼睛闪烁着光芒，只是他的脸上却依旧是云淡风轻的模样，而苏韵隐隐感觉出来其中的不对劲，但是她却又说不出具体哪里不对劲。

“怎么？被我说得哑口无言了吗？”从坤气呼呼地抹了把脸，自以为很是潇洒。

“哑口无言？我只想说这从家有你这样的二少，真的是从家的悲剧。”俞默焕缓缓说着，一边说着一边摇头，一副恨铁不成钢的模样，“这生意场上的事情，本就是白纸黑字，买卖公道。你们从家既然签了字，就该认下这笔生意。再说……”

俞默焕的声线本就是温润的，他蓄意压低的声音，更让他显得沉稳而又老道，不愧是少年商业奇才的他，句句在理，字字打击着从坤，从坤在他面前仿佛就是个跳梁小丑一般。

“再说什么？”从坤有些急切，他想抹黑俞默焕，却发现这厮滑溜得有如泥鳅。

“首先，我俞家在需求原料的时候，你们家正好赶上那不成器的从大少爷从巽烂赌输了整个织布坊，这杭绣虽不像苏绣闻名大唐，好歹也是丝绸之路上的常见之物，而拥有最大的织布坊的从家却因为烂赌贱卖了维持生计的物件，任何一个有常识的人，必然知道你们比我俞家更需要订单！是我俞家给了你们订单，不是吗？”

“你言下之意，就是我大哥烂赌，我大哥活该，活该输了织布坊，活该我爹被逼无奈接受你们家的无耻条约吗？”从坤大声地吼了回去，可是聪明不是比谁嗓门大，睿智也不是比谁更能说话。

“无耻条约？从家和俞家签订的日期算起，都已近一年，这一年的光阴，说长不长，说短不短，随便哪一天，你们都可以来跟我说，也可以表达你们的不满。为什么，你们偏偏选择在你们救下织布坊，且扭亏为盈的时候来跟我讨公道，并且是在你们高调宣布将胚土卖给殷家时才来跟我讨说法，你不觉得这么做，会让人耻笑吗？”

“耻笑什么？你恶意压价，还不允许人说道了？”从坤显然没理解俞默焕的言下之意，可苏韵的眼珠却转了一圈，这俞默焕这么说分明在说从家白眼狼，竟然对救他们一命的俞家反咬一口。

“首先，我俞家是贴了布告，等待大家自动上门，这是愿者来，否者走的事情，可是你的父亲亲自上门来跟我父亲和我商谈。其次，你们从家既然不愿意接受胚土的价钱，大可以不来我俞家，可是你们却来了。最后，你们从家不在三个月之内提出建议，不在半年之内提出异议，更不在一年之内提出抗议，反而在一年之后，直接来撞我的船泄愤，不知道你这般做，可想过，你们从家的名声？”

俞默焕的话很淡，可是话中的含义很深，这深刻的含义令苏韵陷入深思，她不清楚这俞默焕说的所谓好心是否真的好心，虽然表面上看起来确实是好心，可是她还是会质疑一下这个从巽输掉织布坊到底是谁设下的局。虽然这个局很简陋，只要不是烂赌鬼都不会去上当，可终究还是有人这么做了。

难道说从巽输掉家底真的是这厮一手操办的局？可是为什么要这般去对付从家呢？

苏韵很诧异，但是她尽管诧异，却知道商场之上，本就没有太多的道理可谈，谁更聪明，谁更有机会一跃冲天。虽然整个商业讲的是礼义廉耻，谈的是诚信仁智，可是商业圈里面的人，更多地讲究城府和布局。

自幼爹爹就说过，商场之上，最常见的便是大鱼吃小鱼，小鱼吃虾米，自然之道，优胜劣汰，谁也改变不了这种残酷的局面，谁也无法脱离这种被干掉或者是吃掉别人的危机感。这就是商道，虽然无硝烟，却依旧是浓烟滚滚，战火四起。

“俞默焕！分明是你陷害我大哥的！我小厮看到你进出宝悦赌馆！”

“哦？我兴致一来去一两趟赌馆，赶上你大哥输在了那里，也是我的错了？”俞默焕抚着下巴，一副值得深思的模样，“从坤，你这人一向藏不住话，莫非你已经把这种猜测传得满城皆知了？”

“你做了坏事，我就不能跟人诉苦？你该知道江南转运使就要来了，这一次关乎丝绸之路最关键的瓷器和丝绸，我相信这一次西域来使一定会抛弃你家的青瓷！”从坤抬高下巴，一副高傲的模样，“毕竟我大唐最出名的是白瓷，你家的青瓷不过是下等货色！”

“是吗？青瓷不是好瓷器？”俞默焕迟疑一下，仿佛被从坤说中了心思，很不舒服一般。

“那是当然，你肯定会输给我！你们家的东西，没有一个是好的！”

“我们家的东西没有一个是好的？倒是有趣，那你们家的东西，可有一个是很好的？”

“那必然是最好的！”

“当真好得很？我听说你家最近丝绸染色，水洗之后总是脱色，不知道这事情若是被人说出去，会如何？”俞默焕若有所悟地点头，“也对，你们家都是好的，说出去也无所谓！”

“你血口喷人！”从坤气急败坏地说着，“你以为你能只手遮天？”

“我不明白，我只是说一个你们家丝绸掉色的事实，不过是一个事实罢了，小瑕疵而已嘛，你何必这般气急败坏，死乞白赖地跟我这般翻脸？再说我哪有说谎话？你又何必这般火上房？”

俞默焕的毒舌自小就是极其厉害的，这厉害的说辞让苏韵愣住，这厮就不会跟她这般争执，可他对待外人倒是真的会说话，很会说话，气死人。

“你！你说谁呢？”

“谁跟我大呼小叫，就说谁。”俞默焕放下手，冷声说道，“你现在挡住了我的去路，若是我的阿韵受了半点的寒气，我定然让你知道今日你得罪我的下场。”

“得罪你？你终于承认你对我家用了奸计了！”从坤仿佛逮到了俞默焕的语病一般，兴奋地说道。

“奸计？我的女人被你用渔网羞辱，你更是要在人群之中毁她名誉，我身为一个男人，如何能忍受自己的未婚妻被这般对待？”俞默焕瞥了一眼四周，这越聚越多的人，让他的声音提高了几分，“我俞家与你从家的生意往来，那是你我自愿，而我对你的挑衅我可以视若无睹，可是，这不代表你今日对我的女人做的一切，我能忍受，还能好脾气地容下你！”

俞默焕抓住苏韵的手，他的大手是那般温暖，让苏韵的眼睛含上了眼泪，他说，她是他的女人？为什么她又感动在了这小儿女的情爱之中？莫非及笄之后，她就变得伤春悲秋，喜欢怀春变笨了吗？她咬了咬嘴唇，分不清楚十五岁的自己到底是一个怎么样的存在。

她一直以为自己是一个冷静理智的女子，更是一个在运河之上，见惯了商道是是非非、起起伏伏的女子。可是她却依旧无法控制自己的心，无法理解自己为什么每听到俞默焕的一句情话，就能回忆半天，品味半天，思索半天，还要分析半天。

她不知道此时的自己为什么会这么窝囊，明明说了不依靠人家，明明表现出了自己的独立，可依旧会在意他的每一句话，每一个表情，会开心他的表白，会在乎他的心情？她到底怎么了？

十五岁的苏韵不明白，女子情窦初开的时候，就是这般矛盾的，这是青春的美妙，青涩懵懂，单纯可爱。十五岁的苏韵更是不明白，女子初长成的时候，就是这般别扭的，这是青春的记忆，单纯直接，坦白感性。

多年以后，她终于明白当自己身披他的外衣，虽然打着哆嗦，却依旧窃喜他把自己当作他的女人的时候，她就已爱上了这个男人，只是当时的自己好强，不愿承认，不愿听从于初心罢了。

“是吗？你容不下我？我倒要看看，你有什么本事容不下我！”

“本事吗？”俞默焕冷冷地看着眼前这个头发依旧滴水的从坤，伸出手，将扇子果断地扔了出去，只听啪的一声，俞默焕的扇子将踮脚叫嚣的从坤直接带入了水中。

扑通一声，从坤再次跌入运河里，而两岸爆发了巨大的笑声，仿佛看到了什么特别搞笑的事情一般。

而他则是拉着她的手，头也不回地说道：“你这些天数着日子，等着我以彼之道还施彼身，记住你在家等着我就是了。”

第十五章
霸道俞默焕

我曾经有一个梦想，我希望我的爱人能够坚定不移地爱着我。他能够宠着我，将我宠得无法无天，将我宠得不知道眼泪的滋味。他能够让着我，将我让得不知收敛，将我让得不知道憋屈的滋味。他能够护着我，将我护得滴水不漏，将我护得不知道困境的滋味。

这世上若是有一种男人最迷人，那便是爱妻如命的男人，他能给女人最滋润的生活，能给她永葆青春的爱情，也能让她体会到男性力量十足的魅力。

苏韵从来不知道温文尔雅的俞默焕倔强起来的模样，当船靠到岸上，俞默焕想也不想地将她打横抱起，直接抱进岸边停驶的马车，这马车上面有她干燥的衣服，更有上好的熏香。而他则是坐在了车门口，他关上车门，立刻说道：“阿韵，换衣服，现在。”

话语很简短，却充斥着他的关心和在乎，更充斥着他的霸道。

她不知为什么却觉得很受用，而且很开心，她轻嗯一声，小心翼翼地掀开帘子，望了一眼俞默焕的背影，便轻手轻脚地换着衣服，她想早点回家。现在是夕阳西下的时候，她不敢在外面停留，让娘担心，让妹妹担心。

可当她换完衣服打算离开的时候，却被俞默焕推进了马车，他将她禁锢在怀里，冷声对小厮说了一声回别院，便把手放在了她的额头上，她的额头微微发着热，她知道自己是感冒了，可是她想着不过是一件小事，回家睡一觉就好了。

却发现俞默焕的脸色越发不好：“阿韵，你发烧了，知道吗？”

“嗯，我感觉到自己有些热，你顺道将我送回苏府，我娘给我配点草药就好了。”苏韵本想说一些不用担心之类的安慰的话语，可是话还没说完，却被俞默焕的话打断。

“你府上没有大夫，还是让我别院常驻大夫给你看一下，你现在发烧，还是不能小觑。”俞默焕一副不容辩解、不许拒绝的模样，让她的心温暖了起来。

“你的别院终究是男人家住的，我还是回苏府的好。”她估计这对自己的闺誉不好，还想说些什么的时候，却被俞默焕再次打断了说话。

“我已经差遣小厮送消息给岳母大人了，你放心在我的府上住下就好。我的院子里有你需要的大夫、你需要的保鲜方法、你需要的造船图纸，而且我是你的未婚夫，你无须见外。”俞默焕将手搭在她的额头上，皱了皱那好看的眉头，仿佛有些不安。

他闭着一只眼，俯下身，将那闭着的眼睛贴在了她的额头上。

这近在咫尺的气息，来自男子阳刚的气息，夹杂着竹香的清幽，飘进了她的鼻腔里，充斥着她的大脑，让她不安起来。她很想说些什么，摆脱当前的尴尬，可是她却不知道该说些什么，只能僵直着身子，看着这个放大的俊脸。

他的眉头皱得更紧，他不放心地换了一只眼，又贴在她的额头上。

此时马车颠簸了一下，像是碰到了什么石子，让他控制不了自己的平衡，将她压在了身下，而他的嘴唇准确无误地贴在了她嫣红的嘴唇之上。

她讶异地羞红了脸颊，想推开他，却被他止住了动作。

他的额头抵着她的，与她分开一些距离，他悬在她的上方，安静地看着她，眼里却翻滚着她所不熟悉的情欲，这种情欲有一种危险的味道，让她情不自禁地移动了下身子。

可是这种移动却仿佛点燃了他，让他的眼神更深邃了一些，这双星眸之中有一团火焰在燃烧，仿佛能将她烧尽了一般。他莫不是动了情？

她单手放在他的胸膛上，羞红了脸，轻咬嘴唇，眼神往下看了看，却只看到了交叠在一起的身子。

她抬起眼可怜兮兮地看向他的时候，却发现他的眼神藏着旋涡，这旋涡是能将她彻底吸进去一般，这样的他让她更加想要躲开。

“阿韵……”他的声音是沙哑的，像是极力克制压制着什么。

“嗯……”她轻嗯一声，像是蚊子哼哼，又像是一声浅浅的呻吟，竟然让他情不自禁地咽了下口水。

她盯着他的喉咙看着，这喉结是那般突出，又是那般粗大，在她的眼前上下动着。他咽口水的模样，让她想起了儿时在娘的窗前偷看到的一个场景。少时的父母感情极好，那时候她调皮地推开窗户瞧，正好看见父母恩爱的模样。她清晰地记得父亲那上下移动的喉结，而接下来……接下来……她不敢想。

她想要悄悄移动身子，却被他压得死死的，她动弹不得，只能看向他那极力压制的表情，她的声音也出奇地沙哑起来：“阿焕，我们还没拜堂……这样不妥……”

他盯着她并未答话，只是他的眼神更深了一些，像是狼紧盯着猎物一般。

“阿焕，我有些热……不如……咱们……早些离开吧？”

“热？”俞默焕终于出声了，却是粗哑的声音。

“嗯，我有些热，你让让可好？”

“你很热吗？”

不知道为什么俞默焕的这句话让苏韵愣住，她感觉到他话中有话，可是她不想去深究，她现在犹如受惊的兔子只想着如何逃离。

“我……我……我有些怕……阿焕……你可不可以闭上眼睛？”她有些害怕地伸出手想要捂住他的眼睛，却突然被他抓住手。

他一手抓住她的柔荑，将她那纤细的手指放到唇边，竟然张大嘴巴含住。

一个温热的东西将她的手指变得湿漉漉的，她有些害怕，却感觉到指尖传来奇特的感觉，这种感觉，让她想哭更想扭动身子。她这是怎么了？

这温热的东西，给了她一种极致震撼的感觉，这种感觉，让她双腿交叠起来，她感觉到自己周身的热气更盛，而她有些发痒，想要发出声音，却不敢发出，只能强忍着。

他虽然含着她的手指，可是他的眼睛并没有离开她分毫，仿佛在审视着她的动作，又仿佛在窥探她的心里。

她咬紧嘴唇，直到她的手指脱离了他的控制，他看着她，眼神有些奇怪：“阿韵，你不喜欢吗？”

“什么喜欢？”苏韵不知道俞默焕的意思，有些诧异地眨了眨眼睛。

“难道你不喜欢我吗？”俞默焕很想说男女之事，但是阿韵是处子，从未经历过这个，自然不知道这些，只能换一个说法。

“我……我不懂你的意思。”

“在你的心里，我是什么？”

“我觉得你是我的朋友，很好很好的朋友。”

“可你若是记得，该知道你我有婚约的吧？”

“我知道……”苏韵不知道该如何说话，总感觉俞默焕怪怪的。

“那你可知道我的意思？”

“我不太懂。”苏韵很想问，他到底怎么了。

就在两人对视的时候，马车被强烈撞了一下，她被撞入他的怀里，而他则是抱着她一个翻滚，从马车的一侧滚到另一侧，他抱紧她，看向窗外，又看到那从坤气急败坏的嘴脸。

他双目一沉，抱紧她，在她耳边简短有力地说道：“抱紧我，一会怕是你我要先跟外面这个从坤纠缠一番了。”

“嗯？从坤？他们怎么这么快就来了？”

“我不知道，但是我知道，有我在，他休想伤到你半分。”俞默焕低头看向苏韵，眼神是那般地坚定，仿佛保护她就是他的信仰一般。

而她则是暖心地点头："我信你。"

"抱紧我，一会儿我要回撞从坤的马车。"

"好。"苏韵顺从地抱紧他的腰。

俞默焕则是双目发狠地对驾着马车的小厮说道："绒落，左急转弯，撞回去！"

"是，少爷！"绒落是一个车把式的老手，自然知道如何地将从坤的马车撞翻。

俞默焕一手拉紧马车的扶手，一手将苏韵牢牢地锁在怀里，他的声音很低却充满了安全感："阿韵，将头压低，钻入我的怀里。"

"嗯。"苏韵将脸贴在他的心口处，那里强有力的心跳，不慌不乱，让她感到无比的安全和宁静。

怪不得那些嫁人的好姐妹说，这嫁人之后，最喜欢的事情，就是趴在丈夫的胸口处，听着丈夫稳健的心跳声，被他抱在怀里安慰着。

如今看来，确实是这样的感觉，她竟然开始迷恋这样的感受了。

这怀抱看来有毒，竟让她情不自禁地沦陷在他的温暖之中。

此时马车一个急转弯，让里面的人都偏到了一侧，接下来的撞击，让俞默焕闷哼出声。

可是俞默焕却只是闷哼一声，便再也不出任何声音，反倒是窗外一个叫嚣声传来："俞默焕你想要撞翻我的马车？你也不看看自己的德行，你以为自己是个什么东西？你撞得了我吗？你这个废物！哈哈哈……废物！废物！"

第十六章
贱人就是找事

苏韵从未想过，有一个男人可以这般的模样，有他在，任何人都不能伤害自己，有他在，任何事情在他面前都是不费吹灰之力。她想，她沦陷在了这个少年天才的魅力之中，却无法寻找到能够突破这个魅力的门路，只能沉沦，只能沦陷。

“俞默焕，你这个孬种，你倒是说话啊！”从坤得意扬扬地说着。

俞默焕相信绒落的驾车能力，现在他要做的就是给从坤这个不知道轻重、不懂是非好歹的笨蛋一个绝对的难看。

“俞默焕，你这个废物！你还妄想让我在家里等着你来惩罚我，现在是谁在惩罚谁啊？看来你今天是非死即伤，哈哈哈哈！废物！你这个缩着头不肯出来的废物！”从坤大笑着，尽一切可能地说着让俞默焕不开心的话语。

俞默焕这时不发一语地从腰间取出一个玉制的配饰，单手捏在手里，看了一眼抱着自己紧闭双眼的苏韵，他低下头吻了吻她的发髻，缓缓一笑：“抬起头，看着什么叫作死相难看。”

“啊？”苏韵还没明白怎么回事，就见到俞默焕将一个配饰给投掷出去，这个配饰正好击中了从坤车轴。

这俞默焕显然是计算好了时间，计算好了力度和角度，一招击中，只见这车轴应声碎裂，马车瞬间翻了过去，连带着从坤那鬼吼鬼叫的声音。

“妈呀——好痛！我的娘呀——啊——啊——”

从坤这人就是个混蛋，他戏弄起人来是狠厉，可是别人戏弄起他来，他就会哭得稀里哗啦。

等到马车停稳之后，俞默焕拉着苏韵的小手，走下马车，他居高临下地站在从坤面前，看着地上趴着呻吟的从坤，皱起眉：“我告诉过你，不要惹我，你偏偏不信。如今你差点害到我也就算了，偏偏连我的女人也被你牵连在内。你这样，如何让我给你充足的时间来应对我的脾气？”

俞默焕一脚将从坤踢向马车，哐一声，从坤正面朝下趴在地上，呻吟着，蜷缩着身子，想必是很痛吧？

“从坤，我念着你们从家与我俞家本就是世代交好的人家，我不与你计较，只是告诫你等着我上门与你找些公道罢了。可是你不喜欢文斗偏偏要与我武艺对决，既然你喜欢暴力，那么我也给你一个公平至极的暴力，如何？”

从坤还没反应过来，就被俞默焕再次一脚踢翻在地，这下从坤是仰面朝上地看着俞默焕，而他从家的小厮都被俞家的小厮控制着。

“你……想做什么？”从坤艰难地控制住自己的声音，想要表现出男人该有的坚韧，更想不丢颜面，可是他的坚持也只是一瞬，立刻痛苦地扭曲了脸面，大声哀号起来：“哎哎哎——好痛——”

这帅不过一秒也就是说的从坤，而苏韵竟然有一种想笑的冲动，她扑哧一笑，倒是把从坤笑得颜面无光，把俞默焕笑得满心喜悦。

看来他的阿韵觉得这从坤就是一个丑角，这样也好，少了一个情敌，便少了一份失去阿韵的危险。毕竟这从坤也算是个美男子，只是这脾气稍显臭了一点。

“你这是笑了吗？倒是笑得好看。只是我这么痛，你却这么开心，我很不开心，知道吗？”从坤望着苏韵，一副得不到糖果吵着要糖果的模样。

“是吗？你想说什么？”俞默焕挡在苏韵的面前，隔断从坤和苏韵的对视，他不喜欢阿韵望着这个阴柔之美的男子，总感觉从坤会和阿韵发生一些什么，可是他不许这种可能发生。

“我想说，你怎么可以这么狠心地对待我？让我在小韵韵面前丢尽了颜面，让我成了一个趴在地上不得翻身的泥鳅。”从坤从地上爬起来，一副哀怨的模样，“小韵韵，你总是这般待我。你倒是说说，我到底哪里对不起你了？你这般排斥我？”

其实苏韵是好奇的，因为她对这个从坤从来没有什么好感，甚至没有留下太多关于从坤的记忆，这从坤如何有如此说辞，好像他们很熟似的？

苏韵歪着头看着从坤，而从坤则是深叹一口气：“你七岁那年发烧烧了一宿，脑子烧坏了吗？怎么忘记了自己的救命恩人？你这个忘恩负义的坏女孩！”从坤很是哀怨地伸出兰花指，拿出一张土渣子似的手帕擦着眼泪。

苏韵看着这手帕又有了一种似曾相识的感觉，莫非她真的认识这个叫作从坤的家伙？而此时的俞默焕则是绷紧了脸，这个从坤还真是贼心不死！

“从坤，我给你一个机会，从我眼前立马消失。”俞默焕拉住苏韵的手，将她拉至身后，他不喜欢苏韵若有所思的模样，让他害怕。

“你当我怕你啊？你使了计谋迫害我从家，如今还想让我对你言听计从？你这是做什么春秋大梦呢！”从坤一副骄傲的模样，看着苏韵的眼睛带着伤感，“阿韵，我在运河上看到你的时候，就拼命地想要与你说话，可是你一直跟俞默焕眉来眼去，就是不看我。直到我撞翻了你的船，可是你却冷瞪着我，逼着我说一些吓唬你的话，你真的不记得我了吗？”

从坤那俊秀的脸上带着一种很真实的伤感，这似真似假的话语里，充斥着一份无奈，莫非这个家伙跟年幼的自己有什么深刻的感情？可为什么自己一无所知呢？

苏韵想说什么，却被俞默焕打断了思路：“我的女人不需要跟一个狂妄自大却没有半点本事的家伙有任何关系。”

“是吗？在你看来，阿韵就一定是你的了？你骗走了我大哥的钱，骗走了我爹的信任，如今还想骗走我的小伙伴？你是土匪还是强盗？”从坤叫嚣着，就差跳脚来表现他的愤怒了。

“不管你觉得我是土匪还是其他的，我与阿韵已经订婚，聘书都下了，你还是离一个有夫之妇远一点为好。”俞默焕将自己的意思再次加重，“我不喜欢任何颜色的帽子，尤其是绿色的。”

“怎么？我就不能跟阿韵说说我的难过之处了吗？”

“你不需要跟阿韵说。而且阿韵不是你叫的。”俞默焕霸道地将苏韵打横抱起，走向那撞出一个凹陷的马车，“绒落，回别院。”

从坤望着那绝尘而去的马车，想要追赶，却发现自己的脚程始终追不上马车，他长叹一声，望着那滚滚的沙尘，他握了握拳，像是下了什么决定一般。

“阿焕……”苏韵很好奇为什么一直好脾气的俞默焕会低沉着一张脸，仿佛别人欠了他的钱财一般。

“什么？”俞默焕沉沉地回答，他在想着从坤方才那势在必得和决不放弃的模样，那白马寺的预言会是真的吗？他该怎么办？他能怎么办？他……

“阿焕，你在想什么？”苏韵摇了摇近在咫尺的男子，而俞默焕抬起头来，带着一丝不安，这种不安与他给她以往的模样都不一样，这是一种深到了骨子里的紧张，是因为自己他才这般的吗？

“阿韵，我想问你一个事情，你能毫无负担地、真诚地告诉我吗？”其实俞默焕也不知道自己要问什么，可是他很害怕，害怕阿韵拒绝他，更害怕阿韵与他再无交集。

“你想问什么？”

“阿韵，假如，我是说假如，我是一个很沉闷的人，给不了你太多的快乐，只会由着你的性子让你做你想做的事情。与此同时，你遇到了一个能给你很多开心，与你志同道合，却会跟你因为一些事情争执不休的人。那么你会选择我这种让你舒心的男子，还是会选择那种让你感觉到挑战却窝火的男子呢？”俞默焕不安地看向苏韵，他想知道答案，更想知道自己的机会和未来。

“一个顺着我的心思，让我予取予求的男子？一个和我一个性格，却会跟我时而合作时而唱反调的男子？我有这么好的命，遇到两个性格截然不同的男人？阿焕，我都与你订了婚约，又怎么会有另外一个男子与我这般？你想多了吧？”苏韵有些纳闷，纳闷俞默焕的不对劲，但更纳闷他说的话怎么会这么奇怪。

第十七章

失忆那些小事

“阿焕，不管刚才从坤所说的是什么，我想说的是，也许正如他所说我真的失去了一些记忆。但是那些记忆我既然失去了，就代表着那不过是一段不值得费心思去记住的小事，你又何必这般在意？而且……”

苏韵看着俞默焕那忐忑的表情，带着一丝自己都不太明白的感情，声音软软的，似是安慰似是鼓励：“正如你所知道的那样，我是一个自由自在惯了的人，我很专注，也很骄傲，更是个执着的人。我这样的女子，一旦认定了的事情，那便是会下十二万分决心去实现的。而且我这样的女人，一旦去实现某些事情，那就代表着我的丈夫要给我足够的耐心和支持。可是……”

“可是什么？”俞默焕急切地问着，他的额头有些汗珠，让她情不自禁地为他擦起汗来。

“可是你并不是一个不支持我的男子，也不是一个霸道的男子，这样的你，我是很满意的，又为什么会反感？”苏韵刚说到这里，突然收住了口，她这是怎么了？怎么能说出这么大胆而又类似告白的话来？真是太不矜持了。一定是这马车里的温度太高，而她被他的楚楚可怜给迷惑了，一定是这样。

俞默焕的眼睛有些湿润，他一把将她拉入怀里：“阿韵，你这么说，我很开心，真的很开心。你放心，我以后会对你好的，会对你很好很好，你放心。”

苏韵此刻哪里管俞默焕说些什么，她只沉浸在自己怎么一点儿大姑娘的样子也没有的自责和羞涩中。

马车哒哒哒地进入别院的时候，已经是夕阳西下。别院的正堂之上，十几个仆人一字排开，每个人捧着一个器皿，这些器皿或是陶罐，或是瓷罐，或是竹筒，或是木桶，都是一些可以储存食物的东西。

苏韵才走入这大堂之上，就闻到了一些酒香的味道，她本以为俞默焕酿了一些酒水，却发现，俞默焕是带她来看荔枝的保鲜的。

“我本以为你打算荔枝酿酒，不然怎么会用这么多器皿储藏？走近才发现，你这似乎是找到了保存荔枝的法子？”

“我确实找到了保存荔枝的法子，你来看看这个。”俞默焕就跟献宝一般，将苏韵拉到一个完整的竹子旁边，这棵竹子有碗口那么粗，用红泥巴封住了口。

“这是？”

“这是最好的保鲜法子，前几天我回老家做事，遇到了安吉的一个老乡，才知道这完整的竹筒子可以保鲜。阿韵，你来瞧瞧。”

俞默焕给仆人使了一个眼神，这仆人快速地撬开红泥，而封住红泥的油纸也跟着脱落下来，露出里面的荔枝，这荔枝果然如同俞默焕所说保存得很是完好。

“不过两三天的时间，你怎么知道这竹筒保存的法子最好？”苏韵虽然承认这里面的荔枝保存完好，可是她却很是好奇这是怎么验证的。

俞默焕笑了笑，缓缓说来，“我家烧制瓷器的窖的一旁有一个可以倒水的暗渠，窖里面烧红的木炭升起的热气就顺着这暗渠的甬道来到一个潮湿的暗舱里，这暗舱是建在水边的一个泥质的船坊里，我想着用各种容器装了荔枝放过去，熏湿热之气三天，模拟这夏日三伏天的感觉，也模拟一下这运河之上水汽的模样，试试不同器皿的保鲜能力。再说暗渠过来的热气比三伏天的温度还要高一些，若是耐得住三天的温度，那便耐得住这阳春三月的温暖。”

“我试试这荔枝有没有变味道。”苏韵拿起一个荔枝尝了起来，“味道不错，看来你真的找到了这保鲜的法子。”

“那你也是满意我的杰作了？”俞默焕一副要讨好处的模样。

“嗯，我很满意你这次的做法，只是……阿焕，你为什么这般看我？我身上可没钱，支付不起你的这次帮助。”苏韵这一句话倒是像冷水一般浇灭了这俞默焕燃起来的向往，但是没有熄灭他的希望。

“阿韵，既然我这般帮你，你可否在这里住一晚？我之前给岳母大人送的消息便是接她和你妹妹过来这秋山北苑了。”俞默焕一副你说不行也行的模样。

“我娘会来你的别院？”

“我这秋山北苑到底是一个有温泉的地方，岳母大人最近寒气频发，大夫说需要寻找一处温泉来养身子，恰好我就有，怎么了？我不能尽尽孝心吗？”苏韵被俞默焕的强词夺理给气得想揍人，可是她只能眼睁睁地看着这个心眼多得犹如狐狸的男子欺负她好说话。

“是吗？我娘来你这府上，被人说了闲话该如何？”苏韵本想着抵死挣扎，却被俞默焕说得一个哑口无言。

“说什么闲话？这订了亲的两家人便是亲家了，再说我那未来岳父临走之时还给我一封信，说是未来岳母每年春夏之交好发这寒气之症，要我接未来岳母来小住几日的，怎么，你竟然不知道？”俞默焕佯装诧异的模样，让苏韵只能咬着嘴唇别过头去。

她还能说什么？说不行？可是这是爹爹的意思。说行？这不是满足了这个坏人的心思？她只能沉默地扭过头，当作什么也没听见。

可是这俞默焕偏偏不允许苏韵装聋作哑，他拉住她的手腕，笑了起来：“阿韵，我找了一些有关造船的图纸，你来看看。”

“看什么？”苏韵诧异地看向俞默焕，她很想知道这个家伙暗中挖了什么坑等着她跳。

“自然是看古人的智慧，顺道吸收一下，转化为自己的创造。啊，对了，我还找到了先秦时期的墨家机关术，或许能给你一些不错的想法。”

“墨家机关术？”苏韵这辈子最崇拜的两个人一个是鲁班，一个就是墨子，她很想看看墨子的机关术，既然有这种机会，她所有的抵触全部化作了希冀，“你没骗我？”

“我怎么敢骗你呢？走吧，去看看。”俞默焕自然知道这阿韵最在乎什么，他为博美人一笑，算是用尽了心思，但愿这个小丫头不要辜负了自己才好。

俞默焕的书房是一个建在湖畔的高楼。这高楼有四层，第一层则是会客大厅，可以与三五好友坐在那里喝茶聊天，吃饭歌舞，甚至还有小憩的床榻；第二层是一个房间，房间里面有藏书，有床榻，有小书几，有小背靠，还有一些铺设在地上的席子，供人仰卧在那里，看书看景；第三层则是一个完整的藏书室，里面藏着各种各样的书籍，而且多孤本；第四层，是俞默焕的禁地，据说那里藏着俞默焕搜集而来的珍本，这些珍本若不是他在乎的人，谁也不能进入翻看。

而俞默焕带着苏韵前来的就是第四层。关于这第四层苏韵听说过一些有趣的故事，说是俞默焕是余杭最大的藏书公子，想来这秋山北苑借阅藏书的人可谓挤满了整个水北大街，而这秋山北苑的第三层每一天的借阅人数可达一百余人。这一百余人交付的银子足够俞默焕一年的花销。

即便是这般昂贵的借阅，依旧有人乐此不疲地前来，更有人甚至不惜千金只为去第四层看书。

这第四层有着足以媲美皇宫藏书楼的书籍，更有着一些世人所希望看到却不曾见过的珍品，这里非王公贵族不能进入，更是被杨太真亲自点名赞扬的地方。

其实苏韵一直很好奇，俞默焕有这样一个藏书楼，凭借着藏书楼的借阅就能够维持生活开销，他到底是怎么经营这个秋山北苑藏书楼的？又到底是怎么来获得这么多的钱财的？他到底是用了什么样的法子，才让人们不介意这昂贵的看书费用，还让人们前仆后继？

苏韵看着俞默焕打开这藏书楼的第四层，动了动嘴：“这里据说千金一日，你当真要让我进入？”

“你是我的女人，看看自己的地盘，自己的东西，有什么好稀奇的？”

“可是这是你的藏书楼，更是第四层啊！”

第十八章
我的便是你的

俞默焕转过头来，他的眼睛紧盯着苏韵。那双眼睛是那般明亮，明亮得让苏韵有些紧张地舔了舔嘴唇，而他则是伸出那白玉一般精雕细琢的食指，点了点她的鼻头，仿佛她方才说了什么特别搞笑的话一般。

“阿韵……”他双目含情地看着眼前这个小女子，这个市侩却又轻易将就，认真却又时常迷糊犯错，简单却又复杂别扭的小丫头。

“怎……怎么了……”

“你可还记得你跟我定亲了？而我说了很多遍了，你已经算是我的女人了，对吧？”他的话有些霸道，却奇迹般地让她感受到了些许的甜蜜。

“可是……”她的话还没说完，他就将食指放在她的唇边，摇了摇头，一副她就是个小孩子的模样。

“阿韵，我感激未来的岳父对你的培养，将你培养成一个独立自主的女人，将你变成一个不依靠任何人也能活下去的人。这是对你好，让你可以自由自在地享受你的生活，让你不必去看你夫家的脸色。哪怕是夫家出现了任何的危机，你都有本事化险为夷，让你和你的夫家能够东山再起。这是你的幸运，更是我，身为你未婚夫的幸运，但是……”

他将她的下巴抬起来，一副无奈又宠溺的模样：“但是这不代表着，你作为一个女人就要忘记了你还有一个人可以依靠，而这个人就是与你白首同心、携手同老的丈夫。我虽然不是一个很好很完美的丈夫，但是我是一个在乎你和尊重你的丈夫。在我的眼里，你不仅是一个女人，更是一个我想要宠着的女人。”

他叹了口气，继续缓缓说来，说着他的情，说着他的意，说着他等她长大的心：“阿韵，你知道吗？你虽然将我的父母以及我的叔父们得罪了，但是没有丝毫动摇你在我心目中的地位，因为在我的眼里，你就是你，就是我这辈子需要和在乎的那个女人。同时你也不必在乎我的家人对你的观感和做法，毕竟我一直习惯于住在别院。而且啊，这秋山北苑里，除了我，你就是唯一的主人，没有任何人会为难你，甚至敢刁难你，你知道吗？”

“难道你要为了我一辈子不去俞家祖宅？我不相信。”苏韵的这种想法是对的，可是她不了解自己未来的丈夫到底是一个什么样子的人。

“我可以去俞家祖宅，也可以带着你去，但是我不允许我的女人被我的家人欺负。”俞默焕再度点了点她的小鼻头，“知道吗？小傻瓜？”

“为什么？”苏韵傻呆呆地问着。

“为什么？因为我是你的丈夫。有我在，我不允许任何人包括我的父母能够伤害到你，更不允许任何人欺负你。有我在，我不允许我在乎的人，被任何人所羞辱和刁难，包括我的父母在内。”

“可那是你的父母，不是吗？”苏韵其实更好奇俞默焕是怎么说出这么一段话来的。

“我的父亲也许是我的父亲，但是我的母亲却不是我的母亲，我的亲娘早就过世了，而我的所谓母亲不过是一个嫡母罢了。这个嫡母满心满脑想要跟我那个不成器的二叔敛财。他们敛财之后一个是给娘家运作，一个是给我那堂弟挥霍。”俞默焕叹了口气，“我那父亲对我娘寡情薄义，对我不过是利用罢了。不然我又如何不去俞家祖宅住，反而要在这秋山北苑住着？为什么要用藏书楼来支持我的花销？”

“难道俞伯伯从来没给过你零花钱？”苏韵诧异起来，“不应该啊，你可是俞家的大少爷，这独子的身份能这么窝囊？”

“可是我娘不是嫡妻，我也就是占了一个父亲独子的身份罢了，还能高贵到哪里去？最近我那二叔不停地在挥霍钱财，打算买通我俞家的族人，来个投票，将我撤下来，让俞默箜来当家呢。”俞默焕轻笑一声，仿佛看到什么特别有意思的笑话一般。

“你怎么能这么说？”苏韵还是有些诧异，她看向俞默焕，感觉他的笑容里面有着无奈，有着无所谓，还有着一种伤心，仿佛被俞家的族人彻底伤到了一般。

“我为什么不能这么说呢？你可想过一件事？”俞默焕自嘲起来，“我娘来自青楼瓦肆，这是余杭城众所周知的事情。”

“可是余杭众所周知的还有你是一个商业奇才、少年神童，小小年纪就能将俞家产业运营得风生水起，甚至为俞家带来了巨额的财富。”苏韵诉说着一个事实，却发现俞默焕完全不当回事一般。

“是吗？商业奇才？若不是我兢兢业业，挖空心思地去运营俞家的生意，怕是我娘连进入祖坟的机会都没有。我身为人子，怎么能让自己的娘孤零零地在外面待着呢？自然要努力凭借自己的本事，使母亲尊贵了。”俞默焕这解释却让苏韵感受到了一丝伤感，这话说得倒是轻巧，却让她感受到了一种摧心摧肝的感觉。

“阿焕……”

“不用这般唤我，我不过说了一个事实。其实当父亲告诉我，你将会嫁给我的时候，我是欣喜的。你也知道阿韵，自小我就心仪你，只是你那时候太小，不知道我的心思。如今倒是长大了，可是你的长大却让我越发不安起来，更让我有一种患得患失的感受，知道吗？”俞默焕此时和苏韵调换了身份和角色，就连心情都神奇地转移给了对方。

“为什么？就因为白马寺的一个签文？”苏韵愣住。

“白马寺主持亲自解的签文怎么会单纯呢？再说你不知道我那堂弟俞默筌对你总是虎视眈眈吗？”俞默焕有些无奈地说道，“我那堂弟喜欢的不只是你的聪慧，更多的是你的身份，你的背景，以及你的家世，难道这些你都不知道吗？”

“俞默筌？可是我跟他没有多少交集呀？”苏韵愣住，她对俞默筌是陌生的，甚至没多少印象，只知道每次见到俞默筌自己都很不待见这个家伙。

“阿韵，我只能说，你长大一点儿，再过个几年，你就知道我的意思了。现在的你才及笄，正是天真烂漫的时候，怕是难以懂得我这二十岁的人的想法。不过没关系，无论多久，我都等得，毕竟是你。”俞默焕笑了起来，推开四层藏书楼的门，手心朝上，“来，我带你进去。”

“这合适吗？”苏韵知道俞默焕想要转移话题，但是她真的不太敢走入这藏书楼的第四层。

“我的便是你的，即便是不属于我的，只要是你想要的，就算是天上的星辰，我都会摘下来送给你，又何况一个本就是你的藏书楼？”俞默焕轻柔一笑，却让苏韵皱起眉头来。

“阿焕……”她被动地被他拉入这藏书楼里，虽然这里面的确有很多藏书，可是她还是有些不安。

“什么？”俞默焕径直取出一本书抬起头温柔一笑。

“你不要对我这么好，万一我有一天后悔了，怕是会伤透了你的心。”苏韵不知道为什么，总感觉太甜蜜的感情容易散掉，尤其这个俞默焕对自己这般好，让她有很深重的不安全感。

“万一有一天你后悔了？你会后悔嫁给我还是会后悔认识我？”俞默焕心里咯噔一下，尽管如此，他依旧维持着温柔的表情。

“都不是，我是怕我的情谊没你深刻，给不了你太多的回报，会让你伤心难过。”苏韵挠了挠头，“毕竟我对你的感情不太深，对你这个人也没有太多的了解……我的意思，你懂吗？”

俞默焕看着这个不太懂得表达的丫头，笑了笑，他知道这个丫头的意思，但是他不想让她辜负了自己的心思。

他伸出手来，将她拉到身边，指了指地上的书籍：“先看看一些前人的造船经验吧，这件事情，先不急，等你大一些，自然就懂得什么叫作感情了。”

“可是我娘说，太甜蜜的感情不会长久，细水长流才是福气。”苏韵着急地说出口，她希望他懂得自己的好意。

“但你娘却没告诉你，易求无价宝，难得有情郎，若得有情郎，十年如一日，爱如蜜糖难褪色。”俞默焕的眼神很真，真到让苏韵只剩下了发呆。

第十九章
教你写字画图

苏韵看着俞默焕那深情的模样，讶异地瞪大了眼睛，难得有情郎？可是她的娘并没告诉她呀。她不知道这难得有情郎的珍贵，可等到她懂得时，早就过了十年，十年之间她经历了太多的起伏，这些起伏让她只剩下了伤感和难过。若是时光回溯，她真的很想告诉这时候的他，她很感激他给予她的爱，可是时光往往是一去不复返的，只留下那一抹淡淡的伤感。

青春总是最美的时光，这最美的时光之中，因为夹杂了遗憾才会让人感觉到弥足珍贵。少时不懂事，总是以为最好的是未来，却不知道最美好的是当下。

俞默焕突兀地笑了起来，这笑容不同于他以往那般温柔，也似乎不是那种一切尽在掌握之中的自信，反而是一种自嘲。这种自嘲让她不敢看他的眼睛，她选择了逃避，而他竟然无可奈何。

“呵呵……”他的眉眼朝下，一种失落弥漫在心间，他能如何？除了心伤还是心伤，他的心伤只有他自己知道，而他的她只会这般懵懂地对他进行无休无止的伤害。也许这就是一种爱情的不公平吧？陷得越深的人，反而受伤越深。

“嗯，那我看看这本书，也许真如你所说的，有些启发也不一定。”苏韵只能岔开话题，她不喜欢这般的俞默焕，这种浓郁的伤感和自嘲让她极其不适应。

“好。”他转身走向案桌，慢慢地磨墨。

他的手指很好看，骨节分明，莹润白皙，虽然是男子的手，却依旧修长而又柔软。这样的手想必能写出一手好看的书法吧？她如是想着。

他慢慢地取出早先画好的几张造船图，整整齐齐地摆在那里，向她招了招手：“阿韵，来看一下，这几张图纸，可有你需要的？”

苏韵讶异地看着纸张上的图纸，这不亚于她家的造船师画出的造船图。此时她不得不怀疑，这俞默焕其实是一个造船的奇才，只是他一直管理着青瓷生意，没有去显露他这一分的本事罢了。

“可有什么想要评价的？”俞默焕指了指面前的六张图纸，“这是我从

《吕氏春秋》看出来的一些门道，后来我听家里的长工说起一些奇妙之处，就画了一些图纸，也不知道对你有没有用。”

“这都是你画的？”苏韵手指摩挲着这图纸，不可置信地再度问道，“真的是你画出的？”

“嗯，我毕竟是外行人，不如你这少年掌管船只的人清楚。你看看，可有什么需要修改的吗？”

“阿焕……”

“什么？”

“你这些图纸比我造船坊的造船师画得还要精细，你知道吗？”苏韵的这句话算是很高的表扬了，俞默焕此时的心里很是温暖，能做一个对阿韵有用的人倒也不错，这样他就有机会一直在她的身边了。

他真的是卑微得很，只要能站在她的身边，只要能够听到她的声音，只要能看见她，他愿意做一切讨好她的事情。可是除了这样去对待她以外，他已经别无他法了，这也许就是他的命。

“嗯，你喜欢就好。看看，你有什么需要修正的地方吗？”俞默焕将朱笔交给苏韵，“可以勾勒一番。”

“修改的地方倒是不多，只是我若修改了，你能有法子去验证我的想法吗？”

“我必然有我的方法，你尽管修改就好。”俞默焕笑着说着，那自信满满的表情让她的心安了下来，也对，只要俞默焕敢承诺的事情，没有落空过的，她应该相信他。

“我觉得这六张图中，这一张最合我的想法，这里很像我今大在城郭看到的踏水车，若是在这里改进一些，或许就可以成为一个踏水而走的船了，像一个用车轮子在路上奔跑的马车，只是我们要想好怎么做这个马车的‘马匹’。”苏韵认真地在纸上勾画着，一边说一边修改着。

“车轮一般行驶的马车？那不是车轮船？倒是个有趣的发现。”俞默焕点着头，算是认可了苏韵的说法，他体贴地为她端上一杯茶，“喝一口水，将你的想法慢慢写下来，不着急，距离造船节还有段时间，我们有办法造出来。”

“嗯，我想想怎么修改。”苏韵接过茶碗，却碰触到了俞默焕的手指，这温热的温度让她想要缩回手指，却不小心将茶水泼到了图纸上。

“啊——图纸！”苏韵拿出手绢想要去擦拭，却发现水将墨晕开，整个纸变成了废纸。

“阿韵不要着急，我帮你再画一幅就是了。”俞默焕拍了拍苏韵的肩膀，半是安慰半是哄着。

“你能在短时间内画出来？”苏韵愣住，她不清楚俞默焕的绘画功底，但是她知道画图一般需要漫长的时间。

“我作画的功底还可以，速度还算快，你去那边看一会儿书籍，过一会儿你就可以看到复原的图纸了。”俞默焕认真地说着，他的眼睛里有星星，给她安定也给她希望。

“好。”她听话地坐在一旁看着那俊秀逼人的俞默焕。

她托着脸，看着作画的俞默焕，不知不觉中，她的眼里只剩下他，只剩下他的一举一动，他的或挑眉，或微笑，或抿唇。

以至于很多年以后，她还是偏执地让他在她面前绘画。有时候一个人印入了心里，会连同他第一次入了心的模样印在了心坎上，难以挥去，更希望那美好的情景再现。

她笑眯眯地看着俞默焕，而俞默焕不经意地抬头与她对视，发现她再次神游太虚一般的眼神，无奈一叹，这个小丫头不知道又在想些什么了。

等他绘画完毕的时候，她还在发呆发傻之中，他摇了摇她：“阿韵，看一看图纸。”

“阿焕，你绘画的模样真是迷人。”苏韵不知不觉说出一句话，这句话让他心花怒放。他的笑容放大，而她却毫无察觉。

“是吗？你迷上了我作画的模样？”他低声问道。

“嗯，你作画的时候让我感觉你的模样更俊秀了一些，让人看着都产生了联想。”她呆呆地点着头，说着羞人的话语，只是她的神还没有回来，不知道自己说了些什么。

“那你都产生了什么联想呢？”他低声哄着，那极度诱惑的声音蛊惑着她的心神，让她卸下了防御。

“什么联想？嗯……你的手指看上去很漂亮，让人很愿意亲近……”

“还有呢？”他的声音带着笑意，抵着她的额头，温柔地哄着，“乖，说出来……”

“你的嘴唇薄而翘，看上去很好吃的模样，我……”苏韵此时还不知道自己在说什么，她还在幻想之中。

“很好吃？怎么个好吃法？”

“嗯，像是苹果。”她想了想，又娇滴滴地说道。

“苹果？那你喜欢苹果吗？”

“喜欢。”

“那你想尝尝苹果的味道吗？”他的笑容越来越大，眼神越来越深刻，看来阿韵还是喜欢自己的，只是她到底还是小了一些，不知道自己需要的是什么。

“尝尝？能吗？”她还是迷迷糊糊的模样。

“乖，你靠过来，试试。”他哄着她。

此时她完全被他蛊惑了一般，伸出小丁香轻轻舔了他一下，可就这一下，让她突然清醒过来，看着近在咫尺的俞默焕，吓得跌到了地上，而他陪着她一起坐在了地上，那笑得极其灿烂的脸，让她的脸红透了。

她现在想要逃开，却被他按压在了怀里，他低下头，不许她逃离："我的唇瓣犹如苹果，嗯？"

她紧张地想要躲开，却被他禁锢在怀里，他的笑容让她越来越害臊。

"阿韵，我的滋味如何？苏韵低下头想要装死，却被他抬起下巴，"怎么，你想逃避我？这可不行，阿韵，这火既然是你点起来的，你就要负责到底，知道吗？"

"我……我……我不是故意的……我……"

"你不是故意的？可是我认真了，怎么办？"俞默焕抵着她的额头，对着她吹了口气，却被她大力推开。

"我……我看看你作的画，嗯，看看你作的画如何了。"她狼狈地跑到案桌前，一点儿也不敢看那被她推倒在地的俞默焕，她的眼珠子还在来回乱转，一点儿也不能集中注意力，心怦怦跳得很是厉害，仿佛这心就要从嘴巴里跳出来一般。

她将手放在两颊上，这里滚烫得很，她深吸一口气，想要静下心，却发现无论如何都不能静心。

而他则是慢慢爬了起来，走到她的身后，将手搭在她的肩膀上，差点将她惊得跳了起来，她的眼神不敢瞄向他，只能死盯着纸张看着。

"阿韵，你其实是喜欢我的，只是不知道怎么表达，对吗？"

"……"

"不过没关系，我愿意为你作画，但是你要跟着我一起学一学这写字画画，才能体现咱们夫妻的夫唱妇随，好吗？"他握住她的手，将毛笔放入她的手中，在纸张上缓缓写下一个"喜"字，"正如这纸上的'喜'字一般，需要你我才能造就，好吗？"

她看着这"喜"的字，再看看俞默焕，一抹窃喜涌上心头。

第二十章
船只改良契机

俞默焕似乎没看见苏韵的开心一般，他继续在这纸张之上写着造船的一些细节，而苏韵看着这笔下栩栩如生的船只，细致而又精密。

“阿韵，你看下，我这复原的图纸可否用来制作，时间已经不多了，若是你觉得还不错，咱们可以去试试这船。”

“这船好是好，可终究还是少了一个地方，我也不知道怎么解决。”

“哦？什么地方？”俞默焕好奇地看向苏韵，这个小丫头莫非有了什么好主意？

“喏，这里。这踏水车改成了车轮一般的船只，虽然很好，可终究是在水里行走，恐怕是需要更多的船夫才能让船走更快一些，这样就会无形之中增加行船的费用，拉高整个河运的成本。若是一两次还好，若是时间久了，频率高了，怕是这样的车轮船是不能够满足河运的需要的，这是运输的大忌。”苏韵下意识地指出河运运输的一些难点，抬起头一脸希冀，“既然你知道了我有这么一个想法，可有更好的方法解决这个问题？”

苏韵显然是希望让俞默焕来解决的，可他并不想这么快地告诉阿韵答案，毕竟造船坊最终的决定权在阿韵手上，阿韵若是这一次在造船节崭露头角，将来还会遇到更多的机会和挑战。若是每一次挑战都要他来协助她，怕是她的进步会小很多，为了她的未来，他可以暗示和提醒，却不能直接告知答案。

“阿韵……”

“嗯？”苏韵眨着那双又大又圆、扑闪扑闪的眼睛，让他的心融化了，他揉了揉她的团子发髻，就连说话的语气都温柔而又甜腻。

“阿韵啊，你跑了一天了，还是先洗洗全身的污垢，让全身轻松起来。恰巧我前段时间请了一个师傅，在浴池之内安装了一个引入山泉的好机关，你一会沐浴的时候，可以好好地看一看，我想你一定有收获。”

俞默焕招来丫鬟，排序而出的丫鬟端着水果往浴室走去，而她则是被俞默焕推进了浴室的房间之内，他眨了眨眼睛：“你快些洗完，我和未来岳母以及小姨子等着你出来吃晚餐，要乖哦。”

他关上门的一瞬间，她的小脸彻底垮了下来，这个俞默焕搞什么鬼？为什么不告诉自己答案，还要让自己来寻找答案？这多此一举又是为了什么？

虽然现在的苏韵还不知道俞默焕的好心，但是多年之后的她，在每一次遇到挑战之时，都会感恩俞默焕对她的帮助和启发，更会感恩少时积累下来的知识以及见识。

苏韵走入满是花瓣的浴池之中，抬头四处打量浴池之内的建筑，她的目光锁定在了一个可以自动上下移动的竹制机关之上。这个机关设计得很是巧妙，水顺着竹制的水道走到一个储存用的木桶里，木桶旁边有一个机关，可以支持木桶旋转。这木桶积累水到一定程度的时候会反转，将整个水倾倒而下。

倾倒而下的水造就了巨大的水流和水能，水能带动了一旁的踏水车，将低处温泉里面的温水给带了上来。而带上来的温水一部分进入温泉池中，另一部分继续进入水道，水道进入这木桶，木桶继续反转带动踏水车。

这是一个永动性的机关装置，可以让温泉源源不断地进入水池之中，而水池之中多余的水也会顺着下水道流出去浇灌后面的园林。

这最精妙之处就在于水池之中的水永远都是流动而又温暖的，她看着这机关，大脑一瞬间被点亮，若是将这改装在船上？若是……

她急急忙忙地从水池之中爬了出来，匆忙披上外衣就往书房跑去，一路上跌跌撞撞，才走到书房就见到俞默焕在那里画着一幅画，那幅画正是她现在衣冠不整的模样。

他画完最后一笔，抬起头，笑眯眯地看向眼前头发还在滴水的苏韵："你果然还是跟我想的一般，一点稳重都没有呢。"

"你知道我会这番模样而来？"苏韵显然觉得自己被这个家伙耍了，她看了一眼纸上自己的画像，嘟起嘴巴，"你果然还是个蔫坏的坏人！"

"我是蔫坏的坏人还是好人，只怕你心里最清楚。怎么？你想到这车轮船的改进方法了？"

"想到了。"

"可是那浴池之中的永动装置？"

"对。"

"既然你想到了，阿韵，那就去吩咐你造船坊的工人去做做看。"俞默焕将图纸递给苏韵，"这是我根据你所想的画出来的图纸，可能还不太精确，你需要改进一下。"

苏韵打量着这个图纸，这个图纸的确不太精确，她还需要修改一番才能交给工人们，但是这厮有这般的心思，足以让她诧异和惊艳。

"俞默焕……"

"什么？"他抬起头，云淡风轻地回道。

此时他身后的风吹起了他的长衫，将他整个人衬托得是那般儒雅，君子如竹，虚怀若谷却又刚直不阿，才智锦绣却又深藏不露，说的大概就是俞默焕这家伙吧？

“没什么，你这身竹青色的长衫我喜欢，你可要多穿哦？”她笑着拿起图纸就往一旁走去，她需要修改眼下的图纸，更需要尽快地让船坊造出她需要的船只。

“阿韵啊，你喜欢，那我就清一色地多准备几套好了。”俞默焕缓缓笑起，能让阿韵这般地夸奖，他也是幸福了。

此时外面响起了一阵爆竹之声。不是逢年过节，这爆竹声来的有些蹊跷，而俞默焕的脸色变得有些不好看起来。

“这是怎么回事？外面怎么会有爆竹声？”苏韵的母亲拉着小妹走了过来，看着衣冠不整的苏韵，皱起眉，“姑娘家家的，怎么还没梳理打扮好就跑来见未来姑爷？也不知道失礼。”

“娘……”苏韵还要解释什么，却被俞默焕飞快地接了话题过去。

“岳母，其实阿韵也是想着早些画出图纸，好让造船坊的伙计们赶工。要知道造船节近在咫尺，而且江南转运使李皋就要来了，若是能在这造船节一跃成名，对于营救岳父也是好事一桩。”俞默焕显然是帮着苏韵说话，这苏韵的母亲如何能听不出来？

“其实我也不是要说阿韵什么，姑爷也真是的，这媳妇儿未过门就这么偏宠了，当心宠过了头，反过来还要哭诉我家女儿的不是，到时候我可是概不退货哈。”苏韵的母亲也是个幽默知趣的，这句话让大家笑开了。

“岳母尽管放心，只要是阿韵，所有的一切我都包容，所有的事情我都会接纳，只怕您到时候想收回成命，我也会百般阻挠呢。”俞默焕笑了起来。

苏韵羞红了脸蛋，而她的妹子则是拍手叫好道：“瞧瞧，姐姐就是幸福，这般的姐夫哪里找来？好命的姐姐，让妹子我都嫉妒了呢。话说姐夫，咱们什么时候开饭啊？我都饿了。”

“走吧，如意斋已经备下了晚餐。”

“姐夫做事就是靠谱，走啦，娘，咱们赶紧去吃饭了。至于姐姐，娘，你不觉得这成亲之前，卿卿我我也是一番风月？”

这句话倒是让俞默焕少见地红了红脸，而苏韵的母亲点点头，戳了戳大女儿的脑袋：“你呀，赶紧梳洗一番，省得以后这般丢人，我不认了你。”

“知道了，娘。”

“还不赶紧去？”

“哦。”

苏韵的母亲带着小女儿离开，而俞默焕接过下人递过来的梳子悉心地为她梳着长发：“一梳梳到底，梳头可以长寿，梳头可以夫妻恩爱到白头，真是美妙，对吗？”

苏韵讷讷地嗯着，不敢回答，也不敢说不好或者好。

可是窗外的鞭炮声越来越响，仿佛就是为了吵着苏韵和俞默焕而来的，俞默焕终于忍无可忍，对着管家大声说道：“外面何人点鞭炮？”

“主子，好像是从坤少爷。”

“又是从坤？这家伙简直是阴魂不散！他到底想怎么样？”俞默焕难得发脾气，“派几个人将他赶走，我不喜欢他在我的府邸之外点鞭炮。”

“赶我走？你以为我点鞭炮是玩呢？”从坤从树上伸出头来，手里还拎着一挂鞭炮，“你想赶我走就赶我走，你想得美！我告诉你，我来这里又不是来看你的，而是来看我的阿韵的。你以为你的脸大，我看你跟外面那些不知所谓的小丫头片子一般，尖叫又兴奋。”

“既然你做不来，那你爬人家墙头又算是什么本事？”

“什么本事？我不过是来看我的老熟人，又与你何干？再说你到底是一个什么样子的人呢，阿韵不知道，我却是知道一个梗概，你别以为你能骗得了阿韵什么！”

第二十一章
造船节有秘事

俞默焕眯着眼睛看着从坤，从小这个从坤就喜欢抢夺自己的东西，而且说话向来是三分真七分假，也不知道他哪句话是真的，哪句话是假的。

但不管是真是假，对于此时的苏韵而言，她都需要知道。

“你想说什么？”苏韵望着从坤，她很想知道这个家伙到底有什么非见自己不可的原因。

“那你先回答我，你爹是不是至今还在东都洛阳？”

“还在那里。”

“是不是河运的事情？”

“是。”

“你爹是不是近期托人给你送来了书信，说是在牢狱里受到小人的迫害？”

“确实如此。”

“那这就对了。”从坤点点头。

“那你想告诉我什么呢？”苏韵很想知道从坤这么问到底想表达什么。

“我想告诉你的是，你可知道造船节马上就要开始了？”

“我知道。”

“那你可知道这京杭大运河的规定？”

“还有什么额外的规定吗？”

苏韵其实是纳闷的，毕竟她管理造船坊也不是一两天的事情了，怎么会不知道造船的一些事情。可是这从坤却偏偏要问河运的规定，这些恰好都是爹爹管理的，她确实不知道。

“当然有规定了。”从坤点着头，一副要说些什么的模样，只是坐到了一侧，指了指茶碗，“我这一晚上烟熏火燎的，你倒好，在里面高床软枕，赶紧给我倒杯水，我润润喉才行。”

“你要喝茶？还是喝水？”苏韵刚想转身却被俞默焕攥住了手腕，“阿焕？”

俞默焕抬起下巴，斜睨着眼前的从坤：“你想说什么就说，说不出来就走，不要在我这里逗留太久，更不要指使我的客人为你做事！”

“哟呵？你自己不知道这运河上面的规矩，还不允许我这个内行人来跟阿韵说说了？你这是安的什么心？”

“我安的什么心，抑或没安什么好心，都与你无关。”俞默焕冷酷地说着，仿佛要对从坤下逐客令一般。

“你也别得意，我告诉你，我这次来可是带来了真材实料的。”

“你会有什么真材实料？一个不学无术的混混少爷！”俞默焕完全不给从坤留任何机会，却被从坤大声地反驳了回去。“听听你的话，什么叫作混混少爷？不过是喜欢玩闹了些，又没做什么坏事，你又何必这般说我？再说你当着阿韵面数落我，当心你自己反而折了风度。”从坤端起丫鬟递过来的茶水，大笑一声，“反正你这种道貌岸然的家伙，就喜欢穷讲究。”

“就喜欢穷讲究？你说的真有意思，你倒是不讲究，在别人家的院子，就跟在自己家后院一般，吆五喝六的，完全不知道分寸。”俞默焕此时心情不太好。

就是这个该死的从坤告诉父亲和二叔，说苏韵就是一个扫把星，会毁了俞家，更会给俞家带来不可避免的灭门之灾。

这话语别人说也许不信，可偏偏从家有一个世代占卜的习俗，所以现在整个俞家对阿韵更是抵触。还有甚者，打算来秋山北苑跟苏韵对峙。

他生活在一个利益为重的家庭之内，父亲和嫡母都能够拿钱走人，更何况那些只知道要钱的亲戚？他很渴望有一个很在乎自己、很关心自己的家庭。

在阿韵的身边，他能感受到自己不是一个赚钱机器，是一个人，是一个有血有肉有感情的人，更是一个能跟人互动交流的人，这是他迷恋阿韵的地方，一个能给他力量和安全感的地方。

他想守护着这份感情，可是这个从坤三番五次搞破坏，他实在没有那么好的风度和气量去容忍这个捣蛋的家伙。

俞默焕皱起眉，看着从坤跟苏韵继续说话，立刻站在了两人的视线之间：“从坤，你想说什么，快一点，我不打算留你吃晚餐。”

“为什么？”

“挑拨我俞家人，说阿韵是灾星的人，没资格在我的别院吃晚餐，而阿韵更不会跟你一起吃。”

俞默焕这算是忍无可忍揭老底，而从坤只是有些怕怕地看着苏韵。

“你说我是灾星？”苏韵指了指自己的鼻子。

“嗯，我也就是信口胡说，那帮老家伙都被我骗到了。”

“你为什么这么说？”

“我想帮你出气呗。”从坤还得意扬扬的，以为苏韵会感激他，却没想到换来了苏韵的不开心。

“你以为我会感激你对吗？”苏韵被从坤气笑了。

“嗯，毕竟我吓唬得那帮姓俞的老家伙一愣一愣的，你得感激我。”从坤还是笑得很开心，只是这笑有些尴尬，算是尬笑。

“你自己都觉得说的不太对，道理不通吧？不然你为什么笑得这么勉强？为什么笑得这么尴尬？”

“我不是尴尬，我只是觉得吧，阿韵，你该是讨厌姓俞的那帮钻到钱眼里、只知道钱钱钱的人呢。我还听说前段时间俞家周转不济，而俞家二叔为了大手大脚地购置庭院，逼你交出苏家的财产。这样的人家，我不帮你出气帮谁出气？”从坤义愤填膺地说着。

“所以，你就说我是灾星？你从坤的家里祖上是做什么的，该知道吧？”

“知道啊，是专门给人算命的。”从坤挠了挠头，“怎么了？”

“怎么了？”苏韵深吸一口气，“你该知道你从家在余杭是半仙之家，一句话足以定死一个女子的一生，你现在却说我是灾星？这话出自从家人之口，周围的人又会怎么看我？”

“阿韵啊，有这么严重吗？我只是随口一说。”从坤显然没想到事态发展。

“你说呢？”苏韵很想揍人，可是从坤显然是一个死脑筋的傻子，她怎么揍人家？

“那我现在反口还来得及吗？”从坤缩了缩脖子，“要不我去说你是福星？”

“你怎么做？若是没有太大的动静，怕是你说的别人也不信。”

“不可能吧？我说坏事别人信，说好事人家不信？”从坤不相信苏韵的话。

“好事不出门，坏事传千里的道理，你该知道吧？”苏韵靠近从坤，一把将从坤从椅子上提溜起来，“我给你出一个主意，你看下可好？”

“嗯嗯，你说，什么主意？”

“你过几日生日的时候，让我成为一个福星，如何？”苏韵这是打算去一趟从家了。

“好呀，你真的肯来吗？那我准备……”从坤还没说完，就被苏韵打断了说法。

“然后你要说明，你被神仙托梦，知道我制造了一个大船，特地来看看，还要来我家的水北码头，知道吗？”苏韵一张嘴，俞默焕就笑了起来，这是用从家的名声来做宣传啊，好办法。

“啊？为什么不来我家？”从坤还是不太懂。

“你毁了我的名誉，就要还回来，而地点就要我来决定，知道吗？”

“知道了。”从坤点头如捣蒜。

“现在告诉我，你点鞭炮到底想告诉我什么事情。”苏韵显然也不想跟这个缺根弦的从坤继续交流了，这家伙简直就是个瘟神。

“嗯……我想告诉你的是，京杭大运河有规定，凡是未在造船节上选出的船只，为避免冲撞杨太真荔枝的运输，三四月份都会被拦截。”从坤话才说完，苏韵就感觉到了晴空霹雳，眼看着救父的时间越来越紧张了，她竟然束手无策。

“阿韵，你还好吗？”俞默焕看出苏韵的表情不对劲，走了过来，握住她的肩头。

“俞默焕，这三四月份不能行船，我的军令状该怎么办？我还有机会吗？”

“阿韵，你不要着急，一切有我，我会有办法的。”

“什么办法？”苏韵抬起头有些紧张。

“让我想想。”俞默焕缓缓说来。

第二十二章
该是如何应对

苏韵望着俞默焕，这一刻她很希望他能够才思泉涌，因为只有这样，她才知道如何营救父亲。

其实这也怪不得苏韵，毕竟她才十五岁。因为很多事情没有经历过，所以遇到事情的时候，只能笨手笨脚，甚至六神无主。

但是多年之后的苏韵，每每想起自己第一次遇到人生之中最大难关的时候，所表现出来的幼稚和软弱都会让她老脸一红。毕竟人的一生总是要经历一些事情，这些事情使人成长，这些事情在令人手足无措之后，才会让人获得智慧和处事不惊的心态。

只是青春之时，人们太过稚嫩，只能放大困难，但过了一段时间回头再看，才会发现，那时的困难，不过是一时的小事罢了。

“阿焕，你可想到了？”苏韵见俞默焕半天不说一句话，着急地问。

“阿韵，你不要着急，我现在还在想。”俞默焕动了动嘴，可是却没有苏韵满意的答案，而从坤则是趁机数落着。

“还想？想什么？这有什么可想的？不就是找到李皋，告诉李皋你的船多么厉害，让他兴起好奇心吗？这有什么复杂的？这个俞默焕就是喜欢故弄玄虚，阿韵，你这是被这个家伙的模样骗了。”从坤放下茶碗，继续认真地说道，“阿韵，我知道这李皋就在附近，我可以帮你打听出来李皋的位置，然后你去跟他接触，这就行了。”

“接触？那我说些什么呀？”苏韵顿了顿，不知道该说些什么。

“说什么？说你的船多么多么的好呀？”从坤一副恨铁不成钢的模样，“怎么？你觉得我这种做法不对？”

“从坤……”

“什么？”

“你将我说成灾星，我还没找你算账呢，你现在就让我找李皋，万一李皋认为我是灾星怎么办？你可曾想过这些？”苏韵显然还在耿耿于怀从坤信口胡说的话。

“你还记得这茬子事儿呢？”从坤眨了眨眼睛，一副你怎么还这般喜欢翻旧账的表情。

“那不是废话？你让我的名声变差，现在却怪罪我找你麻烦？”苏韵鼻子哼出一口气。

“好了好了，我明儿就帮你改掉这个名声，我保证，行了吧？”从坤一副要发誓的模样。

“你还是在你生日的时候专门邀请我给我洗清我的名声要更好些。”

“行行行。”从坤很是不服气。

苏韵冷哼一声，“你说说，这李皋身为江南转运使，凭什么要见我一个小女子？就因为我家的船很好？就因为我爹是漕运的帮主？你可要知道，我们家现在很多人唯恐避之不及，他又怎么会主动跟我苏家扯上关系？”

苏韵顿了顿继续说道：“再说，李皋就算见了我，在这造船节即将开始的时候，我突然出现在他的面前。知道的，明白我是为了救父亲专门跟他说一些事情，不知道的呢？那还不是认为我贿赂了李皋。那李皋就算是皇亲国戚，他有那个胆子为我一个民女坏了名声？”

苏韵虽然人小小的，但是这讲道理和想清楚事情还是比较在行的，只是她年纪小还不知道怎么发挥罢了。

“可是你不去肯定就会什么也没有啊！”从坤讷讷地说道。

“正因为我不去，就会丧失所有的机会，所以我才让阿焕帮我想办法。毕竟能让阿焕开口说清楚的，就代表了这件事一定能办成。”

“你倒是相信俞默焕！”从坤撇了撇嘴，看着皱眉一言不发的俞默焕，有些不耐烦，“喂喂喂，你倒是说句话，你就这么端着，有意思吗？”

俞默焕横了一眼从坤，看向苏韵的时候眼神变得柔和起来：“阿韵，我想到怎么去见李皋了。”

“嗯，你说来听听。”苏韵一脸期待地看着俞默焕。

“这个李皋是一个对造船痴迷的人，最近大唐东征西伐，需要更多的战船参战，更需要更快更好的船只参与漕运。我听说李皋的家里堆积了很多的船模型，而且这个李皋很喜欢亲自雕刻船模型。阿韵，这就是个机会。”俞默焕起了一个开头，他相信他的阿韵能够想清楚后面的事情。

“你的意思是，让我按照我当前的图纸，制造一个船模型送给李皋？可是雕刻船的速度很慢，他不一定等得及啊。”苏韵瘪了瘪嘴。

“如果雕刻等不及，那就拼接一个船模型。”俞默焕笑了起来，“凡是喜欢船模型的人，不在乎小船之上有中船，中船之外有大船。”

“你的意思是送一个很小的小船，然后我再亲自拼接一个中型的船只模型？”苏韵立刻明白了俞默焕的意思。

“既然李皋是个酷爱造船的人，更是一个喜欢收集船模型的人，那么你投其所好就会让他有心与你相见，此其一。一个懂得船模型的人，必然知道一个拼接船的人的造船的工艺技术有多么精湛，你快速地拼接一个，必然能够得到李皋的欣赏，此其二。”俞默焕那声音平平静静的，出奇地让她感觉到了安心，整个人都静了下来。

“你在拼接完船的时候，故意掉下一个关键部位的零件，让他看见，并让他将船零件装入船模型之中，引起他的好奇心，让他对你造船的实际模样兴起浓厚的兴趣，之后的事情便顺理成章了。”俞默焕笑了起来。

“我明白了。”苏韵点着头，很是开心。

从坤撇了撇嘴吧：“你这么做，与我说的又有什么区别？”

“区别大了，好不好？”苏韵不开心地回道，“俞默焕说的是靠着真材实料去获得人家的认可，若是你本身的东西不过硬，怕是任凭谁都不可能让你获得你需要的东西。”

“是吗？任凭谁都不可以给我我想要的？”从坤摇着手指头，大声说道，“在我心里，只要是我想的，必然是我的，只是时间问题。阿韵，你不信我，可以等着，时间会告诉你一切。”

“可是你现在什么也没做成过。”苏韵打击着从坤，却换来从坤摸着头发往外走去。

从坤回过头来，两眼带着桃花色，淡淡一笑：“或许在你的眼里，我现在还一无是处。但是等我真的成长起来，你将会仰视我的存在。但是你放心，无论你怎么仰视我，我都不会介意有你这样笨拙的女人在身边的，我走了，不要太想我。我生日宴会上再见，阿韵。”

从坤挥了挥手，只留下苏韵和俞默焕，此时俞默焕的眼神带着一丝的晦暗，怕是被从坤这口无遮拦的话语给气炸了。

“阿焕……”苏韵还想说些什么，可是俞默焕一向是个自律性很好的人，他抬起头，温柔一笑：“嗯，我在，你现在不用担心，有我在，一切都会好起来的。”

“可是，阿焕……我……”

“你要相信一件事情，你把造船的事情做好，便是你当下最重要的事情，你要造船救出我未来岳父，其余的事情，都是小事，你现在不要顾虑，也不要在意。”俞默焕宽慰着苏韵，也安慰着自己。

“嗯，我知道了。”苏韵还想再说什么，却发现俞默焕只是抱着一叠竹简往外走去。

她看着那越来越远的背影，心里染上了一种不舒服的感觉，不知道是凄凉还是孤寂，还有一种满腹都是话语，却无言向人诉说的难受。

她咬了咬下唇，看着俞默焕那绝不回眸的模样，不知道为什么，总感觉她与他之间会有很多的事情要发生，只是不知道这些事情是苦涩的还是幸福的。

她听老人说过，这世界上的爱情，要么是细水长流，要么是轰轰烈烈。若是两个人有一个是不安于室的，那必然是一场苦涩的爱情；若两个人都是宁缺毋滥的，那必然是大起大落的爱情。

她自认为是一个喜欢清静的人，受不了那热热闹闹，更受不住那轰轰烈烈，只是她不知道，她打算年纪到了就嫁人的心思，适不适合这江南的时光。

苏韵低下头看着手里的长生结，这是娘给她的礼物，本是祝福她平安顺遂的，但是这一刻她竟然恍惚起来，害怕自己的未来，害怕那东都洛阳之外的世界，甚至害怕自己即将面对的一切。

难道她的未来真的是多灾多难的吗？她不知道，只是隐隐觉得自己将有一个不平凡的未来。

第二十三章
访江南转运使

苏韵看着满院的梨花，她现在什么也不想做，什么也不想说，只想借着月色望着满院梨花发呆。人们常说三月梨花最是美妙，能让人感受到冰清玉洁，也能让人在这白色的世界里找到属于自己的一份静谧。

她习惯性地抱住膝盖，坐在那里，也许外人看来她是在寻找造船的思路，可是只有她自己知道，此时的她只想放空自己。

有时候她也很奇怪自己，不清楚自己到底是怎么了，为什么会厌烦这个世界，为什么会抵触事情找上门。有时候她也很是纳闷，不清楚自己到底是怎么回事，为什么要这么积极地去做事，为什么要这么积极地去逢迎别人。

这也许就是成长的烦恼吧。自从十五岁及笄之后，她想的事情和做的事情，不再是少时那般单纯而又简单，很多时候会瞻前顾后，会想很多可能发生的，不可能发生的，也许会发生的，也许不会发生的旁枝末节。

她发现以前的自己是希望自己快快长大，好脱离父母的制约，好独当一面，自由自在地生活，可当自己真的有机会独当一面的时候，她又希望回到小时候，回到那个不愁吃穿、不必思考怎么养家糊口的小时候，每天只知道学习，每天只知道玩耍。

一滴泪缓缓滴了下来，她很想问自己怎么了，可是她一头的烦恼，一脑门子的麻烦，她没有办法去细究，更没有办法去跟任何人说说她内心的痛苦。

她低下头认真地看着手里飘落而下的梨花花瓣，站起身来，找出花匠留下的锄头，在锄头上挂着一个小小的锦囊，一路捡满地的梨花瓣。不多久这锦囊便是满满的梨花瓣，她小心地扛着锄头为这些花瓣挖出一个小坑。

此时去而复返的俞默焕看着苏韵这般的动作，有些诧异地走到她跟前，将锦帕递给她："阿韵，你在做什么？"

"葬花。"

"葬花？为什么要葬花？"

"没什么，我只是觉得这些梨花花瓣飘零在地上很可怜，想要给它找一个归处罢了。”

“是吗？你认为这葬花能给花最好的归宿吗？”

“不然呢？还有其他更好的归宿吗？”

“阿韵，你是不是遇到了什么事情？”

“没有，我只是睡不着罢了，你怎么还不睡？”显然苏韵并不想跟俞默焕说自己的无奈，其实她也说不出心里的那份无奈和失落。

她其实也知道，这属于她自己没事找事，可是她如何说？说自己真的就是找事而已吗？怕是连她自己都觉得这纯属无理取闹吧？可是她却控制不住这种无理取闹。

“阿韵，你是不是压力太大了？又或者是对这船的模型制作有一些担心？”俞默焕不了解女孩子的心思，总想具体的事情上去靠。

“船模型？造船坊目前的图纸我还没给出去，怎么做这模型船？再说这模型船只怕造船坊的老工人也没时间制作。”苏韵突然语速加快起来，看来她真的是心里有事情，

俞默焕虽然知道苏韵心里有些事情，但是他并不想让她闷在心里，既然他是她这辈子的依靠，那么他愿意伸出双手帮助她走过任何一段黑暗时间。

“阿韵，确实你也不必担心，船的图纸在你今天定下来的时候，我就已经安排小厮去你的造船坊去制作造船模了，而你只要明天亲自或者让小姨了去下令告诉他们造船就好了。”俞默焕蹲下身来，帮着她一起葬花。

“阿韵，你现在还小，很多事情若是承受不来，可以告诉我，我会帮你。若是你很担心自己该如何跟李皋谈，我可以和你一起去跟李皋谈。反正我过几天要押运一些青瓷去帝都长安，这临走之时去见一见江南转运使也是对的。”

苏韵抬起头看向俞默焕：“你要去长安了？”

“嗯，造船节结束，乘坐阿韵你的新船，前去长安。我已经写信给杨太真报喜了，相信李皋见过你的船之后，阿韵你造船的能力将会名噪长安城了。”俞默焕用手舀着溪中的清水为她细致地洗着满是泥巴的双手。

这清水顺着她娇小可爱的小手而下，将她白嫩的小手变得更加莹润，月光之下的他是那般认真。苏韵看到了这个男人的细心和温暖，这个男人真的是用心在呵护自己对吗？她鼻头一酸，带着些许哭音。

“阿焕……你都为我准备好了？”她是感激的，感激俞默焕的细致和周到，更感动他对她的无微不至。

“傻瓜，你父亲也是我未来的岳父，我也会担心和紧张的。”

“可是你……”苏韵张了张嘴，“可是你还是动用了自己的资源，为了我……我一个还没长大的小孩子。”

“孩子？我可不觉得你是个孩子。你如今都是成年的女子了，若是苏叔

没有摊上这件事，怕是你如今都坐着花轿进了我俞家大院了。”俞默焕揉了揉她的团子发髻，“好了，你的手干净了，过来吃一些甜汤吧。”

俞默焕拉着苏韵往院子里的石桌边走去，丫鬟在那里备下了甜汤。

“你这是……”苏韵抬起头，一脸诧异，“怎么会给我煮甜汤？”

“小丫头，我看你今晚也没吃多少，又被从坤搅了心情。我觉得你终究还是会饿的，便嘱咐厨房给你准备一些吃的。”俞默焕吹了吹微微烫口的甜汤，这汤勺里的甜汤散发着迷人的香味，而他的脸上带着一贯的宠溺。

这种幸福，让她有些措手不及，她讷讷地说道：“那个，我可以自己来。”

“你在这里又是葬花又是哭鼻子的，怕是手早就木掉了，还是让我来喂你吧。毕竟我打算一直这样待你，提前练练手也是应该的。”这句话很大胆，如此直白的告白让苏韵脸红得发烫，而他仿佛没看见一般，将汤匙送到她的嘴边，“来张嘴。”

苏韵乖乖张嘴，一口甜美的汤汁下肚，她的眼睛再次红了起来，有这样的男人，她此生何其有幸？

俞默焕看着又要哭了的苏韵，叹了口气：“阿韵，你这样对胃不好，来，不要哭了。这件事情终究有了着落，你应该开心才是。”

“可是阿焕，你这样待我，我忍不住想要红了眼眶……我……”苏韵还想说什么，却被俞默焕打断了：“好了，明天我寻来李皋的行程，帮你想想怎么去见李皋，你再谢谢我吧。你现在赶紧吃一些垫垫肚子，今晚咱们得通宵了。”

俞默焕看着她疑惑的脸庞，扑哧一笑，点了点苏韵的小鼻头，“你想什么呢？我是让你帮我一起整理搭建船模型的木条，咱们一晚上整理出两个模型船来，也好让你到时候装箱带过去送给那李皋。你总不能空着手去见江南转运使吧？”

“啊……我还以为……”苏韵快言快语地想要说些什么，却被自己硬生生地打住，她想到哪里去了。整个秋山北苑都是俞默焕的，他想住哪里不就住哪里吗？

“你以为什么？”俞默焕逗着苏韵，看着她低下头不再说话，笑了起来，“你呀，就是喜欢伤春悲秋，好了，吃饱了，咱们就开工。”

俞默焕撩开衣袍，学着胡人的模样将衣袖扎了起来，他手里有着一个雕刻专用的小刀，小厮们陆续搬运来木块，他随手捡起一个，开始雕刻起来。

苏韵看了一眼旁边雕刻着的俞默焕，这个家伙还有当木匠的本事呢？她不得不佩服这个博学多才的未婚夫，有这样的男人做丈夫，好像是一件挺不错的事情，是吧？

俞默焕抿着嘴巴仔细地雕刻着，一边比对着图纸上的线条，一边修缮着手里的木条。满院灯光，月光摇曳之下，一个男子坐在院中为他心爱的女子雕刻着模型，这画面让苏韵一记便是好多年。

此时苏韵也加入了与俞默焕雕刻木舟的行列，她的速度比俞默焕还要快，这些年在造船行业的摸爬滚打，让她能够看一眼图纸便了然于心，更是能够极为快速地做出这艘船的模型。

俞默焕看着再次焕发精神的苏韵，嘴角扬起宠溺的笑容，看着她比赛似的，也加快了雕刻木舟的速度。

一夜未眠，满地木屑，终于在破晓时分做完了两个船只的模型，累得腰酸背痛的苏韵刚站起来，就感觉到了一阵头晕眼花，她摇了摇脑袋，还没站稳就有一种要昏厥的感觉。

俞默焕赶紧站起来，将她搂在怀里，看着失去意识的苏韵，连忙打横抱起朝着外院跑去。

满院子的丫鬟都被俞默焕的行动给震惊到了，直到小厮请来府中大夫，才知道他的阿韵竟然一直处于血气不足的状态。

到底是什么让她的身体每况愈下？这一点让俞默焕抿紧了双唇。阿韵不过十五岁，没道理这般羸弱，一定是有什么自己不知道的事情发生了。

第二十四章
未能见转运使

昏厥之后的苏韵也许没有想到自己这一场贫血之症，消息竟然不胫而走，成为俞家阻挠她与俞默焕在一起的把柄，更成为从坤说她不详之后的铁证。

大夫匆匆而来，看着那面色苍白的苏韵，号脉之后开了方子，摇了摇头便离开了，只留下俞默焕自己看着方子发呆。

他不懂阿韵的贫血严不严重，可是他知道的是阿韵的身子难以承受去东都洛阳救出苏叔叔，若是将这事情告诉阿韵，怕是会让阿韵伤心至极吧？他不能伤害阿韵的心，更不能让阿韵的一片孝心付诸东流，他现在要做的就是让阿韵尽快好起来。

他嘱咐丫鬟之后，便去了那满是藏书的藏书楼，在第四层仔细地寻找医书上补血的方子，尽管是彻夜未眠，但是他依旧不敢睡，怕浪费了一分一秒的时间，更怕耽误了自己找到药材的机遇。

所幸的是他终于在一本药书上找到了枸杞、银耳、红枣煮粥补血的方子，看来他以后要多多地做甜汤给阿韵喝了。

他抚了抚有些发蒙的头，干脆走到藏书楼一旁的小榻上躺了下来，嘱咐丫鬟通知苏韵来这里等他之后，便沉沉进入梦乡。

苏韵醒来之时已经日上三竿，她挡了挡太阳，随着丫鬟重新来到了这藏书楼，只是这一次她手里捧着的是那被俞默焕雕刻好的船模型。

此时风吹起了藏书楼的幔帐，整个藏书楼四楼的视野很好，可以看到整个秋山北苑的景色。她倚在栏杆上，望着底下满院梨树缓缓笑开。

俞默焕醒来之时，看到的便是这一番美景，一个美人倚着栏杆，风吹起她的秀发，让她看上去是那般柔美，又是那般可爱，仿佛是世间最娇俏的精灵，又仿佛是坠落人间的女仙，让他移不开眼。

苏韵回过头来正好与俞默焕对视，这四目相对，竟然有一种默契停留在彼此的心头之间，她甜美一笑，仿佛遇到什么有趣的事情，挑高眉头："你看我作甚？"

"今天的你很美。"

“哦？哪里美？”

“衣服美，人更美。”

“我看你词穷了吧？说话这么直接。”

“对你，我不需要修饰词语，只愿用最真实的语言去告诉你我最直接的心情。”俞默焕一点也不否认自己说话太直接简单，但是他喜欢用自己的简单去对待眼前的这个小女孩。

“你说起甜言蜜语来，倒也是个中好手。”苏韵淡淡一笑，转头看向满院子的梨花，笑成了月牙状。

只是苏韵的贫血眩晕症还没好，有一种要坠落的感觉，这从高处往下看的感觉，让她越来越失去重心，终于人朝外栽去。

俞默焕瞪大眼睛，一个纵身搂住苏韵的腰，借着苏韵下滑的力道，一个使力将苏韵连同他自己带到了第三层。

虽然是借着巧劲儿进入了第三层，但是终究还是摔在地上，但是俞默焕舍不得苏韵摔在地上，他抱着苏韵在地上翻滚了一圈，将她护了个周全，只是让自己满身是伤。

“俞默焕，你没事吧？”

苏韵还没感觉到害怕，却被俞默焕一下按倒在地上，他用嘴巴直接堵住了她的嘴唇，这样的霸道，这样的甜蜜，让她措手不及。

俞默焕抬起头来，将她限定在两臂之间，他眼睛放出一种让她不敢直视的光芒来，仿佛要将她吃掉，又仿佛要将她抓起来胖揍一顿一般。

“你可知道刚才发生了什么？”

“嗯，我差点坠楼。”

“你又可知，若不是我及时带你摔进这里，你的后果是什么？”

“怕是要躺上个十天半个月吧？”

“是受伤还是残废？”俞默焕这话很重，却让苏韵不得不认真起来。

“四楼摔下来，怕是非死即伤吧。不对，是非死即残。”苏韵叹了口气，她难得大难不死，他怎么这般生气？

“阿韵……”

“什么？”

“以后没有我允许，不准上楼，更不准来到这高层之上，听清楚了吗？”

“哦。”

“重复我刚才的话。”

“以后没有你的准许，绝对不上楼，也绝对不会独自在高层。”

俞默焕将她拉起来，一把抱在怀里：“方才，我差点以为自己要彻底地失去你了，你知道吗？”

“还好你反应快。”

“若是我这一次没有在你身边，你该如何？你为什么不让我放心呢？”

苏韵看着俞默焕皱得紧紧的眉头，伸出手想要抚平这个眉头，却被他抓住了手。

“我希望，下一次，你不会有任何事情发生，你能答应我吗？”

“能。”

“你保证？”

“我保证。”

俞默焕笑了起来，只是这笑显然是不放心，却又无可奈何的，他自己其实也知道，他想要一个安心，却又无法真的安心。阿韵有贫血症状，他不敢放任她一个人待着太久。

他叹了口气，抚着她的脸蛋：“若是你这般说了，那我还说什么？我信你就是了。”

“你放心，我又不是小孩子。”苏韵想要证明自己很可以，却被俞默焕几声低笑给打断，“你笑什么？”

“没什么，只是觉得你保证的样子很可爱。”

“不对，我明明感觉你在笑话我。说，你在笑什么？”苏韵板着脸抓住俞默焕的领子，一副气势汹汹的模样。

“真的没有笑，相信我。”俞默焕止住笑，抚着她的头，想要再说些什么，却看到小厮匆匆而来，手里拿着一个信笺。

“看来咱们这位李皋大人的行程已经整理出来了。”俞默焕接过信笺，摆了摆手，小厮退下，他展开信笺，眼睛明亮起来。

“这李皋最近会在水北码头出现，你现在去水北码头可以等到李皋这个人。”

“水北码头吗？为什么会去哪里？真是奇怪。”苏韵一脸纳闷，“那里不是比赛的场所，去那里也没什么价值啊？”

“可是水北码头却是京杭大运河的终点站，更是余杭的起始站。在那里可以看到很多的渔民和依傍运河水生活的百姓。”俞默焕缓缓解释道，“李皋到底是江南转运使，京杭大运河是从长安修建到余杭的，这沿途河水淤泥的情况，水质的情况，运输能力以及造船能力，都是转运使必须关心的地方，自然要亲自去那里查看了。”

“这话说得倒有几分道理，只是我有一个地方很不理解。”

“哪个地方？”

“李皋若是去水北码头，是怎么去的呢？是坐马车，坐船，还是骑马？我要在水北码头的哪个方位等着呢？”苏韵挠了挠头，“总不能顶着大太阳在那里钓鱼等他吧？”

“那倒不用，我在水北码头买了一处酒肆，这李皋喜欢饮酒，虽然这当值期间不得饮酒，但是李皋可能会在太阳西下之后，小酌几杯，你在这酒肆蹲点等他就是了。”俞默焕将腰间的一个令牌交给苏韵，“这是我那不多吁酒肆的信物。”

“不多吁？长吁短叹的意思？你倒是会起名字。我说那个奇怪的酒肆怎么会有那么多人前去吃饭呢，原来是你这个商界奇才在做幕后老板。”苏韵笑了起来，“说，你买在那里，是不是因为我家在那里，你好近距离观察我？”

苏韵本以为是一句玩笑话，却被俞默焕当了真：“为你，我自然是愿意一切付诸行动的，无论是近水楼台让你尽在我的眼皮底下，还是春花秋月与你共赴风月，我都愿尝试。”

俞默焕的眼神带着深深的旋涡，仿佛能将人完全吸纳进去一般，她停住了笑容，只能咬着嘴唇。就在两人陷入尴尬之时，又一小厮匆匆跑来。

“何事？”

“回少爷，这造船坊的掌柜来了，说是有要事跟苏家小姐商议。”

“可知道是什么事情？”

“我也没听太清楚，似乎是船明天可造好的事情。”

“明天可以造好？怎么可能？”

苏韵显然不相信这些话，但是俞默焕却突然想到什么，说道：“阿韵，你及笄的时候，我见过苏叔叔，苏叔叔曾经说过他想做一个类似马车一般的船，莫非我们与他不谋而合？又或者这个船其实已经造好了，但是一些机关细节，苏叔叔当时没有想清楚，所以暂时搁置了？”

“有可能吗？”

“这倒是有可能的。如果苏叔叔真的造了这样一只船，那么阿韵，你有机会了。你可知道李皋痴迷造船的特点，将造好的车轮船放到水北码头，制造舆论热点，吸引李皋前来，而阿韵你只要蹲点等着李皋的出现即可。”

“这样就好了吗？”

“这样就好了，这样你就有十足的机会见到李皋，更有绝对的能力跟李皋说清楚你的想法，说清楚你的意见，更能够告诉李皋车轮船能载着这么多的竹子，不靠一只木桨就能在京杭大运河里航行。”

第二十五章 不信苏韵本事

俞默焕与苏韵来到待客大堂，看到了造船坊的掌柜。这掌柜穿着藏青色的圆领窄袖袍衫，头上更是戴着一个乌黑色的幞头，满面红光，看上去便是人逢喜事精神爽的模样。

苏韵走了过去，这造船坊的当家掌柜陈掌柜咧着个大嘴，一副开心的模样："大小姐，托老爷和您的洪福，咱们接到了您派人送来的图纸，恰好老爷上一年准备制作同样的船，当时只是一个构想，只做了几只小船，便作罢。巧就巧在，小姐也跟老爷想到了一块，这不，咱们不用去建造，只要稍微修改一番就可以完成大小姐交代的任务了。"

陈掌柜开心地说着，苏韵回头看向俞默焕，阿焕难道真的有未卜先知的本事？他怎么知道爹爹竟然早早地就安排了这车轮船？

俞默焕接收到了苏韵的眼神，他缓缓笑起来，那浅浅的笑容里更多的是一种宠溺，一种任她海阔凭鱼跃、天高任鸟飞的感觉。这种感觉，让她知道，她一直被宠爱着，也一直被呵护着。

"大小姐？"陈掌柜的一句轻声询问将苏韵的思绪拉了回来。

"啊？什么？"苏韵愣了一下。

"大小姐可是不开心？"

"不是，我只是感到有些出乎意料。"苏韵看着陈掌柜有一点被冷水浇灭热情的模样，赶紧跟了一句，"其实我也很欣喜，这说明是天佑我苏家不倒。"

"对呀对呀，大小姐，这是咱们苏家天大的好事呢。"

"明天这船可能去水北码头？"苏韵很关心将这车轮船运到水北码头的时候能否迎来李皋。

"大小姐，你这是要试水吗？"

"嗯，造船节在即，我想先试试车轮船的妙处。"

"那我明天去准备准备，叫上几个咱们造船坊的伙计，咱们下船试水。"陈掌柜刚想转身，却听到俞默焕的一声"不急"。

对于这未来姑爷，陈掌柜自然是听从的，他立刻停留在了原地，看向俞默焕。

“今年的三月开春晚了一些，春寒依旧料峭，但好在可以继续戴着花胜四处瞧瞧。老陈啊，不如你今天去准备一下，叫上咱们造船坊的女眷们，明日一起坐船游览一番，记住，要戴着花胜出门。”俞默焕的声音不大，苏韵却听得出来，他是满肚子的算计，“对了，老陈，咱们这造船坊这样的船有多少艘？”

“去年老爷说先试着做个十艘。”陈掌柜如实说道。

“那就每一艘船上坐五个女眷，每个人提着一个花篮，这梨花飘飞，若是飞到水上也是一番美事，老陈你说对不对？”俞默焕走向陈掌柜拍着他的肩膀。

“俞少爷，这些人出来倒是容易，可是如此多的人，怕是需要一些经费。”

“经费？正巧我今年赚了一些私房钱，这样吧，我把体己的银子拿一些出来，当作试水的好彩头了。”俞默焕看了一眼身后的管家，管家立刻懂得俞默焕的意思，派小厮抬来了一箱子的银子。

“陈掌柜，我这箱子里的银子一共三百两。十艘船就是五十女眷，每人二两银子，也就是一百两银子。伙计们在船上劳作，一人分得三两银子，一艘船上五个伙计，也就是一百五十两银子。至于剩下的五十两银子嘛，这十艘船比赛，前三名，分别是十五两银子、十两银子和五两银子，还剩下二十两银子权当作陈掌柜的辛苦钱了，你看如何？”

俞默焕刚说完，这陈掌柜立马谢道：“都知道俞少爷是出了名的好说话，今日里看，俞少爷不仅是人好人，更是人善人，我家小姐跟着您真是有福气了。”

“陈掌柜就是会说话，不过，明天准备好这些事情，应该不难吧？我还打算未时一刻前去观瞻一番。”俞默焕前倾着身子，手搭在陈掌柜的肩膀上，缓缓笑起。

“保证没问题，我先去安排。”

“事不宜迟，快去吧。”

“好嘞。”

苏韵看着陈掌柜招呼着伙计将装有三百两银子的箱子抬上马车，嘴巴动了动：“你一个季度的收入没了，可心疼？”

“一个季度？”俞默焕挑高眉毛，“我名下产业这么多，这些银子不过是一个月度而已。”

“那是你家大业大，你一点儿也不心疼吗？”苏韵皱起眉。

“心疼？为了你，为了我岳父，我有什么舍不得的？”

“话说你刚才给我感觉话未说尽，可是有什么要跟我说的？”苏韵觉得俞默焕做这样的投资，不要任何回报是不可能的。

“你想知道？”

“我知道你肯定是有事情要说，你不妨直接一点。”苏韵其实知道俞默焕想要什么，只是她更希望俞默焕自己说出来。

“如果我说，我想要你呢？”俞默焕快走几步，抵着她的额头，却被她尴尬地推开。

“你，你，不要胡闹，我在跟你说正事。”苏韵脸再次羞红，这厮竟然如此逗她？

“我跟你谈谈心，恋恋爱，温温情，叙叙旧，也算是正事。”俞默焕往后走了几步才稳住身形，第一次犹如一个浪荡子一般，扬起不驯的笑容。

“你这样看着我，我会有些紧张。”

“紧张？我倒是不介意你更紧张一点。”

“俞默焕！”

“嗯？什么？”

“你只宣传我的造船，为什么不借机宣传一把你家的青瓷或者茶叶？”苏韵不相信俞默焕仅仅只是让她试水车轮船而已。

“青瓷不太适合摆放在船上，但是茶叶嘛……阿韵，你该知道这酒香和茶香是一个道理，都是不怕巷子深。”俞默焕算是点题，让苏韵心下了然：“你打算找一个车轮船，在船上专门泡茶？”

“这运河两岸不远，你邀请李皋走上车轮船的时候，我就可以拿出我的茶招待了，不是吗？”俞默焕眨眨眼，“江南转运使认可的茶必然会更加受欢迎，再说这茶叶还需好茶具，我恰好也有青瓷茶具。”

“果然，你打算把我的船榨得一点价值也不剩。”苏韵斜了一眼俞默焕。

“可我愿意让你把我榨得一点价值也不剩，你可愿意？”俞默焕再次靠近苏韵，打算用无赖的招式来让未婚妻喜欢上自己。

却遇到了来搅局的从坤：“喂！你手放哪里？”

一个石子击中俞默焕的大手，将俞默焕的手打开，从坤举着弹弓大摇大摆地走了进来：“怎么？打算在我不在的时候，惹我的小韵韵？”

“阿韵是你的小韵韵？”俞默焕揉着手背，危险地眯起眼睛。

“你们聘书都撕毁了，你家祖宅里的人还广而告之，要与苏家一刀两断，现在小韵韵不属于你，现在她是自由的！”从坤大声说着事实，说着让俞默焕不舒服的事实，“小韵韵，你还是离这个道貌岸然的混蛋远一些的好。”

“哦？你又知道什么了？”苏韵觉得这个从坤不像最开始那般讨厌了，但是嘴巴依旧很乌鸦。

“你怎么那么笨呢？这个家伙，你知道这个家伙吧？他的家人都排斥你，你嫁过去还有好？我从家虽然不怎么大，好在我家里人都听我的。你要是嫁到我家里吧，肯定是你说一不二，然后我爹娘还得笑呵呵地说是。

你看，我从家多好。”从坤自卖自夸地说着自己。

“从坤，注意你说话的分寸！”俞默焕的眼睛里放出危险的信号来。

“分寸？什么分寸？我为什么要注意自己的分寸？别怪我没提醒你，你堂弟俞默筌这个混蛋最近一再惹事，还妄想着抢占你的青瓷生意。我看你要是再缩在秋山北苑，怕是连你这独子的身份都被人抢咯。”

“俞默筌做了什么？”俞默焕皱起眉。

“怎么？你不知道？最近俞默筌押着青瓷去讨好杨太真去了，若是杨太真喜欢了这俞默筌，你引以为傲的偏爱，怕是一无所有了。说到底，你这二叔太不地道了，专门喜欢给你穿小鞋啊？哈哈哈……”从坤也不搭理俞默焕，拉住苏韵的衣袖，“走走走，我听说李皋要来了，我带你去走走，说不定能够偶遇呢？”

“偶遇？”苏韵想要甩开从坤的手，却终究是力气敌不过男子。

俞默焕抓住从坤的胳膊，强行掰开了从坤的大手：“明天李皋自然会跟阿韵见面，你不必费心。”

“哟呵，你这是说你准备好了一切？”从坤双手环胸。

“这你就不用担心了，你现在需要担心和在乎的是另外一件事。”俞默焕高深莫测地看着从坤。

“什么事？”

“关门，打狗。”

俞默焕将苏韵带到一个安全地带，一只凶神恶煞似的狼狗被管家牵了出来，怕狗的从坤一边后退一边恶狠狠地看着俞默焕：“我好心来帮你，你却这样待客？”

“我不需要你的好心。”俞默焕摇着头，对于情敌，他绝对不会手软，“若是你走慢点，当心我家管家手滑，松开了绳子。”

“啊啊啊啊……俞默焕，你竟然真敢松开绳子！走开！”此时满院子的人都听到了从坤的鬼哭狼嚎。

第二十六章

车轮船将试水

从坤叫唤着在秋山北苑乱窜，而他身后的狼狗仿佛仅仅是逗着从坤玩闹一般，只是紧追不舍。

俞默焕看着身边苏韵笑得那般开心，心里却染上了不快，这个从坤如此阴魂不散，看来他得想个办法将从坤彻底地从阿韵身边撵走才是。

俞默焕抬起苏韵的下巴，“阿韵，记住这是你名扬天下的时刻，你赶紧回去想想怎么在这一刻耀眼四方。”

“可是我担心自己办不好，怎么办？”苏韵紧张地揪住自己的衣角，越是紧张时刻，她越是什么也不会。

“阿韵，这是将你苏家造船坊发扬光大的机会，你必须勇敢把握，没有人能代替你，即便是我。若是我去了，搞不好这李皋认为是我俞家的功劳，到时候你又要跟我二叔来一场造船坊的权力之争了，依我看，还是不要多那个麻烦了。”俞默焕借机将从坤所说的话，解释了一番。

“阿焕，我没有觉得你想跟我抢功劳，真的。”苏韵有一种忐忑的感觉，她很想知道俞默焕为什么这么说？为什么整个话中的含义像是在告诉她，他讨厌他二叔，更不愿意沾上苏家的产业，想要避嫌把自己剥离干净，她不喜欢阿焕这样。

“你我这么些年，我还不知道你？你赶紧去准备吧，我也好趁夜去一趟老陈那里。”俞默焕还是不想跟苏韵细谈，这时候的他心里很乱，他需要冷静，更需要梳理思路。

若是平常，他也许能够压下自己内心的想法，去帮阿韵想想明天该说些什么，想想明天该做些什么。可是现在他的内心是复杂的，他做不到什么事情也没发生，更做不到什么也听不到，他不想当着阿韵的面发火。他知道这件事情与阿韵并无关联，他也知道俞家做事做得太过，可那到底是他的家人，是他砸断骨头都连着筋的亲人，他即便再宠溺阿韵，也不可能彻底地与亲人断了关系。

所以他选择回避，选择去静下心，想一想怎么摆平俞家的事，想想怎么让俞家接受阿韵，也想想怎么让阿韵在俞家不受委屈。他知道自己肩膀上的担子很重，但是他没办法，他必须要说出一些话来，更必须要做出一些事来，才能从这个困境之中摆脱出来。

但是现在他知道，自己必须要竭尽全力地去压抑脾气，冷静下来，寻找对策。

“阿韵，厨房里煨着火，你若是饿了，可以让厨娘给你做些吃的，我……先走了。”俞默焕匆匆而去，只留下苏韵独自站在那里。

这一刻苏韵感觉到了孤独和彷徨，十五岁的她第一次面对大事，可是俞默焕却选择了逃避。尽管她知道俞默焕是因为从坤口中说的那些俞家的事情而逃开的，但是她真的希望他能够留下来帮自己解疑答惑。

她咬了咬嘴唇，一直以为可以依靠的男子，终究还是因为他的家事而要跟自己暂时地告别了吗？他是不是更在乎他的家人呢？他说会一直宠着自己，会一直护着自己的话，到底有几分真？又到底能实现几分呢？她是不是太天真了？得罪了他的家人，还妄想着能与他白头偕老？

且不说她的公婆会对她施展什么样子的报复，就说俞家的二叔，那就是一个绝对不吃亏的主儿，那天她得罪这俞家二叔最狠，怕是这个无风都要起浪的人，一定会卯足力气煽风点火。

这后宅的事情最是难处理，她偏偏是女眷，要无休无止地面对后宅的琐事，怕是到时候自己将面对整个俞家的报复了吧？若是这样，俞默焕又能够帮助自己几次？又能够护着自己到几时呢？

苏韵低下头，一种凄凉萦绕心头，直到一个人将手搭在她的肩膀上，她抬起头看着那头发已经有一些散乱的从坤。她四周看看，有些发愣，自己是什么时候回到厢房的？她怎么不知道？

“你在发呆什么呢？又是愁又是叹气的？说出来，让大爷我，乐乐。”从坤一手拿着茶壶，一手满不在乎地喝起茶来，“这茶有些凉了，不过味道还不错。”

“你怎么进来的？”苏韵显然才刚回过神来。

“怎么进来的？自然是走进来的，话说你到底想到了什么？怎么这般愁眉苦脸的？”从坤眨着眼睛，一副好奇的模样，“你别告诉我，你是恨嫁了？要是这样的话，你可以选择嫁给我，我不会瞧不起你的，真的。”

苏韵皱着眉，拍掉从坤的手：“我问你怎么进来的，你不要跟我胡扯其他。”

“我说了，我跟着你走进来的。”从坤双手一摊，“你看大门还开着，那外面的丫鬟仆人还能给我做证呢。”

“你可知道，这里是我的厢房？你又可知道，这里是女子的房间，男女授受不亲？”苏韵一副赶人的模样。

“我知道啊，但是这里又不是我家，这里也不是你家，你怕什么呢？不过我看你的模样，莫非是担心明天怎么跟李皋说？”从坤到底是一个不笨的人，这一句话算是点中了苏韵的心思。

“嗯，我的确是担心自己的表现，阿焕说明天很重要。”可是越是重要，自己顾及越多就越做不好，这后面的话苏韵没好意思说出来。

“明白了，你不知道自己该说什么，没关系，我给你写一张纸，你跟着我写的去做，如何？”从坤二话不说，走到一旁的书桌上，开始写字。

这从坤有一手漂亮的楷书，让苏韵不得不佩服这个人的书法造诣，只是这人的书法虽然不错，为人可是不怎么样。

至少到现在为止，从坤还是让她喜欢不上，虽然不怎么讨厌。

“你看看，这个如何？”从坤吹着纸上的墨迹，苏韵仔细地读着，一边读一边点头，眼神里带上了感激，而从坤则骄傲地说道，“你也不必这般激动地看着我，太崇拜我，我会骄傲的。不过你若是打算以身相许，我倒是不介意你投怀送抱。来吧……”

从坤闭着眼，等待着苏韵倒在他的怀里，却被苏韵推开，他睁开眼一副不满：“你从小就这般拒绝我？可知道很伤人？”

“你帮我是一码子事，你这对我做出下流的事情，就是另外一码子事！”

“我这是与你明月之下，说一些风花雪月的事情罢了，怎么，你看少了戏本子，不知道这男女之间的你情我愿，还是你不懂这男女之间的你侬我侬？若是你不懂，我可以现在教你，保你现学现会。”从坤还想伸出手来，却被苏韵再度推开。

“好了，夜深了，明天我还要等待李皋，就恕不远送了。”苏韵这变脸的速度倒是让从坤不开心起来。

从坤被苏韵推出门外，吃了一个很大的闭门羹，摸了摸鼻子，对着门大声说道：“我不会放弃你的！”

第二日，水北码头迎来了最热闹的船队试水的节目，沿河两岸的人们感受着端午才有的热闹，这十艘车轮一般的船，在水上激烈地竞争着，可奇怪的是，船上除了带着花胜的女子，却不见一个划桨的人。不见划桨的人也就罢了，连掌舵的人，竟然也不划船，只是调动着桨叶子来维持船的方向。

这让两岸的人啧啧称奇的同时，更是对这快速行驶的船产生了向往，随着擂鼓喧天，大家齐声叫着好。

苏韵坐在酒肆的二层，紧张地背着从坤给她的纸条，直到俞默焕走了进来，她也没发现。

俞默焕双目带着血丝，看来是一夜未睡，他走近苏韵，居高临下看去，看着这字迹，眉头紧皱起来，这是从坤的笔迹。真是该死，自己昨晚上心乱如麻，竟然让这个从坤得了空，又去给阿韵卖好。这满府的丫鬟仆人也不知道拦住从坤这个登徒子！

俞默焕深吸一口气，现在不是他发火的时候，他必须保持镇静，等到脾气压抑住，他笑着走近苏韵："阿韵，李皋方才在下面看车轮船，看得津津有味，还一直问这是谁家的船下河试水，等比赛结束之后，你要不要去邀请他来这二层楼一聚？"

苏韵抬起头，诧异地点点头："好。"她其实很想问，阿焕是什么时候过来的，可这句话迟迟没问出口。

第二十七章
余杭女坊主

苏韵低下头准备下楼去请李皋，却被俞默焕抓住了胳膊，她抬起头木讷地看着眼前的阿焕，她知道阿焕心里不舒服，可是她不知道该如何解释，既害怕越描越黑，又害怕越说越错。

四目相对，俞默焕那深沉的眼神让她越加不安起来：“阿韵……”

“嗯？”

“你是不是很不安？”

“没……没有啊……”苏韵想要狡辩，可是却发现自己已经词穷了。

“没有？那你为什么结巴？”俞默焕嘴角带着笑容，可是笑不达眼底，语气也跟着深沉起来。

“我没有结巴啊。你看，我说话很流利的。”苏韵想要赶紧逃离俞默焕的身边，却被他抓得更紧。

“阿韵，在我不在的时候，你是否很喜欢别人帮你？”俞默焕终究还是忍不住问出口，这句话让苏韵诧异地抬起头，她咬着唇瓣，她该如何说？说她不是的，可是俞默焕看到的从坤帮自己算什么？说自己就是的，这说明了什么？说明了自己根本就是个谁对自己有利就跟谁好的人。

这么没原则的人，可不是她苏韵，但是眼下她却不能说是，也不能说不是，只能装哑巴。

俞默焕有些失望地垂下眼，轻叹一口气：“原来，我在你的心里，竟然如此不重要。”

这句话像是说给苏韵听的，又像是说给他自己听的，是这般凄凉，又是这般让人心伤。苏韵有些不舍，想要说句暖心的话，可是安慰人的话在唇边，却是一句也说不出。

“阿韵，若是……若是我不希望你与从坤靠得太近，你可愿遂了我的心愿？遂愿很难，但是你若是愿意，我想我也许能够心想事成。”他修长的手指缠绕着她的发丝，气息萦绕在她的鼻息之间，让彼此的温度都上升了几分。

“心想事成？可是我……我……”苏韵很想说她不是神仙，做不到点石成金的事情，可是她却让他误会了她的为难。

“怎么？在你的心里，从坤让你感觉到了温暖吗？莫非你忘记了，你的有缘人是谁？莫非你又忘记了和你有婚约的是谁了吗？”虽然俞默焕心再次扭痛起来，但是他依旧希望能够扭转阿韵的心思，哪怕是轻微的变化，他也甘愿。

“阿焕，今日是咱们见李皋的日子，这些话，以后再说，可好？”苏韵很想转移话题，阿焕靠她这么近，让她还是不太能适应，她还是个云英未嫁的女子呢。

“你为什么不要说了？你可知道，这样说话会让我心疼？我这里已经扭痛起来了，甚至绞痛万分，你真的舍得我难过吗？”俞默焕顿了顿，低沉好听的声音让她的心也跟着紧张起来，“你可知道，你这样让我真的很难过？”

他将她的手放在自己平坦的胸膛上，让她感受着他加快的心跳：“阿韵，它为你而跳，更为你而痛，你真的忍心我痛着吗？”

苏韵抿着嘴唇，她该如何说？她颤抖着嘴唇，想要说什么，却终究是咬住了唇瓣，但是他的手却放在了她的嘴唇之间，他的双目带着无奈的宠溺：“若是你真的这般为难，我便不再逼你了，不要咬唇瓣，要是你非咬不可，就咬我的手指吧。至少这样，你不会痛，不是吗？”

苏韵流下了一滴泪，她不知道为什么，突然扑倒在俞默焕的怀里，她明明不想哭，却被他这低声细语的话说得内心不好受起来。

“阿焕……”

“嗯？”

“你为什么非要这般说话？说得我都跟着难过起来了，好像我做了什么天大一般的错事，你怎么可以这样子？你这是利用你的假真诚欺骗我这个小丫头！”苏韵一副埋怨的样子捶打着俞默焕。

“我欺骗你了吗？”俞默焕抚着她的团子发髻，温柔地笑起来。

“你还笑！你方才没事说什么煽情的话，还表现得你一副要死要活的模样，都让我跟着鼻酸了，都是你！”苏韵还想捶打他的胸膛，却被他抓住芊芊玉手，他的眼神很真诚，让她停下了捶打的动作。

“阿韵，我是真的不希望你与从坤来往，这不是骗你的。”俞默焕认真地哄着她，“告诉我，你能为了我，再也不见从坤，好吗？”

他的眼神无比的真诚，让她说不出一句“不好”，只能瞪大眼睛与他对视着。

“阿韵，你是个乖女孩，你会答应我的，对吗？”俞默焕露出那洁白整齐的牙齿来，温柔地笑开了。

“我……我以后不会再见……”当苏韵准备说出俞默焕心中所想的那句话时，却被从坤打断。

从坤大咧咧地倚着门框，嘴里叼着一棵狗尾巴草："啧，我不在，俞默焕你就打算欺骗小丫头片子呀。怎么？为了让阿韵与我远离，你竟然连这种伎俩都能使出来，还要不要脸皮？"

从坤将手放在腮帮子上，拍了拍："我都替你难为情，啧啧，你真是了不起啊，啧啧……"

"你什么时候来的？"俞默焕皱着眉头，看向从坤，将苏韵拉到身后。

"怎么？这是酒肆，大门朝天开，笑脸迎客人，我还不能来了？"从坤率性地拉开椅子，坐到一处，自斟自饮起来，"这酒怎么这么苦？真难喝。"

"这里是我的包间，这里不欢迎你。"俞默焕显然不希望跟从坤有更多的交集。

"不欢迎我？呵，说得好冠冕堂皇，只是你说的话管用吗？"从坤抬起头，"毕竟一会见到李皋，该说什么话，该做什么事情，那是我说了算的。而阿韵现在一定需要我与她再商量商量，你这半路插足的家伙，还是在一旁喝你的茶，安静为妙。"

这句话一语双关，让俞默焕不开心地皱起眉头来，而苏韵则是欣喜起来："你是来帮我理清思路的吗？"

"就你这笨拙的模样，若是我不来帮你顺顺思路，怕是你舌头打结，跟那李皋说不出几句话来，那不就糟糕了吗？"从坤将茶杯递给苏韵，"想让我教给你，就给我倒茶。"

"嗯嗯，我这就给你倒茶。"苏韵欢快地去拿茶壶，却被俞默焕抓住手腕，"阿焕，我要给从坤倒茶，你这是……"

"阿韵，你忘记自己跟我说什么了吗？"

"我没有忘记啊，但是我现在需要知道接下来要做什么，而想要知道接下来要做些什么，就必须要从坤从他给我的内容里面找出关键点来，我现在紧张得一头乱，正需要有个人帮我理理思路呢。你也知道这李皋就快来了，我也没多少时间了。"苏韵说出一长串话来，却看着俞默焕的脸色越来越黑。

从坤托着腮："俞默焕，瞧瞧，谁对阿韵更重要，当下立判。你这人失了先机就不要挡人家的路，免得惹人厌。"从坤笑眯眯地接过苏韵递过来的茶水，"看你还乖巧的分上，我就破天荒地教教你吧。"

从坤指着他写的文字，耐心地给苏韵解说着，而俞默焕就跟装饰物一般，也只是一个应景的。

俞默焕本是一个不怎么爱喝酒的人，如今却是直接仰头喝下这辛辣的酒水，他发誓，一定要阿韵远离从坤，一定。

时间飞快流逝，转眼就到了晌午，而此时俞默焕站在窗前看到了缓缓而来的李皋，他扭头看着相谈甚欢的苏韵和从坤二人，突兀的声音让正在交流的二人愣住："阿韵，下楼去吧，你等的人到了。"

从坤对于这句“你等的人”特别不喜欢，紧皱着眉头，看向俞默焕，他知道这家伙是故意这么说的。

“谁？李皋来了？”苏韵连忙站起来，紧张地打理着自己的衣着，“怎么样？我这个样子怎么样？可以见人吗？一会见到李皋，我该怎么说？”

俞默焕轻轻一笑，走近苏韵，敲了敲她的额头，斜了一眼从坤：“感情这一上午你是什么也没学会啊，所幸李皋我还算说得上话，我去陪你就是了。”

“你认识李皋？”苏韵诧异极了。

“李皋与那杨太真关系不错，恰好也是一个青瓷的赏玩者，一来二去的，我就认识了。”俞默焕拉着苏韵下楼，看着那气得脑袋冒烟的从坤，嘴角邪气一笑，跟他俞默焕斗？

从坤深吸一口气，不着急，一切还不晚，他有的是时间跟他们周旋！

李皋正在观赏那赛船活动，这车轮船建造得很是奇特，让他不觉看直了眼睛。

“李大人，久别重逢，别来无恙。”俞默焕拉着苏韵来到李皋的身边，温柔一笑。

“哦？这不是俞家大少爷？许久不见，你倒是越发玉树临风了。前些日子听说你订了亲，不知道可成亲了？”李皋哈哈笑起，眼睛瞥向一旁的苏韵，诧异起来，这个小姑娘竟然是一个未嫁的发髻，莫非俞默焕这是打算金屋藏娇？

俞默焕自然看出李皋那暧昧的眼神，立刻笑道：“虽说是订了亲，但是这娶亲的日子还没定好，今日里新船试水，我不过是来给我的未婚妻捧捧场罢了。毕竟造船坊的女坊主可是少之又少，对不对，未嫁娘？”

这句话让苏韵愣住，她诧异地看向俞默焕，这是正式介绍她的身份了吗？

“女坊主？倒是有意思。”李皋打量着苏韵手里的造船模型，更是兴趣盎然了几分，“这是你做的？”

苏韵低下头看着手里的造船模型，立刻有礼貌地笑了起来：“不知道李大人可否愿意去楼上拆解拆解这车轮船的模型呢？”

第二十八章
造船节赛季精彩

苏韵一个请的手势，李皋往楼上走去，而身后的俞默焕则走近她，低声说道：“阿韵，一会在船模型上多下功夫，要知道，这是你待会能不能邀请到李皋支持你这次试水比赛的关键。”

“知道。”苏韵颔首。

“相信自己，你可以的。”

“阿焕……”苏韵转头看向那阳光一般存在的男孩。

“什么？”俞默焕抬起头，微微一笑。

“谢谢。”

“傻瓜。”

俞默焕越过苏韵，率先上楼去，这包间之内，李皋已经开始研究这里的船模型了，他一边摆弄着船模型一边皱起眉来，似乎在思考这船动力的问题。

苏韵刚走进来，还未坐定，就听李皋说道：“这车轮船的动力在哪里？只有一个尾部的船桨把持方向，这能行吗？”

“李大人，这船里有一个船舱，在中间这个位置，里面就有轮换工作的伙计，这些伙计每一个时辰换一次班。而这里有一个装置，水被抬到高处之后再流到低处产生动力，这动力由齿轮带动，可以推动这个竖着的齿轮，而竖着的齿轮转动可以带动车轮。”苏韵那好听的声音不紧不慢地解说着。

“李大人，这个装置带上来的水可以暂时替代伙计们踏水而产生的前进动力，可以适当地缓解伙计们的劳累。还有这里，这里是粮食仓储，专门用来储存粮食。住人的船舱在船尾这里。”苏韵接过船模型，演说她的造船设计。

“我看得模模糊糊，这没有船桨，万一这踏水车带不动这车轮，该如何？再说这车轮是明摆在外面的，不像是车轮是在车底下的，不该是叫作明轮船更靠谱吗？”李皋挑了挑眉。

“明轮船？倒是形象。只是，李大人，你方才也在河岸上看到这车轮船的速度了，这速度倒是可以大大缩短行船的时间，不是吗？”苏韵笑起来，

“我早年听父亲说，陛下一直在寻找能够加快行船速度的方法，如今倒是找到了这样的方法，只是不知道李大人愿不愿意将我余杭造船坊的船只推荐出去呢？”

“你是说陛下在寻找这样的船只？用来做什么，你可知道？”李皋想试探一下，这个小女子可知道这个船的意义？

“这船行得快、载得多，可以军用和民用。若是军用，这快船便是突出了兵贵神速四个字，能够大大提高我大唐的战斗力。若是民用，我这船再做得大一些，运河两岸的百姓，嫁娶婚丧，吃喝拉撒都可以在这巨船之上了。不过这样的民用，我只能当作毕生的理想来实现，现在唯一能实现的就是商用。毕竟，我已经与阿焕将这车轮船的好消息告诉了杨太真，怕是杨太真也在期待着车轮船的表现。”当初杨太真与她交换的信物，如今倒是有了用处。

这李皋到底是见过杨太真的，看到这杨太真最喜欢的玉佩，当下不再有任何异议，爽快地答应道：“既然这是杨太真也关注的事情，我如何能不给你这个面子？”

“李大人这是同意了？”苏韵眼睛瞪大，双眼闪出了光亮，很是激动。

“这样对国有利的事情，我当然同意，走吧。”李皋往前走去，而苏韵则是对俞默焕狡黠一笑。

俞默焕无奈地摇摇头，这个阿韵，倒是会借力使力，怕是跟从坤这小子学习的吧？

此时运河两岸锣鼓喧天，红旗招展，这颁奖席上，赢得彩头的前三名的船队，带着欣喜，挥舞着手臂，能够从那洋溢着幸福的脸上，看得出来他们是真的开心。

“你这场比赛倒是搞得很热闹呢。”李皋看了一眼跟上来的苏韵，夸奖道。

“这毕竟是每年一度造船节之前的活动，不热闹点，怎么让更多的人知道我造船坊造出来什么样子的船只呢？毕竟这是我跟杨太真的赌约，自然要对得起杨太真的眼光，不是吗？”苏韵笑起来。

“你倒是会说话。”李皋点着头。

苏韵顿了顿，笑得很是灿烂，“我打算以您的名字来命名这船，不知道您看如何？”

“我的名字？李皋船？这不是夺了杨太真的彩头？”李皋开了句玩笑，摇了摇头，“我还是不要这样夺人所好为妙。”

“其实也不是夺人所好，这船，我一直称为车轮船，可能坊间百姓也会叫作车轮船，可这船终究还是要有一个官方的名字的，大人方才说是明轮船，不如就叫作明轮船。这也是大人赐名而就的，不是吗？”苏韵继续恭维着。

“这倒也是，那就叫作明轮船吧，不过我倒是想乘坐这船前去长安，不知道你最近可有时间前去长安？”李皋当下就想乘坐这个车轮船，身为船迷的他，有这样的心思也倒也不难猜。

“我明后天正准备送些荔枝给杨太真，既然李大人选择同路，那正好可以同行。”苏韵接过小厮递过来的钥匙，递给李皋，“李大人，这是我们顺风号明轮船的房间钥匙，三日后水北码头出发，如何？”

“好。”李皋接过房间钥匙，很是开心。

俞默焕看着明艳自信的阿韵，心里不知道是喜是悲，喜的是自己的阿韵终于长大，羽翼逐渐丰满，可以独立面对和处理事情了；而悲的是自己的阿韵终有一天会逃离自己的羽翼，会振翅高飞，到那个时候，他还有没有机会站在她的身边？他不知道自己矛盾的心思从哪里来，也不知道自己这样的心思是不是很正常，但是他确实不希望阿韵逃离自己。

也许爱得越深，深爱的那个人会越发患得患失吧？可是即便这样，他也愿意让阿韵大放异彩。

明轮船的消息很快传到了长安，杨太真看着李皋传来的书信，笑逐颜开。这字里行间除了恭维的话语，更多的是夸赞她识人的本事，她何尝不希望大唐强盛？又如何不希望大唐能够攘外安邦？如今有了这样战无不克的明轮船，对于她而言，她是为国家发掘了人才，得到了陛下的赏赐和赏识，也堵住了那些小瞧她的人的悠悠之口；对于大唐而言，大唐在河运和海运上又上升了一个台阶，这水军的能力更是增强了一倍不止。

国家兴旺，自然百姓安康，这是每个人都希望的事，也是每个大唐的子民都竭尽所能希望去达成的梦想。

李隆基站在杨太真的身后，眼里含着泪，他多久没有这么光明正大地来看这个小女子了？有三四年甚至更久了吧？这一次，因为玉环找到了振兴军事、振国兴邦的人才，他终于有了力排众议迎回玉环的机会，他怎么能不开心？

杨太真转过身看到来人的时候，捂住嘴巴，不可置信地摇头，却被李隆基拥入了怀里：“玉环，是朕，你没看错。”

“你终于还是来了？”

“朕为你等得够久了，如今终于苦尽甘来，我们有机会在一起了，真好，不是吗？”李隆基拥紧怀里的人儿，“如今这明轮船正在来的路上，而你也踏上了回宫的路，真是天助朕也。玉环，你知道，朕等你等得心都疼了吗？”他迫不及待地将嘴唇压在她的唇瓣之上，书写着他的思念，那带着浓浓深情的思念。

“陛下，这里还是庙里，不适合这样……陛下……”

李隆基深吸一口气，按压住自己的思念之情，浮上笑意：“朕对你实在没有什么抵抗力，如今这余杭造船坊坊主为你立了大功，不知道你可需要朕如何赏她？”

杨太真将怀里的军令状拿了出来：“那个孩子也是个苦命的，一心想要救她父亲出牢狱。我想不如就在我回宫的那几天，宴请这对父女吧。至于其他，我不是她，到时候问问她本人，可好？”

“也好。对了，玉环，那李太白最近在宫里做了几首诗，朕觉得还不错，不如让他为你写一首，然后找人弹唱，也好将你的美让天下人皆知。省得你回宫之后，受到后宫那几个人的责难和排挤，也算是朕帮你立的下马威，如何？”李隆基终究还是在乎杨玉环的，他满脑子都是想着为杨玉环回宫铺路。

“陛下，你说如何就是如何，玉环都听你的。”她温顺地倚在他的怀里，犹如一头小绵羊。

“嗯，那就让朕安排一下，也好让你不受人欺负。”

“玉环这辈子有陛下的疼爱，是玉环的福气，即便日后让玉环就此死掉，玉环也心甘情愿。”

“傻瓜，朕在，你如何会死？”

第二十九章
救父时间宽限

苏韵看着时间一点一滴流逝，看着时间匆匆而来匆匆而去，眼看着就要到了限定时间，虽然李皋乘坐了明轮船，虽然这明轮船所到之处皆是一片看热闹的叫好声和欢呼声，可是她深深地知道，自己的爹爹还在大狱之中，而她能不能救出父亲，全看这一船的荔枝了。

俞默焕走到苏韵身边，看着她托着腮坐在码头上，眼睛盯着伙计们上上下下地换着随船的生活用品，嘴角弯起笑容，手放在她的肩头上："你怎么了？阿韵？"

"阿焕？你怎么出来了？不陪陪李大人？"苏韵往船舱方向望了望，有些诧异。

"眼看就接近东都洛阳了，官邸的邸报到了，他接到邸报就去一旁的望洋楼喝茶去了，据说今夜有很多的高官在此等候李大人呢。"俞默焕看着苏韵下垂的眼眸，摇了摇她，"小丫头，想什么呢？"

"嗯？啊，我在想我爹过得可好？"苏韵有些不安，"算算行船的日子，还是多少会逾期的，不知道杨太真会不会认了真，将我法办了。到时候，我苏家怕是要真的在风中飘零了。"

苏韵抽了抽小鼻子，一股酸涩的感觉充斥在鼻腔之间。

"你想哭了？"俞默焕叹了口气，这个小丫头，看来是没理解自己做了什么事情，也不知道这邸报和这李皋的欣喜赴宴又是代表了什么。

"嗯，我爹还没有个着落，我能不伤心吗？"

"那我给你念一下邸报，可好？"

"嗯，你念吧。"苏韵嘟起嘴巴，望着波光粼粼的河面，等待着。

"兹李皋上书，画图明轮船，知船可用于军也，朕深感欣慰，因运河路程尚远，许尔等徐徐而来。"俞默焕那好听的声音说着让苏韵眼睛越来越大的好话，这对于苏韵而言是绝对好听得很的话语，这是……

她激动地抓住他的胳膊："徐徐而来？陛下的意思是？"

"陛下的意思是李皋所写的奏表传到了他的手里，而陛下对于这种没见过的船很是期待，杨太真也放宽了对阿韵你时间上的要求。你徐徐而去即可。对了，这邸报上还说，邀请你和苏叔叔一起去参加杨太真在大明宫的长桌宴呢，我好像也在受邀范围内，这还是托了你的福气。”

俞默焕将邸报交给苏韵：“这是手抄稿子，虽然不重要，你也别一个开心弄没了。”

“这是真的吗？阿焕？”苏韵眉开眼笑了起来。

“我有骗过你的时候吗？”

“可是……可是……可是我……我本想着……那……那我父亲和我不就是没事了吗？”

“何止是没事了，你和苏叔叔可谓显贵一时，让很多人都要巴结你呢。我呢，先在这里抢一个彩头，你可一定要多多地关照我俞家的生意才是啊。”俞默焕说着，装模作样地作揖起来，却被苏韵抓住手。

而俞默焕一个抽回手，将苏韵稳稳地带入怀里，他抚着她光滑如凝脂的脸颊，笑道：“阿韵，你这是投怀送抱吗？莫非是被我这英俊的外表所迷惑？又或者是暗恋我许久，今日终于有机会与我相谈甚欢？”

“你……你胡说什么呢？”

“我胡说？是我胡说，还是你真的害羞起来了？你倒是跟我说说，是什么道理啊？”

“你胡说！我哪有跟你相谈甚欢，我还是一个没出嫁的小丫头呢！”

“是没出嫁的小丫头，还是一个害羞的恨嫁的小丫头呢？”

“俞默焕！”

“嗯？什么？”

“你真讨厌！”

苏韵转身就往最热闹的街市跑去，而俞默焕温柔一笑，紧紧地跟在后头。

说实话，苏韵每一次行船都是在船上度过，很少有机会去逛一逛周边的市镇，这是第一次她有了闲情雅致去逛一逛街市，去尝一尝街边的好吃的。

“阿韵，你可有什么喜欢的小吃？”俞默焕紧走几步路，赶上苏韵。

“阿焕，这就是热闹的城市吗？怎么跟我认识的余杭不一样啊？与长安城也不一样呢。”

“傻瓜，你每次来东都洛阳城，那是清早，大街上都没什么人，当然看不出热闹了。而你去长安，那是夜行，更是看不见什么精彩之处。如今这模样才是一个城市本该就有的模样。”

“这里，比余杭热闹许多，只是少了一些桥少了一些水呢。”苏韵看着周围那彩灯高照，熙熙攘攘的人群，笑了起来。

“走，我带你去看看几个有趣的地方。”

“去哪里？”

“跟紧我就对了。”

俞默焕用手牵着苏韵，带着苏韵往人群之中走去。这路上的行人越来越多，俞默焕将苏韵护在怀里，朝着那最热闹的茶馆而去，此时茶馆里的说书人正说着《三国志》，话里话外都是对曹孟德的不满。

苏韵也是读过几年书的，这说书人说曹孟德不好，倒是激起了苏韵的不满。

就在说书人惊堂木一拍的时候，苏韵站了起来，质问道：“说书人，你说曹孟德不好，我想问曹孟德哪里不好？”

“曹孟德喜欢夺人家的妻子，还喜欢烧杀抢掠，哪里好了？”

“就是就是，曹孟德就是个奸臣，还妄想称帝！”

“曹孟德就是个大汉的狗贼！”

苏韵看着周围人群情激昂，她大声说道：“那我请问，曹孟德如果是奸贼，如何用七星刀去刺杀董卓？曹孟德如果是奸贼，为什么要保护汉朝的老臣不死？为什么要千金赎回蔡文姬保护大汉的文学？你可知道曹孟德再世，没有任何人敢越雷池一步吗？你可知道曹孟德在世的时候，这东吴只敢龟缩一处吗？你又知道这曹孟德让刘备那个虚伪的小人不敢分裂江山吗？”

苏韵深吸一口气继续高声说道：“曹孟德，一生为大汉维持着不分裂的状况，他的功劳胜过那些妄图分裂国家的小人！我认为曹孟德不仅是功大于过，更重要的是曹孟德为我汉族子民留下了优秀文化和古人的智慧！我能背出曹孟德的招贤令，三道招贤令，诸位可知道写了什么？”

苏韵流畅地复述曹孟德的招贤令：“这第一道招贤令，告诉天下士人，不用惧怕阉党，告诉士人，只要敢想，只要敢做实事，就是好官，就是人才，就要委以重用，而不会在乎什么高高在上之人的风评！这是让天下贤才不被高门所控制的第一道，更是不拘一格降人才！

“这第二道招贤令，告诉天下人才，不用在乎什么所谓的道德缺失。只要对百姓有用，只要对苍生有利，只要不负百姓，即便是那些酸腐书生所言的道德不好之人，也可以成为封疆大吏，因为一个饱受战乱的国家，需要人才治理江山，需要万物复苏！而人才，实干的人才，能造福于民的人才，才是国家最需要的！

“第三道招贤令，告诉天下的百姓，凡是历史上出名的人，很多都是街头巷尾的小老百姓出身。英雄不问出处，只要你敢想敢做，只要你问心无愧，只要对得起天地良心，你就可以毛遂自荐。因为要抗击东吴、打击西蜀，维护大汉，国家需要更多的人才，才能有绝对的实力去稳固政事。只有这样，才能让天下为之颤抖，才能让百姓为之雀跃！”

苏韵看着底下鸦雀无声的人群，她第一次展露出她的人生梦想：“你们可知道在魏王治理下的魏国是什么样子的生活？在那里人们路不拾遗、夜不闭户。曹孟德呵护百姓的青苗，若是自己践踏，宁愿割掉头发，宁愿自己惩罚自己！在那个战乱的年代，百姓可以得到最公平的对待，他们吃得饱穿得暖，他们不会流离失所，他们可以畅所欲言，他们更可以去选择读书识字。那样的魏王，为什么不是最好的魏王？而曹孟德的治理又为什么不是最理想的治国之道？”

苏韵环视周围的所有人，冷眼说道：“难道一个人好色，只是抢夺高官的小妾，却没有鱼肉乡里强抢民女，这也算得上是恶人吗？如果是这样，那么打压百姓，抢夺民女的，又算什么？算恶魔吗？难道一个人好战，只是与分裂国家者作战，而不是嗜杀百姓强抢财物，也算是坏人吗？如果是这样，那么土匪和水匪又是什么？是魔鬼吗？”

苏韵看向说书人：“你虽然在给百姓讲故事，可是你讲的又是些什么？除了鼓动百姓听热闹，可又曾告诉百姓多少关于这位真正的英雄的故事？在那个乱世的时代，他为百姓，付出了什么？而他却又得到了什么？如果你做不到公平公正，如果你说书仅仅是为了挣钱，我想你的书不说也罢！”

苏韵甩袖离去，却没发现那坐在后方的刘晏、鱼朝恩与第五琦。

第三十章
初见转运使刘晏

刘晏手指轻敲着桌面，第五琦则是目光灼灼，鱼朝恩摸着自己光洁的下巴："倒是个有趣的女子，这就是陛下最近很赏识的余杭造船坊的老板？我家广平王最近在研究一些经济术数，倒是可以跟这个小丫头聊聊。"

鱼朝恩看向第五琦。

"广平王倒是一个治国之才，就连陛下都钟爱这位嫡皇孙，既然是广平王关注的，那你我必然要出分力才是。只是……"第五琦看向刘晏，"她既然是造船坊的老板，必然更喜欢与转运使聊聊，这倒是适合刘晏呢。"

刘晏回头看了一眼鱼朝恩和第五琦，笑眯了眼睛："既然要我去，那便是我吧。"

苏韵正打算走上马车，却被一青衫小帽的男子拦住了去路："小友慢走……"

苏韵扭过头看向男子，这人是谁？怎么从来没有见过？

"小友无忧，我并非坏人。"刘晏笑眯了眼睛。

"所有的坏人都说自己不是坏人。"苏韵显然不喜欢刘晏这种打招呼的模式。

"那我这东西，不知小友可认得？毕竟我受了皇命，要护送令尊前去长安，现在算算日子，怕是比小友早到了一日。"男子将金色的令牌递给苏韵。

苏韵将信将疑地接过来，看向一旁的俞默焕："这是什么？"

"转运使总督的令牌。"俞默焕自然认得这令牌的出处，"不知道刘晏刘大人来这灞上，真是缘分。"

刘晏？苏韵扭过头去看向俞默焕，真的是刘晏吗？那个九岁被陛下称作神童的刘晏？那个少年天才的刘晏？那个号称是大唐财政天才的刘晏？如今的转运使河督？

"默焕，许久不见，你倒是长得更潇洒了几分。"刘晏算是承认了自己的身份，"左边有一个酒肆，味道还不错，一起去尝尝？"

"我们在灞上都是陌生人，自然要随士安所说了。"俞默焕拉了拉苏韵的胳膊，“士安做东，咱们去吃一顿如何？”

“好。”苏韵自然相信俞默焕的认可，既然是俞默焕的朋友，必然也是她的朋友，再说又是转运使河督，还受皇命去东都接自己的父亲，那就更要与他去坐一坐了。

刘晏来到酒馆二层，这包间刚好可以看见河边停靠的船只，自然也就能看到苏韵的明轮船。

“你这船行驶速度真的比一般的船快很多吗？”苏韵才刚坐下，刘晏就指着前边的船只问道。

“你说明轮船？”

“嗯。”

“是的。”

“李皋在奏报里可是将小友的明轮船夸成了一朵花，就连陛下看后都赞不绝口，直言小友是造船方面的天才呢，只是小友，你是如何想到如此造船的？”刘晏看向苏韵，那双眼眸里带着询问，但更多的是一种好奇。

“其实也无其他，不过是看到踏水车，又看到马车，就想到这河里的船或许也可以这般。”

“仅仅如此？”

“万事万物，历来都是大道从简的，这就是道理，不是吗？”

“倒是有意思。话说你这船吃水这般厉害，莫非里面有很多货物？”

“里面是杨太真的荔枝。”苏韵点点头。

“杨太真？怕是现在不再是杨太真了。”

“那是……”苏韵顿了顿，有些诧异，与俞默焕对视一眼。

“就在昨天，杨太真入了后宫册，如今该尊称为杨贵妃才是。”

“贵妃？”苏韵咋舌，这么快成为贵妃？这从寿王妃变成杨贵妃真够快的。

“到时候小友到了皇宫，自然能够感受到杨贵妃的华贵，毕竟一场杨贵妃的寿宴，请来了李太白，还将整个大明宫修饰了一番。这也算是小友的福运到了，毕竟贵妃此番册封，说起来也有小友的一番功劳。”刘晏笑眯眯地走回酒席。

“什么功劳？”苏韵更是诧异起来，有什么功劳能让她得了杨贵妃青睐？

“喏，你河边的船，一个在周宇寰天之内，无人可媲美的战船。据说这明轮船的速度很快，而战术讲究的就是一个快字。这独一无二的战船，被杨贵妃所发现，被李皋所上奏，被天下所赏识，这不是你为杨贵妃送上的一份最大的功劳吗？”刘晏笑了起来。

“我不过是做了分内之事。”苏韵不敢居功。

“小友客套了，这不仅仅是本分，而是你做出了有利于大唐的益事。这是大唐百姓的福气，更是大唐国祚的福佑，你该得那些赏赐和评价。毕竟，国家不会忘记对它有过贡献的子民。”刘晏笑着接过俞默焕递过来的酒杯，“说起来，你倒是运气极佳，有这样的未婚妻。”

“士安这是羡慕了？”俞默焕笑道。

“倒也不是羡慕，只是觉得默焕的运气一向是极好的，让人艳羡罢了。对了，小友，我方才在茶馆听你说这三国的曹孟德，说得那是一个慷慨激昂。不知道，小友认为，什么样子的人才是人才，怎么样的行为才是对国家和百姓有利的？”

刘晏前倾着身子，一副很想知道、很期待听到的模样。

“你真想知道？”

“嗯，我想知道一些。”刘晏点着头。

“自然是能够攘外安内的人，这种人让坊间的寒士如愿得到该有的赏识，让天下的人得到公平的对待，让百姓能够有所居、有所食、有所穿。这样的人，在我看来就是人才。”苏韵点着头。

“那一个人能完成这么多的事情吗？”刘晏停下喝茶的动作，有些迟疑。

“一个人完成不了，可以让一群人来参与，众人拾柴火焰高。”苏韵一副信心满满的模样。

“众人拾柴火焰高？倒是不错的俚语。只是，小友，若是你只能选择你特别擅长的一项呢？”刘晏弯起嘴角，“比如说运河，比如说造船，比如说你的余杭。”

“若是运河，我这一路行来，发现河道有些淤泥，这些淤泥让船吃水的深度变浅，这是很危险的事情，容易让船搁浅。而我认为，这自古以来东奔西走，东边江南的粮食本就是运到西北长安之城的，运河不仅是官家漕运的生命线，更是经商贸易的大动脉。这一条线不可断，更不能断。”

苏韵将自己这几天从运河上看到的问题，一一列举出来。

“运河若是能够疏通，若是彻底清理了淤泥，船只就会顺利行驶，这保证的第一件事情，那就是生命线不断。而且运河比翻山越岭的陆路更容易一些，这打起仗来，运河运送兵力更比陆路来得方便。再说这运河的水里有鱼，江南有盐，运河水可以直接喝。还能在不浪费军粮的情况下，让兵士的生命得到保障。”

苏韵拿出自己这几天所绘制的造船图，递给刘晏，而刘晏笑了起来：“这是好大的一艘船呢。”

“如果这运河河道能够清理好淤泥，届时我将再和造船坊的工人们创造更大更好的船。从余杭水北码头，到了长安甚至是燕京一带，这一去一回少说三个月，如果这三个月人们可以吃住都在船上，甚至喜事丧事也在船上，那将会带来多少商机？”

“商机？什么样子的商机呢？”刘晏觉得兴致勃勃诉说未来设想的苏韵很有趣，不自觉地引导着话题。

“商贾本就是低收高卖。江南水乡最不缺丝绸和鱼米，而西北甚至是那波斯、大食国，最缺少这些瓷器、丝绸、鱼米等，但是他们那里又是黄金最多的地方。若是打通了运河，本来十艘船承载的货物，现在一艘船就可以完成。”

苏韵顿了顿，很是兴奋：“这船上承载了十艘船的货物，这些货物也能换回更多的珠宝，这对国力储备的扩充是极其有利的。而国库充盈，大唐就不仅是最繁华热闹的强国，更不惧怕任何战争。这不也是强国之道吗？再说说余杭。”

“小友请说。”

“余杭本就是一个竹子最多的地方，且盛产茶叶，你不知道这茶可是好东西，能够解渴消食，还能疏肝养胃，最关键的是国外没有。若是将这茶叶带到这大唐边境，说不定能换来更多的收入呢。而边境的百姓也能够过上更好的生活，何乐而不为呢？”

刘晏放下手里的茶杯，看向苏韵，站了起来，长袖作揖：“小友一席话，胜读十年书，士安受教了。”

“哎哎哎……你别作揖啊，我只是说下我的理想，又不一定能够实现。”苏韵脸红了起来，这刘晏是什么人？怎么能给她作揖呢？

“不，小友说的这些很真实，也很现实，而我身为转运使河督，却从未深思过，是我的过错。”刘晏摇着头，“以前看过隋炀帝的手稿，总以为那是过激的言论，可这丝绸之路打开之后，士安也懂了这隋炀帝的心思。是我愚钝，没有细思。”

“你还说我过谦，你也不是自己太谦虚了？”苏韵不好意思起来。

“小友字字珠玑，不知可否，再多说一些？”刘晏笑起来，似乎对于她的话，听的还不够，还想听更多、更全。

第三十一章
荔枝完美入长安

他们又聊许久，最后刘晏看了下后边的人，对着苏韵微微一笑，点头道：“我有事，先走了，你父亲我会托人照拂，而你先去长安等着，十天之后，自会相见，这东都，我劝你还是别去了，告辞。”

苏韵望着刘晏离去的背影诧异起来，自己不过创造了一艘车轮船，可不过是一艘船罢了，怎么能让这江南转运使河督如此对待自己?

俞默焕将手搭在她的肩头，将她唤回神来：“阿韵，你怎么了？”

“我不懂，我不过是制造了一艘船罢了，为什么会有贵人这般待我。”

“阿韵，这就是时局，因为你是杨贵妃看中的人，杨贵妃贵为皇妃，而你便是她一步回到后宫的关键所在，自然会认真待你。”俞默焕从袖口拿出一些荔枝递给她，“瞧瞧，咱们保鲜的荔枝依旧是这般鲜嫩可口，大唐之内又有谁能保住这荔枝不腐烂呢？”

“你的意思是……”

“阿韵，这世界上有很多人都是专精一行，这专精一行的人也许一辈子碌碌无为，也许一时之间一飞冲天，成为叱咤风云的人物，还有一些人也许没有左右风云的能力，却依旧有着名耀青史的功绩。而我相信你……”

俞默焕的眼神是温柔的，让她忍不住问道：“相信我什么？”

“相信我的阿韵一定是大唐历史上第一个记录在册的大匠，而且是女工匠。这大匠精神讲究的就是一个专，更讲究一个实用，我相信这青史之中，必然有阿韵你的名字。”俞默焕仿佛看见了未来一般，双眼都聚了星光，让苏韵愣住。

“阿韵，很多时候，命运掌握在自己的手里，也掌握在你我的手里，而命运来的时候通常都是转瞬即逝的，你要做的就是掌握住你自己的命运。”俞默焕以手在茶桌上写道：“以我之名，强我大唐，以我之姓，耀我门楣。阿韵，这便是你的未来，知道吗？”

“我的未来？我能吗？”

“当然能，只要你肯相信你自己，一切就会成为现实。”

“那我要努力。”

“我相信你。”

李皋醉醺醺地回到明轮船上的时候已经是黎明时分，打瞌睡的伙计看到李皋兴冲冲地回来，彼此对看一下，官老爷这是要做什么？

就在众人发呆的时候，李皋突然以手覆面，大笑了起来，这笑是一种发自本能的笑，是一种得意的笑，更是一种内心澎湃而又激昂的笑，他的笑甚至惊起了一些熟睡的沙鸥。

苏韵撩开帘子，看到那李皋大笑的模样，还是不太理解，这船真的能为她带来这么多的名誉？如果不是，这李皋为什么笑得这般放浪形骸？一个堂堂的江南转运使，竟然毫不克制？

如果不是，这李皋为什么笑得这么坦然而又直接？她不懂，也许这一生她都要在不懂之中慢慢磨炼和学习了。

“俞默焕，你知道我为什么这么开心吗？”

李皋显然是真的开心到了极致，竟然将手搭在俞默焕的肩膀上，与他勾肩搭背，一副好哥们好兄弟的模样。

“我听说这邸报前日到达，但今日宴请李大人的却是灞上的太守，甚至那节度使都来恭贺李大人，李大人坐轿子归来的时候，两边护送的侍卫，我看着像是藩王的亲兵，这般阵势……怕是大人不仅是被朝廷嘉奖，更是被那史官记了一笔。”

俞默焕不愧是聪明绝顶，寥寥数语，让李皋眉开眼笑起来。

“怪不得杨贵妃欣赏你，老是买你家的青瓷和茶叶，看来也是有些道理的。我的确上了这史册，我给你念念，可好？”

李皋显然是想要炫耀一番，也对，能被历史记住的人，必然值得炫耀，也有那个资本炫耀。这李皋说起来也是龙子龙孙，他李皋，字子兰，唐太宗幼子曹王李明的玄孙，嗣曹王。历任衡州、潮州刺史，一个精通于器物和造船模型的曹王。

“在船的舷侧或艉部装上带有桨叶的桨轮，靠人力踩动桨轮轴，使轮轴上的桨叶拨水推动船体前进。因为这种船的桨轮下半部浸入水中，上半部露出水面，所以称为明轮船或轮船，以便和人工划桨的木船、风力推动的帆船相区别。”

李皋大力地拍着邸报：“瞧瞧，瞧瞧，就是这个。我成为第一个乘坐明轮船的人，而且记录在史册之上了！真是幸事！幸事！对了，过几日这扶桑国和高句丽国的国君派遣使者前来朝贺，到了一年一岁附属国缴纳贡岁的时候，这明轮船要好好地彰显国之大气呢。你可知道？”

“是吗？要在长安城的护城河上上演明轮船上的歌舞吗？”

“算算日子，也就十五天左右的时间，毕竟杨贵妃被册封，举国欢腾，番邦附属之国前来自然也是想学习我大唐盛世的强大，自然要拿出最好的东西来彰显国威了。这说到底都是苏家大小姐的功劳，我要去好好谢谢她。”

李皋刚想走到船舱里去谢谢苏韵，却被俞默焕捉住胳膊：“大人，您是江南转运使，更是男子，怕是此时前去不妥，眼看着天就要亮了，不如早早进了长安，也好了却贵妃的一桩心事？”

“这倒也好。”

李皋一种意犹未尽的感觉，看着俞默焕深吸一口气：“算了算了，走吧。”

李皋转身离去，俞默焕倚着门框，看着苏韵：“看来这大唐盛世，将有君一份荣耀了，我等待你凤凰飞天的那一刻，我想一定很精彩。”

苏韵咬着嘴唇，不知道为什么，却对未来感觉到了一丝害怕，一种突然腾飞在云彩之上的恐惧感。

长安，大唐最繁华之都，历来就有着春风得意马蹄疾，一日看尽长安花的少年风发，更有着春岸绿时连梦泽，夕波红处近长安的梦幻，还有着长安白日照春空，绿杨结烟垂袅风的绝美景色。

她抬起头，这是她第一次白天进入长安城，随着太监缓缓步入威武而又肃穆的大明宫的门，她竟然有一种堂前瓦砾皆是梦境的错觉，这是怎么了？她竟然开始抵触这种金色琉璃瓦的贵气？

俞默焕拍了拍苏韵的手，以示安慰，荔枝刚搬进御膳房，就见到熟练的大厨师傅将荔枝做成一道道色香味极佳的甜品，她跟着宫娥们走入杨贵妃的寝殿，看到那数月不见的女子又丰韵了几分。

她低下头，感觉到自己的眼光过于冒犯，有些不太好意思起来。

“你这荔枝味道倒是不错，只是这商量好的日子，稍微长了一些……”

杨贵妃蓄意拉长尾音，让苏韵紧张地抬起头来，只听到杨贵妃那好听的声音一转，又甜笑了起来：“不过，本宫倒是托了你的福，重新回到宫中，算是本宫欠了你一个人情，不知道你可有什么需要本宫赏赐给你的？”

苏韵摇了摇头，一副无所需求的模样。

“怎么？你这是不想要赏赐？可是本宫觉得这个世界上的人，若是不求财，那就是求得更多，你当真不求吗？”杨贵妃显然不相信苏韵真的这般好打发。

“我不求这些，我求的是我父亲安然无恙。君子爱财，取之有道，而我虽然不是君子，却也是个光明磊落的女子，我若是真的需要从贵妃这里取得财宝，必然会提供更好的漕运服务，更会创造出更多更新的船只，来壮大我大唐，这是我的毕生梦想，想必也是贵妃的期望所在。”

杨贵妃将手放在嘴唇边，哈哈笑道：“倒是个有趣的小姑娘，既然如此，过几天就是我册封之后的一次皇家小宴，特准你们父女来参加，哦，对了，还有阿焕那孩子，那是个好孩子，嫁给他，你算是有福气的。”

杨贵妃摆了摆手，就将苏韵打发出去，而苏韵随着太监走了出去，直到遇到回廊尽头的俞默焕才停住脚步。

“杨贵妃可给你说了什么？”

“说几日之后参加宴席。”

苏韵才说出口，俞默焕眼睛都亮了起来：“那是皇妃册封之后的答谢宴。”俞默焕拉着她的手就往外走去，“不过在这之前，你还是要学会好好地装扮装扮，你出来匆忙，没带丫鬟，也没带几件衣裳，我给你买几件。”

“俞默焕，没必要……”

“阿韵，这是每个女子都必须学会的事情，怎么叫作没必要呢？走，我一定将你打扮得摇曳多姿。要是能让李太白在那宴席上为你写上一句诗，那可真是千古流芳，万世传颂了。”

“李白也会来？”

“贵妃的宴席，李白必然会来，而且是陛下钦点的。”

第三十二章
守护大唐盛世

长安城历来都是文人骚客最集中的地方，这里到处充满了莺歌燕语，这里遍地黄金，这里更是大唐最繁华的中心。

此时，苏韵坐在马车里，心里激动万分，而她的老父亲苏荣却无奈地摇摇头。

女儿虽然大了一些，可终究还是个十五岁的孩子，心里的大事情放下以后，自然是恢复了孩提一般的模样。

“爹爹，你快看，比我上一次来的时候还要热闹，到处张灯结彩呢。”

“嗯，这里到底是皇城，这几日又是杨贵妃的宴席，而藩属国的使者也要前来，自然是张灯结彩处处新了。”苏荣笑起来，从袖口取出一个美丽的平安符，递给女儿，“俞娘，这是爹爹我去白马寺里求来的平安符，这个是你的，你娘和妹妹的我会给她们捎回去。”

“爹，我不喜欢我的字，你能不能叫我阿韵？这俞娘感觉是他们俞家什么人似的，你不知道你在大狱里的时候，那俞家的长辈们都做了什么！他们……”

苏荣自然能想到，但是他还是制止住了女儿的说法：“那毕竟是你的夫家，这订了婚了，就是人家的人了，怎么能这般意气用事？再说俞默焕那孩子还是不错的，他不是一直在帮你吗？”

“可是爹爹……”

“好了，一会进入宫里，咱们还要面圣，快收起来。”

“好吧，爹爹。”

她瘪了瘪嘴，有些委屈，却不再说什么。

皇宫之内此时已经是清洗过一遍，在阳光底下，琉璃瓦闪着金色的光辉，金碧辉煌的模样闪得人晕晕的，充分地展现了皇宫的霸气与贵气。

她伸出手挡了挡眼睛，有些不适应这过于明媚的光线，直到走入这大明宫，才适应过来。

此时皇帝高坐在上，看着跪在地上的父女，抚着胡子笑起来：“你们便是余杭的造船坊老板？”

“回陛下，小女苏韵便是余杭造船坊女坊主。”

苏荣推了推苏韵，此时关乎他老苏家的名誉，而苏韵的名字因为这明轮船已经天下皆知，他自然顺水推舟，承认了苏韵的女坊主身份。

皇帝看着苏韵，点点头：“倒是个秀外慧中的女孩，这明轮船的设计你当时是怎么想到的呢？又是谁给你了启发？抬起头来说话。”

苏韵顺应皇帝的命令，将头抬了起来，看着那虽然有着长长胡须，却依旧俊朗的陛下，连忙低下头，此刻她有些紧张，就连手指都微微颤抖。

“嗯？怎么？朕是老虎不成？竟让这名满天下的苏家女郎这般羞涩？”皇帝淡淡一笑，挑起眉，“你倒是说说，到底如何建造的？”

苏韵镇定了一下心神，清了清嗓音：“回陛下，这都是皇嗣曹王李皋的启发，曹王毕竟是江南转运使，他酷爱造船模型，正巧去我那造船坊游玩，跟我说了一些造船的想法。”

苏韵顿了顿，皇帝没有打断，看来她要说得更仔细一些才是了。

“曹王和小女推演了一番，觉得此事可行，正赶上太真……哦……是杨贵妃需要我爹爹的河运来运输荔枝，我就想着试试这新船的航速，就特地载了一些荔枝，走京杭运河。却没想到……这不过是一时兴起，竟……”

皇帝笑得合不拢嘴，这毕竟是大国扬眉的好事，他自然愿意多多赞美这个为国争光的小丫头：“竟让你一时之间在坊间声名鹊起，甚至让你成为整个大唐的名人？”

“陛下明鉴。”

“明轮船？这是李皋起的名字？”

“是，陛下。”

唐玄宗从托盘上取下一颗荔枝，剥了干净，细嚼慢咽起来。

偌大的皇宫只听到唐玄宗吞咽的声音，他示意高力士，高力士赶紧端了一盘子的荔枝放到苏韵的身边：“这是陛下赏的。”

苏韵把银盘子接过，举过头顶，一副受宠若惊的模样：“谢陛下赏赐。”

“去吧去吧，下午准备去参加贵妃的宴席，朕还有政务处理，就不用你们父女作陪了。”

“谢陛下。”

“去吧。”

苏韵从含元殿出来之后，揉了揉后脖子，看了一眼乐不可支的老爹，摇了摇头。

苏荣看向前方的丹凤门，笑了起来，人都说生男不如生女好，自从汉代的卫子夫以后，也只有到了这杨贵妃的时代才盼女儿不盼儿子。

他何其有幸，有这样的女儿，这样光耀门楣的女儿。

此时苏韵刚好要去麟德殿，才走到一半，正遇上从建福门匆匆而来的李白。李白是长袖宽衣，高帽长袍，整个人一副仙风道骨的模样。

他快走几步，拦住苏韵的去路，笑了起来：“你是……你是……那个那个……苏家的女儿？”

苏韵愣住，他是谁？怎么认识自己的？苏荣也是一副纳闷的模样。

只听一人闷笑：“你竟然不知他？”苏家父女循声望去，见这人笑得很是欢乐。苏韵还没弄明白这笑得如此欢乐的人是谁，就看到那李皋举着玉牌子往这边走来，停在李白和苏韵的面前。

“李豫你又在戏弄人？”李皋走到那人身边，重重地拍了拍他的肩膀，转头对那高帽长袍的人说道：“李白，你拦住阿韵的去路做什么？”

苏韵瞪大眼睛，这就是李白？诗仙李白？！这个家伙……啧，还真是一身酒气呢。

“这女子是大唐的荣耀，陪同你这曹王一起被列入大唐的历史之中，搞不好将来还有这个小女子的传记传世呢，我怎么能不认识认识。”李白打了个酒嗝，“这女子是上官之后，我第二个佩服的女子。”

李白笑眯眯地看向苏韵：“一会，陛下让我写一篇文章，你瞧我怎么戏弄那个高高在上的阉人，一定逗趣。”

李豫绷起脸来：“太白，这里可是大明宫，你可不能乱说话。”

“怕什么？阉人就是阉人，还说不得了？为什么说不得？”

“你……”

“我怎么了？我说得还是说不得？你说说！”

李白打了个嗝。刚想说什么，就被李皋捂住了嘴巴，此时一批人从他身边走过。

苏韵皱起眉，她为什么感觉到这大明宫内部的气氛很压抑，她抬起头看向天空，却意外地看到了紫微星，大白天见紫微星？怎么会……

就在这时，一声大笑从身后传来：“太白，好久不见，怎么喝了个烂醉？”

来人是个圆脸，长得倒是秀气，他是谁？

“禄山呢，来，架着我，我走不动了。”李白走向那人。

安禄山？！苏韵再次倒抽一口冷气，她最近在坊间听说这安禄山要做杨贵妃的干儿子，彩衣娱亲地奉承杨贵妃，这到底是真是假？

如果真是这样，国家又会变成什么样子？这大唐，会盛极而衰吗？她还能再见到长安的繁华吗？

一种恐惧和不安席卷全身，直到众人走去，直到俞默焕进宫赶上她的步伐。

“在想什么？”

苏韵刚回过神来，却发现自己已经就座，而她的身边，俞默焕已经坐下，她的爹爹则是去一旁与一些前来道贺的官员老爷聊天去了。

她咬了咬唇瓣，说出一些不合时宜的话来：“阿焕……”

“嗯？”

“我不知道为什么，总感觉这里的一切，是镜花水月，终会一场空的。有一种盛极而衰、盛极而败的失落感。我们大唐……”她声音很低，伴着她有些落寞的声音，让他心疼起来。

“阿韵，你想的有时候不一定是真的。”

“可是我的感觉一向很准，我不知道为什么，感觉今天参加宴席的人，总会出现一些大变动。比如我爹正在聊天的那个史朝义，我感觉很不好。”

苏韵的直觉是对的，以至于安史之乱爆发的时候，她一直在思索，自己从什么时候开始预感到了这一切，也许就是这一场宴会的时候吧？

“李白，来给朕的爱妃作诗一首。”

“陛下，臣醉了，站着会乏的，这得坐着……”

“那行，赐坐。”

高力士刚搬来椅子，李白摇着头：“陛下，臣脚疼，需要揉揉。”

“你脚疼？”

“嗯，我脚疼。”

“那行吧，高力士，给太白脱鞋子，揉揉脚。”

“陛下……”

“快！”

“是。”

在众人的起哄和欢笑中，高力士为李白脱靴，却因为靴子太紧，一下子摔倒在地上，摔了个屁股蹲儿，大家齐声大笑起来。

而李白则是毁了三四张纸，皱着眉看向皇帝：“陛下，我没灵感，需要贵妃磨墨。”

“好，爱妃，给太白磨墨，看他还能矫情到什么样子！”

“好，陛下……”杨贵妃温柔一笑，她珍惜才子，尤其是这个谪仙一般的大诗人，她更是尊重。

“贵妃给我李白磨墨，真乃我李白造化，陛下，我这就为贵妃赋诗。”

“好。”

云想衣裳花想容，春风拂槛露华浓。
若非群玉山头见，曾向瑶台月下逢。

一枝红艳露凝香，云雨巫山枉断肠。
借问汉宫谁得似，可怜飞燕倚新妆。

名花倾国两相欢，常得君王带笑看。
解释春风无限恨，沉香亭北倚栏杆。

在大家叫好声中，苏韵回味着这句“云想衣裳花想容，春风拂槛露华浓”。如此美好的诗句，却这样让人唏嘘，也许可怜飞燕倚新妆吧，汉宫如今早就灰飞烟灭，难道大唐……她不敢想。

第三十三章 安史之乱端倪

正当苏韵感觉到整个人都不舒服的时候，一个中气十足的声音传来。

“娘，那日你三朝洗儿，华清池畔，禄儿与您嬉戏。如今您贵为皇妃，儿特地为您献舞，献上突厥之舞。”

说罢，那安禄山跳起舞来，这是胡旋舞，是西域康居传来的民间舞蹈。这舞蹈动作轻盈、急速旋转、节奏鲜明，因为在跳舞时须快速不停地旋转而得名的。

安禄山跳着，肚子上的肉一跳一跳的，他笑得很是开心，手里挂满铃铛的鼓咚咚地敲了起来。

苏韵看着那满堂喝彩，看着那斜坐在一侧、仰头喝得醉醺醺而不罢休的李太白，看着满朝文武一派醉生梦死的模样，这一切像是一个即将崩塌的画面。

她受不住，她要走，想要逃离，她不想再在这里待着。

俞默焕看着她的不适，低下头，问道：“阿韵，你怎么了？”

“我不舒服，心里乱糟糟的，想要回去了。”

“可是宴会还没有结束，你可知道？”

“我知道，但是我方才不也说了，我有一种凄凉的感觉，很不真实。”

“阿韵，不要担心，也许是你的幻觉也说不定呢。”

“未必是幻觉，你知道吗？”

“是吗？那你可愿告诉我，到底你看到了什么？”

她看到了什么？

她的眼睛看向安禄山，这肥硕而又满脸笑容的男人，慢慢地变得横眉怒指，他的背后充满了鲜血和火焰，他的周身都是骷髅头，四处鬼火点点，让人不寒而栗。

她看到了一个犹如世间恶魔的安禄山，仿佛他拿着大刀将要屠杀周围的一切。

再看向史朝义。这个史朝义变成了一个刽子手，他的手里攥着四百多个缩小版的头颅。史朝义浑身上下挂满了毒蛇，这毒蛇张着大嘴，耀武扬威。

这是娜迦蛇！是娜迦！

她闭上眼，摇了摇头，不知道是出现了幻觉还是出现了幻影。

等她将视线移向李白的时候，发觉李白脚底生烟，背生双翼，慢慢朝着天空而去，而李白的身边，那今夜的焦点，杨贵妃却变了模样。

此时的杨贵妃已没有了尊贵，在一个土坡前，头发凌乱，她磕着头在求饶。

可是她无论如何求饶，还是被人从身后用一根白绫活活地勒死。

苏韵瞪大眼睛不可置信地看着，一个贵妃被人活活地勒死？

而此时俞默焕突然将她的身子扳正，他们四目相对。

“阿韵，你到底怎么了？”

“阿焕，我或许被人下了降头，又或者是中了邪，我看到了一些恐怖的场景，我不知道该怎么说……我……”

俞默焕招来随从，对着随从低声说了几句后将苏韵打横抱起，低声而又温和地说道：“阿韵，你许是醉了，不胜酒力，走吧。”

他与杨玉环遥遥相望，淡淡点了下头，转身离开。

其实世人不知，俞默焕的母亲正是杨贵妃嫡亲的妹妹，因少时被人贩子抱走，而失去了联系。

后来俞默焕觐见杨贵妃的时候，因为脖颈间带着母亲自小佩戴的玉佩，玉佩显现，才被杨贵妃认出是自己的外甥。

俞默焕坐在马车里，抱紧怀里这个打哆嗦的女子，她真的看到了什么特别可怕的幻像吗？

只是这幻像到底是什么？是镜花水月还是未来真事？

他记得小时候阿韵说过，说过她能看到未来之事，只是控制不住自己，偶尔可看到，偶尔看不到。

莫非今夜，她看到了未来？

俞默焕的眸子垂了下来，就在这时，前边传出来了叫嚷之声。

马车被迫停下来，俞默焕掀开车帘子，看到前方两个马车的人在互相叫嚷着，谁也不肯让谁一步。

就在这个时候，一个华衣锦服的男子走了下来，这人他认识，是广宁公主的驸马程昌胤，而后下来的是广宁公主。

叫嚣的人是杨贵妃的大哥杨国忠，甚至还有杨氏姐妹。

这里是西市门，看来都是看夜灯的。

最令他不可思议的是杨国忠一副要扬鞭打人的模样。杨国忠虽说是国舅，可到底不该以国戚的身份去殴打皇亲，更何况是陛下最宠爱女儿的女婿。

杨家这么做怕是要惹祸上身了。

“杨国忠，你当真敢打我？”程昌胤大声斥责，他不信自己一个驸马爷还能被一个国舅给打了。

“你算什么东西？我妹子可是皇妃，论辈分，我高你一大截，你连尊卑都没有？”

“高我一大截？你不要以为你姓杨，靠着杨贵妃飞到了枝头成了凤凰，你们全家的血统就高贵了几分！别忘了你们家杨六妹少时被人贩子拐走了的事情！”

程昌胤冷声说道：“那时你们不过是一般官宦人家，报了官不也是生不见人死不见尸？至今也只有你杨家五兄妹在一起，怕是早就忘了自己曾经是小门小户了。”

“不许提这件事！”杨国忠看了一眼眼眶红润的妹子们。

“不许提？杨国忠，你把朝堂闹得乌烟瘴气也就罢了，还敢在这西门市对本驸马耀武扬威，你也不想想我太爷是谁？”程昌胤看都不看杨国忠一眼。

程昌胤确实有骄傲的资本，他是程咬金的玄孙，还是嫡玄孙，当然有资格瞧不起杨氏这种暴发户一般的门第。

“公主，别理他们，咱们走吧。”程昌胤转过头温柔地对着广宁公主说道，扶着广宁公主就上车。

杨国忠大声斥责道：“不许走！”

许是杨国忠的声音太大了，惊了马，马扬蹄长嘶，竟然将广宁公主给惊得落了车。

程昌胤看着自己的爱妻受伤，立刻气急败坏地要去追打杨国忠：“你个要饭儿，还敢对公主动手？”

“你何时见我动手？”杨国忠傲慢地回道，对小厮们使了个眼色。

这些小厮立刻拿着马鞭，将错就错地将驸马爷程昌胤以及广宁公主围了一圈，抽打起来。

此时俞默焕感觉到了事情的严重性，立刻对着身边的小厮说道：“后边有广平王李豫和太子李亨，你前去请来。”

“是，少爷。”

俞默焕叹了口气，拍了拍苏韵的肩膀：“阿韵，你且在这里等等，杨家有些事情，我可能要处理一下。”

俞默焕刚想走出去，苏韵瞥了一眼前边的杨国忠，立刻惊呼起来，竟牢牢地抱住了俞默焕的腰。

“阿韵？”他回头看她。

“不要去，危险。”

“阿韵，你可是看到了什么？”

“不要去，很危险，很危险，真的很危险。”

“到底发生了什么？”

“我不要你去，你只知道不要去就行了。”

他还想说什么，终是放下，只是轻轻一叹，好吧，他不去就是了。

只是……他看向前边的人们，皱起眉，这杨家此时闯了大祸事，还是要太子李亨快点到才是。

等到李亨到达的时候，这广宁公主和太子程昌胤已经趴在地上晕厥了过去。

浑身是血的二人让李亨皱起了眉，他看向那得意扬扬的杨国忠：“国舅，怎么说这都是陛下最疼爱的公主和驸马，你这是做什么？”

“做什么？我不过是做我该做的事情罢了！”

“做你该做的事情罢了？你开玩笑呢？可知道他们皇亲国戚，你这般如何跟父皇交代？”

“怎么交代？老子自己会交代！不用你管！”

杨国忠冷哼一声，推开李亨，而李亨鼻子都快气歪了，广平王李豫连忙安慰着自己的父亲，差人将姑姑和姑父抬上了马车。

俞默焕叹了口气，看来要经历一场腥风血雨了。

就在此时出宫的安禄山，也看到了这一场闹剧，眼睛转了几圈，愣是绕了几个道路，悄然离开。

第二天，清醒过来的广宁公主果然进宫告状，皇帝被女儿的声泪涕下说得是龙颜大怒，尤其看到女儿一瘸一拐的模样，他只想给杨家一个颜色看看。

杨贵妃跑进太极殿，她膝下无子，才认了安禄山这么一个靠山……她不敢想，她不能让杨家倒了，哪怕是杨家做得不对，也只有她来管束才行。

杨贵妃一把鼻涕一把泪地诉说着自己的苦楚，将自己未来的凄惨生活，将此前被赶出皇宫，在那寺庙里所受的苦楚一点一滴地细细说来。

哀声阵阵，真情拳拳，竟把皇帝说得泪水也跟着直直落下。玉环回来很不容易，他绝对不能让玉环离开，绝对不能。可是这一次杨家实在做得太过分了，得罪的又是程咬金的玄孙。这程咬金名满天下，子弟众多，怕是不好处理。也罢，为了怀里这个女人，他甘愿拿江山冒险。

不久皇宫又一个旨令传出，责令杨家停俸禄思过，而程昌胤谩骂国戚，丢尽了皇亲也丢尽了国戚的脸面，终是被罢了官。

这本是一场摆平了的风波，可是大唐的子民却感受到杨家得势之后的暴风雨即将到来。

大厦将倾，黑压压一片，人们的心里都压着一块石头，沉甸甸的。

第三十四章
宫廷醉生梦死

俞默焕坐在苏韵的身边，温柔地笑了起来：“怎么，还不打算去睡？”

“我睡不着。”苏韵轻叹一声，她真的睡不着，白天那些事太刺激她的神经。

“因为广宁公主的事情？”

“不，我看到了一场杀戮，很重的杀戮。”

“既然你不开心，我陪陪你，咱们出去走走，可好？”

“可是我爹……”苏韵还想拿自己的爹做挡箭牌，毕竟和男子晚上出门总是不妥。

“苏叔把你托付给我以后，就去应酬了，现在也只有你我相伴了。”

“那你要带我去哪里？”

“长汀花，那里有最好的酒，还有个有趣的人。”

“有趣的人？谁？”

“往昔十四五，出游翰墨场。斯文崔魏徒，以我似班扬。

“七龄思即壮，开口咏凤凰。九龄书大字，有作成一囊。

“性豪业嗜酒，嫉恶怀刚肠。脱略小时辈，结交皆老苍。

“饮酣视八极，俗物都茫茫。东下姑苏台，已具浮海航。”

这是……苏韵对这个人有些熟悉，一个酷爱写诗，一天必须写一首的人，此人叫作杜甫。

“说说这人。”苏韵好奇起来。

“这杜甫字子美，号少陵野老，这家伙是个‘致君尧舜上，再使风俗淳’的理想主义诗人。但是这个家伙就是喜欢写作，有《杜工部集》，据说是自掏腰包做的。”

“是吗？”

“我还听说杜甫出身于京兆杜氏，乃北方的大士族。其远祖为汉武帝时有名的酷吏杜周，祖父杜审言。阿韵，你要知道这汉朝时期就有俗谚称京兆韦氏和京兆杜氏为‘城南韦杜、去天尺五’，南北朝时期，京兆杜氏成为关中郡姓之一。”

俞默焕笑了起来，他好听的声音带着磁性，竟让她听痴了去。

“杜审言，那不是张易之交好的人物吗？我听说这杜审言是西晋杜预的子孙。在咸亨元年与状元宋守节同榜登进士第，任隰城县尉。审言凭借自己才能过人，为人高傲，被众人忌恨。”

苏韵皱起眉：“杜审言这般自视甚高，恃才放旷，那杜甫能好到哪里去？你要知道杜审言甚至说屈原和宋玉都得拜自己为师呢！”

“可你也不否认，杜审言年轻的时候与李峤、崔融、苏味道齐名，并称为‘文章四友’吧。那可是武后都嘉奖过呢。再说杜审言得罪人太多，被人家冤枉，那杜审言十三岁的儿子杜并为父报仇，潜入刺杀了周季童，杜并也被侍卫武士当场杀死。事件震惊朝野，皆称杜并为孝子。‘燕许大手笔’的许国公苏颋，还亲自为杜并作墓志铭。杜审言因此不死，被武则天召入京师。又因欣赏其诗文，授著作佐郎，官至膳部员外郎。”

俞默焕继续娓娓道来：“再说杜甫的母亲是清河崔氏，你该知道清河崔氏吧？清河崔氏在春秋时乃齐国公卿之一，至西汉时居住在清河郡，东汉以后成为山东望族，其中崔琰曾投曹操门下。南北朝时讲究士族门第，在北方后魏把崔氏列为一等大姓‘王崔卢李郑’之一。至我朝开国有五姓七家之说，崔氏仍立其中。”

俞默焕掰着手指头给苏韵解释着：“这清河崔氏在我朝有二十多人做过宰相，甚至我朝初开有官员修订《氏族志》，把崔氏列为第一，太宗得知后大怒。太宗问为什么将崔氏这种早就没有多少显赫后人的家族排在第一，责其修订，而修订后这崔氏依旧排在了第三。”

“即便父母是高门，那又如何？这杜甫不依旧是名不见经传？”苏韵皱起眉。

“阿韵，”俞默焕笑着摆手，“这杜甫父母显贵，妻子杨氏又岂会是一般的庸脂俗粉？”

“那杨氏说起来比你我大不了几岁，是那司农少卿杨怡之女。”

俞默焕点到即止。

“杨怡之女？听起来很熟悉。”

“看来你是想去见见了？”

“是杨婉！”苏韵兴奋道。

“既然如此，那咱们就去看看吧。”

走到杜甫所居住的地方时，杜甫正在作画，看见陌生的一男一女，倒是不见生，扬唇浅笑：“二位是？”

“我姓俞名默焕，余杭茶叶瓷器商人，身边这位姓苏名韵，明轮船的制造者。”俞默焕单单介绍，就让杜甫喜出望外。

“原来是我大唐第一女坊主，倒是有趣，怎么想起来我这陋室？”

“是陋室还是诗画草堂，可不是你一句话就说了算的。”苏韵笑眯了眼，对于杜甫的态度还算满意。

“那倒是，不如请进？”

“也好。”

此时杨婉正端着一些零食过来，看到苏韵，有些惊讶。

“你是阿韵？”

“婉婉，许久不见，你倒是丰腴了。”苏韵快走几步，“我听阿焕说你嫁人了，我起初不信，如今倒是信了。你嫁人也不告知一声，若不是听到你的名号，我是怎么也不会出来走上一遭的。”

“如此说，倒是我的面子颇大了？”

“是你的面子大，还是咱们的情分重？这话可要好好说，不然我可轻易不饶了你？”

苏韵哈哈一笑，引得杨婉指了指她的头：“你呀，还跟小时候那般顽皮，既然来了我家，我给你做几手好菜。”

杨婉刚想转身离去，却被苏韵抓住了手腕：“且慢。”

“哦？你又想出什么鬼点子了？”杨婉自然是了解苏韵这个鬼精灵的。

“这时候也不是吃饭的时间，我出来不过是寻亲访友，寻一些下酒菜，吃吃说说、聊聊笑笑罢了。我还等着婉婉来证得一个果呢。”

“哦？证果？证道？倒是有趣。”杜甫若有所思。

“那你倒是出个题目，看看我到底是证果还是证道。”杨婉说。

“不如就这样，你去准备一把韭菜，两个鸡蛋，一大盘豆腐渣，我等着你。”苏韵眨眼。

“好吧，既然这样，那我就试试。”

杨婉下厨端上来三菜一汤，这第一份就是炒韭菜，上面放了两个鸡蛋。

只听得杜甫笑起来：“这道菜该用一首诗来描述，不如我来吟诵如何？”

“也好。”俞默焕笑着点头。

“这叫作两只黄鹂鸣翠柳。形不形象？”

杜甫得意地看着苏韵，苏韵愣住，两只黄鹂鸣翠柳？果然形象……只是也太形象了。这明明是两只鸡蛋窝在韭菜边好吗？

第二道菜也是炒韭菜，只是上面甩着蛋白，此时杜甫得意扬扬地说道：“这叫作一行白鹭上青天。”

“一行白鹭上青天？”

“对，就叫作一行白鹭上青天。”杜甫点头。

此时苏韵已经捂着肚子笑起来了，真有趣，蛋白盖韭菜，都成韭菜合子了好吗。

第三道菜来的时候，是将韭菜铺成山峦状，山尖遍染蛋白。

杜甫摇头晃脑地说道：“这道菜，叫作窗含西岭千秋雪。”

“山尖有白色，确实，确实。”俞默焕伸出手来，赞不绝口。

“你倒是会说。那这第四道带着蛋壳的清汤又是什么？”

苏韵嘟起嘴巴，不信这也能说出个所以然来。

只听杜甫笑道：“第四盘是一大碗清汤，漂浮着四片洁白的蛋壳，自然叫作门泊东吴万里船了。”

“门泊东吴万里船？万里船？这是万点蛋壳吧？”

“那我也至少表达出了意境不是？”

苏韵抿了抿嘴巴，她还能说什么？只能说不错了。

“行了行了，子美你就别欺负阿韵了，阿韵都饿了，我准备好的菜肴已经熟了，咱们该到餐厅吃一些了。”

“好，知道了。”杜甫站起来，看了一眼还在研究菜肴的苏韵，大笑起来，“你这诗书画意的能力比起我家娘子可是差得远呢。怎么？还是不服气？”

“我作不出来诗歌，不代表我其他也不行。”苏韵是个不服输的。

“哦？要不这样，我三日后要去灞上，那里有最热闹的集市。我那老岳父最近有些着了凉，我呢，尽尽孝心，亲自带着婉婉去一趟。你要去看看吗？那灞上可是咱们大唐最大最热闹的集市。”

“是吗？那我倒是要去一看究竟。这灞上是不是还有个望春楼？”

“自然是有的。”

第三十五章
梦想现实孰轻重

苏韵对于灞上还是有些了解的，这灞上在灞河以南，长安区东北方，焦汤河以北，东南依终南山余脉篑山。

“有关灞上的一首诗，极好。”杜甫对于诗歌很是痴迷，脱口而出，“鸣鞭晚日禁城东，渭水晴烟灞岸风。都傍柳阴回首望，春天楼阁五云中。”

“我朝的望春楼是陛下建立的，用来迎春和祭天，这灞上的望春楼真的会与百姓同享吗？我倒是不信的。”苏韵质疑道。

毕竟这望春楼位于禁苑，而这禁苑是建在帝都长安的皇家院落，位于皇宫以北。这里不仅有着游猎赏玩的广阔区域，还有保卫皇帝及其近亲安全、拱卫宫城的军事缓冲的作用。

传闻上个朝代在营建大兴城时，把作为皇帝起居之处的宫城营建于长安城地势最高的北部正中央，这样虽然符合了帝王须坐北朝南的古制，却带来了安全的隐患。

这种隐患便是，如果敌军自北向南发动进攻，宫城将作为首个打击目标直接暴露在敌人的兵锋之下。所以，本朝的长安城虽然沿袭了前朝大兴城的很多旧制，却将大兴城的北部圈了起来，将这大兴苑更名为禁苑。

这禁苑共有十门以便交通，其中南北各三门，东西各二门，苑内离宫亭观二十四所，南望春亭、北望春亭、坡头亭、柳园亭等都在其中。

望春楼在龙首原，楼后是长乐坡。

这龙首原又称龙首山，这龙首山同样是一个很广大的地域。

俞默焕曾说过这龙首原绵延广大，东界浐水，南界樊川，西界在阿房宫故址，北界渭水。就是现在，还有一个叫作长乐村的地方，而这坡就叫作长乐坡。

而长乐坡与长安城的距离正好符合十里长相送、十里长亭惜别的传统，又因为往北而行交通便利，附近就有长乐驿。

故而这个既可驻足休憩又能借酒浇离愁的长乐驿，成为文人骚客送别之地，也是很多佳话传唱之地。

如此说来，那长乐坡附近的运河倒是真有热闹可看，毕竟这可是迎来送往最热闹的地方。

“终日坡前恨离别，谩名长乐是长愁。”俞默焕轻轻说道，“自然是可以一看究竟的。”

“那就是说，咱们还是要去看看的？”

“怎么？你不想见见？”

“想，那就去看看吧。”

翌日清晨，苏韵本想打扮得当，陪同杨婉、杜甫夫妇去见一见望春楼的美好，却听到俞默焕急急敲门，听那声音似乎有什么事情发生。

“阿焕，怎么了？”

“快，快，阿韵，快走，现在！”

俞默焕也顾不得男女之防，抓住苏韵的手就往外跑去。

“到底发生什么事情了？”

“安禄山当街打人了，你去看看，快。”

“安禄山当街打人？”

“嗯。”

俞默焕着急地抓着她的手穿过好几个街口，来到西市门，那里围了很多人，俞默焕左看看右看看，抓着苏韵就往高楼上跑去。

这高楼有四层，俞默焕带着苏韵一口气跑到了第四层。

从高处望去，果然看到安禄山跟一人起了争执。

“那广宁公主和驸马爷被打了以后，太子和广宁公主前去告杨家的状。虽然这广宁公主的驸马被停职，这杨国忠也受到了处罚，可终究是杨贵妃受不了这份气。所以……”

“所以这安禄山知道了自己的母妃这般生气，就出来找太子的儿子下手？”

俞默焕点着头，看得出眼睛有些兴奋：“没错。说来也巧，这李豫的马车经过，不肯让安禄山的马车先过去。那安禄山下车与李豫理论，他以为广平王李豫不懂回鹘语言，突然冒出一段脏话。”

“涉及太子？”

“涉及，甚至提到了武后。”

“所以李豫发火了，直接甩出马鞭，那安禄山不甘示弱，也甩了回去？”

“嗯嗯。”

“这可真是一件奇事。”

“确实是奇事。”

苏韵的眼睛变得越来越深邃，她隐约看到了李豫的贵不可言，甚至看到了将来大唐江山的模样。

这里到处都是一片生灵涂炭的模样，她竟然不自觉地流出泪水来。

“怎么了？”

“阿焕……”

“什么？”

“你说这世界上，真的唇亡齿寒吗？”

俞默焕看向苏韵，有些担心，“到底发生了什么，你这般说话？”

“我想这个世界上最可怜的就是百姓，因为无法主宰自己的生活。而这个世界上最残酷的就是战争，因为会吞灭一切生命。而我们却处在一处风口浪尖之上，难以离开，不曾离开，无法离开，不得离开。”

她叹了口气，看向俞默焕：“我不知道为什么，会有风雨飘零的感觉，无力感，非常深刻的无力感。”

“阿韵，你怎么会……”

“我不知道自己这是怎么了，我也不知道自己这是为什么，只知道很伤心，很难过。也许我该找个人嫁了。”

“找人嫁了？”她这是怎么了？

“嗯，我觉得自己的心很累。你知道吗？阿焕？”

苏韵望着外边，心里很是难过：“我以前只想着在余杭过着我的小日子，开开心心，邻里乡亲的。可如今，我却看到了很多不一样的地方。”

“什么地方不一样？”

“余杭的百姓，他们守着自己的一片地方，安安分分的，不会恃才放旷，不会浮夸，不会有太多的陷阱，也不会暴戾，不会杀戮，不会伤心，不会纠结，也不会有着那么深刻的高低贵贱。”

苏韵歪着头看向俞默焕：“阿焕，你难道没有看见吗？”

“看见什么？”

“看见那些令人难以相信的事情？那高力士给李白脱靴，那杨贵妃叫安禄山儿子，那三朝洗儿的闹剧，那贵妃醉酒的奢靡，那百官的纸醉金迷。这一切的一切，令人难以置信，也令人难以接受。”

苏韵低下头，一滴眼泪滑下：“我不知道怎么跟你说，我只知道大厦将倾，我有一种将要陷入一场战乱的恐慌。我还有一种整个人被卷入杀戮之中的感觉。

“我不懂，大唐怎么了？为什么这么浮夸，为什么这么虚妄？这大唐快要败光家底了，你知道吗？武后时虽然政治清明，可朝野动荡，死了多少人？开元盛世之时，陛下是多么圣明的明主，可现在又是如何？”

苏韵呆呆地看向前方：“我不知道，不知道将来的路如何走，我不知道自己的直觉对不对，也不知道自己的将来好不好。但是我想，找个可靠的人，陪我一起去度过。

“也许人生就是一场苦涩，颠沛流离，可是我还是渴望有个温暖的怀抱。阿焕……我不知道你了不了解我的心情。”

苏韵深深吸了口气：“其实我也曾有过梦想，我梦想着自己可以一飞冲天。我梦想着整个大唐都能够记住我的名字。我梦想着人生能够充满了机遇，能被人们所认识，所崇敬，甚至是崇拜。

“可是那又如何？那样的梦想，如今我算是实现了，我的明轮船载入史册，我被陛下夸奖，我是整个大唐第一个造船坊的女坊主，我甚至得到了杨贵妃的青睐。可是那又如何？”

苏韵看向俞默焕：“可是我依旧知道自己的底子不足，我无法撑起他们对我的希望，我无法知道自己的路怎么走。我除了会造船，什么也不会。而这一路的繁华，似乎已经与我无关。繁华之上，只剩下了落寞。

“有人曾跟我说过高处不胜寒，我以前觉得不可思议，可如今算是真的理解。我想这种就是无力感，深深的无力感。不知道自己该何去何从，只想找个人相依偎。”

俞默焕握住苏韵的手：“阿韵，你是我的未婚妻，你的男人只有我才能担当。如果你真的希望找个人嫁了，那么我愿意在秋山北苑为你建制新房。阿韵，你不用担心我俞家的长辈叨扰你。

“至于你所说的大厦将倾，又或者是流民四窜。我只能说，每个时代有每个时代赋予的责任和未来，每个时代有每个时代本就有的命运。你我阻挡不了命运的齿轮，如果硬要阻挡，那是螳臂当车。”

苏韵看着俞默焕，她第一次看到了一个人的高大，这是一种形象上的高大，更是一种心灵上的慰藉。

苏韵流下眼泪，却被俞默焕揽入了怀里：“阿韵，如果你真的担心，那么我愿与你进入桃花源，躲开这是是非非？如何？”

“有时候我真的想在这河上或者海上建造一艘巨大的船，人们可以在上面吃喝拉撒，人们可以在船上走街访友，人们可以婚丧嫁娶。他们远离周边的是是非非，有一片净土，不再有争夺，也不再有猎杀。”

“阿韵，如果这是你希望的，我支持你。”

第三十六章
灞上之望春楼

苏韵站在望春楼的楼下，望着那边熙熙攘攘的人群，都说这广运潭是长安附近最大的运河聚集枢纽，这灞桥之上有灞柳，灞柳又是断肠柳，正所谓“萧声咽，秦娥梦断秦楼月。秦楼月，年年柳色，霸陵伤别”。

说的便是这灞桥旁的灞柳，李太白曾赋诗一首，“送君霸陵亭，灞水流浩浩”。

是啊，这望春楼折柳依依惜别，这灞柳便是折柳的断肠柳，怪不得那李白却说：“上有无花之古树，下有伤心之碧草。正当今夕断肠处，黄鹂愁绝不忍听。”

这灞桥之旁熙熙攘攘，让人不得不赞叹大唐第一集市的热闹，这怕是天下第一大集市了吧？

沿运河而去，河中大船停靠岸边，伙计们流着汗水搬运一箱箱厚重的货物，岸上的脚力赶着驴子或是骡子拉的车，由灞桥而去，向着禁苑，向着皇宫缓缓远去。

这桥上的人们，或是乘坐马车，或是两两行人结伴而走，桥上的两侧有些人驻足往桥下看去，有些则是对乌篷船上的友人挥舞着手臂，像是在告别。

沿街两侧，或是嬉嬉闹闹，或是书声阵阵，或是锯木跚跚，或是草药药香。

这街上的人们，有挑着扁担、匆匆而走的，有牵着小儿的夫人拿着拨浪鼓、逗着小孩的。

那二层的楼上，羽扇纶巾的人们，正在推杯换盏。门坊处的艺人正在挥舞着木偶人，跳着木偶戏，孩子们拿着糖葫芦，开心地笑着。

这望春楼紧挨着禁苑，一墙之隔，这边的人们热闹成团，那边却是冷清得不见几个人。

这一墙之隔，水上回廊之处，到处是亭台楼阁，高台之上亦能看到乐府的舞娘练习着最新编好的舞蹈。

苏韵深吸一口气，回头看向俞默焕：“这里果然是大唐最热闹之地，不愧是灞上望春楼，长安最繁华处。这真是运河两岸最壮观的商贸往来。”

“是啊，我大唐的禁苑之后便是望春楼，这里距离长安最近，这里距离运河最近，这里更是行得了船、驾得了车的好地方。”

“阿焕……”

“什么？”

“我有一种感觉。”

“什么感觉？”

“那里太热闹了，我要去看看，如何？”

“好，我陪你。”

从望春楼走过去，车水马龙，货物令人应接不暇，两岸正在商谈的人们，说着不同地方的语言，却能很好地交流。

“可知道安禄山如何发展成为节度使的吗？”

“如何？”

“传闻安禄山通晓六国语言，他的娘还是巫女，更是在他的族人之中占据着重要的位置。他早年的时候靠着能通晓多国语言，而成为这灞上最受欢迎的人物。这里很多的商人，若是遇到了异国的商人，必然会邀请他。”

俞默焕温柔一笑：“久而久之，这安禄山的大名就传到了很多商人的耳朵里。这些人都是靠着运河吃饭，也是靠着运河的水流而起起伏伏。他们行船就是为了能来灞上，进行一单大交易，能够赚些钱财，好度过一年。”

“安禄山通晓六国语言？”

“很多人，你只看到了他恶的一面，却没有看到他善的一面。”俞默焕顿了顿继续说道，“当然，我不是为安禄山作书立传，更不是为安禄山洗清什么。大是大非，我还分得清楚，只是说一些事情罢了。”

“你倒是说说。”

“安禄山虽然是突厥人，但是他在灞上一直做买卖的中间人。凡是他担保的人，必然能够相信，也值得相信。”

俞默焕继续说道：“要知道灞上很多都是腰缠万贯的人物，而这些人物也不是只知道经商而已，你可懂？”

苏韵抬起头，懵懵懂懂：“我不明白。”

“你可想过，若是安禄山有朝一日有了反抗之心，他积累了很多巨贾的人脉，又拥有了很多信任他的平民口碑，你觉得这样的他一旦起事，有多少追随者？你又可知道打仗最关键的是什么？”

“打仗？若是战争，兵马未动，粮草先行。”

“对，兵马未动，粮草先行。”俞默焕的黑眸暗了暗，“正因为是粮草最重要。而粮草很多时候来自种田的农民或是拥有广袤土地的巨贾。若是这些巨贾想做第二个吕不韦，你猜又会发生什么？”

苏韵似乎开了窍一般：“若是巨贾支援安禄山，那便是抗击朝廷的力量，甚至可以推翻大唐。”

“自古以来，商人重利，大唐的皇族太过骄纵。杨国忠和广宁公主的事情，人尽皆知，人人自危之中，又有多少人会感觉到安全？一旦有能力的人想要寻找安全感，而皇族并不需要这些投靠之人，那么接下来会是谁？”

苏韵看着俞默焕：“那就是那个曾经讲信用、与他们出身相当的安禄山了吗？”

“安禄山在灞上至今还是保留着若有语言障碍，依旧随叫随到，绝不摆架子的习惯。论亲民，论口碑，怕是十个杨国忠抵不上一个安禄山。”俞默焕叹了口气。

“那安禄山听说是偷羊的时候被张守珪抓住，准备乱棍打死时，结果安禄山愿意去捉番邦俘虏来换取官职。而安禄山的同乡就是史思明，对吗？”苏韵想起一些前尘旧事。

“没错，那安禄山和他的突厥同乡史思明果然成为偏将，安禄山甚至成为张守珪的义子。再后来这安禄山平步青云，因为他惯于见风使舵，收揽了很多人心，成为朝廷之中很多官吏的至交好友。”

俞默焕望着那热闹的人群，慢慢说道：“再后来安禄山成为李林甫最重要的伙伴，甚至是谋臣，可是你又知道安禄山很讨厌李林甫吗？”

“李林甫？那不是口蜜腹剑的那位……”苏韵捂住嘴巴。

“就是李林甫。安禄山觉得这李林甫将会把整个大唐搅乱，一旦大唐乱了，他就有机会成为突厥中兴的创造者。如此时运，怕是安禄山等了很久。”

“李林甫犯了众怒吗？”苏韵抓住了重点。

“也许……李林甫邀请了一个人去治理回鹘的叛乱，可知道那人？”

“是谁？”

“鱼朝恩最喜欢的人，第五琦，目前跟刘晏交好。”

“第五琦？那不是……什么？第五琦！”苏韵知道这个人，这个人是个无所不用其极来讨好上司的人，这是个媚上的投机者。

“对，第五琦，这个人是得了鱼朝恩的真传，更是将媚上做到了极致。最近国库已经快空虚，而这时，却发生了一件有趣的事情。”

“什么事情？”

“可知道江南恶钱？”

“江南恶钱？”

俞默焕重重地点头：“这江南恶钱的始作俑者就是第五琦，而推波助澜的就是那位李林甫。要知道这第五琦推出了乾元重宝，这是第五琦的首创，这时正在尝试，若是尝试成功，会全国通行。而这种钱就是搜刮民财的第一种办法。”

“这是什么意思？”苏韵不太懂，她疑惑地看着俞默焕，

“乾元重宝是典型的虚币大钱，法定直径一寸，每千枚法重十斤，一枚乾元重宝法定兑换十枚流通中的开元通宝钱。”

俞默焕拿出两个铜钱给苏韵比画着：“开元通宝法定直径八分，每千枚法重六斤四两。在直径和重量两方面，乾元重宝比开元通宝都要大一些。”

“那就是说一枚乾元重宝法定兑换十枚开元通宝钱，按含铜量计算，朝廷用十斤铜就可以从民间兑换六十四斤铜。所以，反复兑换更铸，铸成的乾元重宝钱成为朝廷发财的捷径，成为朝廷为了支持战争而从民间掠取钱财的有效措施。这相当于从民间掠财，却为朝廷建立了一个冠冕堂皇的理由。”苏韵懂了。

“第五琦迟早会被钉在耻辱柱上的。这种乾元重宝会成为商贾昧着良心将整个民间财富榨干的导火索！你知道吗？”俞默焕隐隐有了怒气。

“后来，第五琦下令铸行法定兑换五十枚开元通宝的虚币大钱，仍然铭文乾元重宝，只是加大了重量，加厚了外郭，被人们称为重轮钱。而这种钱会被商贾拿来重铸，再次变成乾元重宝，这样周而复始下去，百姓手里的真金白银越来越少，以至于后来一麻袋的乾元重宝都未必能够买到一件想要的东西。”

俞默焕看向苏韵：“届时，百姓就会对朝廷越发不满，而越发不满的百姓自然更亲安禄山，到时候战乱再所难免，就会产生连锁反应。”

“什么样子的连锁反应？”苏韵愣住，莫非会危及陛下？

“替天行道，抑或清君侧。只怕武后当时清除李氏后裔的事情会再来一次，那场血染江河的混乱，怕是再要来一次。人呢，太过贪心，贪得太多，想得太多，慢慢就会变成一场恶战。”

俞默焕拉住苏韵的手：“既然这里是一切罪恶的源头，我们现在去发现和去挽救还来得及。”

“如何挽救？”苏韵不明白，“难道你去告诉陛下或是贵妃？”

“也许可以去问问广平王，那可是一出生就带着紫气的皇孙，再说不是还有一个认识的人吗？”

“谁？”

“郭暧。”

第三十七章
初见灞上集贸

苏韵诧异地看着俞默焕，郭暖？这是怎么回事？怎么会提到他？

“阿韵，你要知道这风起云涌的关键，就在于外戚，若是想做一代帝王，必然要有干将。这郭家是不错的人家，郭子仪是将帅之才，而郭暖更是虎父无犬子。”

风吹起俞默焕的长衫，他本就是个羽扇纶巾的人物，那满脑子的挥斥方遒，让她觉得他若是不做那诸葛孔明，真是对不起他的才智了。

“其实算起来，安禄山和史思明不过是番邦之徒，两个胡人实在难当大任，即便是鸠占鹊巢，也不过是几年就会彻底败下来。能够长盛不衰的，只有那懂得以退为进的人物。”

俞默焕拍了拍苏韵的肩膀：“但是不管他们到底如何打算，如何安排，你我只要做到心中有数便好，不要再做他想。”

“不做他想？这是为何？”苏韵愣住。

“因为当下的事情，你还是要去关注一下第五琦的乾元重宝，这才是重中之重。毕竟这乾元重宝，若是真的普及，怕是真的会引起一场民不聊生的恶事，甚至青史也会留下一篇骂名。这是一个很不好的开端，就跟陛下打开卷宗去擅自修改帝王传记一般。”

俞默焕皱起眉：“这种将假当作真，将真说成假的做法，是遗祸后世，甚至万年不会衰减的。”

苏韵不太明白，她只是木讷地点点头。

她从来没想过多年以后，安史之乱爆发之后，这江南恶钱乾元重宝真的成了百姓最痛的一个祸根。

直到那时，她才懂得俞默焕的担心是正确的。

“我爹爹说灞上望春楼有一个大老板叫作李林，是个想要做丝绸生意的客商，一直想要在望春楼见见。如今我父亲忙于应酬，实在抽不开身来，不知道你可愿陪我去？”苏韵其实是希冀的，这是她第一次去谈生意，不知道怎么谈比较妥当。

“李林？”俞默焕若有所思。

“对，李林。”

这个李林是李林甫的堂弟，一直做着丝绸生意，说起来这李林经营药材和丝绸是极好的。

亳州的药材，湖南的湘绣，都是文明大唐的好货物，如果阿韵去谈，必然是要去谈下这明轮船河运的生意了。

只是如今李林甫支持第五琦的乾元重宝，自然会让李林派发乾元重宝。

这乾元重宝就是个烫手山芋，绝对不能攒在手里。

俞默焕温柔一笑，那李林是一个不擅金融的人物，怕是要好好让李林甫知道什么叫作自食恶果了。

“哦？李林甫的堂弟？”

“你认识？”苏韵很好奇，为什么阿焕像是谁都认识一般。

“认识？不认识，但是知道此人。此人喜欢贪便宜，更喜欢暗地里占便宜。你若是明面上给予，怕是会羞辱了他的智商，但你若是暗地里给，那便是让他觉得赚到了很多。”

“你的意思是？”苏韵诧异地看向俞默焕。

“我的意思很简单，这乾元重宝历来都是以一枚当开元通宝十枚。而这一个乾元重宝就相当于是十个开元通宝的价值，你可知道？”

“这是灞上在试验的价格？”

“没错。”

“那你的意思是？”

“乾元重宝钱文隶书，顺读，书法精妙，有光背及背下俯月、朱雀、穿上或穿下祥云或星文的，是个极具收藏价值的物件。这江南之人还未曾见过，倒是可以拿来当个收藏。”

俞默焕扇子一展笑眯眯地说道：“很多时候事情反其道而行之，反而会收获很多的东西，比如财源。”

“你是说让我换取李林的乾元重宝，然后兑换百姓的开元通宝？”

“错错错……”俞默焕摇着头，他并不想让阿韵成为将来背黑锅的人物。

“那是什么意思？”

“你可知道开元通宝中金属的比例，又知道乾元重宝中金属的比例？”

“你是说铜铁铝的比例？”苏韵明白过来。

“看来阿韵你还是不笨的。”俞默焕点点头。

“显然咱们的这位第五琦算得很好，一个乾元重宝兑换了十个开元通宝，这十个开元通宝若是熔掉之后又可以重制五个乾元重宝，也就是说从百姓那收上来十个开元通宝，加上一些铁，印制得大一些，就能再换五十个开元通宝。”

俞默焕一边说着一边观察着阿韵有趣的表情变化：“而这五十个开元通

宝，去除最开始那十个开元通宝的成本，再算上这来来回回的运费，还有三十个开元通宝的利润可赚。而这李林甫和第五琦报给朝廷的只有十五个开元通宝的利润，其中，李家和第五家可是赚得盆满钵满。”

“天呢！要是靠着卖乾元重宝，拿到了这印制开元通宝的权力，那不是靠钱生钱就可以坐享其成了吗？”

“所以你若是收乾元重宝反而不合适，不如收开元通宝，反而更妥当。”俞默焕笑了起来，“毕竟你可以用你的开元通宝去兑换这李林的乾元重宝。”

“那我收过来也没意思啊，不过是一个收藏价值罢了。”苏韵不明白。

“这李林想要找一个线人来将乾元重宝推销出去，你去做了，必然得要一些特殊机遇才是，毕竟这丝绸之路开通以来，波斯、大食国、夜郎国可是很多人要来与咱们大唐做生意的。”

俞默焕轻悠悠地在苏韵的耳边说道：“阿韵，你不要忘记了，这沙漠多产黄金，这些人有很多黄金，而你有乾元重宝，大可以用重宝换黄金。”

“你是说让我用乾元重宝去换这波斯、大食国等西域国家的真金白银？”苏韵讶异地问道，“再让我用银子去换取百姓的开元通宝？这……”

她挠了挠后脑勺，实在不知道这么做能赚到什么。

“你还不明白？”

“不明白。”

俞默焕揉了揉苏韵的脑袋，怜惜地轻叹一声：“原来就知道你是个笨拙的，没想到竟然是这般笨拙。”

但是那又如何？他不就是喜欢这样的她吗？呵……

“我是不是很笨？”

“倒也不是，只是年纪小，还没长大，很多事情不知道罢了。”俞默焕摇了摇头，“你要知道大唐与西域商贸往来，若是你能拿到一二，对于整个苏家那便是更上一层楼的改变。想一想我那未来岳父因为什么入了大狱，又是为了什么那刘晏亲自去迎接他到皇宫？”

“因为得罪了杨太真，后来因为我让大唐以我为荣，创造了前所未有的明轮船。这是说……”苏韵有一种不开心充斥在心间，真是太现实了。

“所以，你若是让李林甫看到你的好处，那便是让你和苏家在整个余杭都得到尊贵的地位，更会让你成为首屈一指的富豪。阿韵，任何人，若是想要实现儿时的梦想，第一件事情，那便是要拥有足够多的财富。”

俞默焕顿了顿，继续说道：“只有拥有了足够的财富，只有得到了足够高的地位，你才能够实现儿时最初的那个梦想，初心不变，但是人要先历练，可知道？”

“我的初心？”她隐约记得，自己攥着小拳头、大声发誓的模样，她曾经想要凭借一己之力造福一方水土，更希望能够尽一己之力保护一方百姓，甚至渴望凭借一己之力负责一方黎民。

而这些必然需要足够的钱财，她要做的首先是要养得起那一方水土的百姓。

这的确是需要很多很多的钱的。

“你的初心，福泽余杭百姓的心，还记得吗？”

“那我能实现吗？”苏韵看向俞默焕，她很想知道。

“如果你能买下李林手里所有的乾元重宝，不让乾元重宝流入百姓的手里，而是将乾元重宝流入西域，你便会得到你想要的。只是你能保护多少百姓不拿到乾元重宝，就全看你的整个商业的版图有多大了。”

俞默焕拿出一张地图：“阿韵，苏家不仅是做漕运，更是做河运。你可否帮助那行走沙漠的人将他们的货物远销江南烟雨之地？若是能够，你便可以去跟李林谈。”

苏韵望着那张地图，她的手沿着曲曲折折的河道，慢慢地画着，这就是京杭大运河啊，这便是运河啊……

若是她有足够的商船，怕是养活余杭百姓的很多人都不成问题了。

“阿焕，我一定要给出一个绝对吸引人的方案。”苏韵看向俞默焕。

“必然，不仅要说服李林，更要说服李林甫。让他们知道，互利共赢才是长久合作之道。毕竟这朝廷需要钱财平定回鹘之乱，那李林甫为了业绩必然会拼上一把。”

“那我该做些什么？”

“你要做的。就是想想怎么才能让这方案尽可能的漂亮，这苏家的运输能力，便是你最大的卖点和看点。可想到什么？”

苏韵认真地往桥下望去，她皱眉沉思。

第三十八章
初学河运谈判之法

此时一个许久未听到的声音传来，那人叼着狗尾巴草，笑得很是灿烂：“和李林谈判，有那么难？”

苏韵诧异地回头，看到从坤，此时再见从坤，这人已经不如前几个月那般锐利，多了一些温和，但是依旧是吊儿郎当的。

从坤斜倚在桥栏上，手轻轻地敲着：“俞默焕，李林那个人只要给足够的钱便谈得下来生意，又怎么会看方案？”

从坤大咧咧地伸出手来，抓住苏韵的手腕，趁着俞默焕皱眉的当口，拽起她就往桥下跑去：“你跟一个呆子在一起，会变笨了，快跑！”

从坤一边跑一边狂妄地大笑着，是那般恣意。

苏韵回头看着那沉了脸蛋的俞默焕，不安地抽回手，却被从坤抓得更紧：“阿韵，离那个书呆子尽量远一些，我带你去见见这灞上的热闹。”

苏韵被他拽着窜过好几个小巷，来到一处充满馨香的地方，他将手指放在嘴唇之上：“嘘，我带你去看看好玩的，你且跟我紧一些。”

苏韵愣住，他这是想做什么？

从坤招了招手，这处院子的后门没有锁紧，她被从坤抓到了怀里。

那里有一个女子。那女子此时衣衫半褪，香汗淋漓，在她的上方有一个早就歪了玉冠的男子，正在卖力地动着。

从坤眼明手快地捂住苏韵的嘴巴：“嘘，不要说。”

“这是……”

“李冶，你不知道？”

“李冶？”

“看来你真的不知道呀。”

“我不知道。”苏韵摇了摇头。

“这李冶是诗坛上颇负盛名的女冠诗人，她有很多裙下君子，比如陆羽、刘长卿，还与朱放、韩揆、阎伯钧、萧叔子等人情意非常投合。”

从坤笑眯眯地说道：“至近至远东西，至深至浅清溪。至高至明日月，至亲至疏夫妻。”他指着那个已经陷入意乱情迷的女冠：“经时未架却，心绪乱纵横。写出这样诗句，她父亲就说她怕是妇行不检点，如今一语成谶啊。”

“你带我来，就是看一场风花雪月？”

“不，让你见识一下东都洛阳之风，长安花开之艳，这风月之说，春宫之图，非观看不能震撼。”从坤看着苏韵躲了躲脚，准备离开之时，却被从坤拉住了手。

“你难道不想跟那李林谈一下那个所谓的好生意了？”

“这好生意与我现在看到的这番又有什么关系？”

“可知道韦皋？”

从坤大笑起来：“你定然认识的，对吧？”

“韦皋？那不是京兆韦氏？”

“这李林谁也不怕，可唯独怕这韦皋。你要知道这李林欠下了韦皋一桩命案，却也是一桩奇事。”

“是什么奇事？”

“那李林甫一直想要拉拢韦皋，只要这京兆韦氏不干扰乾元重宝的发行即可。但是他们无论如何寻找，就是找不到怎么能够让韦皋心甘情愿的办法。不过我倒是找到了。”

“什么意思？”

苏韵愣住，这是说什么呢？难道韦皋还有什么弱点不成？

“这韦皋年少之时住在姜郡守家，姜家有个儿子，与他一起读书，叫作荆宝。那荆宝有个小丫鬟叫作玉箫，一直侍奉韦皋。两年之后，姜郡守为韦皋铺路，让韦皋进京求官职，这韦皋此时与那玉箫已经有了感情。可是韦皋终究是不舍得让玉箫和荆宝分开，狠心离开了玉箫。可是玉箫却依旧不改初心，与韦皋做了一个约定。”

“什么约定？”她最喜欢听故事了。

“他们约定三生，少则五年，多则七年，这韦皋一定会回来娶了玉箫，甚至留下一个玉戒指给玉箫。只是韦皋一来二去与那李治互相爱慕，忘记了这个可怜的小丫头。那小丫头倒是个直性子的……”

从坤煞有其事地叹息道，苏韵着急起来：“你叹息什么？”

“我叹息的自然是这人的可怜与可叹。”

“你倒是说说。”

“过了五年后，韦皋没有来，玉箫便于鹦鹉洲默默祈祷。又过了两年，到第八年春天，玉箫认为韦皋走了七年多了，肯定不能回来了。于是绝食而死。姜家可怜她死于节操，将那只玉指环戴在她中指上一同殡葬了。”

“啊……”

“这还不是最精彩之处，这最精彩的地方是韦皋去西蜀的时候，重审一个重囚犯，却发现是一个冤假错案。这冤案错案使得轻罪重罪近三百人得以平反昭雪。其中一个重囚犯抬起头感谢韦皋的时候，韦皋却发现那是自己少时的朋友，你可知道是谁？”

“荆宝？”

“没错。就是荆宝，而韦皋显然也还认识荆宝。这荆宝入大狱是因为被人栽赃。只因为有人不慎误将公署房舍及仓库牌印等烧毁，于是倾城县令荆宝被定罪入狱。”

“那玉箫呢？”苏韵听得着迷了起来。

“后来韦皋去荆宝家里做客，当韦皋问起玉箫的时候，那荆宝却将一首诗拿了出来，是玉箫写的《留赠玉环》，上面写着：黄雀衔来已数春，别时留解赠佳人。长江不见鱼书至，为遣相思梦入秦。

“那韦皋是号啕大哭啊，甚至从那以后他开始抄写经书，更是造了不少佛像。后来有个人用了少君的招魂之术，让玉箫来见了韦皋，那玉箫说十六年以后一定会再见到韦皋的。你可知道？”

“十六年以后？莫非……”苏韵大大的眼睛亮了起来。

“该是那玉箫出现的时候了，李林和李林甫想去找到这个女子，却被我抢先一步找到了，你说巧不巧？”

“你怎么知道是玉箫转世？”

“那手的中指上长着一个肉质的指环，隐隐约约地能够看出来，与当年分别时所赠的指环形状相同。再说这个韦皋画了玉箫的画像，自然能见到。”

从坤笑眯了眼睛：“若是你找现在进去，让李林发现是我，然后再说说这转世的玉箫，你猜会如何？”

“我猜李林一定会找机会让你消失。”

“我从坤是那般轻易被绊倒的人吗？”

“那你倒是胆子肥硕……”

“我只知道若是想让李林和李林甫两兄弟听从你的意愿，就必然要想个十足好的办法。走……”

从坤拉着苏韵往一旁的茶馆而去。

“你带我去哪里？”

“去那茶馆上等着，这李林和李冶做完这事就要来这里伤春悲秋，正好你我坐在这里，可以将那院子一览无余。这个位置确是最佳的视角。你可知道这个包厢可不是任何人都能买到的。”

从坤丢着手里的银子，邪魅一笑：“说起来，这个李林倒是有趣了几分，比他的兄长更有趣呢。你说是不是？”

“我只觉得你这般做不好。”苏韵摇着头。

“你若是想要谈下这笔生意，就要想好万全之策。”

可是……可是阿焕该怎么办？

苏韵想起被撇下的阿焕，她咬了咬嘴唇，怕是阿焕要不开心了。

“你在想什么呢？傻丫头？”

“我在想阿焕。”

“你想那个书呆子做什么？一个木头做的傻子，你跟着他只会越来越傻。”

第三十九章 学海无涯苦作舟

苏韵还没反应过来，就被从坤捏住了脸蛋，从坤看着她，仿佛这样让他很是开心，甚至笑得露出了后牙槽。

“哈哈……阿韵，瞧瞧，你越来越像小猪了。”从坤捏了捏她的鼻头，“怎么，你不相信我能跟这李林谈下来？”

“这样谈下来会不会让李林防备着咱们，毕竟窥见别人的隐私终究是不妥当的。”苏韵想要说些什么。

“妥当？生意本就是尔虞我诈，不用些手段，你这样的小白能够拿到这订单吗？你不要忘记了你父亲对你的期待，难道你不想继承这漕运帮主的地位？”

“我想。”

“你想就跟我一起努力一把才是。而这努力要么事倍功半，要么事半功倍。我给了你一条捷径，你却选择走弯路，是你错了，还是我错了？”

“我不知道该如何，我总觉得自己哪里不对，我……”苏韵还想说什么，却被从坤打住了。

“你现在只要知道一点，那就是跟我一起将李林的生意拿下来，这就是你要做的，你必须要做的。你明白吗？”

“嗯。”

“听我的，跟着我有肉吃。”从坤嬉笑一声。

他一直是这般，这般肆意潇洒，仿佛一切在他的眼里都是小菜一碟，说实话，跟着他，真的很有趣。

只是这种有趣，不知道是不是对的。

也许苏韵不知道，人生谈下来的第一单生意，却给她带来了无穷尽的麻烦事，以至于她也为此付出了惨重的代价。

十五岁的她不知道，君子爱财取之以道，更不知道这财不该是绑架在道德之上的，所幸她醒悟得不晚。

“你可知道李林什么时候会过来？”苏韵看着底下那如胶似漆的两人。

“那李冶是个贪得无厌的，若是那李林不趴下，是不可能来的。”从坤嗤笑，“再说那李林本就是个淫棍，若是不能吃个饱，怕是也不肯离开那李冶的。”

这便是最有名的女冠？呵呵……果然风流多数女冠，不知道这之后还有没有这般风流的女冠。

从坤望着楼下小院里的二人，裂开嘴巴，笑了起来。

“那我们就在这里干等着？”

“谁说咱们干等着？自然要找些事情做。”从坤靠近苏韵，笑道，“比如填饱你的小肚子，这五脏六腑怕是闹了空城计吧？”

苏韵刚想说没有，这肚子咕噜噜地响起来，让她羞红了脸。

“嗯……也好。”

从坤招来了小二，这满桌菜香，让苏韵咋舌起来，这得多少银子？

苏韵看向从坤，“你家造船坊还是丝绸坊，难道做生意做得发达了？”

“什么发达不发达的？这不是赶上进京送货，有波斯商人看中了一些，在这灞上售空了。”从坤捏了捏苏韵的鼻头，“这赚了钱，我第一件事就是请你大吃一顿，是不是要感谢我？”

“我觉得无功不受禄，你莫非还有其他事情要跟我说？”苏韵不相信从坤让自己吃白食。

从坤扶额，无奈地连连叹息：“我对阿韵这般好，可是阿韵竟然不了解我，你不了解我，我却了解你，这般不公平，真是令人伤心，是不是？”

“我……”她是不是说错话了？

“罢了罢了，左右你就是个小没良心的，就是我的这颗心痛死了，你也不知道我的心到底是多么地难受，只知道我是个黄鼠狼，就等着张开口咬上一口你家养的肥胖鸡崽子。”从坤自嘲地说着。

苏韵的脸皮薄，显得越来越红了。

“不过，我怎么就是那般见钱眼开的人呢？我不过是来见见你，与你聊聊，你就这般防备着我。你可知道我是个花见花开、人见人爱的主儿？你又可知我能为你豁出一切？”从坤越说越不正经起来，“甚至你让我赶明儿去牡丹花下等你到死，我也愿意直接成为那风流的鬼魂，绕着你。”

苏韵轻啐一口：“你这厮……竟然这般不知羞耻。”

从坤闻言大笑起来，仿佛遇到什么极其好玩的事情：“哈哈哈……我不过顺口说了几句，你竟然认了真？这认真的模样，真令人感觉有趣。要是我真说上几句戏文，你是不是要把自己活活羞死？”

从坤扇柄一转，挑起她的下巴，眼神越发地深沉了起来：“忙处抛人闲处住，百计思量，没个为欢处。白日消磨肠断句，世间只有情难诉。”

苏韵被这孟浪直白的话语吓得想要逃走，却被从坤抓住了双肩：“怎么？这就想走？莫不是忘了我以前待你的种种？”

从坤认真地盯着她的眼睛，带着忧伤：“蟾宫折桂，见不到你的影子，那一片青台之上，还留着你当年的脚印，而你却将我生生忘记了吗？在你的心里，难道你我儿时的一切，都是云烟了吗？”

“我……”

从坤抓住苏韵的手，不允许她推搡，更不允许她逃避自己：“我待你，不亚于那俞默焕，为什么你竟然这般不待见我呢？莫非我做得还不够？”

“从……从坤，我不记得以前了，你不要这样……松开我……”苏韵挣扎着。

“我不过说了几句戏文，不过陪你逗了逗趣，为什么你这般反抗？”从坤蹲了下来，与她平视，双眼带着忧伤。

“莫不是我做错了什么？让你这般厌恶我？”

她苏韵就是个心软的女子，若是有人垂下眉眼，她实在不敢这般无情，心软有时候也是个罪过。

“你不要这样，我只是觉得自己受不了你这般孟浪，你不要这般跟我说话。”苏韵挣扎着，可是拗不过他的力气。

“那你可愿我待你这般？”从坤展现笑颜，“与你亲密，你可愿？”

“我……我已经与阿焕订了亲，你不该与我这般……”苏韵想要拿着俞默焕当作挡箭牌，却被从坤打住了话题。

“大唐本就是支持没感情的夫妻和离的，再说那俞默焕虽然对你好，但他的家人呢？别忘了那俞家的人都对你做了什么？你怕是不知道最近余杭发生的事情吧？”从坤冷哼一声。

“俞家又做了什么？”苏韵愣住。

“做了什么？那俞家趁着你和你爹不在，现在跟你母亲讨要一处合资的瓷窑，那瓷窑这几年被俞默焕打理得越发好了，没想到那俞家趁着俞默焕不在家，竟然想要去抢夺。”

从坤看着苏韵的脸色逐渐变黑，继续说道：“那俞家人欺负你妹子尚小，你母亲并不是个精通商道的人，如今那瓷窑已经被俞家以低价夺走。就连这契约书都广而告之，不信你自己看看。”

从坤从怀里拿出这个告示，交给苏韵：“这俞家做得狠绝，让俞默焕都来不及从中运作，你自己瞧瞧！若不是这件事，我又何必苦苦来寻你？若不是你母亲托付，我又何必前来找你？”

苏韵仔仔细细地看着这个告示，这是官府的告示，看来是真的把俞苏两家名下的一处瓷窑夺走了，这……苏韵的俏脸已经变了样子。

从坤继续煽风点火：“你不要忘记了，这俞默焕对你再好也没用，这俞家对你的家人是赶尽杀绝的。那俞默筌和他的家人可是嗜赌成性的，将来你要跟这样一批极品亲戚在一起吗？”

“我……”苏韵迟疑起来，俞家？她曾经当着俞家的面撕掉婚约啊。

“又或者愿意与那好吃懒做的公婆斗法？那虽是俞家嫡母却不是他的亲娘。”

第四十章
道不同不相为谋

婆媳关系自古难以相处，她不知道该如何处理，只能垂下头来。

从坤看着苏韵已经排斥俞家了，再接再厉地说道：“再说那俞家的小妹，最近这俞家小妹一直想要嫁给高门第，甚至最近偷着将俞默焕的一处茶铺给卖了，就是为了给自己准备嫁妆。你要知道，这茶铺是俞默焕最赚钱的铺子……”

从坤深深叹了口气：“我要是你，面对那些贪得无厌的亲戚，必然会头疼。不然这俞默焕为什么选择去秋山北苑住着，就是不选择回祖家呢。你难道不想想？”

“我……”苏韵的眉头都快打成了一个死结。

“俞默焕，我承认长相不错、姿容不错、本质不错、能力不错、头脑不错、性情不错，但是他的家人呢？他一个父亲不爱、母亲不疼的人，他只是俞家的摇钱树而已，你觉得这样的他忙中能顾及你多少？”

从坤继续说着，说着让她心乱如麻的话语。

“那俞家的长辈，你得罪了遍，你可知道自己的未来？你真的想要跟这样一群人家在一起吗？你不知道自己的未来是多么难走吗？你为什么要选择一条充满荆棘的小路，却不选择一条康庄大道呢？”

从坤抓住苏韵的手，看着她那不安的眼神和烦躁的模样：“我从家虽然没有俞家大，可终究是没那么多是是非非，更没有那么相互倾轧。亲人之间的感情单纯，我爹娘都是我的亲生父母，而不是俞默焕那样爹是亲爹，娘却是嫡母而不是亲娘。”

从坤将她的手放在他的脸上，蹭了蹭：“难道你看不出，谁更适合你吗？”

“我……”

从坤已经看出她的矛盾来了，嘴角弯了起来：“没事，我给你时间，你可以慢慢想，只是你要看一个男子，还要看他的家族。要知道成亲之后不是两个人的事情，而是两个家族之间的事情了。”

“家族之间的事情？”苏韵垂下眼眸，怕也是这样。

从坤耳朵微动，听到门后的动静，立刻回归原位，坐在那里自斟自饮，正在饮着茶水的时候，俞默焕陪着李林走了进来。

“这是？”李林诧异地看向俞默焕。

“这是内子和我的朋友从坤，上一次李大人采办的丝绸就是从家的，他便是从家的二少从坤。”俞默焕儒雅地介绍着，眼睛瞥了一眼苏韵，只是皱了皱眉头。

“内子？那不是名满京城的苏韵？苏家大娘？”李林笑了起来，感兴趣地看向苏韵，“我本想着这制造明轮船的女子该是个二三十岁的女子，如今看来竟是个十五岁的少女，真是奇特。”

苏韵抬起脸来，此时李林换上了一副正气的模样，与方才院中和那李冶厮混时完全两样，原来人真的有两张脸孔。

“怎么了？”李林看着苏韵这般的眼神，诧异地看向俞默焕，“你的内子莫非是看到我吓到了？”

这是句玩笑话，俞默焕自然接得住。

“她就是这般，有时候会呆呆傻傻的，阿韵，这是李林李大人。”这句话算是提醒了苏韵。

苏韵立刻收回那过于锐利的目光，敛下锋芒，她换上了笑颜：“李大人说的极是，我被李大人的官气吓得不敢动弹了。这官气便是贵气，贵气便是紫气，紫气过旺，容易惊煞人，我被大人的紫气东来真真地吓到了。”

这话带着恭维，说得李林很是舒畅

从坤不着痕迹地将窗户关了起来，他想让李林看到这个角度，更是希望他知道刚才他和苏韵看到了什么。

而李林的眉头显然皱了一下，他有一种被剥皮曝晒的感觉，整个人陷入尴尬之中。

方才与李冶那般，莫非被这两人看了去？这两人是带了什么目的而来？又或者俞默焕也搅入其中？但是俞默焕终究是杨家的人，他不敢有所抗拒……这……

“李大人？”俞默焕为李林倒了杯茶，“怎么了？”

“嗯？没什么，只是觉得尊夫人看上去倒是个清秀的人呢，怎么却喜欢秋怨？这样怕是不太好，这多愁善感容易面容憔悴，你还是要多多照顾自己的妻子才是。”

李林意有所指地说道。

俞默焕看了一眼那关闭的窗户，那个角度……该死的，这个从坤竟然让阿韵看到那边的事情？

俞默焕虽然心里已经怒起，可还是笑逐颜开的模样，丝毫没有被李林的话语影响一般：“李大人说的极是，阿韵，岳父让你带些见面礼给李大人，你莫非忘了？”

俞默焕曾交给她一个锦囊，苏韵打开看过，里面写的正是这次交易的目的。

苏韵笑眯了眼睛："是了，我爹爹最近得了一个宝物，想要给李大人过过眼，毕竟吃不准是真是假，是好是坏。"

"哦？拿来给我看看，所幸我懂一些珠宝玉器。"

李林也不客气，接过苏韵递过来的锦囊包，这锦囊包上是绣得格外用心的乾元重宝，他的眼睛眯了眯，看来有趣的事情将会在锦囊包里面了。

展开信笺，里面果然写了用开元通宝兑换乾元重宝的事宜。

这几天他李林正愁着将乾元重宝兑换出去呢，这灞上试点，似乎不太好用，如今用开元通宝的人来跟自己兑换乾元重宝，真是好极了。

这三个人，一个是丝绸商人，一个是河运商人，一个是瓷器和茶叶商人，这正好与西域丝绸之路对接，这样一条道路，必然会打开乾元重宝的市场，到时候第五琦的业绩会非常好看，而堂哥李林甫也自然会被夸奖。

李林的眼笑成了猫咪一般，被人顺了毛一样的开心："哦？你们打算用开元通宝兑换乾元重宝？"

"是的，李大人。"苏韵点头，"毕竟这一个乾元重宝就可以当十个开元通宝用，倒是极好的。"

"你虽然有很多开元通宝，可终究我的乾元重宝没那么多。"

"朝廷若是想要使用乾元重宝，必然是越多越好，又怎么会少呢？只是怕到时候李大人制造这乾元重宝的速度不够，断了货，让我只能一等再等了。"苏韵笑道。

"我不明白，你兑换这正在发行的乾元重宝，又是为了什么？"李林觉得不可能有这么好的生意。

"自然是以物换物，兑换那西域的马匹和珠宝了。"苏韵从袖口拿出一颗夜明珠，这是在大食国做生意之时，有一商人以物换物给她的。

"这是？"李林自然知道这是夜明珠，真是一个璀璨夺目的宝贝。

"这个宝贝来自大食国，是一个商人感谢我河运的速度，特地跟我兑换的，当然兑换而去的还有那乌篷船的模型。"苏韵笑眯了眼，"只是不知道李大人可否替我求一道圣谕，让我这河运的商人做一做这灞上望春楼的专属供应商，让那来自西域的货物可以运往江南？"

"你要官家署名的河运权限？！"李林愣住，这件事可大可小。

"这河运可是有清除淤泥，迎来送往的码头维护，还有沿街码头的伙计茶棚安排以及住宿安排等职责。这些若不是专业的人在运作，靠着官府，怕是开支甚大，而我这里有了极好的方案，可以帮官府承担这笔费用。"苏韵将方案递给李林。

李林看着绢纸上的内容，看到一半，大笑起来："倒是一个极妙的方案，怪不得陛下对你另眼相待。"

苏韵眉开眼笑起来："那李大人是同意了？"

"同意是同意，只是这十换一的铜钱兑换，总要双方都准备好才是。"李林看向苏韵，"不如一月一换？"

一月一换？这是要她苏韵压下所有的开元通宝，市场价格若有浮动，到时候赔的可是她。这李林果然奸猾，竟然让她背负这风险！

俞默焕自然看出苏韵的为难，笑了起来："成箱成捆的铜钱准备要耗费不少的人力物力，一月一换怕是风险大了些，依我看半月一次甚好。"

苏韵还想开口说什么，却被俞默焕摇头示意。

这李林抬起头看向俞默焕，他毕竟是杨家之人，不给面子也不行，只能点头："倒也是极好，只是……"

"只是什么李大人？"俞默焕温柔一笑。

"只是这铜钱可是要一箱一箱地码好，清点也是个力气活，不如你们早早做了。"李林算是给了台阶下。

"那是自然，李大人尽管放心。"

"那就是最好了。"李林点头，看向从坤，"倒是你，从家二少，你这次来到底是为了什么？不会仅仅是给这苏家大娘助威吧？"

"瞧李大人说的，我与阿韵是同乡又是发小，自然是要来帮衬的。不过更多的还是这丝绸的事情，这运河之上的货物，当数丝绸最贵重。最近有些丝绸上的细节，怕是我从家有做得不周的地方，特地来跟李大人说道说道。"

从坤叹了口气："只是今天这事，还是阿韵的事情为主，我还要搭上阿韵这河运的大船，自然有主次之分了。"

显然从坤不想在这里跟李林说清楚从家要做什么，而俞默焕则是看向从坤，那眼神已经变得深沉起来，家里来信，瓷窑强制从苏家收了回来，而茶铺被嫡母卖了出去，怕是这从坤是借机发挥，蓄意挑事来了。

第四十一章
你的家人不容我

俞默焕送走了李林，回来之时看着那一对说笑的男女，眉头紧紧地皱了起来："阿韵，李大人的事情，这几天我会给你安排妥当，你不必担心。"

苏韵点点头，想说话却不知道该说什么，这俞家的人，到底是让她发怵的。

"阿韵，你怎么了？"俞默焕眨眨眼睛，可是眼神却落在从坤的身上。

从刚进入这里就感觉到哪里不对劲，莫非出现了什么问题？

但是会是什么问题？他不懂，想要问清楚，却又不知道该如何问清楚。

"没有啊？我很好啊。"苏韵不敢说。

从坤则是闷笑出声，惹得俞默焕眉头皱得更加地厉害，莫非真的发生了什么事情？

"没有怎么？你确定？"俞默焕显然不相信苏韵的话。

"真的，我确定，肯定以及一定。"

"可是我却万分不信。"俞默焕毫不留情地戳破苏韵的谎话，"是不是与我的家人有关？"

算来算去，也只有他的瓷窑和茶铺的事情，才能被从坤掀出浪花来。

如今算算，能让阿韵这般疏离的，怕只有他那些所谓家人了。

莫非这从坤拿婚后生活来吓唬阿韵？

真是该死，怎能让从坤这人得了这么一个机会？

俞默焕深吸一口气，他快速地整理了下思路，说道："阿韵，不管从坤跟你说了一些什么，但是你要知道婚姻是两个人的事情，我的家人，你若是不喜欢，可以不见，何必在乎？

"再说，我的嫡母并非亲娘，以我在俞家的地位，她还不敢拿你如何，更不敢对我颐指气使。"毕竟他的母亲可是杨贵妃的亲妹妹，只是走散罢了。

"是吗？你的嫡母对你这庶出的儿子竟然能够敬畏有加，你猜我信吗？"从坤玩着手里的调羹勺，一副吊儿郎当的模样。

"你信不信，我不管，关键是阿韵。"俞默焕并不想搭理从坤。

"是吗？关键是你的阿韵？"从坤转头看向苏韵，"阿韵，他问你话呢。"

“阿焕，我觉得从坤说得很现实，我并不想伤害你，可是你的家人……你应该知道了吧？”苏韵斟酌着词汇。

“瓷窑？”俞默焕挑了挑眉毛。

“你知道了。”

“我知道了，但是这不代表我的意思。”

“可是你不在余杭，然后你的家人擅作主张，亲自去跟我娘亲要来，你管得了吗？你不也是后知后觉？还有你的茶铺，被你妹子拿去卖掉只为了弄嫁妆，你可授意过？都没有吧？”

苏韵越说越觉得从坤说得很对：“所以，你控制不了你的家人。既然你控制不了，你如何知道你的家人如何对待我？”

“我的家人？”俞默焕摇了摇头，“我绝对不会让他们……”

“让他们如何？在你不在的时候，我双拳难敌四手的时候，你说我到时候该如何？叫天天不灵，叫地地不应吗？你不在的时候，若是他们合起伙来，用各种语言攻击我，我能反击吗？”

苏韵深吸一口气，仿佛一切近在眼前：“你不在的时候，若是他们找个由头，随便塞个人，说是与我有染，我该如何？被毁了名誉，被坑了性命，而你能做什么？眼睁睁地看着，还是与他们同气连枝？”

“这些我保证都不会发生。”俞默焕声音微微拔高，他不喜欢阿韵的胡乱猜测。

“你如何保证？你能时刻看着我？你的人都能不惧怕你的父母的权力？你秋山北苑的人能够挡住俞家的家主和长辈们？”

“我……”

“你又如何有底气和信心能够保护我？你可知道这帝王都无法保护心爱的女人不受伤害，你又有什么能力？”

苏韵转过头，她不想说了，她说得够多了。

“阿韵，请你相信我，你嫁给我，我一定会待你千百倍的好，不会让你受半点伤害。”俞默焕真的有些着急了，他感觉阿韵越来越远。

“你保证？阿韵都觉得你的保证很可笑，你还发誓呢。你的誓言管用吗？别忘了，你跟阿韵订了婚，可是你的嫡母不还是不给你面子，照样把瓷窑毫不留情地收回来？不过是你的二叔输了钱，你的嫡母受不了你二叔的哀求，生硬地夺了回来。”

从坤说道：“莫非在你的心里，你真的天真地以为瓷窑被收回去，只是你嫡母一时起意吧？你难道不想想你未来岳母如何看待你俞家？你们俞家啊，呵！”

“我们俞家的人怎么了？”俞默焕皱起眉，这个从坤一定是来挑事的。

“你们俞家的人做了太多愚蠢的事情，而你的嫡母和二叔尤其蠢笨。你有这样的家人，迟早会被拖累，啧啧……若有个什么风吹草动，怕是你俞家都被那两个败家老货卷款私逃。”

从坤眉毛轻轻挑着：“阿韵要是嫁给了你，到时候不被你那蠢笨的家人给折磨死，也得跟着你喝西北风。”

“秋山北苑的财富与祖宅是分开的。”

“分开的？到时候祖宅有难，你还不得倾囊相助？你这话说得真是有趣，以为骗得了阿韵，还骗得了我吗？”从坤冷哼地说道。

“从坤，挑别人的家言很有趣？”俞默焕黑了脸。

“我说的是事实，不过是帮阿韵抱不平，怎么，不行吗？”从坤抬起下巴，嬉笑起来，“又或者，我说中了你的心，你已经暴露了，所以才怒不可遏？”

“从坤，我警告你，不要轻易煽动阿韵的心思。”俞默焕真的很想跟从坤打一架，若不是从小的修养让他保持着风度，他已经出手了。

“煽动？是感动吧？阿韵现在很感激我这个提醒她的人，怕是你就不行了，你简直把阿韵当猴耍，给她迷魂药，让她相信你的鬼扯淡。不过鬼话说多了，会有露馅的一天，比如现在。”从坤放下调羹，笑容可掬。

“阿韵，你要相信我，我对你的心，日月可鉴。”

“阿焕，我可以相信你，但是我真的不能相信你的家人。或许在你之前，我还能自欺欺人，可是这瓷窑，我真的无言以对了。我找不到任何借口帮你开脱，更找不到任何理由告诉自己，这不是真的。”

苏韵看向俞默焕，眼睛带着失望：“你对我很好，可是你的家人，我无法接受。他们在我父亲最需要帮助的时候，冷眼旁观，甚至觊觎我苏家的财产。他们在我苏家转危为安的时候，更是变本加厉，敲诈我那在老家的母亲。这样的俞家，让我如何看待？”

苏韵咬着嘴唇：“所以，阿焕对不起，我可能与你今生缘分到此为止了。”

俞默焕后退一步，他深吸一口气，他是个翩翩佳公子，如何能够粗鲁地跟苏韵大吵，跟从坤大打出手？

他做不到，只能压下怒气。

“阿韵，是不是我脱离了俞家，你就愿意与我一起了？”他不知道该如何说，只能问这么一句不太可能的可能。

“如果你是孤儿，我不介意你是一介寒衣；如果你是农夫，我不介意与你日出而耕，日落而息。可是你是俞家的独子，你有你的责任，更有你的负担，你不该为我太过费心思。”

苏韵深吸一口气，带着无奈：“也许命运使然，也许天意如此，我逃不开你的家人，你绕不开你的家人，所以我们只能遗憾。”

俞默焕摇着头，他想要抓住苏韵的手，却被从坤挡开。

俞默焕已经接近愤怒，他抓住从坤挡住自己的手：“从坤，可知道破坏别人婚姻必遭天谴？”

“我只知道，你不适合阿韵，你的家人更不配与阿韵在一起。阿韵是我大唐的骄傲，是天底下第一个女坊主，她为什么要委屈自己去跟你那群极品贪财的家人为伍？既然有选择的余地，必然会做正确的决断。”

俞默焕愣住，这句话说得他无法反驳。

可是他……并不想放弃阿韵。

“阿韵，现在你的心思已经在从坤的话里，我不跟你辩驳，也不跟你争论，我相信日久见人心，我更相信你我的缘分是天注定的。你说过，你已经累了，想找个人依靠。我只能告诉你，大唐之内，普天之下，我是唯一一个对你真实的男人，甚至是真诚的男人。”

俞默焕有些哽咽，他的心不受克制地疼痛了起来，声音微微沙哑：“我只知道，我会尽我所能，给你最好的一切，给你最安全的一切。我只想你知道，我愿为你做任何的改变，不管这种改变是多么不可思议，也不管这种改变是多么难，我都会努力。”

俞默焕看向苏韵，深吸一口气：“我先走了，将一切都交给时光吧，相信时间会真的给你一份满意的答案，而我希望你记住，我一直会在原地等着你，不离不弃。”

俞默焕撩开衣袍，走到门口，低声说道：“这李林的事情，我依旧会帮你置办妥当，之后，你若有事尽管来找我，若是无事……也可来看看我。”

他深情地看了她一眼，轻叹一声，看来他要好好地整顿一下俞家了。

第四十二章
若有缘爱怎浅

苏韵望着那远去的俞默焕，一股沉甸甸的心情压在心头，她很想知道自己的过去、未来都是什么，却发现自己什么也抓不住。

从坤将手放在她的肩膀上：“真的不想再去看看吗？你不怕俞默焕从此不理你了？”

“我担心又怎么样，不担心又怎么样？日子总归要过下去，我想让他陪着我，他会在我的身边吗？我不想让他陪着我，他会离开我身边吗？”

苏韵深叹一口气，她不知道未来如何，只知道自己必须要按照自己的人生轨道走下去。

从坤望着眼前的人，他伸出手抓住她的手腕，却被她甩开。

苏韵看向从坤：“谢谢你，为我忙碌，但是终究还是保持一些距离为好。”

她也不知道自己怎么了，整个人的心变了，变得有些浮躁，变得有些难受，更变得有些让人无法接受。

也许是俞默焕走了的关系吧。

但不管是哪一种，她只知道，自己只能靠着自己走下去，不遗余力，坚持不懈。

从坤转了一下扇子，将这个话题换过去，当是掀开新的一页：“既然阿韵并不开心，不如我带阿韵去看看更好的地方，如何？”

“什么地方？”

“比如这里……”

从坤抓着苏韵的手，穿街走巷，走到一处巷子深处，这是一户人家，姓羊，里面煮着上好的羊肉，味道极其的好。

“这是？”

“大的饭店不一定比小的茶馆更给力，去试试？”

“这是一处茶馆？”

“茅庐小灶，红泥炉火，夏日烤羊，最是美味。”

从坤抓着苏韵的手往前走去：“走走走，去吃一些，保证你会喜欢。”

苏韵还没来得及想清楚怎么回事，就被从坤按到了座位上。

“老羊，来三斤烤羊肉串。”

“好嘞，从公子。”

“你经常来？”

“也不是经常。”

“是吗？”

“只不过今日和你一起，我自然要带你来，来尝一下。”从坤靠近她的耳边，“保证你回味无穷。”

“为什么老羊将羊肉都弄成了煮的？”

她诧异地看着一边煮着的羊肉。

“这叫入味，这羊肉放了秘制的料，煮了的羊肉，烤起来就不会有肉的生涩，却有了调料的料香。”

从坤是一个很会吃东西的人呢，而苏韵将信将疑地看着那一旁忙碌的老羊，皱起眉头来。

“老羊，你最近的生意还好吧？”

“还好，最近官爷们很照顾我的生意呢。”

“怎么照顾法？”

“这附近据说开了一个武馆，好多人都去那边学武了。”

“太平年间，这学武是为了什么？报效国家？”

“客人说笑了不是，这武馆出来的学子那都是直接进入节度使的大营的，报效国家那是要去军营的。”

“是吗？去哪个节度使的大营啊？”

“听说是安家的。”老板想了想说道。

“安家？安禄山？”

苏韵虽然安静地吃着羊肉，可到底是感觉到了哪里不对劲，她皱起眉，莫非安禄山已经有了反叛的心？

“最近李林甫李相国也经常来看，哦，对了，杨国舅也来看过。真是不知道，这小地方怎么尽来大人物。”

“哦？老羊，这羊肉馆莫非做得大了，连国舅和宰相都来了？”从坤挑了挑眉毛。

“倒也不是我家的生意，再说我也不认识相国和国舅爷不是？”

“那你怎么知道是他们来了？”

“听那官爷说的，那天来了两拨人，一拨人说是李相国的人，一拨人说是杨国舅的人，可是目的都是一个，那就是让安节度使的人不能再招募府兵。”

“可有爆发冲突？”

“那是必然的。”

“然后呢？”

“然后就都被官兵带走了。”

此时从坤的眼神变得深邃起来：“是吗？”

“我哪有骗过从少爷。”

“老羊说得极是，好了，你去忙你的吧。”

“嗯。”

苏韵皱起眉：“莫非这长安要变天？”

“不管是变了天，还是没变天，这天下是咱们商人都能去的。改朝换代也罢，变了天也罢，终究离不开商贾，而你我也无须担心因为换了模样就变了你我本就有的一切。”

从坤算是安慰苏韵。

可是苏韵却不认同，这战争所到之处，摧毁一切，怎么可能真的什么也不变化？

她想要去找俞默焕，可是此时她却不知道该去哪里寻找俞默焕。

看来习惯一个人很是可怕，可怕到了，她发现她已经完全依赖俞默焕了。

苏韵垂下头，心里很不是滋味，因为想念俞默焕，想念他的沉稳，想念他温柔一笑。

可是他已经拂袖离去，她怕是再难见到了。

“阿韵？你怎么了？”

“没什么，我只是感慨。”

“可感慨出一个什么结果？”

“没有，只是感慨，哪里来的那么多如果和结果。”

“好吧，那你继续感慨吧，一会吃完羊肉，我带你泛舟湖上，体会那一番一日看尽长安花的美。”

苏韵点点头，才想起什么，却见到一个熟人，这是……杜甫？

此时苏韵立刻放下筷子，小跑几步，拦住杜甫的去路：“子美，你这是要去哪里？”

“无事，不过是杨婉想要这里的羊肉汤，我来买一碗。”

“怎么不打发下人来？”

“下人毛手毛脚的，我不放心。对了，阿焕呢？”

“阿焕……”她不知道该如何解释，而从坤显然不喜欢杜甫的这个问题。

“老羊的羊肉汤怕是让你要等一会儿了。”从坤挡住杜甫的目光，很是不开心杜甫的话题。

“这是？”

“从家二少，丝绸之家的从家。”

“啊，很有名气。”可惜他杜甫不认识。

“好了，在这里等等吧。”杜甫点点头，却也不说一句话。

从坤本以为这样就相安无事了，却没想到，这个世界上，最没道理的就是缘分。

就在从坤呼出一口气的时候，俞默焕咬着扇子走了过来：“话说子美，你这买羊肉汤买到沟里去了吗？怎么还没回来？”

“这不是看到一个人，迈不开腿了嘛。”

“什么样子的美人，你迈不开腿？来给我看看……”俞默焕走近杜甫，才发现了从坤身后的苏韵以及那挡住苏韵的从坤。

“阿韵？”俞默焕愣住，怎么会在这里见到阿韵？

“是啊，好巧。”

“是好巧。”苏韵脸红了一下，竟然有小小的喜悦。

“来这里吃羊汤？”俞默焕没话找话说。

“嗯，吃羊汤。”

“是吃烤串吧？”杜甫掩嘴偷笑，“怎么？不带着阿焕却带着一个陌生人？”

“我……”

苏韵停下话题，她不知道该如何说。

俞默焕自然是懂得苏韵的，他一直都是为她保留颜面的：“嗯，她跟我说今天有个老乡来，见见老乡。毕竟阿韵现在长大了，总是要见一些人的。”

“你倒是心大，我家那口子可不敢这般任性。不过阿韵到底是我大唐的第一个造船坊女坊主，倒是真的该见见的。”杜甫想起什么，突然八卦起来，“对了。知不知道，最近陛下打算去江南游玩，要你去建造一艘大船呢。”

“建造大船？”

“是啊，说是衣食住行皆可解决的大船。那刘晏和李皋张罗着拨款，估计下个月就到余杭了，指定要你建造呢。”杜甫愣住，“我都知道的事情，你不知道？”

“怎么会？”苏韵诧异起来，“我怎么一点儿也不知道。”

“想必是告诉你的父亲，却没有告诉你吧？”

“也许是。”

苏韵掩唇笑了起来：“不过，拨款建造大船，是我的梦想，我尽力就是了。”

“唉……怎么是尽力？应该是绝对没问题，毕竟是这明轮船的建造者，怎么会尽力而已？”杜甫摇了摇头。

“咦？今天是什么日子？子美兄竟然不在草庐写字？”李白摇摇晃晃地

走了过来，“这葡萄美酒夜光杯，欲饮琵琶马上催。我这被羊肉的香味催来，你们又是为什么而来？”

“为了那暖烘烘的小火炉，为了那美滋滋的羊肉串，更为了好友聚在一起聊聊。”杜甫倒是会说话。

“呵呵，敢情是等我？”李白大笑一声，“倒是有趣，话说这羊肉可是为了我而备下？”

“自然是。”杜甫笑起来。

“我瞧着怎么感觉我好像是临时加塞的人呢？”

“怎么了？”

“自然是加塞就要有加塞的个性，老羊，再来五斤羊肉串，前边的算我的。”李白豪迈地说道，也不嫌弃这苏韵桌子上的羊肉串，拿起来就吃了一口，“嗯，味道还是那般好。”

李白大声对着老板笑道，“记得我是蜀地的人，加辣椒啊！”

“好嘞，太白兄。”

李白开心地点着头，发现周围的气氛有点怪怪的，他咽下口里第一口肉，诧异地看着他们：“话说，我是不是错过了什么？”

“没，正好开吃呢。”杜甫招来随行的仆人，将老羊端上来的羊汤碗递了过去，“带给夫人和孩子们。”

“是，老爷。”

李白叼着羊肉串，看着苏韵和俞默焕，总觉得哪里不对劲，又好像哪里很怪，却说不出是为什么。

第四十三章
缘分又纠结到一起

李白笑眯眯地看着眼前的众人，指了指羊肉串：“这夏季夜晚最适合吃烤串，你们怎的如此暴殄天物？”

“太白，他们这些年轻人必然在想着一些有趣的事情，你就吃你的吧。”

老羊端上一碗热腾腾的羊汤，而李白则是挠挠头，这些小年轻真是有趣。

此时一个人拎着一坛酒，摇摇晃晃地走了过来：“太白，好酒好肉，可要吃？”

苏韵站了起来，啊，这不是郭暖吗？身后跟着的是广平王李豫？

“咦？阿韵，这么巧，你也来啦？”

“是啊，我也来了，听说这里的羊肉烤串好吃，还有羊汤。”

“谁这么有眼光，知道这里好吃？”郭暖将酒递给李白，转头看向俞默焕，“阿焕？不可能啊，阿焕就喜欢躲在书楼里写书看字。啊，是你吧，从坤？”

从坤倒是笑着打开折扇：“那可不是，从南到北，从北到南，我这东家好吃西家菜，只要好吃，哪里就有我。我可是点菜第一高手。”

“这倒是说的实话，这从家的二少爷，可是美食名家。”郭暖笑眯了眼睛，“论起烧烤，你可是一把好手。”

“那可不，这老羊家是三进院子，不如就跟我走一走，去这中间院子，摆个火堆，我来烤肉串？”

“这是从家二少要亲自下厨了？”

“下厨倒是不敢，弄些烤串倒是极好。”

“既然如此，那就请吧。”郭暖笑道。

李豫挑起眉：“那倒是可以尝尝是什么样子的美味了，也许会吃出那佛跳墙的滋味。”

“今儿个高兴，我倒是诗性大发，早就听说阿焕自称丹丘生，毕竟这元丹丘可是极其有名的。”

元丹丘？不就是跟玉真公主很熟悉的那个元丹丘，竟然是俞默焕？

“话说郭暧，你可是经常像个夫子，不如我就喊你岑夫子，如何？”

郭暧笑眯了眼睛：“太白这要是让我千古留名啊，好呀。”

“既然这般说，那就有劳从家二少煮酒烤肉，咱们唱歌赋诗一首了。”

苏韵只怕是这一生都无法忘记，这一夜的浪漫与美好。

李白仰头喝了半壶郭暧带来的美酒，摇摇晃晃，打着酒嗝，吟道：“君不见，黄河之水天上来，奔流到海不复回。”

那张着胳膊、豪迈大喊的李白，让苏韵笑了起来，这便是才子，大唐第一才子啊。

“君不见，高堂明镜悲白发……”李太白顿了顿，指着俞默焕，“你来接。”

“悲白发？白发？白发？”俞默焕笑起来，“朝如青丝暮成雪。”

“好句，好句。”

“丹丘生，不错，不错。”李白看着俞默焕，醉醺醺的他看向郭暧，“人生得意须尽欢，你来接下句。”

郭暧仰头痛快地喝下手中的金樽，大声说道：“莫使金樽空对月。”

“金樽？空对月？这不就是李太白的举杯邀明月，对影成三人。”李豫大笑起来，“对得好，对得好。”

李白醉着走了几步，手搭在李豫的肩膀上：“天生我材必有用，你来接下一句，广平王。”

“千金散尽还复来。”李豫想也不想地说道，“天下之大，只要我有，便是人家一起拥有，即便散尽万贯家财，我也觉得万千财富仍会归来。这世间，人比钱重要。”

“不愧是陛下最钟爱的孙子，这见解就是独到。”李白大笑起来。

“不知道太白下一句会是什么？”苏韵加入了这场热闹，只听得李白摇头晃脑地说道：“烹羊宰牛且为乐。”

李白唱着小曲调，继续说道：“会须一饮三百杯，岑夫子，丹丘生，将进酒，杯莫停……”

郭暧摇头晃脑地继续说道：“杯莫停，将进酒，将进酒，杯莫停，极妙，极妙。”

李白继续敞开嗓子唱道：“与君歌一曲，请君为我侧耳听。”

李白拿来老羊家的羊肩胛骨做成的鼓，一边拍着手鼓，一边高声唱道：“钟鼓馔玉不足贵，但愿长醉不复醒。”

“一醉方休，境界极好，来吧，一醉方休。”李豫高举杯子，却被李白压住喝下去。

“怎么了？太白？”

“我还没唱完。”

“那我们洗耳恭听。”

只听得李白唱道："古来圣贤皆寂寞，惟有饮者留其名。"

伴随着李白的高亢歌声，人们伴随着节拍跟着跳了起来，而苏韵提起小裙摆，也跟着拍子跳着。

"陈王昔时宴平乐，斗酒十千恣欢谑。"李白站在人群正中央，大声地唱道，"主人何为言少钱，径须沽取对君酌。"

"对君酌。"郭暖帅气地喝下一杯酒，而俞默焕则是文雅地喝下。

从坤的嘴角咧开极大，而此时李白转了一个圆圈，嗓门拔到最高："五花马，千金裘，呼儿将出换美酒，与尔同销万古愁。"

好诗歌，好诗句，苏韵感受到了今夜的美好，这便是大唐的豪迈，这便是大唐的美好吗？

她想她能够从李白的《将进酒》中感受到那"与尔同销万古愁"的意境。

"说起这个，我想起几十年前有个人写了首不错的诗，不知道各位可知道？"俞默焕突然笑起来了。

"什么诗？"李白很感兴趣地问道。

"张若虚，《春江花月夜》。"俞默焕挑眉，"月夜当空，不如来一个接诗句的游戏？"

"这首诗很长，未必接得下去呢。"李豫掩嘴笑起。

"这首诗极好，我倒是感兴趣的，丹丘生的主意极好。"

"那我们就试试？"李豫挑眉。

"来吧，谁第一个？"郭暖好奇道。

"丹丘生，阿焕。"李白指着俞默焕。

"好。"俞默焕点头，"春江潮水连海平，海上明月共潮生。"

共潮生？这是对月夜最美的描述，美得如诗如画。

"滟滟随波千万里，何处春江无月明。"郭暖喝了一口酒接下这句话，将酒壶递给李白，"李兄。"

"江流宛转绕芳甸，月照花林皆似霰。"李白轻松说出下一句，仰头喝下一大口酒，将酒水递给杜甫。

"空里流霜不觉飞，汀上白沙看不见。"杜甫微微一笑，比李白的速度还快。

李白点头："子美兄好记忆。"

"刚好来之前还读了一遍，记忆犹新。"杜甫腼腆地笑了起来。

"来，从二少爷，接下一句。"杜甫将酒壶递给从坤。

"江天一色无纤尘，皎皎空中孤月轮。"从坤将肉串分发给所有的人。

"谢谢，嗯……这烤肉的滋味果然是极佳的。"李白眼睛都亮了起来。

"嗯，真的不错。"杜甫点头。

"来点盐粒子，我要吃得咸一点。"郭暖拿着盐巴撒上。

“话说李豫，到你了。”李白一边吃一边看着李豫。

“江畔何人初见月？江月何年初照人？”李豫想到暂离的那恋人，突然感慨道，这句话倒是应了他的眷恋。

“下一个是谁呢？”李白看向一直不说话的苏韵，“苏家大娘，不如你来？”

苏韵诧异地指了指自己：“我？”

“对啊，你一定能接上，不然这丹丘生也不会把你当作宝贝一般捧在手心里，来来来，接下一句。”

苏韵被李白的话说得脸红了起来，而从坤眼神黯淡了几分，俞默焕则是笑容可掬，内心很是温暖。

“阿韵，来说说。”俞默焕笑起来。

苏韵沉思片刻，说道：“人生代代无穷已，江月年年望相似。”

苏韵刚说完，从坤立刻接上：“不知江月待何人，但见长江送流水。”

这话有暗示作用，他想让阿韵知道，不管阿韵等待的那个人是谁，他是唯一一个送她而来的长江，而流水便是她这个女坊主。

这话俞默焕又怎么会听不出来？

俞默焕接着下一句：“白云一片去悠悠，青枫浦上不胜愁。”

这话让苏韵皱起眉，白云远去，他的阿韵，那个洁白的阿韵远远离去，他这颗丹丘生的心，愁煞人。

而她的脸更加红起来。

此时李白和李豫互看一眼，两人坐在一起看热闹，而郭暖只是看着两个斗鸡一般的男子，也不说话，这仿佛成了两男追逐一女的舞台。

“谁家今夜扁舟子，何处相思明月楼？”俞默焕叹息一声，眼神深情地望向苏韵，整个人是这般抑郁。

“可怜楼上月徘徊，应照离人妆镜台。”从坤丝毫不服输地大声说道，“阿韵，你该知道。”

苏韵此时脸红透了，像个煮熟的大虾，只听俞默焕继续说着。

“玉户帘中卷不去，捣衣砧上拂还来。”俞默焕深吸一口气，看着苏韵的眼睛。

郭暖扑哧一笑：“想不到这《春江花月夜》竟然还有这样的解释之法？”

“那便是‘此时相望不相闻，愿逐月华流照君’了吧？话说丹丘生内心竟是这么苦涩的吗？竟然愿意追逐月华而去，只为了留住那回眸一笑？”李豫笑了起来，带着点点戏谑。

“我倒知道，这‘鸿雁长飞光不度，鱼龙潜跃水成文’。所以，丹丘生啊，你一定会梦想成真的，我相信你。”李白点点头，“一定会鱼跃龙门，如你所愿。”

“正如这‘昨夜闲潭梦落花，可怜春半不还家’。”郭暖过来充当说客，

“还需要阿韵你‘江水流春去欲尽，江潭落月复西斜’。只有偏偏心，才能让咱们的丹丘生心思活络起来啊。”

“那结局要么是‘斜月沉沉藏海雾’，或是‘碣石潇湘无限路’。至于是‘东临碣石，以观沧海’，还是‘潇湘泪竹空想是’，就要看看阿韵你的心思了。”郭暧大笑起来。

“正所谓，‘不知乘月几人归，落月摇情满江树’。这情归何处，就要看这棵大树是如何的心思了。”李白摸着胡子挑眉看向那不说一句话的苏韵。

第四十四章
钦定进贡客商

苏韵羞涩得不知道该说些什么，只能低下头，看着自己的手，而俞默焕只是将茶水放在唇边，等待着苏韵的回答。

此时整个环境很安静，仿佛针掉下来都能听到一般。

“怎么？苏家女郎不知道该说些什么？”

“我确实不知道该说些什么。”苏韵看向李白，羞涩道。

“嗯，可是想着阿焕和从家二少谁更好？”李白笑眯眯地问道。

“这两个人怎么能比在一起呢？”

“不能比吗？”

“自然是不能比的。”

“哈哈……阿焕，你听到了？不能比，这小丫头怕是不只是对你感兴趣呢，更是对从坤感兴趣。”李白大笑了起来。

俞默焕喝茶的动作顿了顿，轻轻嗯了一声，眼睛里的失望一闪而过，像是认识到了什么。

“话说今日里喝的酒水够多了，咱们该走了，走吧。”郭暖站了起来，打住李白的话题。

“可是我还没喝够。”李白诧异地看向郭暖。

“没够，明天我来陪你。”郭暖拍着李白的肩膀。

可是李白终究是一个大咧咧的人，他跑到从坤面前，嬉笑起来：“要不，从家公子，你来陪我喝一坛子酒？还有阿焕陪着，行不行啊，丹丘生？”

谁都没料到俞默焕竟然会同意。

“好，我陪你喝，不醉不归。”

“丹丘生啊，你真的陪我喝？”

“舍命陪君子。”他心里不是滋味，需要灌酒。

“好。”

郭暖和李豫对看一眼，无奈地叹息一声。

从坤如何能就此示弱？

这一夜三人喝到天亮，直到小厮来寻人。

苏韵看着身边两个喝得烂醉的男子，她左右为难，如果送走从坤，那么就是辜负了俞默焕对自己的好意；如果送走了俞默焕，怕是从坤又要恨阿焕。

她与阿焕终究是有婚约的，相信阿焕能够知道自己的心。

她下了个赌注，赌俞默焕相信自己。

可是等她送走从坤回来见俞默焕的时候，俞默焕已然消失不见，只留下一块玉佩，上面是他的“焕”字。

他走了？

而她没想过，他这一走竟然是出去游学三年，撂摊子不再管理俞家的商业三年。

这三年俞家和苏家断绝了很多往来，这俞家的主母更是巧取豪夺了不少苏家和俞家合资的商铺。

三年，再也见不到俞默焕一直是苏韵心里的一块心病，她不知道为什么俞默焕消失不见，也不知道为什么俞默焕不打声招呼。

她虽然恨着俞家的人，可是她依旧想着俞默焕，想着他的温柔。

后来俞家败了好多生意，眼看朝不保夕，俞家的家主没办法，一纸书信把俞默焕召了回来。

听说俞默焕一进家门，就写了很多规矩，而俞家都无条件地签了下来。

后来偶然听说跑船的妹妹苏然经常得到俞默焕的照拂，而她碰到那偶尔见一次的妹妹时，她看到了妹妹那充满娇羞的脸庞和喜悦。

那是一种恋爱才有的喜悦，而妹妹吐露心声的时候，她竟然恍惚起来。

因为妹妹讲的都是俞默焕！是俞默焕！

她不知道为什么，心很疼，生疼生疼。

她不想妹妹和俞默焕靠太近，可是她没有资格说这句话，毕竟婚书让她撕了，俞默焕让她气跑了。

她抿了抿嘴巴，不知道该说些什么。

而后来，从坤经常来家里，说是要跟她分享扩大业务的法子，她都由着从坤和父亲去折腾。

自从知道苏然喜欢上了俞默焕，她仿佛什么都提不起力气来，只将所有的心神放入造船上。

她经常抱着膝盖望着前方，期待身后俞默焕出现，像帮她解决荔枝运送一般。

可是她总是会失望，因为他已经消失不见，再未出现。

年关的时候，她倒是见过一次俞默焕的，那是在余杭的运河上，两船对向开来，他们就这样由远及近，由近及远，彼此只是点点头，好像很陌生。

那时候她感觉到了悲哀，又是恍惚了几个月。

直到接到宫里来的信息，让她押送一船货物，这是俞家重新跟苏家合作的货物，本是苏然的事情，可是妹妹生了病，她只能亲自押送。

从坤本想着跟来，可是她不想跟从坤有太多的交集。

也许因为当时送从坤离去让俞默焕误会了自己，也许是因为自己真的累了吧。

她想清静，更希望问问自己，三年，她到底在意的是谁。

时光仿佛回到了最开始的模样，她抱着膝盖，无助地在船舱里面哭，而那个温柔的人再也不会来，也不会提着一篮好吃的，来安慰她。

她红透了的眼睛看向窗外，这是东都洛阳吗？

她不知道为什么，突然告诉伙计们，在这里停一夜。

也许她需要奇迹，也许她期待奇迹。

这东都洛阳有一处寺庙，最是灵验，很多姑娘都去那里求姻缘签。

而她不免俗套，也去那里。只是求来的签文却是“先苦后甜，离多聚少”八个字。

她不喜欢，却没有跟解释签文的人多说，浑浑噩噩地走到东都洛阳的银杏树林之中，这里有一棵很大的银杏树，此时金黄色的叶子落了满地。

她拿着俞默焕的玉佩，抛了上去，叮的一下，玉佩挂在树上，她抬起头，木讷地望着。

她心里默默地想着，如果她跟他有缘分，就让他也来到这个银杏树下，能够将那个刻着“韵”的玉佩丢上去，凑成一对。

她祈祷着，如果他真的能看到，她愿意排除万难。

这一年是秋季，而她在秋风飒飒中来，秋风飒飒中去，徒留下一身的落寞。

无人知道这种落寞的哀伤是多么可怕。

她总会在人群中寻找，寻找一个人的身影，那个人，只要像俞默焕，她都会驻足，发呆地看上许久。

也许她中了毒，中了俞默焕的毒，因为他急流勇退而留恋不已。

她深深地吸了一口气，却再也闻不到熟悉的味道。

去了洛阳之后，她回到余杭，听闻妹妹跟俞默焕去了一趟夫子庙，在那里聊了很久，聊到茶叶换了四拨才回来。

其实她是嫉妒的，嫉妒妹妹能够跟俞默焕聊了那么多，而她却再也见不到他。

仿佛俞默焕诚心躲着自己一般，不跟自己解释，不跟自己见面，总是擦肩而过。

她有时候很想让妹子不要再说了，可是她说不出口，只能微笑着，听着妹子说得她心口流血。

也许她苏韵活该吧，活该被俞默焕这般抵触。

毕竟她当时选择送回客栈的人该是俞默焕才是，对吗？

她错了，赌错了俞默焕对自己的了解。

可是她还是放不下俞默焕。

一种难受，一种伤感在心间荡漾，她握紧拳头，却无法压下那心中的苦涩。

终于在开春以后，那阳春三月之时，她再次跑船去了长安，想要远离这一切，甚至跟爹要求了这次跑船的机会。

不过中途她还是去了一趟东都洛阳的银杏林，抬起头本想着毫无希望，却发现另外一个玉佩也挂在了那银杏树上。

她笑了，喜极而泣。

她甚至让伙计爬上去取下来这两个玉佩。

也许这是天意，她喜欢这样的天意。

她很期望，期望再见到俞默焕，问一问俞默焕，是不是还能接受现在的她，问一问俞默焕，愿不愿意跟她好好地说说话。

可是她却不敢问，只能龟缩在一个地方，等待他的到来。

东都洛阳，她徘徊了三天，却不曾等到他。

也许他早就离开了吧。

很多年前她不知道什么叫作相思的滋味，看到戏本子里的相思也不过是淡淡一笑，转瞬就忘记了。

可是如今，相思入骨，让人忘不得，甩不得，恨不得，怨不得。

一口气憋在心口，难受，却无法哭出声。

苏韵躲在船舱里，想着东都洛阳自己做的事情，有些脸红，毕竟她像是在追逐他的脚步，却一直追不上。

可她一点儿也不后悔，如果再遇到他，她一定要抓住他，问问他，对她到底是一个什么心思。他对她的心可好如以前？他们的婚约可还算数？

其实她也是后怕的，怕俞家的那群家人。

这三年俞默焕不在俞家，俞家真的是眼看着就衰败了，而俞家的人更是无所不用其极，就是俞默箜都演变成斤斤计较的市侩了。

俞默焕回来，不过半年，俞家就恢复了生机。

俞家虽然接受了教训，却对俞默焕的婚姻更加在乎和谨慎，以至于俞默焕并不再想着早早地结婚或是如何。

苏韵知道这些事情，她知道自己终究要面对俞家，可是她又没有做好十足的准备面对俞家。

人就是这么矛盾的，喜欢一个人喜欢得忘乎所以，可是这个人背后的家人，如果跟自己不对盘，又会矛盾地想要逃离。

也许她本就是这样一个矛盾的女人吧，尤其是十八岁以后的她，更是以成年人的思路去思考所有的一切。

不过她更清楚一点，即便内心矛盾起伏，她为了自己难得爱上一个人，也要去问问那个当事人，对她到底是一个什么样子的心思。

若是俞默焕还是爱她，她愿意尝试着去改变未来。

第四十五章
命运再度交集

如今的苏韵再也不是当年的模样，三年足够磨炼一个人的成长了。

现在苏家已经做大，可尽管她已经从河运做到了海运，她还是懊悔当时少年心性不定。

阿焕……那个总是温柔地笑开，总是给她安全感的男人，她真的想他了。

“大小姐，眼看就到长安了，可要小的们准备些什么？”

“不用了，兄弟们都累了，你们到了长安之后，可以自由活动，只留几个值班的伙计就好了。”

“好嘞。”

苏韵望着那近在咫尺的长安，上一次来的时候，那还是“一日望尽长安花”的少年轻狂，这一次来，却有一种奢华以外的颓败感。

最近听说江南的乾元重宝换的东西越来越少，开始民不聊生起来。

很多乡里的百姓说，这天下怕是要乱了。

她不知道，是不是大唐真的要经历一次颠簸才能重新振作。

可是此时的她却是感激俞默焕的，毕竟俞默焕让她得到了与大食国等西域通商换取金银的权利。

她手上的乾元重宝换给了西域，她手上的金银积累在了余杭，让余杭，这个被誉为，“上有天堂，下有苏杭”的地方抵挡住了乾元重宝的袭扰。

余杭的百姓们依旧是用开元通宝和金银买卖，这是她必须感谢俞默焕的。

她倚着窗户，看不进去手里账本的一个字，只听得门外的伙计们兴奋的语气。

“听说了吗？这一次咱们越州可谓扬眉吐气了。这杨贵妃要了越州青瓷和越州茶作为进贡之物。”

“是吗？这茶和瓷器，那不是俞家的吗？莫非这俞公子又要来了？”

“可不是来了。我听老杨说，这俞公子昨日里已经到达长安了。”

“真的吗？可知道俞公子在哪里下榻？上一次我家婆娘生病，无处求医，正好遇到俞公子，他给了一些银子，救了我婆娘，我还没谢过呢。”

“嗯，好像是悦来客栈。不过俞公子不一定会在那里，你未必还得上啊。”

“是吗？那怎么办？”

“大小姐好几年不见俞公子了，怕是俞公子不会见咱们了吧。”有一个伙计愁眉苦脸地说着。

苏韵听着声音，感受到了他的失落。

“别着急，我相信俞公子会见的。不如咱们约个伴，一起？”

“好呀，咱们一起去最好了。”

“哎哎哎，快看，前边，那是不是俞公子？”

“好像……好像是呢，是俞公子的船，快快，加快速度。”

苏韵的心跳了起来，她把手放在心口处，他来了吗？

只听得砰的一声，船撞到什么，她却顾不得许多，鬼使神差地走到船头，想看到那一抹青色衣衫的身影。

砰，又是一声，她感觉自己要跌落到长安护城河里了。这里是灞上，前面就是望春楼。

当她差点站不稳的时候，一双大手拖住了她的胳膊，她鼻子酸了起来。

顺着胳膊往上看去，那三年未见的面庞，让她热泪盈眶。

他成熟了几分，也更俊俏了。

他仅仅是扶住她，仿佛陌生人一般，与她擦身而过，反而与她身后的小厮聊得甚是开心。

她看向这个以前总是把眼光放在自己身上的男子，她是错过了吗？

她咬着嘴唇，却被一双大手抓住了柔荑，她诧异，还没回过神来，只听得他低声对身后的伙计们说："今夜银两，够你们吃个痛快。你们的大小姐，我就带走了。"

苏韵还没反应过来，就被俞默焕打横抱起，她没有挣扎，只是呆呆的。

仿佛觉得这一切是梦，三年不见，他变得更是唐突了，可是她竟然喜欢他的唐突。

他抱着她，走街串巷，在熟悉的灞上望春楼附近的一个小茶馆里，坐了下来。

他将暖茶递给她，笑了起来，笑容里有着如同她一样的开心。

却没有她的懊悔和难过。

“你怎么也来长安了？不是说这一次是你妹妹苏然吗？”

“她病了，换的我。”

“也难怪，我本以为是她……”

是吗？你喜欢我的小妹了吗？我倒是有所听闻。

“对了，你今夜可想吃什么？”

“你随便点吧。”

“那我随便点了？”

他仿佛一点也不客套，只是把她当作一个熟人一般。

如果只是熟人，为什么要把她打横从船上抱了起来，带到岸上？

若是不是熟人，为什么又要请她吃饭？

她长大了，也想得多了，更想得深了。

“怎么不吃？”

“阿焕……”

“什么？”

“你这几年可好？”

“嗯，还不错，你呢？”

“过得不好。”

“不好？为什么？”

“我想着一个人，他却与我擦肩而过。”

“是他吗？也难怪，他为了你们的未来努力地创造着，聚少离多，这很正常。我听说阿韵最近在努力创造一艘可以迎来送往，甚至婚丧嫁娶都在上面的大船呢，是不是八千石？”

俞默焕虽然笑着说着，那般热络，可是她的心却暖不起来。

“你知道我很多事情，倒是消息灵通。”

“还好吧，我俞家到底还要与你苏家联合河运的事情，还是怠慢不得你这大小姐的。”

“只是因为商业往来吗？”

“嗯，还有一点，你是阿然的姐姐。”

“阿然……你喜欢她吗？”

“喜欢？”俞默焕愣住，她是不是误会了什么？

“怎么？你不喜欢我妹妹？”

“我只是把阿然当作妹妹。不是当作未来的媳妇，阿韵，你是不是想多了？”

“你不喜欢我妹妹。为什么要给她机会？”甚至给她机会打击我的心？

“我给了什么机会？”

“我妹妹一直梦想着嫁给你，你可知道？”

“我不知道啊，我说得很清楚啊，我并不打算娶妻。”

“可是不代表一生都不娶妻。”

“我该怎么说？”

“你想怎么说，便怎么说。”

俞默焕深吸一口气，看着眼前这个别扭的女人，他还是对她有这感觉。

可是三年前，她选择了从坤，而他……毫无资格了。

“我只是照顾阿然，毕竟阿然是你的妹妹，也是我的妹妹。可是我没想过阿然会认为我会娶她，如果这是她想错的，你帮我解释一下。”

“怎么解释？让她以为，我破坏了她的婚姻？”

“这倒也是，你说也不合适，那怎么办？我不知道会发生这件事。”

“俞默焕……”

“什么？”

“你的心里到底住着谁？”

她也许喝醉了，可是她很想问问呢，刚才一直喝着酒，一口又一口，与他你一句我一句，却不放慢喝酒的速度。

“你喝醉了阿韵……”

“我喝醉了，还是问了一句实话？”

苏韵声音哽咽起来：“我袒护从坤，因为他帮了我，我不想失礼于人。可是我没有那种想法，为什么你会觉得我选择了从坤？”

她指着俞默焕：“俞默焕，你告诉我，我到底算什么，你我到底算什么，为什么你这么对我！为什么你舍弃了我！我不过是帮了从坤，却没有说选择他！”

这话很直接，她酒气熏天，而他皱起眉，愣住。

阿韵说没有选择从坤？是吗？真的没有选择吗？

可是他当时……

难道他太过在乎，理解错误了？

他抓住她的手，认真地看着她，有些紧张：“你是说三年前你没选择从坤？”

“没有！我不仅三年前没有选择从坤，三年来我也没有选择从坤！我甚至都没怎么见过从坤！”

“可是阿然说你跟从坤心灵相犀，还绣了鸳鸯水被！”

“我有吗？你见过我吗？我是那种人吗？俞默焕，你我在一起那么多年，我是如何的人，你真的不知道吗？你为什么不肯听我解释？你为什么不愿意听听我的话？在你的心里，我说的什么都是假的？”

苏韵大声地哭起来：“我心里有个故事，一直这么告诉自己：苏韵以为她与俞默焕将再也不见，却不承想这杨贵妃一时起意，又让她和俞默焕纠缠在了一起，此时俞默焕是她的客商，而她是俞默焕的漕运掌舵人。此时她面对三年不见的俞默焕，心里百感交集，爱与恨交织。”

“俞默焕你告诉我，这个故事可是真的？你告诉我！我们的故事就是这样的吗？一场错误而已？你回答我！”

第四十六章
日久便会生情

“我听说从坤一直在帮你造船。”

“帮我造船？”苏韵愣住，从坤只是跟爹在忙着河运和海运的事情，造船坊是她现下唯一一个清静之地，怎么会让从坤踏足？

苏韵诧异地看向俞默焕：“我的造船坊除了我，谁也不能进入，你不知道吗？”

“真的是这样吗？”

“从坤与我的父亲一直是在忙着打理河运以及丝绸往来。”

苏韵顿了顿说道：“上一次跟李林谈好的业务，这从坤是个思路活跃的，一直在将你说的付诸实施，而我父亲则是陪同从坤将这件事情做大。”

是吗？原来阿然说的很多话都是假的了。

“原来你一直独自在造船坊研究造船吗？”

他瞥见她手上有好多处伤痕，怕是亲自锯木头造船了吧？

这是想要靠工作忘记不开心的事情吗？

他走了过来，抓住她的手腕：“你看看你的手指，指腹上的伤痕，很令人心疼。”

他将她的手放在唇边，轻吻一口：“而我，竟然因为一些小事忘记了我自己的心。”

这话让苏韵的眼泪再次奔涌而出，他这是原谅她了吗？是吗？

俞默焕将苏韵揽入怀里，三年了，他第一次这般安心和温暖。

“傻瓜，若是你想我了，直接找到我，跟我说一声便是，何必等了三年这么久？”

“我找不到你……我……”

俞默焕看着苏韵委屈的模样，心痛了一下，抬起她的下巴：“下一次，我喝醉了，不管周围是谁，第一个陪我走，可好？”

苏韵点着头，哽咽着：“好。”

苏韵哭起来，哭泣的声音却被俞默焕尽数吞入了口中。

俞默焕抚着苏韵的腰，将她整个人抱在了怀里。

苏韵趴在俞默焕的肩头，哭了好久，直到声音通顺了，才止住了声音。

“哭够了？”

“嗯。”

“三年不见，你变成了一个小哭包。”

“还不是你，不让我见到你。”

“我错了，阿韵，下一次，再也不会这般。”

“嗯。”

苏韵抱紧俞默焕，将脸埋在他的怀里：“阿焕……”

“什么？”

“不知道我是否能够……”

“能够什么？”

她想跟他说，她十八岁了，可以出嫁了……可是她说不出口。

“没什么，我就是想问问你。”

“问我什么？”

“阿焕……”

“什么？”

苏韵鼓足勇气在他耳边，轻声说道：“可以娶我了吗？”

俞默焕低下头，看着她羞涩了脸蛋，笑了起来：“我与俞家约法三章的事情，可知道？”

“嗯，知道。”

“可知道我约定了什么？”

“不知道。”

“我约法三章，很简单，就是我的妻子若是有任何人触怒，那我便断绝他们的月俸。我的妻子若是被任何人欺辱，这个人就可以脱离我俞家产业了。”

俞默焕看着苏韵，看着那双由紧张变成希望的眼睛，笑起来了：“我既然打定了主意娶你，必然会帮你排除万难，你所担心的，我会一个一个地抹除。”

“什么？”

“我等了你三年，本该是我先来跟你说的，却没想到我的小阿韵竟然提前跟我说了，我该如何开心！”

俞默焕这句话让苏韵脸色变了，什么？俞默焕本就是想要来找自己的？

此时俞默焕笑起来，抚着苏韵的脸颊：“阿韵，没想三年不见也活泼了不少。”

“俞默焕！”

“嗯？”

“你这次来就是来找我的对吗？”

“对。”

“你这次来就是想跟我求婚的，对吗？”

苏韵瞥见他手里有一个玉镯子，这是订婚之人才会送的。

“对。”

“所以，我本来该拿乔，等你来跟我说，对吗？”

“如果，你想，可以重来一次。”

俞默焕宠溺地点着头。

苏韵深吸一口气，将他抵在木头柱之上，将他困在木头柱与自己的手臂之间。

她捏住他的衣领，大声说道：“俞默焕！你要我！”

“阿韵，我没想到过，你竟然是这么火热的女孩。”

“俞默焕！我想揍死你！”

“来吧，揍不死我，我就要亲你了。”

“你什么时候变成了这么一个无赖？”

“无赖？我不过是用三年的时间学会了油腔滑调。”

俞默焕笑眯了眼睛：“以前我太过清高，不会追妻，如今我倒是学了个十足。”

“你……”

俞默焕握住她的细腰，一个转身，将她压在胸膛上，低下头，笑眯了眼睛：“这女怕俏郎君，更是怕坏男人，但是痴迷坏男人。我这人就喜欢逗弄小女人，而你是唯一一个让我提得起兴趣逗弄的人呢。”

俞默焕低下头轻轻地闻了闻她的发香：“很香的味道，是我喜欢的阿韵的模样，只是你这衣着品味，太过于男性化了，走，我去给你打扮一番。”

他在她的唇瓣上印下一吻：“这就算我的利息。”

苏韵从来没想过，三年未见，俞默焕竟然喜欢给女孩子买衣服了。

她脸还是跟火烧一样大红，而这种红，让她很快别开眼去。

“走就走。”

此时俞默焕抓紧苏韵的手，带着她往裁缝铺子走去，量身定做了几套衣服，配套买了几件饰品。

苏韵越来越不熟悉这个男人了，他到底这些年去了哪里？学了一些什么？为什么能这么精通女子的心思？又怎么能如此明白女子的心理？

“在想什么？”

“阿焕，你变了。”

“嗯，更懂女人了。”

“不，你似乎对我的态度变得越来越奇怪了。”

“怎么奇怪了？”

“我也不知道。”

“那你喜欢我这种改变吗？”

喜欢吗？或许是喜欢的吧？但更多还是向往的。

这是一种新奇的感受，更是种幸福的感觉，暖和得很。

就在这时一个伙计急匆匆地跑来：“大小姐，不好了……”

“什么不好了？”

“发生了一件大事。”

“什么事情？”

“大小姐，咱们收到了藩镇经略使的函文，说是让咱们缴纳过路费呢。可是，咱们河运的费用已经缴纳给朝廷了，只是靠码头为什么还要缴费呢？”

“现在还是长安，这西域的经略使已经开始递函文给我们了？”

苏韵显然不可置信。

“是啊，大小姐你看。”

苏韵接过函文，眉头紧紧皱起来，这是怎么回事？雁过拔毛？为什么要盘剥经费？莫非与回鹘战事有关？毕竟回鹘叛乱……而此次镇压回鹘叛乱的是安禄山。

安禄山，很久没听到这个人的名字了，再次提起来，她恍惚响起了那夜华清池看到的血腥景象。

莫非，衰败已经来了吗？

苏韵看着手里的函文，眼神变得深邃起来。

俞默焕看着苏韵的脸色，再看看这盘剥口吻的函文，也皱起了眉头：“看来回鹘之乱已经触动了军费，而陛下一直想要充盈国库，这些经略使为了让国库充盈，已经不择手段了。”

“阿焕……”

“什么？”

“我感觉到一种不安，很深很深的不安，与那夜华清池一样。”

此时一人走来，定眼一看竟然是郭暖。

郭暖看到苏韵大喜，爽朗地笑开：“就知道有丹丘生的地方就有苏韵，看来我的直觉还是对的。”

“你这次来是为了什么？”

“为了什么？自然是来租赁你苏家的船只。”

“你要远行？去哪里？”

“北上，我父亲要北上任横塞军使，在通州附近。”

“你也要去了吗？”

“那必然，子随父征战，这自古以来就有，叫作上阵父子兵。”

郭暖爽朗一笑，眼睛瞥向苏韵手里的函文，笑容顿了顿，假装没看见。

“看来这一趟船我是必须要走一遭了。”

“去看看塞北风光，也是个不错的选择。对不对，俞默焕？”

第四十七章
郭子仪沿河北上

俞默焕淡淡地笑起来，只是他的心里隐约觉得哪里不对劲儿，本来和阿韵久别重逢，又赶上阿韵第一次对自己表达爱意，却被这个横插一杠子的郭暖给打断了。

但是他又能说什么？只能点点头，说是或者不是。

“对了，我听说这李太白要去徂徕山，你可知道这竹溪六逸？”郭暖笑眯眯地看着苏韵。

“竹溪六逸？”苏韵诧异起来，这是第一次听说。

“是的，竹溪六逸。那李太白将家搬到了齐鲁之地，与山东名士孔巢父、韩准、裴政、张叔明、陶沔在泰安府徂徕山下的竹溪隐居，世人皆称他们为‘竹溪六逸’。他们在该地纵酒酣歌，笑傲泉石，举杯邀月，诗思骀荡。”

“我似乎在哪里听说过。”俞默焕点点头半晌想起来，“啊，是孔巢父告诉我的。”

“孔巢父？”苏韵诧异起来。

“说起这个孔巢父倒是个奇人。”俞默焕笑了起来，“孔巢父字弱翁，孔子三十七世孙，此人因为德才兼备，初被举荐长安为官。不过这还不是最出名的，最出名的应该是李白的那首《送韩准裴政孔巢父还山》。”

俞默焕清了清嗓音，说道：“猎客张兔罝，不能挂龙虎。所以青云人，高歌在岩户。”

这首诗开篇倒是有趣，有袖手观战的意思。

“韩生信英彦，裴子含清真。孔侯复秀出，俱与云霞亲。”俞默焕摇头晃脑地说道，“峻节凌远松，同衾卧盘石。斧冰嗽寒泉，三子同二屐。”

郭暖也能背诵这首诗，跟着吟诵起来：“时时或乘兴，往往云无心。出山揖牧伯，长啸轻衣簪。”

俞默焕点着头，看向苏韵：“阿韵，可知道后面李太白又说了什么？”

“说了什么？”

“时宵梦里还，云拜竹溪月。今晨鲁东门，帐饮与君别。”俞默焕笑起来，“这是点题之句。”

“倒是潇洒自在，话说这徂徕山的乳山到底是什么样子的？”苏韵倒是好奇起来，“这乳山距离运河可远？”

“也不算多远，一日来回，但是李太白既然去了那里，去看看也无妨。”

去见见李太白？倒也是个不错的主意，那就去见见吧。

苏韵点着头：“好。”

这船幽幽晃晃而去，轻轻而来，随着京杭运河，路过齐鲁大地徂徕山。

徂徕山上是溪水淙淙，逶迤东注，芳草葳蕤，杂树生花。

苏韵看着醉酒在徂徕山的李太白，看着旁边那几个下棋的下棋，聊天的聊天，掩嘴偷笑起来。

那调皮的郭暧竟然蹦跳过去，给李白一个爆栗子。

李白挠了挠头，以为是苍蝇，用袖子拂开那烦人的手，继续酣睡，却不想还是被郭暧逗弄着。

直到李太白气呼呼地醒过来，看着郭暧，怒起来：“你来就来了，还逗弄我？”

“太白叔叔，如今我父亲北上，路过你这徂徕山，听说你在这里，特地来看看你，你不感恩也就罢了，怎么还这般待我？”

“待你什么？你叨扰我的睡眠了可知道？”

“是叨扰，还是你在这里逍遥自在都忘记了熟人？”

其他几个人大笑起来，醉酒的李太白像个十足的小孩。

“话说这幅草书倒是极好，不知道是不是陶沔所出？”

“正是他，除了他还有谁？”孔巢父笑起来，看向俞默焕和苏韵，有些诧异，“这位小姑娘和小郎君是？”

“姑娘？莫非陶沔不知道这女子是谁？”

“这是？”

“咱们大唐第一女坊主苏韵。”郭暧拍着胸脯自豪地说道。

“啊，苏大娘啊！真是久仰了，怎么？来这里考察造船术了？”陶沔笑开。

苏韵诧异地看向郭暧，这个大嘴巴。

“我只是一个女子，不过是陪同友人北上，正好途经此地，前来看看。”

“途经此地？可是来看我们的？倒也是极好的。不过，这怕是看李太白的居多吧？”陶沔一句话，让苏韵也陷入了尴尬。

“陶夫子，你就管你的书法，别这般逗弄苏家大娘了。”

李白摇摇晃晃地走了过来，打量着苏韵：“唔……倒是长大了一点，脸蛋张开了，比小时候长得好看了许多，就是脸色有些苍白。”

李白神神秘秘地看向俞默焕：“莫非是丹丘生待你不好？”

“没有。”苏韵干脆利落地否认，却让李白笑开。

那眼神像是不信，因为苏韵拒绝得太快。

“怎么了？”郭暖问道。

“没事。——你别介意，我只是好奇。”李白对着郭暖说了句没事，又看向苏韵，苏韵显然已经记入心里。

“好奇？这事情在如此多的人面前，怎么能好奇？这不是要羞煞丹丘生了。”郭暖豪迈地笑开，打趣地看着俞默焕。

俞默焕的脸皮薄，经不住这般逗弄，伸过手来，拉着苏韵就要走：“这太白也看见了，我和阿韵还有事要说，你们先玩着。”

俞默焕抓着苏韵的手眼看着就要跑开，却被郭暖挡住去路：“怎么？第一次来齐鲁之地，不看看就走？”

“这里怕是没有什么是咱们要看的，咱们还是去码头等着吧。”

“你这是想去曲阜？孔巢父啊，他们想去你老家坐坐。”

“去曲阜孔府？可以啊？好久没有回祖家了，走。”

苏韵愣住，去曲阜？还是去孔府？

在呆愣之中，苏韵跟着人群来到曲阜孔府。

孔府，孔子重铸的旧宅院，俗称衍圣公府，位于山东曲阜城内孔庙东侧。

虽然这孔府至今还没有被扩建，但是她相信不久的将来，必然有一位仁君会扩建孔府，甚至使其成为官署和私邸。

这孔府是曲阜最大的府邸，说实话，这里美轮美奂，格局和格调不亚于帝都长安城的屋舍。

苏韵站在孔府的大门口，望着大堂建筑，那雕花，那布局，将整个大唐的奢华尽显一处。

“阿韵，怎么不进去？”俞默焕站在苏韵的身后。

“这里是儒家的圣地，更是万千学子最崇敬的地方，我不知道这里是不是容纳女子进入的，我是不是要绕道而去？”

俞默焕被苏韵这句话说得愣住，他笑开：“本朝还有上官婉儿这样的女官，你有官署文凭，自然进得来，走吧。”

俞默焕这句话抚平了苏韵的心，她第一次走入这孔府大门。

孔府内院比她想象的还要威严，这里聚集了能工巧匠最精巧的设计和铸造。

苏韵站在一棵老树下，望着那满堂高座的欢笑声，依旧有一种疏离感。

女人，在这大唐尽管可以做官，可终究还是矮了男人一截的，即便是被尊重，怕是也不能取代男人的地位。

而她是个知道自己斤两的女人，还是安静地站在门外就好。

苏韵刚想转身走开，却被俞默焕抓住了手：“怎么？你要走？”

“这里面都是满腹经纶的人呢，我一个粗人，怕是听不懂，就不惹笑话了，出去买一包葱油火烧，吃个饱。”

“好，不要走远，一会我去找你。”

“行。”

苏韵点点头，转头朝着门外走去，才走到一个小铺前，不过就着火烧吃了几口馄饨，却被人从身后拍了拍肩膀。

她抬起头，愣住，竟然是他？

“怎么？躲我躲到这里来了？你这一阵子可让我好找。”

从坤甩开衣角，坐在苏韵的对面，指着苏韵的火烧和馄饨说道：“来一份一样的。”

“好嘞，客人。”

从坤拿着苏韵吃了一半的火烧，直接往嘴里塞去，一点也不嫌弃。

苏韵还没有反应过来，只听从坤说道：“你可是知道我要跟你说的话，特意跑了？”

“什么话？”

“那俞默焕要跟你妹子苏然提亲了，这话我刚想跟你说，可跟苏叔跑船回来，你就不见了。”

从坤埋怨地看着苏韵：“你也真是的，竟然就这么离开了。”

“是吗？俞默焕跟苏然提亲？这事情你从什么地方知道的？”

苏韵不信，毕竟俞默焕就在孔府里面。

“什么地方知道的？当然是苏然亲自告诉我的，还有俞默焕最近的举动。阿韵，你就是不太了解男人，像我们男人，若是喜欢一个女人，那必然是死缠烂打，怎么会说放弃就放弃？又怎么会说离开就离开？”

“所以俞默焕就是要跟我妹妹提亲了？”

“那必然是……”

“必然是什么？”俞默焕站在苏韵的身后，眯着眼看着从坤，“你造谣的本事可真是一点儿也没改，看来这运河的河水你还没喝够。”

“你？”从坤站了起来，“你怎么会在这里？”

从坤在苏韵的脸上想要寻找究竟，却发现，一点痕迹也找不到，只留下俞默焕的轻蔑一瞥。

“阿韵，离他远一点，满嘴胡说八道，不足为信。”

俞默焕抓着苏韵的手正准备离开，却被从坤拦住了。

俞默焕抬起头看向从坤，从坤冷着脸：“你怎么在这里？你和阿韵什么时候见的面？”

“怎么？你紧张？因为谎言戳破？”俞默焕冷着脸看着这个造谣生事，打算将苏韵跟自己分开的男子。

第四十八章
俞默焕大吃飞醋

“你倒是说曹操曹操到。”从坤没好气地说道。

“比起你的神出鬼没，倒是稍逊一筹。”

“呵……”从坤白了一眼俞默焕，“阿韵，你来了也有些时日了，该回余杭了。”

从坤说着就想把苏韵拉起来，可是苏韵却一点儿也没有起来的意思，俞默焕此时更是帮苏韵挡住了从坤的手。

“放手。”

“你想做什么？”

“阿韵今天不想走，你也不能这般难为阿韵。”

“难为？俞默焕你什么时候变成了这样？我和阿韵是什么关系，你和阿韵又是什么关系？你有什么资格插手？”

“什么样的关系？那封聘书还在我的手里，阿韵，还是我的未婚妻。”

“聘书？谁的聘书？你写给苏然的？这都要做阿韵的小妹夫了，怎么？还想着姐姐和妹妹一起占了？”

这话说得很难听，俞默焕抓紧了从坤的手腕，而从坤毫不示弱地抓紧俞默焕的手腕。

两人的视线交织在半空之中，一阵火焰。

“你想做什么？”

“不想做什么，只是想做该做的事情。”

“什么叫作该做的事情？”

“阿韵，是我俞默焕的妻子，知道吗？”俞默焕干脆挑明。

“是吗？三年不见，阿韵什么时候成了你的妻子？”

“难道聘书是假的？”

“聘书被阿韵撕毁了，整个余杭，谁不知道？”

“可是阿韵撕毁的是女方的留底，正本在我手里，我一日没有销毁，阿韵还是我的妻子，可知道？”俞默焕望着从坤。

“俞默焕，你真有意思，三年不见你去跟阿韵讲一些事情，也不讲这些年来你走去了哪里，却突然追阿韵到了这徂徕山，就说你要娶阿韵。敢情你这骗了妹妹还要在骗姐姐啊？”

“从坤，我不管你说了什么，也不管你想要表达什么，我只知道我该做的都是什么。”

“呵，你该做什么？”

“我只想你知道，我是阿韵的丈夫，而你只是一个路人。”

“谁说的？苏叔最近可是跟我提到了阿韵的婚事。说起来，我也得感谢你，若不是那俞家自己作死，怕是我从家也不会这般容易地谈下一桩婚事吧？”

“谈下一桩婚事？”

“难道你不知道这件事？”

“苏叔我相信他的为人，既然答应了将阿韵嫁给我，绝对不会轻易地再与你定下阿韵的婚事。”

俞默焕相信苏荣，而从坤则是大笑起来。

“哈哈……俞默焕，我该说你傻，还是说你天真？你真的以为苏叔还能那般信你俞家？在你俞家强行拿回瓷窑和茶铺子，在你俞家过河拆桥拿走好几处共同投资的铺子之后，苏叔还会信你？”

俞默焕知道前段时间，他隐居起来给俞家示威的时候，俞家做的蠢事，可是他还是不相信苏荣会背叛他们的约定。

毕竟他俞默焕把聘礼都带到了苏家，而苏家没有退回聘礼，俞家也没有要回聘礼。

只是，俞家确实做了很多过分的事情，万一……

俞默焕迟疑起来，从坤则是越说越狂妄。

“若是以前的俞家，苏叔或许会掂量几分。可是现在的俞家在整个余杭是最没有担当和信用的生意人，更成为人们口中最市侩的家族。这样的家族，阿韵嫁过去有什么好日子过？”

从坤斜眼看着俞默焕：“再说你那嫡母可不是你的亲娘，那是一个就知道享乐的女人，若是让阿韵嫁过去，指不定要受到那个坏婆娘的什么糟践呢。

“苏叔是个爱女如命的父亲，绝对不会把女儿往火堆里推！”

从坤的话很有感染力，让苏韵颤了颤睫毛。

而俞默焕焦急了起来：“阿韵，你不要听他胡说。”

“我胡说什么？我说的哪一个不是事实？我说的哪一个不是你俞家的故事？你俞家把事情做绝了，就不怕别人说。”

从坤走近苏韵，看着苏韵，认真地说道：“阿韵，我还是那句话，我虽然不像俞默焕这家伙有一副好面相和好头脑，可我从家关系是非少，人更是热情好客，你嫁给我绝对不会有任何委屈，更不会有婆婆欺负儿媳妇的事情。”

从坤抓住苏韵的手：“再说，你想壮大造船坊，我到时候随你所愿便是，你不用这般委屈，更不必在乎是否会让你的婆家不开心。更重要的是，我能为你孤身一人，成为这辈子只爱你，只有你一个妻子、绝无妾室的男人，我发誓。”

苏韵望着俞默焕，只有妻子没有妾室吗？

俞默焕看着从坤，这话很有感染力，他若是女人也会感动，可惜他面临的却是从坤抢夺自己的女人，他不能输。

俞默焕皱起眉：“你的大哥花天酒地、嗜赌如命，什么样子的坑能够填满一个败家大少？”

这句话点醒了苏韵。

诚然，从坤没有什么不良嗜好，可是从坤的大哥呢？那可是个黄赌毒无所不占的男人，更是个毫无羞耻心和伦理的男人。

“我听说前段时间你大哥被打得体无完肤，原因是戏弄了一个人家的小妾，你大哥学晋朝风流本是无可厚非，可是他却完全不顾及对方的心理和接受力。”

俞默焕加重筹码：“别忘了你大哥的朋友喊那个小妾为姨娘……这错了辈分的事情，让整个余杭都在疯传，疯传你大哥的笑话和你大哥朋友的笑话。”

俞默焕冷冷地说道：“一个毫不知耻和没有道德底线的大少，一个只知道挥金如土的大少，我很想问问，这样的大少有几个本事能够保证一个家不败？而你要用多少的精力去扶持这么一个大哥？”

俞默焕将苏韵一把拽到身后：“阿韵，跟着我，也许会面对我的家人，面对我那只知道家长里短的家人，可是他们即便是小气，也没有挥金如土，也没有醉生梦死，只是有一点爱财。而从坤的家里，却有一个随时让从家灰飞烟灭的败金童子，这样的从家，嫁不得吧？”

俞默焕的这句嫁不得，是盯着苏韵的眼睛说的。

而苏韵则是沉默起来，她很喜欢俞默焕，几乎是爱上了俞默焕，更是为了俞默焕愿意破了自己的矜持，去抓住俞默焕的衣角。

如今即便是父亲将她许配给从坤，她也丝毫不介意，不介意悔婚或是逃婚，她只跟着俞默焕。

苏韵抓住俞默焕的胳膊，看向从坤：“我这人心思窄小，喜欢一个人就会一辈子不变。我的婚姻，也许我父亲没有告诉过你，一切都是由我做主的。而我在很早以前就发现，我只喜欢一个人，而这个人，我打算穷尽一生去追随。”

苏韵抬起头望向俞默焕：“三年的时间，我终于知道我思念的是谁，想念的是谁，更想陪伴的是谁。三年的时间，我更知道我该是跟谁在一起，更希望站在谁的身边去等着岁月苍老，去看着白头如雪。”

苏韵看向从坤：“很抱歉，三年来你对我很好，而我辜负了你。但是人就是奇怪的，他们喜欢的人呢往往不是陪在身边很久的人，反而是最开始见到的那个人。不过还好……”

苏韵笑眯了眼睛：“还好我知道了自己真正想要的是什么。”

“阿韵，你可知道自己说了一些什么？”

“我知道。”

苏韵点头：“我不过是告诉你我最想说的事情，也不过是跟你说了一些我最希望告诉你的事情。但是我不悔，因为这是我的决定。”

俞默焕抓紧苏韵的手，看向从坤：“你应该知道，我俞默焕很少会变脸，几乎不会说出一句重话，但是这一刻，我必须要告诉你从坤，我很不喜欢你的出现。”

俞默焕皱着眉：“我看到你的出现很吃醋，也很不舒服，甚至很受伤。但是好在，阿韵还是选择了我，这让我有一种豁然开朗的感觉，仿佛万里乌云尽数消散。我以前不知道什么叫作吃醋，但是这一刻我却知道什么叫作醋。”

俞默焕感慨地说道：“以前听说我朝开国元勋的夫人吃醋是一种稀奇的事情，那不容许丈夫纳妾也不肯就范的豪气，如今我竟然也有了相同的心思。从坤，我想告诉你，我不仅是吃了醋，更是为了爱情，宁愿喝下可能是毒酒的醋，也不会容纳你带走我的女人，我俞默焕的女人。”

俞默焕拉着苏韵，带着温暖的目光：“阿韵，咱们走吧，郭暖还在等你我。”

“好。”

从坤看着相携而去的二人，手紧紧地攥起来，三年的时光竟然全部作废了吗？他对苏韵的好，都不算数了吗？

从坤深吸一口气，心里惊涛骇浪，眼神越发地阴毒。

苏韵，我认定了你，你休想离开。既然我对你温柔以待你不珍惜，那么我宁愿强取豪夺。这一生，只要是我从坤付出了心思，用尽了心思的东西，绝对不会拱手于人。

你这一生跟定我从坤了，我发誓。

第四十九章
设计情敌出丑

回到孔府的苏韵一言不发，而此时郭暖凑了过来，本就大咧咧的郭暖，问东问西的，好像一切尽在他的掌握之中一般，整个人都焕发了无限的神采。

“话说，苏家大娘，你刚才出去吃了什么？怎么吃得你整个委顿了？要不要跟我出去喝杯酒，精神精神？”

俞默焕还沉浸在刚才从坤的攻击之中，自然也把郭暖当作了假想敌。

论喝酒？怕是郭暖你没我的酒量好吧。

俞默焕打量着郭暖，肚子里泛起了坏水，他正好想发泄，这郭暖倒是个好对象。

“走，去喝酒，阿韵。”

“你倒是干脆，走走，我知道一个地方，那有萝卜、豆腐、泰山水，泰安三美，走走。”

郭暖摇头晃脑地在前边走着，苏韵看了一眼俞默焕。

阿焕真的把从坤的话记在了心里吧？

她戳着自己的手指，刚才从坤的话和俞默焕的话，她都听得真切。

这是第一次，苏韵知道阿焕是这般看待自己。

说实话，霸道之极的男人很是帅气，让她窃喜了起来，有一种被包围的幸福。

但是她也知道阿焕是想要发泄的，便由着他去了。

酒馆内，苏韵望着那一摞的酒坛子，再看看那两个还在喝酒的人，月上柳梢已经很久了，如今这皓月当空，看看沙漏，怕是已经到了戌时了吧？

“想不到你的酒量这般好？”郭暖打着酒嗝。

“那是，我俞默焕号称千杯不醉。”俞默焕摇晃着手里的酒杯，看着郭暖，又瞥了一眼苏韵，“想把我灌醉的人，怕是还没出现呢。”

“是吗？号称千杯不醉的人，还没出现？我倒是好奇得紧了。”

“你好奇什么？”

“有什么可以让你醉的。”

“你说呢？”

“我知道有一个可以让你永远醉下去的方法，甚至跟李太白说的那般，但愿长醉不复醒。”

“你倒是说说。”

俞默焕挑起好看的眉头。

“女人……你放在心上的女人，让你难以忘怀、辗转反侧的女人，我说的对不对？”

“对，是女人。”

郭暖此时也顾不得苏韵是不是在身边，继续开荤：“话说这女人腰细臀圆，与婀娜多姿的女人待在一起，即便什么也不做，抱在怀里，也是温香暖玉一枚，舒服得很呢。”

苏韵的脸红了起来，这郭暖，口无遮拦的……

俞默焕看着苏韵的脸蛋红了一下，以为是被郭暖说得心思动了，借着酒劲儿，不开心起来，便心生一计。

“我知道一处极好的地方，你可愿与我打赌一次？”

“打赌，赌什么？”

“赌女人。”

“女人？”

“女人。”

郭暖豪迈地笑起来：“我当是什么，不就是女人吗。赌就赌。先说好，我要是赢了，醉花楼，我点你结账。”

“没问题。”

“好，那你说吧，赌什么？”

“我这里有一个梗勺，勺柄对准谁，谁就贴纸条，看谁贴得多，如何？”

“我当是什么？来。”

俞默焕转着梗勺，不一会儿，两人贴满了纸条。

俞默焕还嫌不过瘾，继续说道：“如今你我都是这般模样，敢不敢去大街上，学习那前朝甚至往昔晋朝的风流？”

“什么风流？”

俞默焕指着前边的竹林：“脱去外衣，看谁脱衣快，看谁能够最快地跳入河水，再横渡河岸，游个来回。”

苏韵捂住嘴巴，俞默焕这是疯了不成？

“哦？脱去上衣？倒是有几分有趣。要是输了的人呢？”

“输了的人？”俞默焕挑眉。

“那是，输了的人，不可能没有惩罚吧？”

“输了的人敲锣打鼓，走街串巷，如同那小摊贩或是挑担郎一般，一边敲着锣鼓，一边说自己是蠢猪。”

“倒是极有趣的，丹丘生，你确定吗？我可是一个武将，你的体力不可能拼得过我。”

“这个你放心，我敢赌，就有把握。”

“那行，来吧。”

郭暖与俞默焕就像飙着一般，互相喝了一整坛酒下肚，接着就快速奔跑下楼，一边跑着，一边脱着上衣，一边欢呼着朝着河水跑去。

苏韵则是无奈地在后面捡衣服，他们奔跑的速度极快，等苏韵赶到的时候，他们已经开始游泳横渡了。

苏韵眯着眼睛，看着波光粼粼的河流，看着他们游到岸上已经筋疲力尽。

两个人仿佛瘫了一般，躺在地上一动也不动，只是粗喘着气。

这游泳本就耗费体力，况且他们还喝了那么多的酒。

正在此时，河面上坐着小船游玩而来的富家小姐们，看着郭暖和俞默焕这般模样，一边捂着眼睛，一边尖叫起来。

俞默焕和郭暖对看一眼，默契十足地转身就往酒楼跑去。

所幸苏韵坐在一棵大树下，那船上的富家小姐们没有看到她。

她摇着头，看着那两个狼狈至极的男人，突然笑了起来。

男人，有时候倒是像个十足的孩子。

俞默焕和郭暖回到酒楼的包间内，看看彼此狼狈的模样，不约而同地大笑起来。

而苏韵跟看傻子一样地看着两个人：“这酒楼有一处温泉，你们可以去泡泡，衣服我放在这里了。”

苏韵只想离开，并不想跟这两个傻乎乎的男人一起犯傻。

“你倒是厉害。”

“你也不错。”

“我没想到一介书生竟然跟我的速度一样快，看来我的习武真是废了。”

“或许我的本事远不止这一点，你还没有了解。”

“是吗？我倒是有个想法，不知道跟你想的是否一样？”

“什么想法？”

“你我结为异姓兄弟如何？我觉得你跟我很投缘，我们性子很像。”

“结拜吗？”

“是。”

“好。”

俞默焕伸出手来：“不知道，你大，还是我？”

“似乎是我大，不如我为愚兄，你为贤弟？”

“好。”

这一天，俞默焕和郭暖结拜为兄弟。

两个酒醒的男人，手里依旧拿着一坛酒，坐在台阶上，并肩而坐。

“话说，刚才你是不是吃醋了？”

“什么？”

“吃醋了，以为我和阿韵有什么。”

“嗯，你看出来了？”

“翩翩佳公子的你，竟然不顾形象地跟我斗酒，不是吃醋还是什么？能告诉我，谁惹到你了吗？为什么这么吃醋？我不相信我是导火索，我只相信我是火上浇油的那个油。”

“到底是郭暖郭公子，看来你还是看得很透彻。”

“我是旁观者清。告诉我，为什么？”

“你还记得从坤吗？”

“那个丝绸商人？”

“是。”

“他怎么了？”

“他想娶阿韵，跟我说阿韵的父亲，苏叔决定了这门亲事。”

“可看到了聘书？”

“还没有。”

“那你担心个啥？”

“可是苏叔对我俞家真的厌恶透顶，毕竟我的家人，的确不太好……”

“话说俞默焕，你会让阿韵嫁给你受气吗？”

“不会。”

“你摆不平你的家人吗？”

“能摆平。”

“那你担心什么？”

“我的家人前段时间，因为我撂挑子不干了，因为财源枯竭，他们抢了苏叔的一些生意，甚至过河拆桥，一点余地也不留。”

“你的家人不顾及你的感受和状态啊？”

“可以这么说。”

俞默焕揉了揉眉头，一副苦恼的模样：“我很愁，害怕苏叔真的一个没控制住，毕竟父母之命媒妁之言。”

“话说二弟，我帮你提亲如何？”

郭暖笑起来：“那苏韵的父亲再不看别人的面儿，总得给我父亲郭子仪的面子吧。这大唐越来越重视我的父亲了，我不相信苏韵的父亲看不到。”

“兄长真的能够帮小弟解忧？”

“那当然，我也挺希望自己有个有本事的弟妹的，那可是大唐第一女坊主，还是造船坊的坊主，我爹最近在研究战船，若是这阿韵能够给出一些很好的船只，必然事半功倍。”

郭暖拍着俞默焕的肩膀：“若是你从中也能帮忙一二，我相信我爹的水师战船一定能够造成。我帮你也是帮我爹，我爹当然会同意。”

“真的吗？”俞默焕此时脑子转不过来了一样，只是傻傻地问一句。

“看看，当局者迷，你真的陷进去了，脑子都不够用了，我说的当然是真的。”郭暖拍着胸脯，“你以为谁都能让我担保？你要不是我的拜把子兄弟，我会理你？”

“那我就等待你的好消息了。”

“放心，一切交给我，我绝对不会让你失望的。”

“那真是多谢大哥了。”

“好了，等着好消息吧，我先去写书信，派人交给苏韵的父亲。”

“嗯。”

俞默焕心中的大石头已然落下，这一刻他相信，命运的天平开始向着他倾斜，而他只要足够努力，阿韵一定会嫁给自己。

“对了，眼看着就到八月十五了，这泰安府的花灯最是漂亮。不如八月十五赏月看佳人？你们文人常说什么来着？‘八月尚赏，赏风赏月赏秋香，一日少省，省忠省信省恶习。’不如你现在反省一下自己，而我帮你安排那赏秋香的美事？”

“有劳大哥了。”

“什么有劳？促成美事一桩，也是我积累阴德。记得请我喝喜酒。”

“一定。”

郭暖爽朗地大笑起来，而俞默焕则是喜上眉梢。

第五十章
江南恶钱

八月十五，俞默焕摆了一条长街的瓷器灯笼，长出去的银子就跟打了水漂一样，杳然无痕迹。

但这盛大的灯笼晚会，因为从坤的出现而改变了气氛。此时从坤更是蓄意将俞默焕撞入水中。

俞默焕本是会水的，可是有瓷器掉入水里，正好砸到了俞默焕的头。看着红色晕开在湖水里，苏韵想也不想地跳入湖里，将俞默焕给背出了水面。

八月十五月儿圆，仲秋的时候夜已经凉了，这凉透了的水让俞默焕得了感冒。俞默焕委实是个倒霉的，头破血流不算，还沾染了风寒。

唯一值得庆幸的是苏韵亲自照顾俞默焕。

俞默焕犹如乖宝宝一样，躺在床上，等待苏韵喂食。

苏韵吹了吹微微发烫的药汁，对着俞默焕说道："张嘴。"

"好。"俞默焕乖乖地张嘴，像一个可爱的孩子，听话而又安静。

苏韵又舀了一勺，放在俞默焕的唇边。

其实苏韵还是很佩服俞默焕的，这么苦的中药，俞默焕毫不犹豫就喝了下去，甚至眉头都不眨一下。

"苦吗？"

她情不自禁地问道，很好奇这俞默焕的味觉。

"良药苦口利于病，就算苦一点，早一点好也是值得的。"

"那就好。"

苏韵点点头，却感到手腕上有些发烫，这是……

苏韵抬起头看向俞默焕："怎么了？"

"我发烧了，不好降温……"

"那我给你拿冰毛巾来。"

苏韵刚想起身，却被他拽住了手腕："我想看着你，三年没有仔仔细细地看过你了。"

"你……"

“阿韵，告诉我，你可恨我的家人？他们曾经那般地待你？”

“还好了，我现在不记得了。”

“是吗？”

“嗯。”

“可是你的父亲要把你嫁给从坤，我怕是与你……唉……”

俞默焕深吸一口气，仿佛多么委屈似的：“想不到，这梁山伯与祝英台不过是晋朝的一个故事，如今却发生在了你我的身上。”

“阿韵，若是我真的变成了蝴蝶飞走，你一定记得，不要撞在那石碑上，我可不希望与你一起做蝴蝶，我希望你好好地活着。”

“胡说什么呢。”苏韵不开心地说道，“没事乱想。”

“可是，你并没有多么喜欢我，甚至没有多么在意我，不是吗？”

“那又怎么样？”

“也不是怎么样，不过是我伤心了。”

“你伤心什么？”

“我其情可哀，而我的爱人，却无动于衷……”俞默焕抓紧苏韵的手腕，“你说这是为什么？”

“为什么？”

“因为我的爱人爱我不如我爱她深刻。”

俞默焕一个使劲，将她拽到胸前，她想移开，却没有他的速度快。

他直接一个转身，连带着将她带上床，将她压在了身下。

“若是我早早与你缔结婚姻，又何必在乎我的新娘被他人抢走？又何必恐慌未来会发生不可知的变数？”

俞默焕的眼睛是那般深情，仿佛有一潭深渊，将她拉入其中，难以离开，难以跃出。

“阿韵啊，你可知道，我很早就爱上了你，大概有百年那么久？”

苏韵冷冷地看着俞默焕，有这么久吗？

俞默焕笑了起来，看着这个有些傻傻的丫头。

“看来是我不好，以前过于君子，才让你以为我真的是个木讷的君子。其实我大唐风化开朗，民风开放，女冠尚且追求爱情的奔放，何况是未婚夫妻的你我？”

苏韵还没理解俞默焕这句话是什么意思，他将她拥紧，覆上唇瓣。

她想要挣扎，却发现怎么也挣扎不开，只能载沉载浮。

她其实并不讨厌他柔软的唇瓣，那仿佛羽毛一般的唇瓣，让她感受到了前所未有的幸福和神奇。很多她从未感受过的感觉随之而来，越聚越多，甚至变成了一种极致的快乐。

难道她骨子里？苏韵意识到了什么，挣扎着，却被他按了下来。

“阿韵，你不喜欢我吗？”

他与她四目相对，他是那般认真，认真得她怕拒绝会伤了他的心。

她不知道该说什么，只能呆呆地等待着。

沉默在彼此的注视中消失……慢慢地，苏韵垂下眼眸。

“你若是真的想，我怕你要跟我爹将婚姻的日子提上章程了。”

她这是同意了吗？

“阿焕，我不想新婚之夜的我没有那殷红的印记，平白被人家说三道四，你说可好？”

这句话，他能拒绝吗？不能，可是他甘心吗？不甘心。

他深吸一口气，抵着她的额头：“阿韵，你很会拒绝我，而我却无法拒绝你。”

他淡淡一笑，将她抱紧在怀里：“我很冷，需要你的温度，如果你还爱我，就不要推开我。”

他抱得很紧，而她只能蜷缩起来，让他抱在怀里。

下午的时光容易过，一会儿便是华灯初上的时分。

睡了一觉的俞默焕，支着头，看着身边熟睡的苏韵。

多少年前，他曾梦想着与她同床共枕，如今梦想实现，而他却想更进一步。

他的手在她光滑的脸颊上滑动，他喜欢她的美好，更喜欢她的可爱。

这个与他两小无猜的丫头，可知道他的心？

怕是很少知道吧？

不过没关系，他可以等，等到她愿意与他诉说那心中的秘密开始。

“大小姐！”

咚咚咚……几声急促的声音，是老张？

苏韵迷迷瞪瞪地醒来，看了一眼身边的俞默焕，红透了一张俏脸，翻身而起，整了整头发和衣服，打开房间的门。

“什么事情，老张？”

“大小姐，咱们本是听您的吩咐去济南府去买一些木材，这山东齐鲁的木材造船极好，可是带的银两却不够了。”

“银两不够了？这是什么意思？”

苏韵不明白，她带来的钱财暗道里都可以买两艘八千石大船所需要的木材了，怎么会？

“大小姐，咱们这一次银子库存不够多，而开元通宝又兑换给扬州的百姓了，现在到了济南府却发现带来的乾元重宝早就不是半个月之前的价格了，咱们带的少了一半以上。”

老赵的话，让苏韵的心里咯噔一下，很久以前就听俞默焕说过，乾元重宝是个隐患，肯定会引起一些麻烦的。

当时第五琦和李林甫为了平定回鹘的叛乱，并继续填充国库，不得不出此下策。而这个计策的后果就是水涨船高的物价。

苏韵看向俞默焕，而俞默焕此时眼睛也清明起来：“老赵，把你询价的册子给我，我看看到底哪里有空缺，我带来一些银票，倒是可以填补。”

“好咧，俞少爷。”

老赵才出门，苏韵已经按捺不住脾气，问道：“你可知道这件事是因为什么？”

“因为什么？乾元重宝由开元通宝铸成，那些无利不起早的商人，为了钱财泯灭良知的商人，融化了开元通宝铸就乾元重宝，更有小作坊制作假的乾元重宝，一时之间，山东就被波及了，吃了苦头。”

“这些乾元重宝的源头来自哪里？”

“扬州，江淮最大的码头和中转站。”

“扬州？你确定吗？”

“我确定。”

苏韵抿紧嘴巴，怎么会出现这样的情况？

“那我们要不要去探查一番，我总觉得这是一件很大的事情，甚至危及社稷。”

“确实会危及社稷。”

俞默焕点头：“但是你我只要知道，自己要做什么，做好什么，就好了。”

“我们不去调查吗？”

“去调查，但是你知道从哪里查起来吗？”

“不知道，该是从哪里？”

“跟我走吧，我给你看一个东西。”

苏韵将信将疑地跟在俞默焕的身后。俞默焕推开窗户，指着前边，“可看到济南府的大明湖？”

“看到了啊。”

“大明湖后面有一个作坊，那个作坊就是乾元重宝流出的地方，更是山东最受官府庇护的地方。那里官商勾结，而从那里开始，周围的百姓几乎无开元通宝，都是乾元重宝。再说说这江南。”

俞默焕皱起眉：“扬州往南的水域，最近有天灾将至的兆头，很多地方的牲畜出现了异常，而且今年江南水乡不少地方大旱，甚至颗粒无收。国库紧张，江南鱼米之乡，国家粮仓开始疲于赈灾。

“而扬州这个最大的中转站，不少商人已经外逃去徽州，这一路上，出现了很多因为无米可吃的盗匪，因为是运河的河道，更多的盗匪成为有规模的水匪，这些水匪聚集在一起，形成了帮派。”

“水匪的帮派？”苏韵愣住。

“确实是水匪的帮派。”

“那这一路来，我们怎么没有看到？”

“郭子仪将军带领军队，这水匪到底是一群百姓，如何敢跟军队争夺粮食和钱财？可若是商人……因为扬州商人的软弱，这整个江南水道都非常不太平，而这个根源也是这乾元重宝。”

苏韵愣住，三年前，俞默焕预测到了这件事，三年后，这件事果然爆发了……

她不知道为什么，觉得这件事很可怕，让她有些难以接受。

“我们会遇到水匪吗？”

“我不知道，但愿不会，但若是会遇到，我一定会护住你的周全，一定会！”

第五十一章
覆巢之下无完卵

济南府大明湖后面的小作坊，若不是俞默焕提起，或许苏韵都不知道有这么一个地方。

原以为这以一换十的乾元重宝来自京都长安，却没想到竟然是来自这济南府的小作坊。

看来这济南府是李林甫他们的暗窑了。这暗窑之内的秘密，其实她一直不知道俞默焕是如何知道的，但总想着，俞默焕一直是一个精明而又干练的人，便没多问。

俞默焕带着苏韵走入历山亭，她还想着乾元重宝的事情，没承想刚走入历山亭的周围，就见到了杜甫和李邕在那里饮酒畅谈，她隐隐地听到几句“海右此亭古，济南名士多”的诗句。

那李邕到底是李邕，仰着头喝下几口酒，将这句诗挥毫而就。

“瞧瞧，我这字，可好？”

李邕书法的个性非常明显，字形左高右低，笔力舒展遒劲，给人以险峭爽朗的感觉。

苏韵走近看了看，挑眉：“好字。”

“这是？”李邕诧异地打了个酒嗝。

“哟，这不是丹丘生和他的女坊主吗？怎么？陛下不去余杭天堂之地待着，却跑来我济南府折腾？”

杜甫一句玩笑话，却惹得苏韵低笑几声：“也无他事，不过是郭将军北上，要去跟初战告捷的安将军聊聊，顺道送送军粮。”

安将军？郭将军？杜甫脑子一转，笑开：“原来郭子仪将军和安禄山将军竟是好友？”

杜甫本是一句玩笑话，却被俞默焕皱眉打断：“此次是陛下派遣，郭将军押送，阿韵协助运输。”

一句话，道破了朝廷内幕，也说破了郭子仪与那安禄山的关系。

“郭将军此去可是常驻？”

李邕好奇地问了一句，俞默焕则是摇头。

不去常驻却要亲自押送？这里面门道不浅啊，看来是真的要发生一些大事了，李邕心中说道。

“此次那郭小将军也来吗？”杜甫至今还记得郭暖爱喝酒的事情。

“来了，此时正不知道去哪里疯玩去了。”俞默焕将随身带着的酒壶递给杜甫，“巧了，我也带来了一壶酒，不如喝一下？”

“历山亭，喝美酒，倒是好事。”杜甫也不客气，给李邕倒上美酒，自己仰头喝下，“好酒。”

“子美，你这还没说句吉祥话就喝酒，当真是失礼了。”李邕揶揄地说出口。

杜甫则是摇头：“失礼不至于，对于丹丘生，这般熟悉的朋友，又怎么会介意虚礼？倒是丹丘生此次出现，这里面的内容和门道，倒是多了。”

李邕抬头看向杜甫，莫非这个所谓的丹丘生此次前来是有要事？

“说吧，丹丘生，你与那杨家的关系，我不提你也懂。俞家既然是做青瓷和茶叶生意的，是断断没道理来这里停留，甚至在这里来探查风声的。”

一句风声，让俞默焕放慢了喝酒的动作，而苏韵则是诧异地看向身边的这个男人。

莫非郭暖这次并非去送军粮，而是沿途暗查什么？

“看来我也不好隐瞒什么了。”

“有些事，隐瞒不得，你说呢？”

“也是。”

俞默焕将手里的美酒仰头喝下，学着杜甫的模样，挑眉：“济南府大明湖后面的暗坊，谁家的？”

他倒是不客气，只是这李邕变了模样。

杨家？那不是杨贵妃那一家子？这到底发生了什么？他一脸诧异。

杜甫摇了摇头：“看来，杨家也不完全是想要……”

杜甫还没说完，俞默焕知道他不好说下去，便接下话题：“大唐要是出现一丝半缕的问题，首当其冲的便是杨家。杨家虽然贪财，但是不希望国家出现任何危机。不只是杨家，任何一个大唐子民，都不希望。”

“不，有一个地方的百姓，却不希望安禄山有事，安禄山是他们心目中的保护神。”杜甫摇了摇头。

“哪里？”

“范阳。”

“范阳？”

俞默焕呆了一呆。这范阳他是知道的，秦王嬴政二十一年初设范阳县，因在范水之北而得名。范阳出过很多的名人，有铸造黄金台、广招天下贤士的燕昭王，有刺秦王的燕太子丹与荆轲，有刘备与公孙瓒的老师卢植及刘备本人，还有那闻鸡起舞的大将军祖狄，更有那术数大家祖冲之以及初唐四杰之一卢照邻。

范阳，那里有卢家和祖家，自大汉以来的士族之家。卢家和祖家的门生遍布天下，百年来繁华不坠。

范阳，他了然了。

“这暗访是史思明，那个突厥人的吧？”俞默焕突然想起安禄山身边的那个突厥人，叫作阿史那崒干的突厥人。

杜甫摇摇头，又点点头，笑了起来：“这可是你说的。”

“嗯，我说的。”

“这安将军正在抗击突厥，你现在说这话，是不是不太好？”杜甫暗示他知道就好。

苏韵这才听出一点门道，她诧异地看着俞默焕：“范阳要出事了吗？”

“乾元重宝，我本以为会消化在西域大食国，却没想到竟然还是被有心之人拿来当作套取金银的法子。可谓是狼子野心，与那第五琦，一样……”

这话很直白，杜甫直接站起来，捂住俞默焕的嘴：“丹丘生，即便你与杨家有铁一般的关系，有些话还是不能说。”

“放心，我的姨母还不至于这般小气，而这一次也是她觉察到了事情的不对。”

“什么不对？”杜甫很想知道。

而此时李邕和苏韵也拉长了脖子，等待俞默焕的下文。

“姨母的儿子，三朝洗儿之后，孙子订婚，可是儿子不来长安，还说先要打败突厥再说。”

俞默焕将扇子放在石桌上，杜甫盯着那个扇柄，愣了半晌：“贵妃觉得安禄山拿乔了，必有异心。”

“杨国舅虽然目中无人，可也知道大唐要是出点事儿，他的性命和富贵全部不保，毕竟……”

俞默焕点点头，而杜甫接了下去：“覆巢之下无完卵。”

“没错。”

“安禄山……”苏韵插话道，“他在幽州是一个有不错声誉的将军，甚至整个军营都效忠于他。”

“幽州的军队，虎狼之师，这些人是大唐的还是他安禄山的？”

俞默焕才说完，苏韵愣住，这话……

杜甫和李邕则是一脸严肃起来，看来俞默焕带来了很多故事，而他们已经被牵扯其中了。

“安禄山尽管被范阳的百姓爱戴，可是范阳的百姓知道谁是君，谁是臣吗？知道这天下姓李不姓安吗？”

俞默焕皱着眉头，是那般冷。

“你又可知道，开国之初，国师的推背图？”

“阿焕，你的意思是？”苏韵愣住，推背图？李淳风和袁天罡的推背图！

难道百姓说的是真的，推背图可知千年？

“大唐太强盛，终归是要跟那大汉一样，必然波折一段时间。却不像那晋朝一般付出惨重代价。因为作为大唐的人，无论什么肤色，什么民族，都会极力遏制惨案的发生。”

晋朝，她记得，记得那场血腥，那是因为司马昭夺了天下之后，曹氏一族湮毁，而晋朝的开国之君铺张浪费，官员奢侈无度，选储君更是随心所欲，以至于贤能如桃符者悔恨一生。

以至于蠢笨如司马衷者，何不食肉糜！

而这场风雨，多来自皇族宗亲的贪心不足，以至于八王之乱，铁骑之下，八年内耗。

那内耗比不得五代十国的乱，却也比那汉朝的帝王更替更加残酷，甚至泯灭了人性。

金墉城，金屑酒，贾南风一死，整个晋朝分崩离析。

可怜的百姓，国之不国，四方纷纷踏足中原，百姓，那黄河以北的百姓，被胡族杀了个干净，灭了种族。

淮河以北的百姓，因为那清河崔家做了赵国石勒的亲家，又成为石虎的岳丈之家，才保了个齐全。

那场八王之乱不过是党政角逐之后，一场唏嘘。

可是随之而来的十年战祸，史称“五胡乱华”的战祸，将人间变成了吃人的地狱，将大汉遗留的百姓灭了个干净，那是灭种之祸！

是的，若不是清河崔家，北方汉族是灭种了个齐全！

晋朝之时，还没有大唐的天下一统，民族之间有争斗，可是“五胡乱华”让他们的穷凶极恶达到了极致。

那场战祸，那两脚羊，那和骨烂，那不羡羊，她不敢想……

匈奴、羌族、氐族、羯族、鲜卑族……他们……

俞默焕看出苏韵的呆愣，他将手放在她的肩膀上：“晋朝既然让大汉的子民灭了一半以上，我大唐又怎么会让这范阳的胡族再来一次？我大唐不排斥任何民族或是肤色，但是我唐也不允许任何民族或是肤色灭我族人，毁我家园，你可懂？”

“所以，你来这里，就是想要看看安禄山到底是什么居心？”苏韵这一刻了然了。

“我更想知道，覆巢之下无完卵，而范阳的百姓如何认识这句话。”

第五十二章 山雨欲来风满楼

苏韵望着俞默焕的眼睛，她感觉到了山雨欲来风满楼的气息，莫非济南府真的是一个关键点，而这个关键点就像俞默焕所说的，会关系到整个全局。

大唐真的是……她想起那晚华清池畔那些人背后的阴影，真的就要来了吗？

苏韵低下头，此时郭暖匆匆跑了过来，擦了擦满头的大汗："可找到你们了，你们倒是会来这里悠闲，可跑断了我的腿。咦？子美啊，你也在啊？"

"嗯，来历山亭和李邕一起聊着，就看到了丹丘生他们前来，正要说几句，你就来了，倒是会掐时间。"

杜甫将刚才那沉重的话题，一带而过，剩下的就是聊家常。

"嗨，我哪里会掐时间啊，这不是要开船了，我父亲督促我来找找这开船的掌舵人？"郭暖看着苏韵，"话说，苏大坊主，咱们到底什么时候开船啊？"

"是郭将军要走了吗？"

"对啊，这眼看着就要到范阳了，我父亲这押送军粮的时间比较赶，再说这突厥最近比较猖狂，必须要去跟安节度使去商讨一番。"

"是吗？那赶紧走吧。子美，下次再聚。"

"好。"

苏韵连忙往前走去，俞默焕与杜甫对视一眼，点了点头，跟在了身后。

"话说，你们跟子美商量什么呢？我听说最近子美要迁居成都了，也不知道他什么时候回来跟我喝几杯。"

"迁居成都？"俞默焕定住身子，郭暖一时没注意，撞到了俞默焕的脊背上。

"喂，你这人怎么突然停住了呢？"郭暖揉了揉鼻子。

"你是说子美要迁居成都了，对吗？"

他愣住，杜甫是不是真的知道一些什么？不然当时为什么不让自己说下去？

看来这天要变了，真的要变了。

“对啊，子美没告诉你吗？不应该啊。”郭暧揉揉头，“你们不也是好朋友吗？”

“好朋友？他知道我姨母是谁，还敢跟我交心太多？”俞默焕拍了拍自己拜把兄弟郭暧的肩膀。

“真是的，你姨母是你姨母，你是你，怎么会是一个人？再说，你姨母再无状，你大舅再过分，可终究是大唐子民，终不会害了大唐的。”郭暧倒是直率。

“自古，诤臣不与奸佞为伍，而我家大奸似忠……”

一句话，两个男人沉默起来。

“你们家，不是……”

“可青史会说，杨家毁了大唐。毕竟……呵，大唐已经忘生男只盼生女，毕竟姊妹兄弟皆列土……”

不知道为什么，苏韵感觉到了俞默焕的悲伤。

“阿焕……”苏韵想要说句话，俞默焕却犹自笑开。

“无事，只要我杨家的子嗣、我俞家的子嗣愿意在这个时候站出来，去保护这个国家，去用命守卫这个国家，我相信，我的家人，终将不会是历史的罪人。”

俞默焕的声音有些哽咽：“我杨家的后人，我俞家的后人都承担了作为一个国人该承担的责任，我相信，公平会到来。”

俞默焕看向郭暧：“这也是我想跟你说的话，兄长。”

一句兄长，万语千言，已经沉浸在这两个字之中。

“阿焕，有些话，既然说到这个份上，我想你也知道你大舅最近做的事情。”

“我知道。”

“你该知道安禄山已经起疑了。”

“我也知道。”

郭暧沉默了半晌，终于说道：“安禄山虽然是胡人，可终究是范阳的保护神，这幽州地域的百姓，他们不受江南恶钱的侵扰……你知道吗？”

“是吗？”俞默焕一句轻飘飘的疑问，让郭暧打开了话匣子。

“我知道杨家怕安禄山起兵犯上，更怕安禄山让大唐出现动荡。毕竟推背图……你明白我的意思。”

“我明白。”

“既然你明白，那你更该知道一件事……”

“嗯，怕官逼民反。”

“不是官逼民反，而是权逼将叛。安禄山他并不是你想的那个样子，他并不是个十恶不赦的混蛋，更不是个一无是处的坏人，他其实……他其实……”

郭暖有些激动起来。

“他其实并不想的，你知道吗？你知道范阳的百姓给安禄山建立了长生牌吗？你知道安禄山一直只想保护他认识的百姓和不认识的黎民好好地活在大唐而已吗？”

“他有大唐最强大的部队，可以平复突厥之乱，可以镇压南诏之乱，你知道的。”

俞默焕这句话仿佛卡住了郭暖的喉咙……

“他是功高震主了，对吗？”郭暖有些悲伤。

“我知道，你崇拜英雄，我更知道你爱惜人才。通晓六国语言，安禄山，确实是个人才，真正的人才，甚至是难得的战神。可是，你不要忘记五胡乱华之前，石勒又是个什么人物，石虎又是如何的模样。”

五胡乱华，那被称作赵公明帝的石勒，那现在被人们偷偷祭祀的财神爷……他，竟然无法反驳俞默焕。

“你该知道，人心隔肚皮，没有任何人知道安禄山是怎么想的，不是吗？这天底下，怒发冲冠的战神，又有多少引起了整个王朝的动乱？你还可记得……王莽？”

王莽？那让大汉分东西两段的人才，那个真正的是将帅之才，他……确实有一颗为了壮大国家的心，却也是亲手毁灭了大汉文化，让大汉动荡的罪魁祸首。

可是，可是安禄山不会的……

郭暖不知道为什么，突然想要替安禄山说句公道话，为了他的偶像。

“阿焕，我知道我的话，你可能不爱听，甚至会不高兴，但是我依旧想跟你说。你可知道安禄山最注重人品和人格，他害怕青史……他不会的，绝对不会有那种心思的……我可以为他担保……”

“担保？你能担保住局势还是能担保住形势？万一你郭家注定会亲自取下安禄山头颅，你还会这么说吗？”

俞默焕也许没想过，这句戏言，成为郭暖将来与安禄山的结局。

“我……”

“你可曾想过安禄山身后的那帮人，过惯了我行我素的生活，习惯了一言堂的生活，突然受制于人，他们的利益被触动，又可曾想过他们亲自封官和朝廷封官的区别。”

俞默焕叹了口气，走近郭暖：“郭暖，你要知道局势往往不受人的控制，若是发生了我猜想的事情，到时候那安禄山必须要被架在火上烘烤。在被底下将领挟持和被朝廷降罪之间，他会选择赌一把。

“也许你相信安禄山的人品，但是你无法保证安禄山手底下将领的人心，你更无法预估那不可改变的轮回，一如曹孟德和汉献帝的魔咒。

“曹孟德那般爱国任性的人，可是当他的曹氏家族独掌大权之后，宗亲、朋友还会容他倒下去吗？要知道曹家倒了，他们的荣华富贵化作云烟，毕竟一朝天子一朝臣，知道吗？

“再说个你最喜欢的士大夫如何？”

“你说。”郭暖已经没有犟嘴的心情了，他说不过俞默焕。

“司马懿、司马师、司马昭，三马同槽吃曹家的粮食，最初的最初，他们是为了匡扶社稷，是为了让天下太平百姓安稳。可是当他们尝到权力的滋味之后，他们便开创了晋朝，不是吗？魔咒从没消除过，哪怕是一刻的停歇。”

俞默焕深吸一口气：“我也知道安禄山真的是个爱国的将领，他不希望大唐有任何的波折，他希望大唐强盛不衰。任何人，都希望，包括你我。可是……”

“可是什么？”郭暖诧异地看着俞默焕。

“可是你要知道，局势不容人，形势不受人控制。一旦箭在弦上，便是不得不发，没有人能够改变。”俞默焕望着郭暖。

苏韵则是默然起来，阿焕看一切都看得很透彻，而他的话，让她也反驳不了。

可是大唐真的要乱了吗？真的会出现他说的未来吗？

不知道为什么，苏韵有些怅然若失的感觉。

她想，她必然要有所举动，在这场暴风雨到来之前，做一些事情，做能够保护她爱的人、她周围人的性命的事情。

她的眼睛瞥向手里的那张纸，那是她来济南府采购的清单，这是她想建造大船的清单，而这船，也许不够大……她要建造最大的，能够带上她认识的人，躲在那四处无岸的海上或是河上，躲开这场暴风雨。

一定要躲开，她一定要建造一艘够大的船。

“阿韵？”俞默焕看向她的时候，她才回过神来。

“什么？”

“我们早些回船上吧。”俞默焕拉起她的手。

她皱起眉：“乾元重宝，不查了吗？”

那个小暗坊，不查了吗？

“乾元重宝？什么乾元重宝？查这个做什么？”郭暖诧异地看向俞默焕。

“阿焕说这济南府有人偷着制作乾元重宝，是一个暗坊，说这可能与近期的一件大事有所关系，而这个暗坊的主人有人说是史朝义和史思明父子。”

郭暖愣住，急急地问道：“是吗？阿焕，这就是你说的安禄山会被人架在火上烤的意思？”

俞默焕点头：“是。”

“史朝义和史思明要做什么？”

第五十三章
横塞军使驻九原

郭暖的问题让俞默焕还未来得及回答，就见到郭子仪一脸沉重地走了过来。

“苏坊主开船吧，而你们一会儿到我房间来一趟。”郭子仪黑着脸往船舱里走去。

苏韵招呼伙计们扬帆起航，此时俞默焕与苏韵对看一眼，郭暖深深地叹了口气，跟在父亲的身后。

“伙计们，开船。”

苏韵对着老张说了一句，看了一眼身后的济南府，叹了口气，怕是只能回来的时候，再看看了。

这郭子仪的房间很简单，属于军旅生涯过惯的武将特有的布置，不求奢华但求舒适。

郭子仪坐在那里，两鬓有了一些白发。

这位将军，是整个大唐的骄傲，更是武将之中的偶像。

如果说大唐初建，福将程咬金和少保罗成是每个少年心目中的英雄和战神，那么大唐中期，郭子仪绝对是这个时代最杰出的人物。

这个时代将帅之后，都不再是提刀上马的英雄，甚至有些学起了那晋朝的糟粕，粉饼敷面，见马狂哭。

那些富庶之家的人，再也不愿意送儿去从军，甚至以此为耻。

那些贫瘠的人家，若不是走投无路，谁也不愿意再去参军，以报效国家为荣。

太平年间，武人便是下九流，再也不被尊敬。

可是谁又能知道，战乱年代，武人才是真正能保护国民不会被践踏的天神?

这是唐朝的耻辱，以武为耻的谬论，让大唐以帝都长安为中心，再无半个兵丁和武械。

一个国家，本该给武人最崇敬的爱戴，应该给武人神圣不可侵犯的地位。可是大唐的皇帝，再也不是开国之初的皇帝，只知道玩弄权术，早已经不记得居安思危，更不记得大唐开疆拓土靠的是那将军，是那一代代以血保家卫国、扬国威护国体的兵士和将领了。

历史轮回，仿佛很多事情从未改变，依旧是那么一个圈圈，依旧是在那里，只是人们经常健忘。

郭子仪捧着茶杯，即便手里的茶渐渐凉了，也不在乎，只是呆呆地望着外面。

“爹……”郭暖轻声提醒，郭子仪才转过脸来。

“老六去续茶，我有些话要跟俞默焕和苏坊主说说。”郭子仪的眼睛里藏着很多事，她看得明白。

而俞默焕也看得清楚。

“好，爹。”

郭暖出去提茶壶。此时郭子仪伸出手：“请坐。”

俞默焕坐在右手边，苏韵坐在他旁边，郭子仪则是笑了笑。

“郭将军，你的脸色有些不太好，是不是发生了什么？”

“你们去大明湖后边的暗坊了，对吗？”

郭子仪看向俞默焕，可是却对苏韵说着这句话。

“郭伯伯……”

“郭将军……”

“史思明和他的儿子史朝义，你还是不要插手的好，有些事情，螳臂当车，知道吗？”

郭子仪的话让俞默焕挑高了眉头。

“郭将军，我不明白你的意思。”

“不明白我的意思？是真不明白，还是装傻呢？”

“我……”

郭子仪叹了口气，从袖里拿出一个邸报。

“看看吧。”郭子仪将邸报推给俞默焕。

苏韵和俞默焕对看一眼，打开，看见了一条简短的内容，大致的意思是：咸宁太守赵奉璋上言告奸相李林甫罪二十余条。李林甫批复赵奉璋妖言惑众，予以杖杀。

杖杀……李林甫……咸宁……那可是乾元重宝最猖獗的地方，这李林甫的弟弟李林可是在那里做了试点的，莫非是……

“看来默焕和苏坊主都看懂了，对吗？”

郭子仪看清楚他们的表情，自然清楚他们内心的想法。

“郭伯伯，这是什么时候发生的事情？”

“什么时候？一个月前，但是邸报，今天刚刚收到。”

“咸宁可是史思明和李林甫的合作点？”俞默焕直接问出口，他敢这么说，必然有相应的证据。

“这很重要吗？”郭子仪笑了笑。

“当然重要。”

“天宝八年……天宝八年……注定不平凡的一年……”郭子仪淡淡一笑，“呵……确实……”

“郭伯伯，我不明白，今年怎么了？”

“五月十日李林甫奏停折冲府上下鱼书。此后府兵徒有其官吏，兵士、马匹、武器等耗散殆尽。其折冲、果毅等官员，又多年不迁升，士大夫也耻为之。”

郭子仪淡淡说道。

“这是什么意思？”苏韵还是不明白。

俞默焕深吸一口气，久久才呼出那口浊气，闭了闭眼：“大唐啊……要变天了……”

“发生了什么事情？”郭暖提着一壶热水走了进来，诧异地看着周围的所有人。

“募兵制真的来了。”俞默焕看向郭暖。

“啊？！”郭暖诧异地看向郭子仪，“真的吗？爹？这不是……”

苏韵还是纳闷地看着这群人，这是怎么了？府兵制和募兵制有什么区别吗？

“你不懂？”郭暖看着苏韵傻傻的模样，皱起眉。

“不懂。”苏韵呆呆地点头。

“你该多多读历史的，竟然不知道本朝的事情。”郭暖只能充当解释的人，“唐朝从高宗、武后到当朝，由于战事频仍，兵役繁重，人民避役，兵士逃亡，府兵的地位逐渐低落。主要还是土地兼并日益严重，均田制遭到破坏。府兵征发的对象本是均田制下的农民，均田制被破坏，府兵制也就失去了赖以存在的经济基础。所以从开元年间开始，募兵制就逐渐代替了府兵制。先前，折冲府有木契、铜鱼，朝廷征发时，便下敕书与木契、铜鱼，都督与郡府参验合符时，然后才发兵。”

“嗯，但是这又有什么关系？”苏韵还是不明白。

郭暖看向俞默焕，俞默焕点着头，继续说下去：“募兵制实行后，虽然在前期取得了很好的效果，为边防军镇提供了可靠的军源，但天宝以后，因为承平日久，人们都认为大唐可以销兵，民间也禁止携带兵器。随着政治经济的变化，社会风气也有变化，人们耻于当兵，子弟为武官者，父兄摈不齿。”

俞默焕顿了顿继续说下去：“所应募者，皆是市井负贩、无赖子弟，未曾习武。又由于陛下采取了以夷制夷的政策，节度使多任用胡人，边镇中的士卒也有很大一部分胡人，猛将精兵，全集中在几个边防大镇，形成了里轻外重的局面。若是安禄山利用了这一形势，发动了叛乱……”

“大唐帝都周围没有士兵，百姓手无寸铁，若是安禄山发兵，便会犹如狼入羊群？如入无人之地一般，让大唐输掉国运，甚至输得一塌糊涂？”这一刻苏韵听懂了。

这也就是说一旦安禄山有异心，那么大唐国内没有一个人可以带兵抵抗，更没有足够的士兵能够抗击这一场战争？

天呐，那安禄山真有这样的心思的话，那大唐该如何？苏韵紧张地看向郭子仪。

“郭将军，您虽然是横塞军使，却驻扎在九原。九原天然屏障，您身后的兵足够保住大唐的最后一道防线了。”俞默焕从袖口拿出一道密旨，递给郭子仪。

郭子仪本想起身跪拜，却被俞默焕抓住手腕：“郭将军，您是元老，我相信您一定不会眼看着大唐毁在一群酸腐文人和狼子野心的胡人之手。切记，那八王之乱，更记住那五胡乱华的惨案。”

郭子仪看向俞默焕，郑重地点点头：“九原，我一定会守住。只是默焕……”

郭子仪将手搭在俞默焕的肩膀上：“听我一句话，暗坊的事情，就此打住。你已经引起了李林甫的注意，更引起了史思明的注意，这一路上怕是不会太平了。”

不会太平？难道这还没打算发动战事，就想着对俞默焕下手了吗？可是，他们敢吗？

“最近江南有旱灾的迹象，怕是扬州那里将会有一些故事。我的亲兵有些是范阳老家的，你懂吗？”

郭子仪的话是这般慎重，让苏韵打了个冷战，仿佛有什么不好的事情即将发生一样。

她有一种很不好的预感……

“郭将军，他们当真敢？”

“敢不敢，扬州那里还是要谨慎一些。毕竟……”郭子仪顿了顿，“国库还靠着第五琦苦苦维持，可是枯竭了水源，怕是要出大事了。”

苏韵呆呆地看着郭子仪，第五琦不是和李林甫狼狈为奸地做大乾元重宝吗？又怎么是苦苦维持？

“我这次带的军粮不知能够扛多久，但愿安禄山尽些心力，能够快点打败突厥人。如果，他还记得自己是大唐的将军的话……”郭子仪望向窗外，眼睛灰蒙了起来。

第五十四章
再见安禄山

船行千里，乘风破浪，幽州之地，范阳之所。

这船行驶到通州段附近便到了这范阳的边境，苏韵忙着指挥伙计卸下船上的货物，此时安禄山正带着幽州大小官吏远远而来。

这是苏韵第二次见到安禄山，与上一次华清池畔的宴会比起来，他又胖了。

隐隐地能够看到他满月的脸，和微驼的背。传闻安禄山得了一种病，吃不得糖，怕是病情越发严重了。

“安将军，别来无恙。”郭子仪走了过去，而安禄山则是扬起那胖胖的脸笑呵呵的。

若是不知道安禄山变脸的模样，或许人们以为安禄山不过是一个笑眯眯的佛陀。

“哈哈哈……还是这么客气。还别来无恙呢？要不是你亲自给老安我押运粮食，我这数万嗷嗷待哺的兵士怕是要端了我的老窝，让我不得安宁了。算起来，郭老哥还是我老安的佛爷贵人，我可是盼了好久了。”

安禄山一开口，便是一种自来熟的模样。

“到底是安将军，这嘴巴就是甜呢。”郭子仪哈哈笑起来。

“还安将军呢？该叫老安了。哎，这不是……这不是那谁？”安禄山挠挠头，想了半天，恍然大悟，“大唐造船坊的苏坊主？”

苏韵有礼地笑了起来：“安将军有心，劳你还记得我的名字。”

“哪能不记得呢？这李皋当时乘坐车轮船……啊……不对，是明轮船才对，那可真是惊艳四方来宾。听说是你自已和李皋一起建造的。”安禄山那本就胖的脸，笑成了一个肥胖的橘猫的模样。

“我不过是出了图纸，真正建造和完成的该是李皋李大人。”苏韵刚说完，却看到安禄山笑着指了指苏韵。

“这有文化的人呢，就是喜欢谦虚。这李皋如今不仅是转运使了，还是你们余杭的知府大人了。老郭，我在府邸给你准备了酒宴，你可不能拒绝我。”

安禄山不由分说地抓住郭子仪的手，带着郭子仪往府里走去。

苏韵看着那状似亲密的二人，又想起前几天郭子仪那黑着脸说安禄山的模样，果然，为官两张口，必然两张脸。

不过，谁能伸手打笑脸人呢？

这安禄山的府上很多突厥打扮的人，苏韵皱起眉，这跟突厥人打仗，府里却很多突厥人？

就在苏韵发呆的当口，俞默焕把苏韵直接拉到了怀里，有一人从她身边匆匆跑过去。她见过此人，叫作安庆绪。

安庆绪是安禄山的第二个儿子，是嫡夫人所出。

此时一人一副书生模样，站在了苏韵的身后，那笑容仿佛是濯清莲而不妖的荷花，君子之风，扑面而来。

“小友勿恼，我那弟弟就一蠢物，不小心伤了小友，还望海涵。”

弟弟？安庆绪是他弟弟？那他莫非是安庆宗？

苏韵嘟起嘴巴，直接回道：“小友？你还没有大我几岁，怎么来的小友？”

“小友便是小友，不过痴长几岁，便足以为兄长。”安庆宗笑了起来，拱手作揖，“丹丘生，是否？”

安庆宗知道俞默焕？苏韵还在诧异之中，安庆绪扛着一个马刷子走了出来，看到俞默焕的时候，直接丢掉马刷子，开心地看着俞默焕。

那模样仿佛跟俞默焕很熟一般，她更是陷入沉思。

“哎呀，这不是云山雾里不知处的丹丘生吗？怎么，寻仙访友不玩了？”安庆绪的笑容很开朗，眼角里除了惊喜再无其他。

“我此次前来不过是陪同阿韵……”

“陪同阿韵？这就是你口中那个难以忘掉的女孩？啧啧，大唐第一女坊主，到底是个人才。来来来，给我好好看看……”

安庆绪看着苏韵的眼神，就跟丈母娘看女婿一般，那是一个越看越开心的模样。

“话说丹丘生啊，你到底是个人才，竟然能挑到这样英气十足的女子。要是我也能有这样的巾帼……怕是做梦都会笑醒了。”

安庆绪才说完，仿佛才想起什么：“爹爹让我赶紧去马厩刷马，一会郭伯伯也和我爹骑马，我先走了。”

安庆绪犹如风一般，匆匆而去，安庆宗淡淡一笑：“别介意，我这二弟就这样，风一样的性子。走，进去，我请两位喝茶。”

安庆宗爽朗一笑，率先往前走去。

这便是安家人吗？为什么没有感觉到传说中的阴暗和阴冷？

就在这时，一个人在银杏树下，看着满树金灿灿的黄叶，扬起眉，整个人像是沉浸在其中，似乎没有料到有人会来。

“朝义，你今天怎么也来了？”

安庆宗刚说完，只见那人回过头来笑起：“朝清跟庆绪去玩了，我这人爱静。”

史朝义看向俞默焕和苏韵：“丹丘生，这就是你常说的女坊主阿韵？倒是有些韵味，像只小鹿。”

像只小鹿？苏韵瞪大眼睛看向史朝义，却看见史朝义哈哈笑起。

“果然，小鹿朦胧，大眼朦胧……有些趣味。”

安庆宗摇了摇头：“你呀，戏弄小姑娘还是在行，当心丹丘生罚你。”

史朝义耸了耸肩膀，指了指身边的铜钱：“阿堵物，最令人厌烦，唉，怎么办？”

济南大明湖后边的暗坊是史思明的东西，难道归属史朝义？只是史朝义这番模样也不像是个大奸大恶的人啊。

难道面相这个东西本来就是骗人的？

此时苏韵已经分不清楚眼前一群人的真面目，只能诧异地看着众人，而俞默焕则是走过去，拿起乾元重宝也不客气，仔细观摩起来。

“你倒是有闲情雅致，不是效仿魏晋潇洒吗？”俞默焕歪头看向史朝义。

“家弟为了博取父亲的喜爱，弄了一些破铜烂铁，这满地铜臭味，让我不得不仔细观摩。”史朝义拿起铜钱逆着阳光看过去，“这到底有什么好，竟让爹爹如此喜好？”

看来外面风传史思明更喜欢史朝清是真的了，史朝义虽然是长子却不得喜爱。

“行了，别看了，难得丹丘生来。走，咱们去喝杯茶？”安庆宗还想往前走去，却被史朝义拦下：“喝茶倒是不急，倒是有件事很着急。”

“什么事？”安庆宗被史朝义说得毫无头脑。

“听闻苏坊主是女中造船的能手，我这里有些造船的技艺还想着与苏坊主讨教几番。”

史朝义的眼睛直视苏韵，让苏韵愣住，这算是下战书还是挑衅？

这人还没坐下，水还没喝一口，就要带她去比试一番？这是为什么？

看来史家人真的是不怀好意。

俞默焕则是将苏韵拉在身后，眉头微皱：“朝义，喝杯茶，再聊。”

“有趣啊，丹丘生竟然袒护自家女孩了，看来是真的陷进去了。”安庆宗打着哈哈。

“陷进去了是陷进去了，而且陷进去不愿出来了。”俞默焕干脆承认。

苏韵的脸蛋红了起来，俞默焕这厮真是不知道什么叫作羞涩。

“古有曹冲称象，如今这万石军粮却不得经典再现，我的心还是很痛呢。”史朝义虚情假意地皱眉。

是吗？这是怕她运来的军粮不足？

她最讨厌被怀疑！

“你想看军粮？看一次又何妨！”苏韵骄傲地看向史朝义。

俞默焕回过头来看着这个任性的女孩，她十八岁了，难道还不知道轻重？

安庆宗此时已经不知道如何接下话题了，只能冷场。

而史朝义仿佛正中下怀一般，笑了起来：“看来我也算是个福将，半路杀出来，还能让人家如我所愿。”

“那就走吧。”苏韵做了一个请的手势。

史朝义挑了挑眉，那嘴角的微笑，让她知道，一场暴风雨即将到来。

只是她没料到暴风雨会持续那么久。

“阿韵，你太冲动了……”俞默焕靠近苏韵，轻叹一声。

这通州段的运河不输给余杭的运河，波澜壮阔的河面，苏韵指挥着数百个伙计将军粮装船。

吃水位的军粮以百为计，装了数百次，人们用了三天才完成整个装运和承重。

苏韵憋着一股劲，就想证明苏家漕运童叟无欺，却没有料到史朝义这次安排的深意。

随着钱货两清，史朝义那本是带着笑容的脸越加大了起来。

“如何？我余杭苏家漕运岂会是那种言而无信之辈？”

苏韵本是骄傲的，却被史朝义冷冷嘲讽道：“货物是不错，只是三天验货，这效率如此之慢，赶不上扬州的。也对，扬州毕竟是漕运天下的枢纽，你余杭不过是京杭运河的尾端，确实差别不小。”

史朝义只差说一句上不得台面了，这让苏韵气得眼睛都眯了起来。

这厮花费了三天时间，没让她参加宴席，光做苦力了。

如今竟然称她为小作坊上不得台面？

她越来越肯定史朝义就是济南大明湖畔暗坊的主人，他这是给她立下马威呢。

俞默焕暗暗摇了摇头，阿韵还是太年轻，太过意气用事，着了道。

“好了，这粮食确实分毫不差，省了我粮官清点入仓了，来人，将粮食抬走，入库。”史朝义连一句感谢也没有便转身离开。

苏韵攥起拳头，俞默焕走到她的身边，手搭在她的肩膀上：“阿韵，低调。”

苏韵抬起头看向俞默焕：“阿焕，他欺人太甚！”

“我知道，但是你要稳重，控制你的脾气。”

第五十五章
安史两家人不同

苏韵长到十八岁，从来没有受过这样的委屈。她有一种被人当猴耍了的感觉，整个人陷入无边的沉默之中。

俞默焕叹了口气，阿韵还没长大。不过，人生，不就是经过许许多多的波折才能够成材吗?

没有风雨，怎么有彩虹？她终是要经历一次的，而他只能陪伴，却不能替代。

苏韵的双手紧紧地攥了起来，整个人像是受到了极大的羞辱一般。

“阿焕，那个史朝义……”

俞默焕看着几乎咬牙切齿的苏韵，将手放在她的手背上，轻柔地拍了拍：“嗯，阿韵，你说。”

他的眼神，像是在看一个稚儿，是那般慈爱又是那般宠溺。

“我一定要报仇！”

苏韵的眼睛带着倔强，仔细看，那眼睛里还有泪光。

他温柔地点头：“是陪你打一架还是做什么？”

“他既然瞧不起我船的吃水量，下一次来，我一定要用最大的船，累死他的纤夫和搬运伙计！”苏韵眼睛闪烁着自信，“我一定要让他看到余杭苏家的大船名不虚传，而余杭苏家的漕运更是盖世无双！”

“好，只要是你高兴的，我都如你所愿。”

俞默焕取下披风为她披上：“只是现在已经是酉时，该要回去了。”

“你会支持我的吧？”

“会。”

“我绝对不是小孩子心性，而是为了家族。”

“我知道，我会一如既往地支持你，放心。”

“阿焕……”

苏韵轻唤出声，俞默焕低下头看着苏韵：“什么？”

“谢谢。”

俞默焕轻笑出声，看着那倔强而又认真的笑脸，点了点她的额头：“你呀……就是个执着的孩子，但是怎么办呢？除了你，谁也入不了我的眼，只能一心一意地帮你。”

除了你，谁也入不了我的眼。这句话让苏韵的俏脸红了起来，她竟然会因为这句话而雀跃。

才走到住宿的客栈，推开门却看到一人端着茶杯坐在里面。

苏韵和俞默焕对看一眼，只见那人起身作揖，这是长揖，是正式场合才会行的大礼。

苏韵诧异地看向来人，而那人颇为抱歉地说道：“我听闻今日兄长戏弄了苏家大小姐，特地来道歉，但愿没有突兀。”

兄长？莫非这是史朝清？这会是史朝清？！

“想必你就是朝清吧？”俞默焕丝毫没有意外的模样，反而从容地坐了下来。

“我便是史朝清，俞家大公子好眼力，不愧是李太白的好友丹丘生。”

据说史朝清一直很向往李白的生活，更喜欢乳山六贤，对于丹丘生更是颇为尊重。

苏韵皱起眉，这一路上很多人对于俞默焕都是那般尊敬和拥护，丹丘生……丹丘生……失踪了两年左右的俞默焕到底做了什么？

为什么这些人都对他这般尊敬？是不是她错过了什么？

苏韵还没想明白，只听史朝清颇为抱歉地说道：“其实我那兄长平常是个很随和的人呢，也不知道怎么回事，突然骄纵了一把，竟让苏家大小姐赶上了。”

“不知道朝义可是有什么难言之隐？”俞默焕不等苏韵说出口，直接问道。

“我那兄长，最近要负责十万大军的伙食，而上面给的限期又紧张，这分发粮食又需要快一些。所以我那兄长便着急地来处理这件事，虽然结局让父亲满意，可是这过程，终究是有待商榷的。”

史朝清略感抱歉地说着，说完还拿起茶杯掩下眼里的懊恼。

有待商榷？怕是做得很不地道吧？缺人手跟她说一声，她会出手帮忙的，可是用激将法之后，还顺带羞辱人，这样的手段，着实令人讨厌。

“原来是这样。毕竟突厥大战在前，安将军和史将军确实压力大了些。”俞默焕点头表示理解。

史朝清刚刚想呼出一口气，却听到俞默焕的话锋一转：“只是，这男子羞辱女子，确实不光彩。此前我听闻令兄并不得史将军的喜欢，如今，倒是明白了个大概。”

仿佛俞默焕看明白了什么，让史朝清愣住，他不知道这句话该如何接。

史朝清本就是来道歉的，可是现在，他接下来便是踩一脚兄长史朝义，不接下来，那么他这次来的诚心便打了折扣。

在这尴尬的时候，一人提了一壶酒走了进来，后边还跟着安家的两个兄弟。

“哟，都在呢？”郭暖笑眯眯地看着屋内尴尬古怪的三个人，也不在意地说道，“话说，我带来了亳州的古井贡，来尝尝，味道绵柔。”

郭暖将酒放在案桌上，身边的安庆绪和安庆宗自顾自地走了进来，小二和几个伙计鱼贯而入，端来可口的饭菜。

只是这些人之中不见那史朝义……

“这安家的老大说你和阿韵还没吃过饭，便带来了一些，说是要跟这女坊主好好吃一顿，见见女坊主的风采。话说我们来的是不是不巧，感觉你们的气氛不对。”

郭暖到底有一定的敏感度，一边开着玩笑，一边化解着尴尬。

“想必是朝义今天玩笑开大了，这朝清负荆请罪来了。”安庆宗将碗筷递给史朝清，“话说朝义怎么没来？”

“大哥，这还用说吗？肯定是羞得不敢见人了呗。”安庆绪大笑一声，“那朝义总是假正经的，如今怕是踢到铁板了。我出门的时候听到父亲站在门前骂他呢，还有你爹，你爹动手打了他一巴掌呢。啧啧……”

史朝清急急地问道：“我大哥被打得严重吗？”

严重吗？这是真的关心还是幸灾乐祸？苏韵分不清楚，但是感觉史朝清和史朝义的感情不对，不像是安庆绪和安庆宗这哥俩的感情。

“不严重吧，我看朝义那小子嘴巴没歪，脸蛋没破相，应该没啥大问题，不过就是挨骂了呗。”安庆绪耸了耸肩，“大哥，你给我留一点儿，我最喜欢古井贡了。”

“你喜欢古井贡还是喜欢曹阿瞒家的酒酿？”安庆宗将话题转移开来，“我这弟弟从小崇拜曹阿瞒，说是要做大汉之臣，成为大汉的中流砥柱。不过如今的大唐便是大汉，我这弟弟还梦想着跟爹爹一样，成为天下的大英雄呢。”

“大英雄怎么了？哪个男孩了没有大英雄的梦？我就喜欢曹阿瞒，他一生为了江山社稷，为了大汉子民。我也要成为那样的人，为了子民，为了一方百姓，甘愿付出一切。而且曹阿瞒和爹爹一样，不仅军法严明还尊重士族，是个尊师重道的大英雄。”

安庆绪本就是个话匣子，嘴巴一打开，整个人仿佛镀了一层星光，光闪闪得令人炫目：“我将来要成为历史上的名人，我要我的名字刻在青史之上，让后人都知道我也是个曹阿瞒这样的人物，一定会的。”

安庆绪还想说什么，安庆宗将鸡腿塞入他的嘴巴：“吃你的吧，这么多话，整天就是曹阿瞒曹阿瞒。”

“曹阿瞒怎么了？我就是喜欢英雄。”安庆绪嘟囔起来。

大家被安庆绪的嘟囔惹得相视一笑，仿佛方才的尴尬不存在一般。

“苏家小姐，丹丘生，我替朝义抱歉，三天前我没拦住朝义，后来我出去整顿军务，也没来得及阻止朝义。这说到底都是我安家的错，我安家不该这般对待客人。”安庆绪端起酒杯，“这杯酒就当我的谢罪酒。”

苏韵看着安庆绪一口闷下，杯底朝上，她也不好发难：“不过是一场玩闹，没什么的，何必这般上心。”

“这不是玩笑，而是我安家的态度问题。远来便是客人，这漕运便是大唐命脉，更是我军人的命脉。我父亲从小就教育我们，要尊重每一个人，无论是贩夫走卒还是士卿大夫，这个世界上的人，组成了这个社会。”

安庆宗顿了顿，继续说道：“任何一个人，无论职位高低，无论身份贵贱，都是大唐的百姓。若没有这些百姓，就没有大唐的繁荣昌盛，而范阳也不会如此屹立不倒。尽管三天前的闹剧是朝义一人为之，但是我安家是范阳的统帅，我安家必然要担起这个责任，尤其是我……”

安庆宗一副有担当的模样：“我安庆宗是安家的长子嫡孙，更是这范阳的长公子，我有使命更有义务去承担我所要肩负的责任。而这个责任，便是向你道歉。我代表安家和史家，向你道歉。”

苏韵被安庆宗这认真的模样给吓到，不知道该说一些什么。

她环顾四周，安庆宗的认真，安庆绪的希冀，俞默焕的从容，史朝清的安静，郭暖的好奇，让她开不了口。

俞默焕轻咳一声：“庆宗，这不过是阿韵和朝义小孩子置气，你何必这般认真？一杯酒，一场缘分，尽在不言中，饮下如何？”

俞默焕轻松化解了苏韵的尴尬，也把这种上升到范阳态度的严肃话题给缩到了酒宴上的童稚玩笑，收放自如的俞默焕让苏韵肃然起敬。

这便是阿焕。无论如何的场面都能控制自如，不像她，就只会尴尬和木讷。

但是阿焕说他的心里只有她，她突然感觉到好幸福好温暖。

只是这一刻苏韵也明白了一件事，那就是安家的兄弟是真正的兄弟，而史家的兄弟，未见得是那般亲密。

或许正如阿焕所说，很多事情，并不是人好就好，局势和形势才是至关重要的。

她似乎明白了俞默焕说的安禄山周围的形势，比如史朝义和史朝清这兄弟俩的态度，她几乎能够预见到史思明的态度和做法。大唐，真的要乱了吗？

第五十六章
范阳怨气从生

推杯换盏之际，楼外传来争吵的声音，甚至有越演越烈的迹象，苏韵忍不住好奇，从楼上往下看去。

这不看还好，仔细一看竟然是一挑担小货郎跟一锦衣华服的公子在争执。

看那个公子的打扮，倒像是富绅之家。

只是让苏韵不明白的是，这小货郎怎么会跟富绅之家扯了起来。

人们常说范阳人大多是性情中人，如今看来，确实如此。

“我不要你这乾元重宝，我要开元通宝。这货物非开元通宝不卖的，您要是不买，求您还给我。”

小货郎央求着，紧紧拽着少年公子的衣袖。

那公子往后退着身子，一边退缩，一边皱着眉：“你走开些，我不想与你靠得这般近……”

“就是，就是，离我家公子远一些，你身上的泥土味当心熏到我家公子。”

家丁们起哄，可是小货郎依旧紧紧地抓着少年公子的衣襟，死活不放。

“那可是我走过扬州淘来的宝贝，您若是入不了眼，求求您还给我，我还指望这个东西来给家里改善一下呢。”

小货郎的眼睛里都带了泪水，那鼻音浓浓的。

“我家公子只有乾元重宝，就看上这个东西了，怎么？”

家丁肆无忌惮地推搡着小货郎。

只听嘶啦一声，这小公子的衣袖硬生生地被小货郎撕裂。

“我的云锦湘绣！”

小公子惊呼一声，而此时小货郎仿佛看到了什么末日景象一般，吓愣在当地。

“你敢这般对待我家公子，兄弟们，上，给他一点颜色瞧瞧。”

眼看着底下乱作一团，安庆宗放下手里的茶杯，对着身边的小厮说道：“去，让下面的人停手。”

“是，大公子。”

不一会楼下平静了，小货郎和小公子都上了楼，此时小公子正愁眉苦脸，而小货郎已经是灰头土脸了。

“你们因为什么在争吵？”

安庆宗皱起眉，那声音虽然平静却有十足的压迫力，让小货郎缩了一下身子。

“我看上了一个南方的物件儿，本想买来这货物，可是这货郎拿到钱之后竟然不认账了。”

小货郎赶紧磕头，对着安庆宗一把鼻涕一把泪地说道：“安大公子，整个范阳城儿都知道您是个公平的主儿，小的在这里磕头，给您磕头，望您青天大老爷给个明断。”

安庆宗眉头皱得更紧了：“你先别磕头，说说，到底是为什么？”

“就是啊，这货银两清本就是你情我愿，你又怎么能够出尔反尔？”安庆绪嗤笑道，“莫非是你想蓄意抬价？”

“安二少爷，小人哪有那猪油蒙了心的肥胆儿？自从安将军在范阳城立下童叟无欺的规矩后，这范阳城的大商小货们谁敢越雷池一步？再说安将军对我范阳百姓是那般好，我又怎么能让安将军和两位少爷对小人如此失望呢？”小货郎委委屈屈地说道，“我这么做也是有不得已的苦衷啊……”

“哟嗬？这倒是奇了怪了，你有什么不得已的苦衷？”

安庆绪挑高了眉，笑眯了眼，仿佛只是一场玩闹。

可是安庆宗却是一直眉头紧皱，仿佛看见了什么不得了的事情。

苏韵感觉到了安庆宗和安庆绪这俩兄弟的区别，一个认真谨慎，一个玩世不恭。只是这史朝清……

他一直是作壁上观的模样，没有丝毫表情，不起任何涟漪……

若是没听错，这楼下的“乾元重宝”四个字那是听得清清楚楚，真真儿的，史朝清连一点儿紧张都没有吗？

不怕这小货郎说出什么不该说的话吗？

“你若真有苦衷，我来帮你做主，说说便是。”安庆宗也出声安抚道。

“哎哎哎，既然安大公子和安二公子都这么说了，那小人就说说。”

小货郎擦了擦混着泥土的汗水：“各位公子，小人并不是那出尔反尔的人，小人卖给这位小公子本想着换一点开元通宝过个好年，却没想到小公子给的是乾元重宝。这乾元重宝……”

小货郎有些心虚地低下头，咬了咬牙，像是下了什么重大决心一般，继续说道：“这乾元重宝虽然在咱们范阳城也是流通的货币，可是乾元重宝在江南已经泛滥成灾。不知道安大公子可知道现在的扬州，那富庶堪称遍地黄金的扬州，如今是个什么模样？”

小货郎抬起头，那清秀的脸庞带着无奈，那是一种生活不易的无奈，是处在底层生活艰辛寻找生机的无奈。

“你倒是说说，是什么模样？”安庆绪挑起眉，“还能旱了秦淮河，干了太湖不成？”

安庆绪本是随口乱说，却看到小货郎那震惊的表情。

莫非秦淮河旱了？

“不会吧？秦淮河旱了？”安庆绪摸了摸自己的后脖子，他这是有多乌鸦嘴？

“安二少爷明鉴，这江淮区域不知怎的，今年突然大旱了起来，这本是十里春风扬州路的地界，如今干涸的土地裂开，颗粒无收了。这还不算，还有那改了道的河水，肆虐江浙一带。这天灾影响之大，让当地的百姓……”

小货郎顿了顿，让苏韵颇为紧张地问道：“江浙一带的百姓怎么了？江淮的百姓又怎么了？”

“这位女郎，江浙一带的百姓现在面临着连绵不绝的雨水，几乎要洪水泛滥了。而江淮的大部分百姓已经开始离开故地，成为流民了。”

小货郎的话语让苏韵的心低沉了下去，流民？那便是成为灾民了吗？

一旦天灾形成，这旱灾所到之处必然是哀鸿遍野，更是白骨累累，难道又要易子相食了吗？

如果是这样，那江淮怕是要乱了啊……

苏韵又想起华清池畔那场诡异的景色，那晚的事情，真的就要来了吗？

“江南，那最富庶的地方，怎么会……”

安庆绪还没说完，安庆宗则是掌握到了要害：“你的意思是说这活下来的江淮百姓，因为用乾元重宝，已经买不起粮食了吗？”

“安大公子到底是个有见识的人呢，您所说一点儿也不差的。这江淮的百姓扛着一麻袋一麻袋的乾元重宝前去换取粮食了。这粮食真的……已经比那黄金都值钱了。”

小货郎带着无奈看向一旁的小公子：“您手上的玉佩就是当地的百姓用来换取我仅有的开元通宝的，我本想在这里再换回开元通宝，却没想到您给了我乾元重宝。小公子，这时下光景儿，怕是乾元重宝不时兴了。”

“可是我没有其他东西……”小公子依旧不依不饶，“你也没说必须是开元通宝啊？”

“天地良心啊，这安将军在范阳城早些年就定下城里百姓一律使用开元通宝的规矩，这贩夫走卒、士卿大夫、富商巨贾一律是用开元通宝交换物资。这是明面上的规矩，我本以为您早就知道的，哪承想……”

小货郎还想说几句，却听到小公子扯着嗓子不开心地说道：“这天下到底是大唐的天下，长安城都用乾元重宝交易货物，为什么我范阳城不可以？再说宰相第五琦支持的乾元重宝，为什么我不能用？”

这句话，让苏韵和俞默焕对看一眼，郭暧则是玩弄着手里的酒杯，低下头，没人看清郭暧的眼神。

史朝清挑眉，面无表情地看向安庆绪，而安庆绪则是皱起眉若有所思。

只有安庆宗带着一身正气：“大唐确实说乾元重宝可以交易，当朝宰相第五琦也支持，但是我范阳城是节度使所管辖。于民有益的，幽州节度使必然会同意；于民有害的，幽州节度使有权拒绝。”

这话说得很对，可是小公子却跟上了邪一般，带着怒气：“你这是藐视朝廷王法！”

“说我藐视朝廷法度也好，我只知道我一方水土上的百姓，既然被我安家管辖，我安家就要负起责任。而这个责任叫作安国兴邦，更叫作国泰民安。”

安庆宗的话让苏韵亮起了眼睛，这话漂亮。

“你……你……你这是打算反抗朝廷的制度？”小公子仿佛受到了什么惊吓一般，手都带着颤抖。

“我只知道做对的事情，不做错的事情。我想着大唐王朝也讲究是非，不会颠倒黑白。”安庆宗的话很坚定。

只是没人知道，这小公子的真实身份，更没有人知道这将是一个巨大的导火索，使得整个大唐王朝陷入战火。

“好，你既然这么坚定，你敢不敢强迫我用开元通宝交易？”小公子骄傲地看向安庆宗，一副你绝对不敢的模样。

“你要么交出小货郎的玉佩，要么交出开元通宝，否则，我绝对不会让你离开范阳城。”

安庆宗走向小公子，而小公子则是扬起头，眉头紧皱。

苏韵若有所思地看着小公子，这个人她好像见过……在哪里？

“安庆宗，你可知道我姓什么？”小公子冷哼一声看着安庆宗，“我爹爹又是谁？”

“我管你是谁，既然范阳城不允许乾元重宝交易，你就要用开元通宝交易，这是规矩。”

“谁定的规矩？”

“我安家为百姓定下的规矩。”

第五十七章
一场暴风雨即将到来

此时小货郎立刻站了起来，挡在安庆宗的身前，“小公子，若是你非要一个所以然来，那这，这宝贝我不要了！大公子是我范阳难得的好官……”

小货郎还没说完，只听小公子冷笑一声：“你算是什么东西？敢跟我叫嚷？”

“就是，你算什么东西？敢跟我家公子叫嚷？”

“也不看看你这嘴脸，啊呸……”

小货郎的脸越来越红，还想说什么，此时安庆宗则是将小货郎拽到身后。

“士卿大夫又如何？王侯将相宁有种乎？”

小公子的眼睛则是高挑了起来：“是吗？王侯将相宁有种乎？这可是你说的。”

“我说的，又如何？”

安庆宗或许没想到，这便是他的催命符。

此时一人摇着扇子慢慢走来：“哈哈，庆宗你还是这么较真？这位小郎君，可否退让一步？”

“你是何人？”小公子骄傲地看向来人。

“我？姓李名怀仙。”

李怀仙？苏韵愣住，这是李怀仙？李怀仙擅长骑马射箭，思维敏捷有计谋。他可是有房杜之才的人啊。

“你是李怀仙？”小公子显然吓了一跳。

“看来小公子还是知道鄙人的名字的。”李怀仙笑起来，“只是不知道我这名号可管用？”

“你跟我爹是好友，我看在辈分上，放过这一次。”小公子大度地点头。

“既然都是认识，不如我做东，去楼下喝杯酒？”李怀仙看了一眼安庆宗。

“都是我多有冒犯，请……”安庆宗到底是有眼力见儿的人，自然知道这小公子不可惹恼了。

“走。”小公子骄傲得犹如孔雀，走到一半，“我娘这次让我来就是为了还愿的，你们这里的悯忠寺可远？”

“不远不远，饭后，我亲自送你去，如何？”李怀仙还想说什么。

“不，我要安庆宗送我。”小公子骄傲地看向安庆宗。

“好，我送。”安庆宗攥起手来，只能点头。

小公子得意扬扬地扬起下巴：“走。”

苏韵看着那小公子走路的模样，有些诧异，转头看向俞默焕，低语道：“这小公子倒是像极了女子。”

“不是像极了女子，本就是女子。”俞默焕淡淡说道。

“啊？真的？”

“男女之别，很容易看出来。”俞默焕看向那呆呆的小货郎，叹了口气，从袖口取出银两，“喏，这个给你。”

“不用，我不受嗟来之食。不是我的，我分毫不取。”小货郎硬气地说。

“哦？你倒是有几分意思。”

郭暖笑了起来，反正现在史朝清他们已经离去，他倒是可以放开了说笑：“你叫什么名字？”

“在下卢纶。”

“卢纶？你姓卢？范阳卢家可是大家，你们是宗亲？”郭暖立刻想到了卢植和卢照邻那些名人。

这范阳卢家到底是大士族。

“惭愧，我虽然姓卢，却不是卢家的嫡脉。我家……”卢纶深深叹了口气，“我家境并不很好，世道不宁，父亲去世较早，我本人又多病，生活并不美好……”

“原来是个苦孩子，你可有从军的打算？”郭暖看向卢纶，突然住了嘴，“也对，你身子弱，当不了兵。”

“我的家境实在没办法……”卢纶叹了口气。

苏韵隐约想起一件事，看向卢纶：“我听说有范阳才子姓卢，甚至去考了进士，莫非你是其中之一？”

进士？俞默焕挑了挑眉，看来他该是要想到什么了。

“惭愧啊，我不过是挂个虚名。”

“能中进士已经是了不起了，给你鼓掌。”俞默焕鼓掌笑道。

“我不过是会写几首诗歌罢了。”

“会写诗歌就好，我给你写封介绍书信……”郭暖突然大发善心。

“介绍书信？”

“对啊，介绍书信。”郭暖理所当然地要来文房四宝。

“你这是……写给王维的？”苏韵笑眯了眼睛，“诗画郎中，倒是极好。”

王维啊，好像没记错，是从坤那人的亲舅舅吧？

这王维出身河东王氏，于开元十九年状元及第。历官右拾遗、监察御史、河西节度使判官。天宝年间，拜吏部郎中、给事中。王维参禅悟理，学庄信道，精通诗、书、画、音乐等，以诗名盛于开元、天宝间，尤长五言，多咏山水田园，与孟浩然合称“王孟”，有“诗佛”之称。

王维最美好的不仅是诗，更有辽阔的胸襟。这吏部郎中，倒是可以看看这卢纶。

“不过那王维最近在修建别墅，你还是去看看他弟弟王缙吧，也许王缙更需要你这样的人。”

郭暧将书信折叠好交给卢纶，然后笑眯地看着俞默焕：“走了，看看那个女扮男装的小妮子又要作什么妖。”

“听这个口音，你认识这小公子？”苏韵诧异起来。

“何止是认识，简直化成灰我都要认识了。”

“那这位是……”

“岐王李范的女儿荣义郡主。”郭暧笑了一下，无奈地摇头。

“那荣义郡主本就是一个喜欢女扮男装的娃儿，自小就是个爱玩闹的，如今倒是越发玩闹得厉害了。”

“原来是一个顽皮的顽儿，那安庆宗倒是有的受了。”俞默焕摇摇头。

不知道为什么，苏韵回忆起方才荣义郡主和安庆宗的对话，总感觉有一种凄凉荡开，也许……她想起什么来了。

“阿韵，你怎么了？”

“没怎么，我只是觉得他们也许在一起并不好……”

“为什么？”

“我感觉，好像有血光之灾。”

“血光之灾？”

“是的。”

苏韵点头，很认真地看着俞默焕。

“我感觉到一场暴风雨即将来临，不知道为什么，我看见那荣义郡主的时候，总感觉哪里不舒服，像是……像是炸药即将爆炸一样。”

“炸药？怎么会？”郭暧愣住。

“阿韵有时候会看见一些我们看不见的东西，也许……像袁天罡大师说的，有些人总是跟我们的体质不太一样。”

“原来是这样。那他们在一起会怎么样？”

“我不知道，我只知道很不好，很不好……”苏韵越说越小声。

“是吗？”郭暧迟疑地说道。

“阿韵，把你看到的说出来，我想听明白。”

“其实也没什么，不过是……感觉他们的八字不合，怕是死局。”

苏韵回想起来，看到的是血气四溢，像是要将她包裹在其中一般。

这场血气，苏韵看向范阳城的安府方向，像是飘向了安府，那黑压压的乌云，一直罩在那里。

仔细看看安庆宗，她甚至能看到他乌云罩顶，甚至印堂发黑。

“我不知道有什么感觉……只是觉得……这个世道要变了……而且很快……”

马蹄声哒哒地传来，只听楼下噔噔跑上来一人：“公子，老爷要去九原了，要咱们收拾下。”

九原？看来郭将军终究是要去赴任了，而他们也该早早回江南了。

“嗯，我知道了。”

“那我在外面等你。”

“好。”郭暖看着俞默焕，认真地说道，“我要走了丹丘生。”

“嗯。”

“好兄弟，再见时，一起喝酒。”

“好。”

郭暖不舍地挥挥手，转身离去。

而俞默焕走到苏韵的身边，低声对她说道：“推背图说，少则三年，多则五年，天下必然动荡，一如西晋。”

苏韵抬起头看向俞默焕，此时俞默焕抓着苏韵的手往楼下走去，直到走入马车，才缓缓说道：“推背图，朝廷快要禁止了，甚至要打乱了顺序。这泄露天机的事情，让更多的人有了王侯将相宁有种乎的想法，这是引起动荡的。”

“你是说……”

“朝廷派我来，就是因为那上面说清楚了安家，只是……安家即便没有这种思想，可那史思明和史朝义父子，未必没有这样的野心。我有消息传来，说他们已经看过推背图了……”

“什么？”苏韵不可置信地瞪大眼睛。

第五十八章
推背图预知未来

俞默焕叹了口气，将手里的一张推背图拿了出来。

苏韵接过推背图，整个人呆住，只见上面写道：

谶曰：杨花飞，蜀道难，截断竹箫方见日，更无一吏乃平安。

颂曰：渔阳鼙鼓过潼关，此日君王幸剑山，木易若逢山下鬼，定于此处葬金环。

苏韵诧异地看向俞默焕：“杨花飞，蜀道难？这是什么？”

“渔阳便是范阳，鼙鼓是军用的小战鼓，这是战事，而战事之后便是潼关，可看下地图？”

俞默焕又拿出随身的地图交给苏韵，苏韵望着范阳到长安的这一带，果然是潼关最为重要，一旦潼关被破，长安怕是要失守了。

而这剑山和蜀道难，难道陛下要向西逃往蜀地？

木易是杨，山下鬼是嵬，这长安周围确实有一个叫作马嵬驿的地方。

金环……金环？难道是杨玉环会死在马嵬驿？！

而这马鞍……想必就是一场战事了吧？战事来自最大的将军，而这将军想必就是安禄山了。

她皱起眉，隐隐约约地感觉到这也许是未来，而她还没有想出来怎么把握。

“阿韵？”俞默焕摇了摇苏韵。

苏韵抬起头，看着推背图点头：“这推背图讲了很多东西，正着看，倒着看，都是对的。”

“哦？怎么说？”

苏韵指出最后一句颂语：“‘木易若逢山下鬼，定于此处葬金环。’这句话倒着看。”

倒着看？

俞默焕仔细地看着这句话，这句是“环金葬处此于定”，这是说杨玉环埋葬的地方便是一切动乱平定的时候，这句话很容易理解。

下一句则是“鬼下山逢若易木”，这句话……倒是有些意思。

易木？李豫？毕竟李豫闲来无事给自己起了一个雅号，名作易木，难道是广陵王？

俞默焕点了点头：“看来我知道接下来该保护谁了。”

苏韵笑了笑，俞默焕收起推背图，拉着她的手：“咱们去跟安将军告别，该启程回扬州了。”

“好。”

苏韵点头。

只是没想到的是，才走到安府大门口，安禄山不知为何匆匆走了出来，那眉头皱得很紧，仿佛遇到了什么特别大的事情，就连迎面撞到俞默焕都不自知。

“安将军，留步……”俞默焕唤住即将离开的安禄山。

安禄山才发现俞默焕的身影，立刻赔礼道：“原来是丹丘生，抱歉，老夫方才没有注意。”

“安将军行色如此匆匆，这是要去哪里？”

“老夫……”安禄山张了张嘴，硬是改了语调，“也无其他，不过是岐王要来，我要去准备一二。”

岐王？这是来给女儿订婚？

这岐王随了先皇李旦的性格，优柔寡断，眼神不好使，经常被人坑害而不自知。他推荐王维做了公主的面首，被世间所嘲讽，足见李隆范的心思是多么单纯了。

安禄山也算是个八面玲珑的人，这大唐王朝，从上到下没有对他有过微词。

只除了立场不同的李林甫和杨国忠，他们只是想剥夺安禄山的权力罢了，却没有真正地翻过脸，依旧是笑呵呵、一派祥和的模样。

安禄山这样的人物，是深得民心的将军，若还有岐王那样的亲家，着实令人头疼。

俞默焕了然地点点头，甚至有些同情起安禄山来，毕竟这大唐很少有人愿意做岐王的亲家。

“那安将军是真的要好好准备了。”俞默焕点头，仿佛很是慎重的模样，“不过那岐王我见过几面，他是个好说话的，只要顺着他就行。”

安禄山自然知道俞默焕是好心，他点头，爽朗地笑了起来：“还是丹丘生的心好。对了，你这次回到长安一定要帮我给母亲带几句好话。毕竟你我也算是兄弟辈的。”

确实，他俞默焕的母亲是杨玉环失散多年的小妹，算辈分，还真是表兄弟。

“放心，你这个表哥，我是认的。”俞默焕点头。

“那就好，只是我那舅舅，确实是多心了，我库里弄来一株人参，是这长白山最好的，别忘了给我那舅舅带去哈。”安禄山还不忘嘱咐几句，可能是真的时间不多了，寒暄几句便快速离开。

俞默焕看到安禄山的脸色，确实很不好。

“阿焕……”苏韵扯了扯俞默焕的衣袖。

“嗯？”他低下头与她对视，“什么事？”

“安庆绪来了，你没搭理他。”苏韵指了指旁边杵着的安庆绪。

俞默焕才看向安庆绪，笑起来：“怎么？舍不得我？”

“虽然外面我总是避嫌叫你丹丘生，可说到底，你也是我的小叔叔，我来送送自己小叔叔也不为过，不是吗？”

安庆绪笑起来：“毕竟我要帮父亲挑选那送给姨姥姥们和舅姥爷的礼品。”

“也是。”

俞默焕知道安庆绪有话要跟他说，便指了指前边：“带我去看看，说不定我有更好的建议。”

“那便是最好了。”安庆绪笑起来。

当库房里只剩下俞默焕、苏韵和安庆绪的时候，安庆绪一改门前那和气的模样，变得愁眉苦脸起来：“小叔叔，你这次来，真的是舅姥爷的主意吗？”

舅姥爷？怕说的是杨国忠了……

“嗯。”俞默焕也不想狡辩，只是模棱两可地点头。

“小叔叔还是这般，不能说的只是嗯一声，也不给个明路。但是小叔叔，我却有句话必须要跟你说，不说，我睡不着。”安庆绪的语调有些荒凉。

“你说。”俞默焕望着安庆绪，这个曾经阳光开朗的大男孩。

“小叔叔，你知道的，我爹爹他一直很尊敬和敬仰大唐，他这辈子最荣耀的事情就是能够成为大唐子民，驻守大唐边境。可是小叔叔，你知道的，这世上很多时候，不是一腔热血和满腔爱国就能不被人诟病的……”

安庆绪拉长了尾音，那话语里充斥了低落和失望，更多的是言语未尽……

第五十九章 人们错看安禄山

安庆绪认真地看着俞默焕的眼睛，他知道俞默焕一走，安家必然会卷入战火之中。

他不希望安家倒下，不希望范阳的百姓卷入战争之中。

“小叔叔，我爹和大哥不想说，可是我却一定要说。小叔叔，这几天你也在范阳感受到了一些，你必然看到我爹是如何对待百姓的，对吗？”

“你想说什么？”俞默焕打断安庆绪的煽情。

“小叔叔，我安家虽然是外族，但是我爹已经是大唐的子民，我的爷爷也是大唐的子民，我奶奶的那一分支并不是突厥的主流。我爹这一生从一个奴隶变成了一方大员，这是祖上的造化，更是我爹的福分。”

安庆绪顿了顿继续说道：“这任何富贵只有绝对的太平才能永享，一旦点燃战火，一旦发生灾祸，这富贵中天也不过是镜花水月。所以我爹和我整个安家的儿郎都知道，保卫大唐就是保卫我们这个家。这个世界上任何人都可能希望大唐乱了，但是……”

安庆绪拍着自己的胸脯：“但是我安家是唯一一个不会的。我爹爹有幸认了贵妃为义母，既然贵为天子子嗣，必然会守着大唐的这份荣耀，尽管我爹姓安，可是这是安平的安，是国泰民安的安，更是安心安分的安！我安家绝对不愿大唐战火肆虐！”

安庆绪激动地抓住俞默焕的袖子：“小叔叔，你回去告诉舅姥爷，告诉贵妃我安家绝对不会造次，请舅姥爷相信……”

安庆绪看着俞默焕毫无反应，只得继续说下去：“小叔叔，我爹爹虽然五大三粗的，就是个糙汉子，可是我爹爹真的是把大唐当作家的，更是把范阳的百姓当作亲人的。我爹不希望这个世界上有任何人伤害到大唐的利益，更不允许任何人造次，求求你，小叔叔……”

俞默焕终于松动了，他不忍安庆绪这般乞求自己。

他知道安禄山确实是爱民如子，更知道安禄山会保护着范阳的百姓不受匈奴的侵犯，也知道安禄山是有功于大唐的大将，可以保家卫国。

可是安禄山早已权势擎天，早已功高盖主。

这功高盖主的将帅，要么被逼迫得死无葬身之地，一如刘邦的大将韩信，那可是受过胯下之辱的，更是一个爱民如子、军法严明、嫉恶如仇的。可是呢？还不是被吕后赐死？

权力双刃剑，过犹不及，安家还不懂……

这杨国忠并不是不信安家的忠心，而是安家一天不交出权力，这高高在上的杨家和大唐皇族必然会如坐针毡。

这交出权力是极其考验头脑的，若是轻率交出，必然会被轻视，甚至会节节败退，子孙后代都会受到波及，交出权力后，如他们所想，会过得生不如死。

若是硬扛着不交出，必然会引起帝王和皇亲宗族的反感，这个时候，便是株连九族的大罪。

若是威逼利诱之下，聪明地透露出一个极大的把柄给皇族，又能不卑不亢地交出权力。

这样，安家才能平安度过这一劫，而皇族也能原谅他们的造次。

可是，安家没有这份头脑，史家却又有吞并一方的野心。

他无可奈何，只能选择漠然……

可是心理上终究是熬不过去，看着安庆绪这般真诚，俞默焕终于松动了嘴巴。

“安家，若是想万无一失，还是跟皇家缔结善缘的好……”俞默焕看向安庆绪，“毕竟帝王一怒，浮尸千里。”

“真的只有这样吗？”

“只有这样……”

“小叔叔，我懂你的意思了……”

但是俞默焕不知道，安家以为的结善缘是联姻，而他说的结善缘是示弱。

“你懂了就好，我也该走了。”

俞默焕拉着苏韵准备离开，却被安庆绪在背后叫住：“小叔叔，你会帮我们吗？”

俞默焕顿了顿，回过头：“会。”

“谢谢……”

俞默焕轻点头，转身大步流星而去。

直到坐上明轮船从范阳离开，她才回过神来。

她抬头看向那蓝天，叹了口气。

“阿韵，你为什么叹气？”

“你跟安庆绪说话的时候，我看到了一种很深的罪孽，那是深不可见的黑气，安庆绪以后造孽会很深……”

“是吗？安庆绪？”

“嗯。”苏韵转身看向俞默焕，“但不管如何，我看到推背图之后，有了新的想法，一个近乎疯狂的想法……”

“什么想法？”

“若是大战在即，可否造一艘大舟，将所有的人都带走，远离这片血海，抵达乐土……”

“大舟？”俞默焕歪着头。

“嗯，那种可以让人们在上面生老病死，可以婚丧嫁娶都不耽误的大舟，那种航行七天七夜依旧安然无恙的大舟，那种我不放下悬梯旁人都不能上去的大舟……只有这样的大舟，才能保住一方子民。”

苏韵笑起来，那好看的笑容印在她娇俏的唇边，让他竟然看痴了去。

“阿焕……我想我只要研究透了如何在船上种植植物，必然能够让更多的人在我的大舟上生活，我要带着我认识的所有人躲开那白骨累累的战争！”

苏韵握起拳头：“如果推背图上说安家和史家真的因为一个‘杨花’飞而导致大唐发生战乱的话，我一定要建造这艘大船。”

“那你可有了想法？”俞默焕笑起来。

“我知道扬州最擅长种植水稻，我知道曲阜最喜欢培植盆景。大汉便有了盆景和缶景，也许我应该去从这里下手。”

“你打算拜访谁？我陪你。”

“我要开巷为圃，创造苗圃种植粮食蔬菜，而现在我要学会的就是盆景的种植方法。这一点上我相信有一人能胜任，那便是老宰相张九龄，你难道没有听到过‘盆池之鱼，犹陛下任人，但能装景，助儿女之戏尔’？”

“老宰相？倒是个不错的人选，只是老相国最近在研究败火的茶……你这是要去讨教一二？”

说起这败火的茶，背后倒有一个有趣的事情，这张九龄由长安称病南归，返故里孝养其母。不久，其所患瘴疠就通过日喝两碗金银花、淡竹叶、罗汉果、甘草等药用植物熬制的凉茶得以见好。

这凉茶倒是为大唐贡献了一份福音，他倒是记得。

“确实，我要去问问这老宰相，这开巷为圃是否可行。”

“既然你想，那我便陪你。”

苏韵笑起来，望着俞默焕：“阿焕……”

“嗯？什么？”

“认识你，真好。”

“傻瓜。”

俞默焕揉了揉苏韵的头，与她并肩而立。

此时安庆绪正坐在高楼之上，听着下属们传来的话语，整个人陷入沉思。

“你怎么在发呆？”史朝义慢悠悠地走上楼来。

“在想我那小叔叔到扬州是打算西去还是南去。”

“我看他哪里也去不得。”

“哦？为什么？”

安庆绪诧异地看着史朝义，不知道他葫芦里卖的什么药。

“因为扬州必然是他的葬身之地！”

“朝义，为什么！你这样是杀朝廷命官！”

“难道让他回到京师告安家？你觉得他会偏袒安家？未免想得过于简单了。庆绪，你要清楚，无论你如何努力，你终究还是有外族血统的。”

史朝义将手放在安庆绪的肩膀上，继续蛊惑着：“这大汉有句话叫作‘非我族类其心必异’。”

“有什么不一样？”安庆绪还没明白。

“我阿史那氏可是突厥最高贵的姓氏！你可知道我的族姓？”史朝义缓缓笑起，犹如魔鬼，迷惑着人的心智。

“阿史那是古突厥最高贵的姓氏，寓意高贵的狼，是长生天腾格里最钟爱的子民！”史朝义笑眯了眼睛，“突厥灭亡后，我们阿史那一族被回纥人赶出蒙古草原，降于唐朝，被唐王安置于中国各地。”

史朝义笑起来：“我阿史那一族本就是这草原上最强大的民族，是河西走廊上的沮渠氏，那往日的荣光必然要重现，怎么可以被唐王一根狗骨头安抚？庆绪，你可是阿史德皇族的人，你难道甘心为狗？要知道……”

“知道什么？”安庆绪抬头看向史朝义。

“狼行千里吃肉，狗行千里吃屎。我阿史那的族人，从来吃肉，绝对不会摇尾乞怜。你不要玷污了你的阿史德的姓氏。毕竟阿史那和阿史德可是通婚的两个皇族……”

“我……”

“你只要记得，这大唐已经被杨家人败了，那推背图上也说这杨花飞，死马嵬，既然天命如此，为什么不顺应天命？难道你不希望咱们不再被人猜忌，做自己的主人？”

第六十章
与水匪结下梁子

安庆绪抬起头看着史朝义，点头："阿史德氏必不为奴。"

"没错，所以，你还想什么大唐盛世。我早就安排好了，只要这推背图在民间盛行，正如那鱼腹中藏着早就设计好的吉祥如意……"

"好……"

没有人知道这一刻，历史的齿轮将因为个人的欲望而改变，而安庆绪也没想过这一时的贪念，让他注定成为历史耻辱柱之上的人物。

青史没有饶过谁，也不会遗漏谁……

"发生了什么事情？"苏韵诧异地感受到了压力，这才到扬州地界儿。

"大小姐，前边好像遇到了水匪……"

"水匪？"

苏韵有一些诧异，这水匪怎么会在此时遇上？是巧合？

"不过大小姐，好像这水匪知道咱们是官家的漕运队，并没阻挠，只是旁边一户渔民遭了殃。"

渔民？苏韵站在甲板上望过去，果然看到了渔民被看似强盗的人推搡着。

看那样子，像是要将渔民家的女儿拿去抵债。

该死，这水匪竟然光天化日之下逞凶。

苏韵当下也顾不得这里不是余杭，没有太多的伙计随船，立刻对身边的老张头说道："老张，开船过去。"

"大小姐，这是水匪！"

"光天化日之下对女子如此粗暴，怎么可以坐视不管？"苏韵大声地说道。

这是一身正气，只是俞默焕却抓住了她的手腕："阿韵，这里面当心有诈。"

"什么有诈？这水匪行凶，欺负女人我忍不了。"

苏韵推开俞默焕的手，一意孤行。

"阿韵，你可曾想过，这些人为什么刚好在这里让你看见？你不要说缘分，你冷静地想一下。”

“水匪还通情达理不成？”苏韵显然被前面的事情气得失了理智。

“阿韵，你再想想，这光天化日之下，那么多的百姓不去管，你却去管，你可知道这又代表什么？”

“百姓无一兵一卒，当然不敢管，我敢！”

“可是阿韵，你要清楚一件事，为什么这些人非要在这里做这样的事情？为什么不偷摸着来？你要知道这样明显，难免官府会来管。”

“江南旱灾，官府都在救灾民，哪来的时间管这些。”

“但是官府要维护稳定，绝对不会允许江南旱灾引起流民肆虐，更不允许灾祸横生，这水匪如此激起民怨，官府无论如何都不会坐视不管，知道吗？”

“阿焕……”苏韵失望地看向俞默焕。

“什么？”

“你的心是石头做的，太冷了。即便前边是陷阱，我只知道，我要救那个女人，我不希望她的这一生毁了。

“或者你不了解女人……”

苏韵转身离去，只留下俞默焕张了张嘴。

他的手紧紧地握了起来，到底是谁设计了阿韵？难道是史朝义？

这里的扬州水匪据说是史朝义组织的，为的就是打家劫舍，劫掠商人的财务扩充军饷。

看来他要好好地琢磨琢磨了。

苏韵蹦了过去，大声地呵斥道：“尔等怎么能在这里行凶？可还知道王法和道德？”

“道德？王法？老子在这里就是王法。怎么？你是什么人？敢在这里教训我？”

水匪放开那奄奄一息的女子，看向苏韵：“哟，看不出来，倒是个美丽的女人。”

“你想做什么！”

“做什么？兄弟们……”水匪回头刚想说什么，却被人一掌推下水去。

苏韵回过头看到俞默焕黑着一张脸，将她拉到身后：“你们的汪老大莫非忘了是谁准许他们在这里苟延残喘的？”

俞默焕的一句话让水匪头子愣住，很少有人知道他们的老大姓汪。

“汪崇明这是想要在大唐彻底地消失，还是想株连九族？嗯？”俞默焕的扇子轻轻摇着。

苏韵愣住，这是怎么回事？怎么感觉事情要翻转？

“告诉汪崇明，一刻钟的时间，我要在这里看见他。问问他懂不懂北淮南扬，知不知道规矩。”

北淮南扬……水匪头子开始结巴了：“你……你是谁？”

“丹丘生。”

水匪头子差点一个不稳栽入水中，立刻点头：“这就去！这就去！”

苏韵诧异地看着俞默焕，这几年他到底做了什么？怎么水匪头子这般伏低做小？

果然一刻钟的时间，汪崇明连跑带跳地奔了过来，站在了俞默焕的面前。

“汪崇明？”俞默焕有一下没一下地点着扇子。

“是。”

“这北淮的人来到南扬，怕是不合规矩吧？漕运的规矩，你这汪家后人不知道？”

毕竟贞观六年设舟楫署管理漕政，后来派遣皇族子弟作为转运使，这转运使便是整个漕运最大的官。

而能决定漕运人家命运的便是这些皇亲国戚，而俞默焕恰恰是皇亲国戚。

这汪崇明怎么能不怕俞默焕？

“丹、丹丘、生，我这手下有眼不识泰山，真的是该死，该死……”汪崇明擦着汗，很是不安。

“该死？调戏我的娘子，该怎么做？”

“谁干的？站出来！”汪崇明看向身后的人。

所有人都退缩，汪崇明尴尬地看着那些后退的人，无奈地看向俞默焕：“丹丘生，好像没有。”

俞默焕摇了摇头，指了指身边的苏韵，又瞥向一旁那已经昏厥的女子。

此时女子已经衣衫半露，而苏韵好心地将披风取下来为她披上。

“没有？光天化日之下，如此轻薄女子，还想对我的娘子有所作为，这作威作福果然舒服，只是可想到碰见了冤家？”

俞默焕的眼睛何等犀利，让汪崇明愣住。

“丹丘生，那不知该如何……是好？”

“扬州的漕运一直以来都是苏家为主，淮河以北的漕运一直都是汪家为主，我不是漕运的人，恐怕得问漕运的继任者。”

苏韵知道此时他是要自己发出声音的，苏韵沉了沉声音：“汪当家，小女苏家长女苏韵。”

“原来是苏大小姐。”汪崇明虽然感觉这件事有些不跟着起先史朝义设定的路线走，可是他却知道漕运两大竞争帮派争斗，必然会有一方受伤。

说起来到底是北淮错在先，毕竟扬州虽是北淮和南扬的交界点，可也是这苏家的地盘，在苏家的地盘上如此行凶，确实不对。而且这水匪头子本就是漕运的兄弟，他不管也得管。

其实汪崇明也是难受的，毕竟北淮最近河道淤塞，漕运越来越不给力，一大帮子兄弟靠这个吃饭，只能够听从史朝义的安排，来混口饭吃。

有些混不下去的人，总是要找些横财，才在这扬州趁灾打劫，没想到撞到了刀口上。

这道上有道上的规矩，既然在道上，那规矩是不能乱的。

“苏大小姐，我这小兄弟前几日遭了一些窝心的腌臜事情，难免心情不快，你也知道这北淮比不上南扬，终究没有那么多的水路可走，这兄弟们总要吃饭……你说不是？”

哀兵求饶？可是这受了羞辱的女子，谁能给她仁慈？

苏韵自然是不让的：“这道上的规矩，必然是不抢盘中食。既然你们在道上，就该知道，扬州是南扬而不是北淮的，这北淮如此欺人，不觉得越了规矩吗？”

好样的，这小丫头的嘴巴倒是尖锐，让他难以接下去。可是身后这么多兄弟看着，他必须要给个说法。

再说史朝义给了他任务，不能不完成。

“苏大小姐所说没错，可是这扬州距离北淮，犹如这扬州距离你余杭，一样的距离，同样的转折。若是我北淮侵犯了你余杭，你如此说，我倒是承下这份指责。可这是扬州，往北走是我北淮的通州，往西走，是你我都要经过的长安。算起来，这扬州也不算是你南扬一家的吧？”

第六十一章
江淮区域大旱灾

苏韵还想再说什么，却被俞默焕扯住了胳膊。

“汪崇明，你说的话再漂亮却也无法能够掩盖你占山为王的性质，更无法自圆其说你手底下的兄弟抢占民女的恶劣。”

俞默焕的眼睛染上戾气，此时一小厮快速跑来，在汪崇明耳边说了几句。

汪崇明的脸色微微变化，也没多说什么反而转身离去，也不留句话，便急匆匆地走人。

苏韵望着那离开的人，无法忘记汪崇明临走之时恨恨地看了她一眼，仿佛这预示着未来将会发生什么。

“阿焕，他们这是……”

“怕是这里面有什么事情，走，跟我去一个地方。”

“哪里？”

“江南旱灾，自然看看扬州府变成了什么模样。”

“旱极而蝗……”苏韵低语起来，难道要爆发蝗灾？

扬州府隶属江南东道，所过之处，尽是水井干涸，甚至有些地区出现了瘟疫。疫情扩散很快，很多地方的百姓因为无药而治而死去，县城已经空无一人。

而最令苏韵诧异的便是这江南东道的整个河流，因为大旱，水慢慢稀少，而缓慢的水流带不动泥沙，泥沙慢慢沉积，河道淤塞……

丹阳郡、晋陵郡、吴郡已经逐渐出现了河道狭窄的状况，所幸余杭作为京杭大运河的终端，还是保留了宽阔的河面。

这沿河的两侧，苏韵看见的是民生的凋敝，虽不至于易子相食，但是穷苦人家已经开始卖儿卖女以求活命……

苏韵闭上眼，整个人陷入了痛苦之中，这也许就是大国崩塌之前的凄凉，而她处于这份凄凉之中难以自拔。

俞默焕握住苏韵的肩膀，轻声说道：“阿韵……”

“我原先听说大厦将倾，百姓毫无生路，总觉得那三国乱世的杀戮，不过是纸张之上冷冰冰的文字罢了，如今，确是赤裸裸地在眼前……”

苏韵有些哽咽，眼前这一切她难以忘记，更无法忘却。

在这满是淤泥的河道两侧，满腿是泥土的百姓在淤泥里寻找着能充饥的水产生物。

岸上嗷嗷待哺的幼儿脑袋奇大，身材矮小，整个人缩在一旁，嘴唇干裂。

有些饿得走不动了，走在树下，撕扯着树皮，仿佛要充饥。尽管指甲满是灰尘，尽管已经清晰可见肋骨，依旧惯性地往自己嘴里填塞树皮。

道路两侧，有些肚子撑得圆鼓鼓的尸体，这是观音土吃过之后硬生生撑死的百姓……

还有些筚路蓝缕的百姓，推着单脚车，破草席子盖着他们的亲人，有些甚至还是孩子。

烂疮遍布百姓的身上，发出阵阵的恶臭味。

……

这简直就是人间地狱！而这里曾经是大唐最富庶的地方，是江南鱼米之乡。

而有些穿着尚好的人，扛着一麻袋一麻袋的铜钱，站在米铺购买不过一捧的稻米。

苏韵甚至能够清楚地看到，那是乾元重宝，是坑害江南的恶钱。

这一整麻袋才能买一捧稻米，开元盛世之时怎么会有这样的情况？

这是朝廷榨干了百姓的开元通宝，转化成了金银，变成了军需。

尽管镇压了回鹘之乱，尽管可以抵抗突厥的进攻，可是，国之财力早就榨干。

这种榨干，是国家实力的衰退，更是一个国家整体的衰弱。

苏韵闭了闭眼，已经受不住这样的人间惨状，而俞默焕则是抿起嘴巴：“阿韵……”

“什么？”

“你要知道，国家阵痛必然要付出代价，有些人会趁着这个机会，充当牛鬼蛇神。”

“所以呢？”

“所以国家之内必然会有战乱，而国将不国之时，若是天意在大唐，必然会如同大汉那般，中兴。”

“你确定？可是这战乱会死多少人？”

“这些人是无辜的，我知道，但是你就当他们上辈子造孽了吧……”

“孩子呢？孩子多么无辜？”

“阿韵，这次的战祸，已经是箭在弦上，你我都干扰不了，你知道吗？”

苏韵摇了摇头：“我不认可宿命说，哪怕真的是宿命，我也要尽我可能地去帮别人。如果说我以前还想着去壮大军队的水战能力，那么现在，我要做的就是带走所有我认为需要保护的百姓……”

“你如何带走？一城百姓，几万人……”

“人们常说京杭运河，吃水八千石最多，我不相信，我认为大船可以吃水一万石。如果我能够建造万石大船，我相信，一城百姓我一定能够带走……”

苏韵坚定地看着俞默焕：“如果我能建造这样的大船，那么我就可以福泽一方百姓。我可以带着他们到海上避难，远离战争，直到战争平息再回到这里。”

“可若是你出不了海呢？”俞默焕皱起眉。

“那就在运河之上，这运河的河面够宽。我的明轮船做护卫舰，我相信一定能够在这余杭退敌千里！”

苏韵看向俞默焕，表情是那般坚定。

“在我看来，这个世界上的一切，也许并不像我想的那般，但是我愿意倾其所有，我愿意用尽我一切的心思来做这件事，只要能够救人。”

“阿韵……”俞默焕还想再说什么，却被苏韵打断。

“阿焕，我知道你认为我一定疯了，万石大船，这是世界上最不可能的事情。但是任何事情若没有尝试，谁能够知道不可能呢？”

“我明白了……”俞默焕此时也不想打击苏韵，他知道阿韵决定的事情是不会轻易改变的。

俞默焕深深叹了口气，他不知道该怎么说，看到这样的乱世样貌，他真的想要捂住她的眼睛，可是乱世便是乱世，既然江南恶钱爆发了，接下来的便是历史的齿轮。

无论是谁想挡住这齿轮都无异于螳臂当车。

所以他只能保护好自己这一生最珍视的人，其余的人，他只能且行且作为。

“阿韵，你说的都对，但是大船行水，必然要河道宽阔。这里的淤泥恐怕对你的行船不利，如果你想在战事来之前真的如你所想，明轮船和你的万石大船都能够在运河上躲避追兵，那么……”

俞默焕顿了顿继续说道：“你若是想造福一方，就要做一件事，那就是清除淤泥。”

“清除淤泥？”苏韵愣住。

俞默焕想要唤起苏韵的斗志，“我们早些回到余杭可好？”

“好。”

苏韵刚说完，只听身后传来了喊打喊杀的声音。

她错愕地回头，却被俞默焕一把背了起来：“阿韵，汪崇明去而复返，看来是有问题了。”

“什么问题？”苏韵感觉心跳快了。

“汪崇明是被史朝义扶持的势力，最开始对我恭敬，也不过是对皇家的恭敬。可如今这声音传来，那汪崇明看来不想吃漕运这碗饭了。如果不吃了……”

俞默焕顿了顿：“你该知道下面是什么？”

“杀了你我？为什么？”

“为什么？”俞默焕变了变语调，“呵，不就是怕我早一点儿到达长安，会让他们毫无准备？要是我不知不觉死了，或是死在扬州江南东道的水匪刀下，说不定朝廷会派兵赐粮，又可以壮大他们的反叛军力了。”

“会这样吗？”

“这个世界上，有些人为了权力已经丧心病狂，知道吗？”

“可是大唐毁了，对他们有什么好处？”

“大唐毁了，可以再建立。”

“可是百姓呢？”

“百姓？一将功成万骨枯，枯骨累累才有这功绩赫赫。”

“为什么？百姓就是充当肉饼的吗？”

“哪场战役没有死亡？”

“我不明白。”

“阿韵，这个世界上有真正的公平吗？”

“没有吗？大唐给了百姓最好的生活，男女都可以凭借自己的努力而成就一番事业，大唐开元盛世以来，夜不闭户，路不拾遗，难道不好吗？”

“是很好，但是上层过得开心吗？”

“可是百姓过得开心啊！”

“阿韵，百姓过得开心，可是上层过得不开心，这就导致了利益的取舍。而有些人日子过好了，就想着更好，这是人心不足蛇吞象，随之而来的就是自不量力一场血战。”

“阿焕，为什么他们不想着大唐的好呢？难道不想要大唐重现大汉的光辉吗？”苏韵还是不明白，“身为大唐的子民，哪怕是手握重权，可是这个社会给了百姓很多的荣耀，给了百姓丰衣足食，为什么一定要为了自己的欲望破坏这个盛世？为什么？”

“阿韵，你还没明白一件事。”

“什么事情？”

“阿韵啊，你要知道大唐再好，但俯首称臣，很多人都不愿，比如那司马懿，比如那曹孟德，这世界上的人，谁不想成王？”

“我不喜欢战乱，我只希望大唐兴盛。”

“不过这场战役也有一处好的地方。”

“什么地方？”

“那些想要夺权的人，会在战争中一个一个地倒下，被消灭。当大唐的奸佞全部消除，大唐或许会回到曾经的辉煌。”

“如果消失不了呢？”

“那就像大魏被司马家替代一样吧……”俞默焕一边背着苏韵跑，一边说着。

第六十二章
京杭运河淤泥

“阿韵，搂紧我……”俞默焕道，“我们快些逃出，赶回余杭，那里还算太平，必然能够跟李皋好好商量一下清除淤泥的事情。你要记住扬州发生的一切，将所有的事情想清楚。就当是上天给你的考验。”

“嗯……”

“阿韵，他们赶上来了，你在这里等我。”

俞默焕皱着眉，看着汪崇明果然带来了很多人手，每个人都拿着粗壮的木棒，凶神恶煞。这表情让苏韵有些瑟缩。

“阿焕……”

苏韵唤着他的名字，却只看到他清瘦的背影。

他微微昂着头，看向众人：“怎么？一挑二十？”

“俞家少爷，你终究是得罪错了人，说错了话，我也是无可奈何。”汪崇明朝着周围的人使了个眼色。

众人拿着长长的木棒就朝着俞默焕打去。

可是他竟然纹丝不动，丝毫没有怯懦的模样。

“倒是有趣了……”

俞默焕仅仅是眼中含笑，可是眼角却是没有半分笑意，他的手轻轻一扬，几个不知哪里来的薄如蝉翼的刀片出现在了手中。

“我这人，一向讨厌恃强凌弱，更厌恶以多欺少，如今你们是全部占了。如是这般，我又如何能留下你们的狗命？你们说可是？”

俞默焕的眼神带煞，让很多本是渔民出身的水匪纷纷后退。

这种碰上硬茬的感觉，让汪崇明受到了屈辱，他眼神放出狠厉。

“别废话，你以为你拿乔就是高手？”

“是不是高手，手下见真章就是了。”

说话之间，俞默焕一个飞身而上，双手犹如千手，数刀齐发，不过是眨眼之间，已经躺下五六个水匪。

可谓刀刀致命，皆中要害。

“这……”很多人互看一眼，更是往后退了一步。

“全部不许给我后退，要是谁敢后退，老子就要了谁的命！给我上！”

汪崇明虽然心底发怵，却依旧是一副蛮横的模样。

“上？呵……就凭你们？”俞默焕掂了掂手里的飞刀，“我这飞刀确实有些锋利，刚好拿你们的脖子试刀！”

俞默焕眼角上挑，不紧不慢地说着，却给人极强的压力感。

苏韵第一次感觉到阿焕并不是一个单纯的商人，也不是一个只会书画不懂武艺的人，竟然是这般人物。

他竟然是文武双全的吗？

那飞刀的精准程度，绝对不是一朝一夕练就的，到底是什么时候，阿焕竟然成了这样一个深藏不露的人？

这丹丘生的道名，又是从何而来？为什么她是这般一无所知？

这一刻，她感觉自己又一次重新认识了这个男人，这个温文尔雅却又狠厉绝情的男人。

“哼！给我上！”

汪崇明一声令下，又是几十个人冲了上来。

俞默焕双手不断掷出飞刀，又是一拨人倒下。

汪崇明眼看形势不利，便把心思放到了苏韵的身上。

“来人，给我抓住那个女人！抓住了，重重有赏！”

重赏之下必有勇夫，这句话在什么时候都是适合的。

此时俞默焕的心微动，他看向汪崇明的眼神，已经不像是看活人了。

“你们这是地狱无门非入不可了……”

俞默焕几个后跳，来到苏韵的身边，几段横踢脚，将四五个胆大的水匪踢入冰冷的水中。

他一手拦住她的腰，一手握紧手里的飞镖，眯起眼睛：“汪崇明，还要来吗？”

“你一只手又能抵挡住多少轮攻击？一拳难敌四手，我料定你此刻是插翅难飞……”

“是我插翅难飞，还是你顷刻毙命，试试？”

汪崇明被俞默焕的眼神给惊到了，他咽了咽口水，依旧是逞强的模样：“兄弟们别怕，给我上！”

这句别怕，却没有十足底气。

“给我上！”汪崇明又喊了一声，才又让一些人冲了上去。

即便是单手，可是俞默焕手里的飞刀就跟无穷尽一般，不断地从暗袖之中飞出，朝着众人飞去。

尽管手已经酸痛，可是他必须要护住阿韵，护住他真心捧在心尖上的女子。

“阿韵，别怕。”

他感受到了身边女子的颤抖，也难怪，这么多血，这样的血腥，女子确实是受不住。

“阿焕，我们会不会……”

“信我。”

她抱紧他的腰：“嗯。”

她此刻即便是担心，却依旧保持着安静的模样，她不想他分神，更是忍住了自己的尖叫。

她知道阿焕现在需要的是安静，是她绝对的安静，这样才能制胜。

俞默焕的飞刀也不是很多，扫除了百十来人之后，他的飞刀已经所剩无几。

汪崇明开心地看着俞默焕越来越少的飞刀，这说明他的车轮战已经初见成效了。

“怎么？你还打算取我首级？依我看，是你要被乱刀砍死，被砍成肉酱吧？啧啧，你这小脸蛋，若不是皇亲国戚，我还真想把你送到床头取暖呢……”

汪崇明羞辱的话，让俞默焕紧皱着眉头。

“不过，这女坊主倒是一个不错的头衔，若是被拉去做一个茶客，被人看尽风月，也是帮我做一个摇钱树呢，你说对吗？”

这话简直是点了俞默焕的死穴。

他的眼睛眯了起来，手里的飞刀，灌满了专注，直接飞了出去，正中汪崇明的喉咙。

血顷刻飞出，溅出三尺多远……

俞默焕冷冷地说道：“你想死我不拦着，但是你侮辱我的女人，死无完尸，我必然满足你。你们本是穷苦人家出身，若是不想跟皇族斗，就各自散去，否则，命丧于此还会连累宗族，可要想好。”

“我们……”

他们互看，咬了咬嘴唇，在生与死之间挣扎，也不知道是谁起了头，竟然丢掉木棍，转身跑走。

鸟兽惊散，这种词汇，以前只在书中看到，如今却是看了一个分明。

俞默焕拿起地上的木棒，走了过去，冷眼看着汪崇明，直接狠狠地打了下去。

不过几十下，已经死无全尸，而他仍是不放弃地继续打着。

直到苏韵跑了过来，搂住他的腰：“阿焕，够了……”

俞默焕的脸上已经有了血渍，他回过头，感受着身后的她：“好。”

扬州水匪，让她彻底地感受到了生死一线，这国乱，家乱，民生不堪。

她真的不明白为什么史思明和安禄山要做这样的事情，也不明白为什么安庆绪和史朝义要推波助澜。

国家要是乱了，对他们有什么好处？他们真的有这个命坐在那最高的位置上吗？

国家乱成这样，百姓更是颠沛流离，这样的世道对他们又有什么价值？难道一场浩劫就因为一次置气吗？

王侯将相宁有种乎，很多时候，这句话说出来很震撼人心。

可是王侯将相宁有种乎，很多时候，若是有人当了真，便是一场灭世之战，浩劫之战……

“阿韵，你要知道，接下来还会有更残酷的事情，汪崇明是水匪的头子，他下面的人们必然会以寻仇为借口，来壮大自己在水匪中的名气，以此来取代汪崇明。而你苏家，必然会首当其冲，成为箭靶子。”

他将满是血的手在衣衫上擦了擦，弄干净手以后，抚在她冰凉的脸上：“不过，你尽可放心，哪怕是我死了，也不会让你损伤半分。这世间谁敢伤你，我必然让他后悔做人。想伤害你的人，必先踩着我的尸体而过。”

他笑了，那笑容温柔犹如初绽的寒梅，高洁而又傲然。

“所以，阿韵，你无须害怕。”

“嗯，有你在，我定然不怕，只是阿焕，你可有受伤？”

“没有。”他笑着摇摇头，“他们都没有近我身，又怎么会受伤？”

“嗯，那就好，那就好……”

她喜极而泣，抱着他，紧紧地抱着：“阿焕，我想回家了，不想看到这样的乱世，更不想再这样了……”

“嗯，我带你回家。”

“阿焕……”

“什么？”

“有你真好。”

“傻瓜，也许我的出生便是为了这般护着你，这是我的本能，而不是我有多好，只是天性如此。若是换成别人，我偏又是一个天生凉薄的坏人，你可知道？”

“阿焕，以后，我们一定不要分开。”

“放心，我一定会对你寸步不离，尤其是今天之后，我一定要护住你的安全。”

“阿焕……”她的泪水涌出，紧紧地抱着他的腰。

第六十三章
运河两岸民生之苦

运河沿岸充斥了淤泥，因为江淮大旱，整个河水不足以支撑船只，他们只能沿着运河走陆路。

马车哒哒地在路上行驶，映入苏韵眼帘的是两岸尚能活下去，还买得起米面，却依旧过得苦不堪言的百姓。

如果说灾民已经是行尸走肉，他们除了接受朝廷赈灾再也没有可依靠的生计，那么江淮百姓，只能靠勒紧裤腰带，努力地撑到灾荒消失的时候。

他们无法跟着灾民去寻找还能活下去的土地，因为在这里，他们还不至于家庭分崩离析，与亲人生死相隔。

可是他们也快要成为灾民了，因为他们维持生计的东西已经越来越少，这沿岸越来越多的暴民和水匪，一波又一波的打劫，让他们本就贫瘠的财富逐渐一无所有……

这本是波光粼粼的运河，在显出了河床之后，腐烂的南方水果便堆积在了河床之上。

卖不出的水果，被江淮的果农一车一车地拉来，纷纷倾倒在运河的河床上。

有些饿得实在受不了的灾民，奔跑到河床上捡拾那些发臭发霉的水果。

人间地狱图，她以前只在一些佛缘寺庙里看到过，如今却活生生地映在眼前。

这米铺门前，一车又一车的大米被米农拉来，他们破衣烂衫，可是这大米换来的钱财不过是一麻袋又一麻袋不足以养活一家人的乾元重宝。

米农拿着那又重又大的乾元重宝哀求着米铺掌柜给多一些，或是能够给他们多留一些米面，却被轰赶了出来。

那瘦的拉长了脖子的米农，颤抖着手，看着手里的乾元重宝，眼里出现了绝望。

而不远处，更有一些渔农在用厚厚的盐掩盖鱼虾的腐烂腥臭味。

这些鱼虾是从很远的河里捕捞而来，他们只想多换些修复船只的钱财，这样，他们可以去更远的地方捕捞。

可是江淮大面积的干旱让他们再也无法在运河之中捕捞鱼虾，即便是附近的大江大河，鱼虾也是越来越少。

抽着旱烟的渔农，愁眉苦脸地看着卖不出的鱼虾，一边抽着一边老泪纵横。

苏韵闭了闭眼，这一切都是史思明不安分的心所导致的。

夺得帝位又如何？这沿街的百姓，这苦不堪言的百姓，难道他们看不到听不到，就权当不知道，或是没发生过吗？

痛苦在她的心里蔓延，而俞默焕则是攥紧她的手："如果你想哭，就哭出来吧。"

"阿焕……"

"嗯。"

"为什么？"

"这就是世道，算是他们的命吧。"

"可是，他们没做错什么。"

"可是他们生错了时代。"

"阿焕……"

"我在。"

"你告诉我，这还是大唐吗？这还是那大唐盛世吗？"

"是大唐，是大唐盛世。"

"可是盛世之下，为什么会这样？为什么！"

"天灾有时候也预示着当政者的隐患出现，而这个隐患便是安史。"

"这就是陛下派遣你出来看着安禄山和史思明的原因？"

"大唐开国的天师除了说过推背图揭示后世的发展，还说了一件事。"

"什么事？"

"凡是天灾，必有妖孽。妖孽一出，祸国殃民。"

"这是什么意思？"

苏韵看向俞默焕，很是诧异。

"安史必然会引起朝廷动荡，也许后世青史会记载为安史之乱，这是命数，也是星象，改变不了。而唯一能改变的就是将痛苦和动乱压制到最小。"

"所以安庆宗会成为箭靶子？"

"对。"

"可是安禄山并不想叛变……"

"是，安禄山不想。可是史思明未必不会撺掇，你可知道刚才看到的米铺是什么？那是史思明用来赚取军费的店铺……"

"什么？"

"阿韵，你该知道曹孟德并不想篡位，可是曹丕有称帝的雄心。你更该知道司马懿并不想成为叛臣，可是司马昭却又有害死曹髦的手段！”

这句话动摇了苏韵的心，让她呆愣愣了起来。

“推背图上说了安禄山和史思明之后，若是他们得逞就会出现五胡乱华？”

“我唐朝之前是隋朝，隋朝两代罢了，可是再往前就是南北朝……那便是五胡乱华的恶果。”

“你是说中原会再次分裂？”

“五胡内迁，必然会再次让天下出现真正的动乱，那可是数百年的动乱，你可知？”

“所以陛下和你们决定长痛不如短痛？”

“推背图虽然泄露了天机，却也让我大唐保住了命数，更让后世的百姓免于百年动乱之苦。安史之乱是个节点，若是能够控制住，那五胡乱华再也不可能出现，冉闵这样的乱世英雄再也不会出现，也不会被人们遗忘。”

“为什么？”她不懂。

俞默焕缓缓地解释着：“阿韵，你该知道，治乱必用重典的道理吧？”

“我明白。”

“既然你明白，就应该清楚一点，那就是动乱必须要镇压，要让全世界的人都看到大唐依旧是大唐，大唐不可能被打败，而与大唐为敌的人，必然死无葬身之地！”

“为了洗刷当年晋朝五胡乱华的耻辱？”

“我们是大唐的国民，所有归属我大唐的民族，无论是以前的羌族、氐族、羯族、鲜卑族、匈奴族，还是其他所有的民族，只要认同大唐这个国家的，必然要不惜一切代价，哪怕拼到最后一人，也要捍卫国家尊严！”

俞默焕的声音慢慢地高亢起来，他握紧她的手，力道越来越重：“阿韵，如果大唐不想像晋朝那般的窝囊，不出现五胡十六国那样的混乱，必然要血战到底。我不否认我大唐有很多为了大唐而付出一切的非汉族国民，但我要说的是……”

俞默焕执起苏韵的手，专注地看着她的眼睛：“大唐若是不想被后世鄙夷，若是不想被其他国家的民族所践踏，就必须要凝聚一切力量，用大汉那种虽远必诛的气魄来震慑周边！包括藩属国！”

“这便是南诏和回鹘必须镇压的原因？这便是突厥必须打服的真相？”

“对。”俞默焕缓缓笑起来。

“安禄山若是真的一心为国呢？”

“若是他归属大唐，他最好马革裹尸还！那是他最好的归宿。”

“如果走出这一步，而史朝义和安庆绪也就失去了最大的庇护，只能够安分守己。之后只要安家和史家门可罗雀，他们就不会威胁大唐了，对吗？”

苏韵立刻了解了朝廷对待安禄山真正的用意。

“安禄山，他虽然是突厥人，但是是我大唐的国民，更是最杰出的将军。但是功高震主的人，若是不能黯然下马，只能血染华夏。你可知道？”

“这便是当年战神韩信功高震主之后，死于吕雉之手的原因？”

“历史往往是残酷的。大唐给了安禄山荣耀，必然要收回他的性命和权力。”

“阿焕，我觉得一切都好可怕。”

“这就是现实，阿韵。”

“可是百姓何辜？他们有些人也是五胡的后裔，即便是羌族、氐族、羯族、鲜卑族、匈奴族又如何？”

“他们都是大唐的国民，都是我大唐最英勇和爱国的勇士，只要他们不是功高震主的在位者，他们永远被国家认可和尊敬。”

“可是最高的那个人，一定要让他马革裹尸，对吗？”

“对。”

苏韵深吸一口气，她无法接受这样的事情，这样英雄最终埋骨政权之下的事情。

她以前只以为安禄山是突厥人，所以大唐排斥，以为非我族类其心必异。

如今看来，她错了，大唐看到的更长远。

在推背图的指导下，大唐的掌舵人，当今的陛下必然知道安禄山的真心，但是他更看到了安庆绪和史朝义的贼心。

突厥人不过是个借口，真正的理由就是功高震主，让人怀疑武则天的大周朝会再来一次，到时候江山姓李还是姓安，就不得而知了。

其实，再透彻一点，不过是陛下怕江山不姓李了，而做出来的一系列的血腥防备……

只是连累了百姓，让老天愤然宣泄。

这只不过是老天为百姓悲鸣，更为在位者和上位者愤慨的表情。

真的是非我族类其心必异吗？怕是非我大唐安分守己的一国大将，无论是不是汉族，都将诛杀吧？

第六十四章
分析运河经济命脉

回到余杭的苏韵，本以为回到了安全之所，却发现周围的环境已然是肃杀的样子。

刚走入余杭的古城门，却看到骡子拉扯、大包小包准备搬家的百姓。

街道两旁，还有破了的灯笼，这暮色沉沉的余杭竟然一副破败的模样。由于苏韵是从水路回来，她还不知道保俶山附近的情况。

俞默焕皱着眉看着逃跑的乡亲，拦下其中一个：“老乡，为什么这么着急地搬家？”

“俞家公子？”这人认识俞默焕，因为他给俞默焕的产业做过短工。

“嗯，我是俞默焕。”他也觉得这个人眼熟。

“俞家公子，赶紧跑吧，这保俶山下，那张景超就要来了……”

匆匆忙忙逃走的村民，让俞默焕和苏韵皱起了眉头。

张景超是刘展部下第一裨将，而刘展是史思明的上将。

这刘展是淮西节度副使，却也是刚愎自用之人。

虽然朝廷很多人不喜欢刘展此人，可刘展却素有威名，治军甚严。

说起来，刘展是一个恃才傲物的将才，而恃才傲物的下场就是被上司弹劾。

没有人知道节度使王仲升通过监军的宦官邢延恩上奏，便是请求朝廷革除刘展这样的将才。这个弹劾导致了江南唯一的一场大战，这一场大战，历史称为“刘展之乱”。

苏韵心中想到：早就听说这刘展就是个恃才傲物的人物，怕是物以类聚，张景超也好不到哪里去。而朝廷里与张景超不和的，好像是那温晁……

“阿焕，这温晁是否也来了？”苏韵的提醒让俞默焕点着头，若是温晁也来了，这事情还是有转机的。

“应该来了，走，咱们去看看。”

俞默焕不由分说地拉起苏韵就往保俶山方向驾驶马车而去。

苏韵掀开窗帘，皱着眉看向两旁的街道，这余杭本是人间天堂，保俶山更是在西湖之畔，按道理这里才是最富足和安定的地方。

可是这里却一片萧条，莫非安禄山和史思明即将发动祸事？

心中的不安越来越大，入目所见，一路上皆是腐烂的水果，还有腐烂的稻米和茶叶，这本是大唐的鱼米之乡，竟然如此颓废衰败。

大唐真的要完了吗？

她心中不愿，更不希望知道这个答案。

“阿焕……”苏韵还没说完，俞默焕回过头来望向她。

“你要什么吗？”俞默焕眨了一下眼，“我有余杭地形图。”

苏韵愣住，他有余杭地图？那就是说，她不用去保俶山了，对吗？

她点着头：“那去你的秋山北苑吧，我要好好地看看，到底这一条运河，我们怎么利用，才可以为朝廷尽快地提供米粮。甚至在这史思明及其部下大将刘展有所动作之前，保住我余杭子民，更能正面迎战。”

“阿韵，你可是想到了什么？”俞默焕温柔笑起，“等到了我的秋山北苑，我们再商议。”

“好。”

苏韵点着头，一路上就在看着余杭的水域地图。等到达了秋山北苑，她更将整个余杭的陆路地图配合水路地图一起看了起来。

“阿韵，你可看出了什么？”俞默焕将暖茶递给她。

“从幽州地区的涿州到达东都洛阳，与我从余杭走到东都洛阳，虽然地图上看上去没多少差别，可是这沿岸的米粮、补充水源、船夫体力，南北方差异巨大。我有把握在速度上抢先，只是这扬州被史家控制了，有些问题。”

苏韵将手指放在江都扬州，这是个绕不过去的坎儿，她必须要占据这个地方，才能打开这个缺口，才能以最快的速度经过通济渠到达东都。

她抿着嘴巴，只听俞默焕说道：“这里确实是一个危险的地方，但好在扬州水路河面广阔，我们可以抄近道，直接进入泗州，经过宿州、宋州、汴州、板渚到达东都洛阳，你看如何？”

这是一条不错的道路，可是这条路需要从余杭开另外一条早就废弃的河道。

她抿着嘴巴：“那条河道是隋朝开的，早就废弃了，如今……”

“这个世界，以战止战，才能保住安全，我相信你一定能够说服咱们余杭的百姓为了大唐而奋起反击。”

俞默焕拍着她的肩膀，可是她垮了脸：“我哪有这样的能力，再说百姓凭什么听我的？”

“阿韵，你看，从余杭塘栖镇走长安镇，往东走是丁桥镇，往西走是海宁盐官观潮地，那里可以入杭州湾，而杭州湾入海之后可以到达鄞州、宁海、象山、台州、温州等地，甚至可去李皋封地平安郡……就是那福州之地。”

苏韵若有所思地望着这从余杭塘栖走海宁入海的古水道，那里入海的道路却在长安镇因为淤泥堵塞而变得水路不通……

也就是说……她愣住了。

而她眼神里面闪动着的光芒让俞默焕勾起嘴角：“看来你已经明白了。”

“我明白了，想要修通通往吴兴的路，必然要修通长安镇通往海宁的路，而这条路是一条逃生之路，而我的大船，能够运载他们。”

苏韵恍然大悟地点着头。

“如今是大唐兴盛衰亡之际，我们这些唐朝子民必然要拿出该有的态度来，而你若是成事，千古留名。”

他温柔笑起，继续缓缓说道：“明天我陪你在街上召唤百姓前来，如何？”

“如何召唤？”

“在这乱世，粮食比金银还珍贵。所幸我存了一些属于我个人的粮食，倒是不介意拿出来与百姓同享，当作为你福泽一方，而你尽管放开手脚，做你要做的大事，记住，任何事情，都有我站在你的身后，莫怕即可。”

“好。”

苏韵郑重地点头，继续看向那地图。

次日清晨，开仓放粮的苏韵和俞默焕站在那搭建而成的台子上，看着浩浩荡荡的百姓，有些破衣烂衫，有些补丁摞补丁，她的眼眶有些湿润，吸了吸鼻子，拿了一个圈成喇叭状的铁质倒八字形扩音器具，大声说着。

“各位，在取粮之前，请听我说一说。”

苏韵声音不大，可是她是被皇帝召见过的女坊主，百姓还是很快安静下来，都好奇这位女坊主想要说什么。

“各位，我请大家来，是想来跟大家说一个道理，这个道理很简单，叫作唇亡齿寒。”

苏韵清了清喉咙继续说着工气的话。

“我这一路上听到了大家一些丧气的话，大致在说大唐要完了，战乱要发生了，国将不国之际，逃离战乱便是我辈该做的。甚至还有人说大唐从来没有关爱过他们，他们也不需要爱这个被李氏皇族控制的大唐。”

苏韵环顾四周，这是最近她听到最多的话语，她决心告诉这些人，什么叫作爱国！

“也许对于各位而言，没有开仓放粮，没有送钱，没有让部分人吃饱穿暖就是大唐这个国家不爱它的子民，可是现实真的是这样吗？大家可记得那乱了三百年的南北朝？”

苏韵顿了顿，那极具气势的语言诉说着震撼心灵的故事。

“很多老人都忘不了祖上的交代，相信大家也有一些族谱上永久缺失了的排辈和支脉吧？为什么？！大家可还记得？”

“因为五胡乱华！因为河北除了清河崔家，全部被屠戮干净了！我们北方汉民灭了种！”有些读书人大声喊出声，那是历史的伤痛，更是一场不可磨灭的灾难。

“没错，是五胡乱华，是晋朝的百姓逃脱不及，被五胡灭了种！可是晋朝的百姓都是汉族子民吗？有多少是大汉王朝那匈奴族、氐族、羌族、鲜卑族、羯族混血的后人？又有多少是大食国、回鹘国、楼兰国的混血后人？他们入了汉朝，他们有了汉朝的国籍。”

苏韵顿了顿继续说道：“他们虽然有着异样的皮肤和眼眸，可是他们都有一个统一的名称，叫作大汉子民。我大唐开国以来，包容开放，多少百姓不再是真正中原的汉族血脉？又有多少百姓不只是三国汉族的血脉，还有胡人的血脉？有多少？你我的族谱早就断了，谁还记得自己的血液纯或是不纯？”

苏韵将话收了回来：“我姓苏，我不怕跟大家说，我的祖先来自蜀地，蜀地通商。我的身上也有胡人的血脉，可是五胡乱华时隔近五百年了，我们这些混血的大唐子民，已成为真正汉族的大唐汉民，又要面临那一场屠杀，大家也感觉到了不是吗？”

“苏家大女郎，既然你这般说，那你倒是说说，大唐如果爱我们，为什么还要我们感受到一场屠杀来临的危机？！”

有人叫喊着，苏韵正是需要这个话头，只听她继续说着那振奋人心的话。

第六十五章 号召疏通运河

“说得很好，既然我大唐是爱着自己的子民的，那么大唐为什么还要让自己的子民面临一场即将爆发的战乱？这话我也一直问自己，少年之时，我常常在想，这个大唐与我似乎毫无关系，我又何必用尽全心，耗尽力气去保护？”

苏韵看着众人大声说道：“可是，真是这样的吗？诸位，可记得我华夏中原第一次统一是什么时候？”

“是大秦，赳赳老秦！”

有人接过话头，苏韵不自觉地将声音提高：“不错，是大秦，是秦国一统六国，完成了华夏第一次的统一，更是让我华夏中原实现了同文字、同话语、同度量衡、同器皿钱币的伟大时刻。那大秦创造了辉煌，让后世的我们即便地域不同，依旧有那长安官话，可以毫无障碍地交流！”

身后走来一小厮，展开长长的一卷竹简，这是珍藏版本的《吕氏春秋》，而苏韵转过身指着身后的巨大竹简缓缓说来。

“秦王嬴阿政让华夏中原的我们能够读懂老祖宗的文字，这《吕氏春秋》记载了那个时代的智慧，而李斯发明了隶书，让我们看文字毫不费力，不必管是齐国还是楚国，不必在乎是魏音还是燕律，都能够清清楚楚地了解以前发生的种种。可就是这样的王朝，在当时，百姓又是如何看待的？”

苏韵望向众人，看着安静下来的人们，她的语气低缓而有力：“天下大恶，秦人最恶！哪怕是赳赳老秦共赴国难，哪怕是与子同袍，依旧被六国人所憎恶。那秦二世压不住这天下汹汹舆论，终究强秦统一的局面溃散。曾经不可一世的大秦王朝，就此陨落，当时的秦人，又是如何的？”

苏韵大力地拍了拍身后的《吕氏春秋》：“一部巨著残缺不全，甚至带有火烧的痕迹！赳赳老秦，那共赴国难的赳赳老秦束手被擒，灭国也灭了族！秦人还有嬴姓吗？不，他们藏了姓，只能叫赵氏或是其他。诸位，秦朝不强盛吗？强盛的秦朝，一统六国的秦朝，为什么让他们的子民流离失所？哪怕逃散依旧被逮住残忍杀害？是国不爱秦人，还是秦人早就不爱那熠熠大秦帝国？！”

众人沉默起来，只听苏韵继续说着那令人深省的话语。

“再来看看那强汉！汉武帝刘彻时期，当时强汉有多么强大？上将军陈汤在上书奏表中，说了一句话。这句话我中原子民，大唐国民，无论是汉族，还是匈奴，无论是有苗氏族人还是氐族、羯族、羌族，只要都是我大唐国籍的国民，都该记得！”

苏韵停下话语，只听下面传来此起彼伏的声音，那声音洪亮，带着骄傲。

“犯我强汉者，虽远必诛！”

“犯我强汉者，虽远必诛！”

苏韵点着头，以手示意，等到所有的声音消失之后，她缓缓说着那震撼人心的话：“或许大家没有看过陈汤将军的原话，如今，我在这里背给大家听。”

苏韵顿了顿，继续说道：“臣闻天下之大义，当混为一，昔有唐、虞，会有强汉。匈奴呼韩邪单于已称北藩，唯郅支单于叛逆，未伏其辜，大夏之西，以为强汉不能臣也。郅支单于惨毒行于民，大恶逼于天。臣延寿、臣汤将义兵，行天诛，赖陛下神灵，阴阳并应，陷陈克敌，斩郅支首及名王以下。宜悬头槁于蛮夷邸间，以示万里，明犯强汉者，虽远必诛！

“匈奴叛逆，大夏之西，以为强汉不能让他臣服！我强汉是什么样子的强汉？所谓的汉民，是华夏之族，是包含所有拥有大汉国籍的国人，不只有汉族，更有羯族、匈奴族、氐族、羌族、有苗氏族人！大夏之西、大夏之西、我华夏之西部边疆，西狄之地，竟然以为我大汉不能使其臣服？这是个笑话，对吗？”

苏韵望着下面的人，他们感受到了那强汉的威严，有些甚至湿了眼眶，那是华夏族人，大汉国民最荣光的时代，甚至士人午夜梦回，都希望再一睹强汉风采。

“一句犯我强汉者，虽远必诛，唤起了我华夏族人，当时大汉国民多大的威仪和荣耀？可是这般荣耀的强汉，却分了东西二汉，西汉衰亡，东汉中兴，那是经过血的牺牲的，那是大汉国民不愿舍弃强汉荣光，华夏族人永不为奴的血性铸造的东汉荣耀！可是……”

苏韵望着下面聚精会神听着的百姓，语气放柔了不少，却让人听着泪水在眼眶里翻滚，震撼心灵。

“可是东汉末年，华夏族人已经不再爱国了，他们觉得强汉已经不爱他们了，他们也没必要为强汉而付出，他们东奔西走，他们连年逃窜，而上位者只知争权夺势。很多说书人都会说这《三国志》，更会描述那一英雄辈出年代的事情，可是，作为蝼蚁一般的我们，在大汉国民，在我华夏族人放弃国家的那一刻，是如何记载的？”

苏韵鼻头酸酸的，眼眶早已湿润：“连年征战，白骨相枕，易子相食，千里树无皮！东汉末年，确实有很多英雄，他们有着后世永远不会消退的光芒，甚至那曹魏让文人璀璨文坛，让武人名耀青史。可是百姓呢？不要忘了，兴，百姓苦，亡，百姓苦。”

苏韵说完，一滴泪水滑落，她吸了吸鼻子，用粗重的声音继续说着：“易子相食，如果这还是历史上的一个冷冰冰的词汇，那么西晋和东晋之际的五胡乱华，又是怎样的残忍？各位的族谱、祖训怕是都有记载吧？”

苏韵颤抖着手，从自己的袖管里取出苏氏族谱，用颤抖的手掀开第一页，她沙哑的声音诉说着那段历史带来的心痛：“西晋末年，八王之乱，五胡乱华之际，吾等从河北迁居至江南道，此迁移族人流散三百余人，后查证被充当军粮者，约二百人。”

苏韵的声音顿住，有些人的眼泪一起落下。军粮，那是西晋末年的痛，一场痛，作为混血的他们，包括苏氏族人都记得，那是一场灾难，更是一场泯灭良心的战争。

几乎每一家的族谱上都记载过一页，后来因为大唐的包容而撕掉了那一页，那是一张残页，可是有些人依旧看过上面的文字。

上面清楚地写着一模一样的三段话：饶把火，老人腿，老无所终，死无完尸。不羡羊，女人胸，死亦玷污。和骨烂，婴孩肝，香火尽断。

军粮……

五胡乱华的时候，人已经不是人，只是待宰的羊羔，被人烹制煎炒。

那是大汉之后的一场晦暗，那一场昏暗，不少人的族谱上至此断了部分支脉。

那被勾掉的支脉，是一个个活生生的人！那是一场血腥的屠杀！

“我的祖训上写着，华夏族人当以此为戒，宁做太平犬不做乱离人！”

苏韵看向那些带着泪水的人，颤抖的声音带着浓重的鼻音：“若是有些人还见过族谱上的残页，该是知道饶把火，和骨烂，不羡羊吧？”

这几个词汇一出，很多人已经以袖遮面，嘤嘤哭泣起来，只听苏韵带着浓浓的悲哀的声音询问着：“当时的晋朝子民认为国家早就不爱他们了，他们也流徙逃窜了，可是他们躲得开那铁铸的军队吗？血肉之躯抵挡得住那冰冷的刀枪吗？他们曾经可以传给后世子孙的细软，可以生长庄稼的良田，可有给子孙？”

很多人沉默了下来，他们垂着头，泪水打湿了泥土地。

“诸位，国将不国，乱离人会是什么下场？青史之上记着呢！那是轮回一样的魔咒！书上记载着那乱离人只会妻离子散，易子相食！我们逃离之后，能逃离多久？”

苏韵大声地问着在场的百姓们，她看到他们的眼中闪烁着泪花以及那觉醒的目光。

“那苏家大女郎，我们不过是一些无权无势的百姓，我们在这乱世之中，又能做什么？”

“对啊，我们想要保护这余杭，可是我们手无寸铁，我们如何扛得住那即将发生的战乱？”

“余杭距离幽州一千余里，而在幽州范阳之侧，大将军郭子仪戍守在那。我余杭是鱼米之乡，是江南道京杭大运河最重要的终点，这里西去便是京都长安和东都洛阳，北去便是幽州范阳。在战乱没有波及余杭之前，作为大唐国民，我们要保证我们的正义之师有足够的军粮和兵源，让他们抵挡得住那叛军的铁骑！”

苏韵顿了顿，继续说道：“要知道兵马未动粮草先行，只要有足够的粮草，郭将军这常胜将军便会守住我大唐国土，而我也相信强汉的辉煌将会在我辈再现！诸位，当知道……”

苏韵将语音拉长：“若是天降大任于我辈，战乱之际，定当拿出那华夏族人永不为奴的血性，以血止血，以战止战！让战乱止于我辈！后代有田可种，有屋可住！免受颠沛流离之苦，不受那易子相食之痛！我相信大唐国运昌隆，强汉的辉煌必然会在大唐出现，而我们这一刻便是大唐中兴的时刻！一定！”

第六十六章
劝说百姓相邻

苏韵看着底下的人们，他们望着她，被“华夏族永不为奴”所感染，她知道自己需要多说一些当下时弊，让百姓能够更清楚地知道运河对于余杭、对于江南究竟意味着什么。

“各位乡亲父老，我想大家也该知道，我苏韵之所以去了东都洛阳，之所以去了帝都长安，那是因为我父亲漕运保鲜措施不力，导致贵妃的荔枝在运达东都的时候都成了腐烂的水果……”

苏韵一抬手，几十个壮小伙陆续抬着几十筐的烂荔枝走到了人群的前边。

这荔枝散发的腐臭味让众人侧目，更有些人倒退了几步。

苏韵也不嫌弃这荔枝的臭味，拿起一个腐烂生毛的荔枝，看向众人。

“荔枝发了霉，长了毛，对于苏家是祸事还是幸事？这世间阴阳，从来都是祸兮福所倚，福兮祸所伏的。谁缺得了谁呢？荔枝保鲜失败，我的父亲锒铛入狱，而……”

苏韵顿了顿，继续说道：“正因为荔枝的保鲜失败，我才能有一个契机，一个能够实现我的理想和抱负的契机。而这个契机通过荔枝案转化为造船术，甚至提高了行船的速度。各位乡亲，难道在灾难面前，我们只能逃避吗？”

苏韵将荔枝放下，看向这些淳朴的老百姓。

“难道我们不可以迎难而上，绝处逢生吗？灾难真的可以覆灭我们吗？难道我们没有反败为胜的机会吗？这世界上，任何事，都不是绝对的。而不绝对的事情，没有任何人有胆量打包票去说胜与败。”

“苏家大女郎，我们知道您是女坊主，本身就是个有文化有能力的女人。可是我们都是一些插秧种田的百姓，顶多赶牛养鸭的，哪有您的见识？我们不可能成为名耀历史的人的……”

“就是，苏家女郎，我们顶多也就是战争下的牺牲品。无权无势、无人无脉的，哪有那能力和机会一跃成名？就连那强汉的将军们，哪一个不是沾亲带故才成了历史名人？咱们这些小门小户还是不乱想了……”

“苏家大女郎，我能够理解你的心情。我们也知道这江南到处是河，这运河对于江南真的是很重要。可是前朝皇帝隋炀帝是多么厉害的人物啊？现在还不是妖魔化了？当时隋炀帝可说过罪在当下，功在千秋的。可是谁理解了？”

“对啊对啊。俺娘说秦始皇其实是个明君，可是罪在当下的事情做了，让秦长城保家卫国了，虽然功在千秋，可是那些读书人都是骂秦始皇的咧。”

“这留下好东西的皇帝都被历史骂成了暴君，那皇帝都被骂，我们这些小老百姓不过是小指头。那大腿都被笔杆子的细胳膊扭断了，何况是我们这些小虾米？”

“苏家大女郎，我们连果腹都是问题啊……”

苏韵看着这些面黄肌瘦的百姓，江南大旱，鱼虾早就因为水潭的水稀少而消失不见。

而稻米也因为大旱，几乎颗粒无收……如今果腹都成问题，如何能做那么大的事情？

百姓们说得对，说得让她无言以对，可是再无言以对也要发动百姓开通运河。

“果腹……如果兵临城下，我们还能够跑过当兵的吗？”苏韵看向众人，既然暖心不行，那就看看残酷。

“如果兴兵来犯，我们赤手空拳能够打过那千斤辎重吗？一旦叛军入城，仅存的米粮和我们的姐妹亲人都会被那叛军糟践，甚至重做军粮！五胡乱华不远，我们不该轻易忘记！”

“可即便是我们跑不过当兵的，那也没有太多的经历去做这样的事情，毕竟这江南就这么大点地方，我们可以藏到深山老林……”

有些不信邪，甚至嘴犟的百姓开始唱反调。

“就是，大不了我们乘船去鄞州。”

“对啊，我们在海上，他们还能够追上我们不成？”

“追不上我们还是追得上我们，暂且不提，航海我们有多大把握能够存活？可有水？可有粮？”苏韵真的被这唱反调的百姓气着了。

“没有水，没有粮食，也比死在开修河道的路上，如隋朝那般惨烈的好！”

“好死不如赖活着，苏家女郎你这是富贵惯了，不知道生活的艰辛。”

“反正又不需要她亲自扛锄头撬开土壤，挖开河道，她是站直了不腰疼。

“本来我还被苏家女郎说得很感动，如今看来，这苏家女郎简直就是个大忽悠。”

“她该不会是安禄山派来吓唬我们的吧？”

“她有可能是乱军！我们把她捆起来交给官府。”

话还没说完，俞默焕沉声打断：“阿韵有官印在身，谁敢动朝廷命官？”

俞默焕看了一眼左右，左右齐刷刷地站在了苏韵的身后，这些左右都是练家子，让叫嚷的百姓们往后退了一步。

这样的对峙，对于现状而言不是好事，可是有些喜欢唱反调甚至是唱衰的人，真的是令人厌恶。

那夹杂着嫉妒的嘴脸，说出来的话带着冰寒，伤透了人的心。

她有些受不住，可是这战乱一触即发，她必须要有所担当。

“阿焕，他们不过是一时没想明白。”苏韵决定缓和气氛。

“阿韵，你该知道，有些百姓无论如何说都不会将你的好心当作好心。刚才说你的那些人有些是幽州回来的，还有些是在大明湖畔的作坊里我见到过的。你们本就是拿着史思明的好处，当然在这里煽风点火，若真是百姓，你们为什么衣着与当地百姓不一致？”

俞默焕一开始就认出了这些害群之马，他们有些具有史思明雇佣人的特征，他靠的是一个猜字，但是这猜也不是捕风捉影，还是有一些真凭实据的。

这些人被余杭的百姓凝视着，这被众人凝视的感觉，容易引发冷汗。

而冷汗垂下，即便是没有坏心，也成了坏心。这个时候比拼的更多的是人心和抗压力。

“我不明白在幽州的时候，你们口口声声说安禄山和史思明好，让我这个‘钦差’多多地在陛下面前美言。还一句一个丹丘生的，叫得很是恭敬。如今……”

俞默焕顿了顿，眼睛带上了厉色：“你们却是如此地抨击我俞默焕的未婚妻，甚至是无中生有。我倒是不明白了，我的未婚妻不过是防患于未然。算算日子……”

俞默焕接下来的话语，刺激了这些唱反调的人。

“好像快到安庆宗迎娶皇室郡主的日子了吧？莫非，诸位是打算给这安庆宗，你们的少主人婚礼上添些血色？还是你们就是想让江南乱了，好让大唐乱了？”

安庆宗，这个人名才说出来，有些唱反调的“百姓”的眼神开始游弋，甚至有了心慌的模样。

“不知道自己背后主子的安排，在少主人在帝都的时间里作祟，可想过少主人若是有个三长两短，你们的主子会对你们这些推波助澜的人予以什么报答？当知道，这个世界上，背叛了自己主人的人，一般都会被当作狗。”

俞默焕冷笑一声：“而被当作狗的奴才，一般都不会再成为我大唐的子民。我们余杭的百姓人人可以得而诛之。”话音才落，有些胆大的百姓开始推搡这些刚才唱反调的人，质问他们到底是不是余杭人，更有甚者说着余杭话来考验。

所幸俞默焕猜的是对的，他们大多数听不懂吴越之地的吴侬软语，这一句接着一句的话，让这些人露出了马脚。

“原来你们真的是给叛军带路的狗奴才。我们要打断这些狗奴才的狗腿。”

“好！阿力，把你的木棒子给我，我要给他砸断。”

“这些人不让我们修河道，我们就是要修河道！通向鄞州和海宁的河道！我们要让江南省道全部通起来，让更多的人来对抗叛军！”

“不错，我们或许可能不留下姓名，但是历史一定会留下余杭百姓的骄傲！”

“杭铁头可是瞎吹嘘的？”

“我们靠水吃饭，既然水道通海，我们就能修建这通海的河道……让叛军害怕！”

“没错，你这狗奴才，要不是俞公子揭穿了你的阴谋，我们还上了你的当。”

就在百姓痛打带路党的狗奴才的时候，俞默焕大声说道：“各位乡亲，江南旱灾，身为乡绅，我自然有着帮衬乡里的责任，如果河道修成……”

俞默焕在众人期待的眼神中继续说道：“陛下曾赐予我鄞州和温州的几处丰美的田地。我愿意五年免费租给大家，让大家去那里耕种，休养生息。”

“我苏家的船愿意免费运老人、孩童、女人先去那封地上种植粮食。只要参与修建河道的，田地均分给大家。各位乡亲，你们是为国家出过力的，国家不会亏待你们。我们这些拥有田地的乡绅更不会忘记大家跨刀护杭的恩情。”

苏韵的话像是定心丸，一下子让愁眉苦脸的余杭百姓欢呼雀跃了起来。

而身后一个声音，让这欢呼更是上了一个高度。

“我李皋，身为皇室宗亲，愿意将封地拿出来给各位乡亲免费耕种五年。更为大家去争取陛下的免税恩赐。”

“真的吗？王爷？”

第六十七章 余杭渔民之乡

余杭本就是鱼米之乡，这江南道，最美丽的便是那“上有天堂，下有苏杭”的苏杭二州。

尤其是余杭，人间的明珠，更是吴国国君安顿其母，为其建造高塔的地方。

这余杭，天上人间的地方，这里的百姓有着杭铁头的美誉。

余杭的百姓，他们倔强，为了坚守原则，而倔强。

余杭的百姓，他们坦率，为了坚持磊落，而坦率。

这里是她苏韵的家，更是京杭大运河的尽头，这里有着她的梦想，有着她的感动。

她看着那一双双渴望确认的眼睛，这些都是她的乡亲父老，这里都是她熟知的乡里。

她愿意给他们一个生的机会，也希望与他们创造一个历史的奇迹，一个名耀史册的奇迹！

苏韵看向众人，她的眼睛是那般明亮，像是一颗定心丸，让所有的人都为之安心。

那眼中的光芒，在告诉人们，鄞州和温州的田地是真的，老人、孩子和女人先去那边耕种也是真的。

这代表，在这大旱的年月，他们全家可以保存。

有些泪点偏低的男子，伸出手，擦着自己的眼泪。

苏韵感慨地看着这些为了一点米粮而感恩戴德的百姓，这些人，淳朴，他们是大唐的子民，更该是大唐的荣耀。

“各位，我苏韵说话算数，阿焕说的话自然也算数，至于王爷，更是一言既出，驷马难追的有信君子。各位，在你们安顿好家人之后，十日之后来这里，老地方，老时间，报名。我给你们的女眷和孩子船票，不取分文的船票。”苏韵有些哽咽地说道。

“苏家大女郎，为什么你不取分文？我们这么多人，少则十万人，这么多的人……”

“对啊，苏家大女郎，即便是你们家底殷实，也不该这般败坏。”

“我们不是那般贪得无厌之辈，你肯借给我们田地耕种已经是大好人，大善人了。”

“苏家女郎，你该收起现在的说法，我们不希望你为了帮助我们家财散尽。”

这些话暖了苏韵的心，有这样的一群百姓，他们不过是乞求温饱，也许是一碗米汤，也许是几碟小菜。

只要能够维持家人的生计，他们不愿意乱拿别人一针一线，他们不愿意让善人不得好报。

这群人，是那般善良，即便是穷途末路，也依旧想要他人有退路。

这样的乡里，是那般可爱，让她不禁流下泪水，一种感动的泪水。

苏韵吞下了流到嘴里的泪水，也顾不得擦掉眼泪，声音哽咽，语言赤诚。

“嘲讽我们华夏族人毫无信仰。可是我们真的没有信仰吗？不，我们华夏族人一向都是有信仰的！若是那个时代的百姓，但凡有一点血性，敢于护卫这个国家，敢于跟那些践踏国土的五胡反抗……何至于河北华夏族几乎灭了种？”

苏韵的身上传来一波又一波的冰冷，记忆仿佛被打开，仿佛穿越到了晋朝，来到了那个五胡乱华、人吃人的时代。

仿佛看到了那些“和骨烂”的凄惨，那声声婴儿的啼哭，被烹煮的残忍。

仿佛看到了那些“不羡羊”的悲惨，那声声女人的号啕，是歇斯底里的哭泣。因为稚儿沦为军粮而崩溃，几近崩溃的哭泣，几乎发狂发疯的挣扎。

又仿佛看到了苦苦哀求的老人，走也走不动、爬也爬不动的惨烈，那声声老人的捶胸哭泣，是全家惨死的哀号，是难以控制的无可奈何，更多的是香火已断，生不如死的惨剧。

那个时代，河北的汉族人，再也没有人的尊严，不过是“两脚羊”，不过是被敲骨吸髓的羊羔……

但凡晋朝的百姓强硬一些，又怎会这般凄惨？又怎会人吃人！

“你我的族谱上都记载了那段过去，那是一场极其残忍、灭绝人性的战争，可是那时候的晋朝百姓但凡勇敢一点，他们的姐妹，他们的子女，他们的父母，怎么会被人蹂躏？！又怎么会被当作肉食，被人烹煮！”

“华夏族人……华夏族……”好多人低语着这个词汇。

以往他们听到的是汉族，是大汉民族，总以为就是说汉人。

可如今，他们知道汉族并非只是汉人，而是强汉的华夏族，而他们现在也可以是唐人，更是华夏族人。

他们也活在大唐这个国家里，经过了几代人和汉族的通婚，已经是真正的大唐子民了。

他们认可华夏族人这个说法，更对大唐有着深深的感情和依赖。

“各位，我们都是华夏族人，我们脚下的土地是大唐，是八方来朝的大唐！是四方臣服的大唐！我们大唐子民，只有拿起华夏族人的血性，以战止战，方不负祖宗传下来的热血，全了华夏族这三个字！”

“苏家大女郎说得对，我们华夏族人都是大唐子民，我们要保护我们的家园！”

“我们都是华夏族人，这大唐不只是汉族一个民族，我们虽然非汉族，可我们是华夏族人，我们也有那远古时代尧舜禹的血脉。我们是华夏族人！”

“不负华夏族的热血，全了华夏族三个字！华夏族，我们要为了我们的民族而战。”

“我们是华夏族人，脚下是大唐国土。我们决不允许安禄山和史思明践踏！”

“对，我们决不允许！苏家大女郎，明天你在这里摆桌子，我们给婆娘和父母登记之后，陪你扛着铁锹去挖河道。即便是对方打来，我也要让他们知道，我华夏族即便是非汉族这一支，也是大唐子民，我的国家不允许任何人破坏！”

“既然破坏了大唐的国运，我们就要用华夏族的血性和信仰，告诉他们，我们的信念是什么！要想国泰民安，即必须不惧生死，以战止战！”

“以战止战！”

“不负华夏族三个字！”

“以战止战！”

“以战止战！”

“不负华夏！”

“以战止战！”

第六十八章
国之大事

如果一个民族能够强大，必然要有强大的凝聚力，若是要有强大的凝聚力，必然要有共同的信仰、共同的信念，以及血脉难舍的认同感。

华夏族，几经磨难，上千年的历史，从未因时间而褪色，反而历久弥新。

那些曾经名耀历史的民族，古巴比伦、古罗马、古印度、古希腊，他们已经逐渐退出了历史的舞台。

只有华夏族，位于黄河和长江的华夏族，还屹立在东方。

尽管经历了多次的人口迁徙，尽管战火不断，可是华夏族有它的民族气运，无论如何波动，无论如何变化，依旧让更多的民族渴望融入华夏族，与华夏族荣辱与共，祸福共度。

华夏族，真的没有信仰吗？

不，华夏族有信仰，它的信仰就是华夏族人脚下的土地，叫作中国，这里姓华夏，可以名不同，可是氏必须是中原！

华夏族的信仰是大国梦，崛起的大国梦，是屹立在东方，八方来贺、四方来朝的光辉。

朝歌夜夜歌声，四海八荒诸侯齐聚朝歌，稽首具足，朝拜华夏。

这是华夏族的骄傲，更是华夏族经久不衰，在记忆深处绝对不会被抹去的傲气。

这样的傲气，不管经历多少的动乱和战火，都会保持着华夏族的文化不断。那一个个方方正正的中国字，那一笔笔规规矩矩的华夏文，诠释了华夏族的文化恒久不变。

这样的傲气，不管经历多少的朝代更替，都会保持着华夏族的族徽不改。那一段段抑扬顿挫的中国诗，那一幅幅浓墨重彩的龙腾图，诠释了华夏族的族徽亘古不变。

这样的傲气，不管经历多少代的变更和变化，都会保持着华夏族的血性不换。那一句句豪气干云的青史话，那一曲曲婉转流畅的国粹曲，诠释了华夏族的血性长久不变。

华夏族从不侵犯任何族人，可是华夏领土，乃祖上流传的宝物，视若生命，重若国运。退让不得一分一寸，流失不得一点一滴，一点都不能少的国土，哪怕用命去堆，哪怕用命去换，也要保护祖宗留下的国土。

因为，在华夏族的信仰里面，这些都是华夏族人必须誓死不让、决不放弃的东西。

苏韵看着身边的这些百姓，她突然感觉到，此生生在华夏，真的是何其幸运。

当真对得起那句，此生不悔入华夏，来世还在中华家。

这是华夏族人对于华夏的心，也是他们的信仰。

华夏族人不具备暴躁的攻击性，却绝不懦弱。

如今的余杭百姓已经唤醒了血脉里那华夏族人的血性。

“既然大家如此地热情高涨，明日就跟我一起——开掘河道——”

苏韵大声地喊道，而此时她已经热泪盈眶。

“好！”

回到秋山北苑，苏韵久久不能回神，她竟然真的让余杭百姓愿意扛起锄头，去挖开河道，那通向杭州湾的河道。

这样的事情，她怕是要被后世历史记载了。

只是她答应了余杭的百姓，要让妇女、儿童和老人先走，这一走必然要经过鄞州，可是要航海了。

眼下的船，不足以航海，这缺水缺粮该如何？

苏韵闷闷地看着杭州湾与鄞州的地理图，陷入了沉思。

“在想些什么？”

“阿焕……”苏韵抬起头，看向俞默焕，他手里端着一碗暖粥。

“喝了这个。你今天喊了一天，嗓子哑了，我让厨房给你备了一些润喉清肺的药粥。话说，这是在看杭州湾？可是要航海？”

俞默焕被人唤作丹丘生，还是李白最佳好友，足见这几年俞默焕的经历不凡，而他本人也不是个平凡的男人。

“嗯，我一直不明白怎么开巷为圃，这航海总是要吃喝拉撒的。这拉撒好办，可是这吃喝呢？人七天不吃，三天不喝，便会生命终结。若是想要他们好好地活下去，就必须要弄清楚这些。”

“苏家的漕运这么大，可有中转站可以补给？”俞默焕为她又从瓦罐里面舀出药粥端给她。

“万一战火起来，这中转站怕是会人去楼空，更怕有人借机拦路抢财。我必须要做好万全的准备。”

“开巷为圃……饮食……阿韵，我倒是知道一件事，不知道对你可有价值？”

“是什么？”

“你可知道这假山？我知道宜昌很擅长制作一些南泥壶，这些南泥壶是盆栽的器皿，而盆栽里面常常种着芦荟。据说这芦荟和观音莲的汁液可以凝固食盐，将海水提炼成河水。而这提炼的河水可以让一些蔬菜得以存活。”

“南泥壶？芦荟？观音莲？净化海水？真的吗？”

她愣住，真的可以吗？

“而且这梅雨季节，南方多雨，北方亦是多雨。多雨就会引起潮湿，若是能够像这煮茶……”

俞默焕拿起炉子上的茶壶盖子，盖子上都是水滴。

“让这海水到这个壶盖子上，壶盖子的水引到外边，便也是饮用的水了，不是吗？而这法子，我看书上说，叫作蒸馏。”

俞默焕笑着将一本道家的书籍递给苏韵：“阿韵，你若是闲来无事，可以好好地看看这蒸馏秘法，就知道如何储备饮用水了。而这备用的饮用水和种植蔬菜的办法，可以试试这观音莲和芦荟。”

“你是说开巷为圃，其实是盆栽的一种？而这盆栽要弄成‘回’字型的盆，而且将南泥盆弄成两层，里面一层放芦荟，外面放海水。将这芦荟的汁液碾压而出，滴入海水里面，促使食盐凝结成块，这样就是淡化海水，再找一些嗜碱性的植物来种植，就是解决吃的问题了吗？”

“是的。”

俞默焕笑了起来，这笑容给了苏韵信心。

“既然如此，那我就去试试。”

“好。”

苏韵笑着露出了虎牙，那小小的虎牙可爱至极，让俞默焕扑哧笑起来，揉了揉她的发顶。

“现在你想明白了个中要害，接下来就要好好吃饭了，要是饿瘦了，我可是会心疼的。再说你明天还要登记这些百姓的家人信息，将会很累，要早些睡。”

“你明天不陪我去吗？”

“我明天要帮你实地勘探这挖河道的路线，难道你在地图上大笔一挥就能成了？没有实际走访，是看不出这河道哪是最省力和路径最短的，毕竟其中还可能包括了小潭、小湖，或是小池塘。”

“明白了。”

“阿韵，你且记得，只要是你希望的，我必然会全力以赴地拿来送你。你只管做你该做的，我会尽一切可能让你所说的事情不失信于人前。”

“阿焕，你对我真好。”

“傻瓜，你是我的未婚妻，我不维护你维护谁？”

“阿焕。”她抬起头，眼睛中含泪。

“什么？”

“若这一次河道开凿成功，我们……我们……”苏韵脸红了起来。

而这一次俞默焕再也没说话，只是静静地等她诉说接下来的话，让他今夜会失眠的话。

“我们将彼此的事情早些办了吧……”苏韵羞红了脸，这阿焕关键时候竟然一言不发。

“嗯，好，”他将手放在她的脸颊上，“我一定会给你一场难忘的婚礼，此生铭记的最幸福的婚礼。虽不至于和那石崇一样奢华，却会让你名耀余杭。”

“阿焕……”

“嘘，我的小新娘，你尽管将一切交给我，只等着你我的洞房花烛夜即可。其余的事情，有我，知道吗？”

她重重地点着头，似乎这一生，只要有他，就能够一直幸福地过下去一般。

她上一世一定是烧了高香，才有这样的郎君，这样宠着她，惯着她，保护她，腻着她的郎君。

四目相对，深情不改，那银杏树下，刻下了他们的相思。

这一生缘很深，难离开，他们是一生一世一双人的佳偶天成，她相信，并坚信。

第六十九章 朝堂大事干系天下

“听说了吗？”

“听说什么？”

“你不知道吗？”

“知道什么呀？”

“这信安郡王的儿子，咱们的那个刚正不阿的京兆尹出大事了……”

“京兆尹？李岘吗？那可是皇亲贵胄，龙子龙孙啊，怎么会出事？”

“是真的，你别不信，真的，真的！”

“那你倒是说说出了什么事情？”

“那京兆尹李岘因为从来不献上珍玩，也不谄媚杨国舅，被人家陷害了。”

“啊？被陷害了？”

“你还记得去年那件幽州的那位封疆大吏大怒的事情不？”

“幽州地界的封疆大吏，安禄山吗？”

“可不是他？去年杨国舅不是派骞昂、何盈揭发安禄山造反的阴谋吗？”

“啊，好像是有这么一回事来着，怎么啦？”

“还能怎么啦？那带人搜府邸的就是李岘大人啊，那一天搜出安岱、李方来等与安禄山谋反的证据，李岘还当众将他们勒死，你不记得了？”

“哦，好像是有这么一回事来着，然后呢？我记得李岘因为安禄山上述自辩，被贬为零陵太守出京了啊。”

“这不是前几个月又调回京，然后在杨国舅的提拔下做了京兆尹呢。唉，怪就怪这京都连绵阴雨六十多天，而李岘又刚正不阿，不肯依附杨国舅。”

“那李岘不得……被杨国舅给整了？”

“那可不，这李岘大人为了让京都的米粮平价，专门压制米粮的价格，让国舅丝毫没有赚钱的机会，又被调到长沙去了。”

“去长沙做什么官？”

“长沙太守！得罪了安禄山又得罪了国舅爷，怎么可能有好果子吃？”

“什么！两边都得罪了啊？还要去长沙，楚之地啊？”

“真的，长沙太守，那些百姓还说，想使米粟贱，莫过追李岘。”

“杨国舅发国难财，这大唐啊，嗨……”

“咱们小小老百姓说这些做什么？来来，喝酒，喝酒。这余杭的运河马上就修通了，这苏家大女郎也把小长安镇和钱塘江镇的京杭运河给修通了，到那时候直接去海宁，通往鄞州，到时候咱们也有好日子过了。”

“就是就是，这长安帝都离我们这么远，倒是这小长安镇就在钱塘江边，咱们吃完饭还是能扛起锄头去疏通，赶紧吃吧！”

苏韵皱起眉，将雅间的窗户慢慢合上，心沉了下去，就连语气都沉重得很，而俞默焕将手放在她的手背上：“阿韵。”

“阿焕，这杨国忠真的昧了良心要发国难财吗？这李岘一走，大唐要来暴风雨了。”

“暴风雨只怕是越来越近了，阿韵，这是郭将军给你寄而来的书信。”

“我看下。”

苏韵展开书信，只见上面写道：

小友展信一观，

自此别离，数月不见，不知近来可好？如今这九原战马烈烈，风声赫赫，嫣然有了军旗飘扬之象。近来知晓这长安淫雨霏霏，连绵俩月不断。心中越发担忧，所幸，小友将京杭运河的通州段至余杭段修复，并将余杭至鄞州段疏浚，深感欣慰。

小友，这兵家大事，当以粮草为重，粮草之地，还望你多多费心。愚兄家严听说你在研究开巷为圃的事情，故而寻来水培的师傅，近日便会到达余杭与你相聚。

另，愚兄昨夜一梦，梦八千石大船行舟沿海而上，不知小友可有兴趣？

落款，郭暧。

苏韵看着郭暧的这封信，心情由悲转喜：“阿焕，郭暧说要给我找一个水培的师傅，教给我开巷为圃呢。”

“这倒是个好事，我也接到一些信息，不日便会到达钱塘，到时候你便知道如何开巷为圃了，到时候你这大船航海也算有了苗头了。”

“对的，只要能够解决饮食和饮水的问题，便可以真正航海了。真是百姓之福，我大唐之福！不过，这信中郭暧说九原，要战乱了……”

“看来安禄山一定要作乱了。”

“阿焕，我不明白安禄山为什么一定要犯上作乱？”

“安庆宗因为安禄山的屯兵，被杨国忠设计，陪同荣义郡主死了。不过是荣义郡主被赐死，而安庆宗是被斩首。”

“斩首示众吗？”

“那安庆宗的头还挂在墙头上。”

“为什么要这样？这安庆宗如此温润的男子，陛下为什么要……”

“因为禄山之爪。”

“安禄山之爪？抓到了杨贵妃的……所以，暴怒了？”

“阿韵，你不了解男人，男人绝对不允许自己的女人被他人所沾染的，一丝一毫也不行，更何况是帝王？当知道帝王之怒是雷霆之怒，更该知道……”俞默焕叹了口气，“帝王一怒，浮尸千里……”

“可是安禄山因为长子死了，所以暴怒了，要以示抗议？”

“是，不过还有说是为了胡汉混血的杨贵妃。”

“我……是看到了大唐的衰亡吗？我们这一世的人要面临乱世了吗？”

苏韵没来由地心痛起来，更是担心起来。

“杨国忠为了执掌朝堂，将李氏皇族驱逐殆尽，更是独掌朝纲。这朝廷，已经是姓杨而不是姓李，而这代价必然是用血冲刷。”

“以血还血，可为什么要覆灭了国运？”

“也许在他们看来这一切，都是命中注定，毕竟历史上的很多事情，尤其是充满转折的大事，都是当事人头脑不清楚，一时糊涂造就的。”

“所以，这一次，大唐也面临了一次不理智的大事？”

“但是，阿韵，相信我，大唐的子民还是爱着这个国家的，他们一定会和我们一起挺过来的。你一个小小的女坊主都能让百姓与你一起疏浚余杭段的运河，又有什么不可能呢？”

“阿焕，我还是害怕。”她害怕国破山河在，更害怕国将不国，支离破碎之后必然是生灵涂炭。

“不要怕……”

“几百年前，五胡乱华，两脚羊，不羡羊，饶把火，和骨烂……不，我不想……”

“不会的，大唐的子民绝对不会允许这样的情况发生。”

“难道我们不都是大唐的子民吗？难道入了大唐国籍，却依旧不认为自己是大唐人吗？依旧认为自己的民族就是一个国吗？他们可知道这个国家姓唐不姓胡？”

“阿韵……”

“我不懂，大唐是个有容乃大的国家，是个海纳百川的国家，这个国家富足也自由。这个国家有着让百姓最繁荣的一切，让百姓夜不闭户、路不拾遗。”

或是这国家将掀起的一场由安禄山引起的战乱，让苏韵触动了心灵，最担心的事情，还是发生了。

“我不懂，这个国家女子可以封官拜相，这个国家男子可以西走大食，在这个八方来朝的国家，身为大唐的子民，冠上唐人的名号，该是多么荣光？为什么要颠覆这个大唐？为什么要毁灭这样的大唐？”

苏韵的泪水一滴一滴地滑落：“难道民族不能因为一个国家的骄傲而屈居之下吗？难道他们只想着报仇雪恨，却不想着万千黎民吗？又或者，你，我，还有千千万万的人，不过是蝼蚁，可以忽略不计吗？”

“阿韵，不要再想了，知道吗？”

“我就想问问，为什么我们的大唐要面临这样的事情？为什么我们大唐这般宽容地对待每一个自己的子民，却依旧有子民想要毁了它！我身为大唐子民，有着大唐的荣耀和骄傲，我不懂，也不明白，他们图个什么！难道……”

苏韵愤恨起来：“难道非我族类其心必异，对他们而言，这句话就是戳心窝子的语言吗？可是他们可懂，非我族类，这族不是民族而是国家？一国为一族，统称为大唐？这族不是数百人，数千人，数万人，百万人，千万人，万万人的族，而是整个大唐？既然入了大唐的国籍，便是我大唐人，又怎么会是外人？”

“难道犯我强汉者，虽远必诛，只是说的汉族人，而不是汉朝人吗？汉人并不只是汉族人，更有汉化的胡族混血的人和那外来的胡族人，他们都是大汉的子民，都是汉人！一如他们都是我大唐的子民，都是唐人。如果说……”

苏韵看向俞默焕，越说越快：“如果说犯我强汉者，虽远必诛令他们难以接受，我想他们总该承认自己是唐人，是华夏人吧？这话他们为什么不能理解成犯我华夏者，虽远必诛呢？难道他们内心之中，满是隔阂吗？”

“阿韵，你不是安禄山，也不是幽州的匈奴和突厥后裔，你不要想太多，他们自然有他们的想法。但是我也相信，身为大唐子民，他们是希望大唐繁华的，也喜欢自己被人叫作唐人的。”

“如果是这样，为什么要叛乱？让这个国家四分五裂？可知道，这样会毁了大唐的？”

“阿韵，陛下杀了安庆宗，而杨国忠是始作俑者。”

“也许吧，我真的不懂杨氏和安禄山他们到底怀了什么心思，总是要互相倾轧，我只知道，这个大唐，我要守护着，无论前方是生是死。毕竟朝堂大事干系天下，而天下是唐人的天下，是我们这些万万千千黎民共同拥护和守卫的天下。”

第七十章
八千石大船雏形

郭暖青睐的水培师傅是九原地区的一个高人，喜欢在九原和渤海之间寻找能够在草原之上种植作物的办法。

深入了解，才知道水培师傅的师傅是九州蚩氏一族遗留在渤海地区的萨满，这萨满有些法术，水培作物这样的本事，传说还是大禹治水时期存下来的技能。

这水培师傅也是个风趣的人，说了一些当时大禹治水时期，洪荒四野的大陆，百姓缺衣少食，只能靠着水培植物来度过一个又一个旱涝成灾的故事。

苏韵看着浮在水上的植物，笑眯了眼睛："原来芡实、豆芽、洛神珠都是可以食用的，倒是有趣。"

"苏家大女郎，其实你用竹制编框成一个巨大的板子放在这水中，也是可以种菜的，称为水圃。而这水圃可以存放在船上一个水仓里，水仓像一个小池塘，池塘里铺满了这竹制的板子，板子镂空，学我这般种上水生植物便可……"

萨满师傅笑了起来："而能吃得很多，比如莲藕、茭白、荇菜……就连那水稻也可以种植一些。"

"水稻？"

"《夏本纪》记载：令益予众庶稻，可种卑湿。"

萨满师傅一席话让苏韵精神了起来，她点着头。

"大禹命令伯益给大家分发水稻种子，种在水田里，还命令后稷给大家分发食物。没有食物的地方，他就命令有多余的地方，分给那些少的地方。"

"看来苏家大女郎很是了解历史。"

"不敢不敢，偶尔看了一些。"

"其实这大唐的菜式讲究色香味俱全。这水培不止适合当下的蔬菜，还可以水培大蒜、大葱、白菜、胡萝卜、西芹、生菜、香菜、地瓜、韭菜、生姜、绿豆等。到时候苏家大女郎开巷为圃的理想就成了……不过就是大船要有凹型接水的地方。”

“要多大的凹型？”

“听闻苏家大女郎在制作大船，不如上船一观？”

上船一观？苏韵感觉这萨满不只是为了她的苗圃而来，还有其他的事情。

“不知师傅可知道这船尚在建造中？”

“苏家大女郎，这是我家公子交给你的。”

萨满师傅将信给苏韵。

“这是？”

苏韵展开信，看着信中的内容，眼睛慢慢睁大，俞默焕将手放在她的肩膀上，凑过脸来：“这是说的什么？嗯？九原开战了？”

“是的，这九原已经开战，我家公子听说这八千石大船已经着手建造，特催我前来筹备军粮……”

“你可有信物？”俞默焕问道。

“有，这是我家公子贴身之物，更有亲笔书函。”

“那你家主人呢？”

“老爷也给了信物。”

萨满师傅将郭子仪的书信递给俞默焕和苏韵，两人对看一眼，眼下正是水稻丰收的季节，所幸余杭没有跟扬州一样受了干旱。

可是这扬州运河怕是很难再走了，就算是走，怕是也要一路不得安静。

“那怎么办？”萨满师傅也感觉到了事态的严重性。

“这漕运还是皇家的漕运，那扬州水匪再猖狂，焉敢跟皇家冲突？”俞默焕笑起来，那温柔的脸上带着儒雅和睿智。

“哦？阿焕，你可有什么好法子？”

苏韵的眉眼一亮，阿焕被唤作丹丘生，本就是智多星，怕是想到了些什么。

“这法子也没有什么特殊的，不过是，”俞默焕嘴角笑起，“不过是酒仙那句话罢了，毕竟山门次第开，无人知是荔枝来。”

“荔枝？上一次的荔枝案，如今整个大唐都传成了佳话，如今再次利用荔枝入东都，再从东都洛阳经过永济渠，走黄河进入临清，再入九原，倒也是个极好的方法。”

苏韵立刻明白了俞默焕的意思。

“只是这扬州旱灾中，怕是淮安已经不能走了。”

“若是这淮安不能走，那么就走这盱眙，通过盱眙走开封，”俞默焕笑起来，继续说下去，“这里便是通济渠。隋朝的隋炀帝斥资修建了隋运河，又怎么可以荒废呢？”

“通济渠，永济渠倒是极好的。”苏韵了然地点头。

“如此，避开了淮安和徐州的河道狭窄，也避开了淮安到扬州的水道干涸，这运河走到通州段，北上九原，也就有了法子。”俞默焕提醒道。

“师傅，你觉得如何？”苏韵看向这位萨满师傅。

“我觉得甚好。”萨满师傅点头，显然同意了俞默焕的说法。

“如此，那就去看看我正在建造的八千石大船，看完雏形之后，便安排稻米装船……”

苏韵将规划做好，而俞默焕则是温柔地笑起，一副宠溺的模样：“只要是阿韵说的，便是好的。无论如何，都好。”

苏韵嘴角扬起笑容，这造船坊此时停着大船，此船是为舶，这大舶便是宝船，宝船大者长四十四丈四尺，阔一十八丈。中者长三十七丈，阔一十五丈。

萨满师傅看直了眼睛，带着赞叹：“这便是我大唐的大船吗？”

“此船，有八千石，意思便是可装船八千石粮食。只是这船过大，还是要走明轮船的。”苏韵叹息道，扶着这船舱，像是在看珍宝一般。

“大唐有这般的船只，必然可以装下万人以上，一州府百姓，怕是也能在这上面婚丧嫁娶了吧？”萨满师傅好奇地问道。

“我大唐造船之地很多，一如宣、润、常、苏、湖、杭、越、台、婺、江、洪、扬等地，而我余杭更擅长建造明轮船。师傅当知……”苏韵如数家珍地说道，“我太宗年间，因高丽不听勿攻新罗谕告，决意兴兵击高丽。命洪、饶、江三州造船四百艘以运军粮。命张亮率兵四万，战舰五百艘自莱州泛海取平壤。如今这安禄山引发了战争，我杭又怎么可以屈居人后？这军粮运送可用明轮船，这战船建造亦可为明轮船。”

“明轮船……”萨满师傅记得，那是苏韵扬名天下的船，速度很快。

“我在这明轮船上改进了一些东西，比如这踏水的人力车轮，我加多了齿轮，让齿轮带动水力，减少人力踩踏木轮推进的力气，也加快了前进的速度。”苏韵带着萨满师傅走向一旁从未让世人见过的明轮船。

“我听闻李皋王爷当初曾说这船挟二轮蹈之，翔风鼓浪，疾若挂帆席，不知可是真的？”萨满师傅好奇道。

“师父不如在这造船坞中，试试船速？”苏韵笑起来。

“如果可以，我想亲自试试。”

苏韵指着部分改造的地方慢慢说道：“我把桨楫改为桨轮推进，把桨楫的间歇推进改为桨轮的回旋推进，如此便可以连续运转。而这船，我给了新的名字，叫作桨轮船。”

萨满师傅看着苏韵指着的桨轮船，有一种叹为观止的感觉。

“中型的载战士二三百人，大型的长二三十丈，吃水一丈左右，能载千余人。这是我对桨轮船的目标，而我为了实现这个目标，决定在车船上把桨之间隙推进方式改为车轮运转的连续推进方式，同时又可减少船员的劳动强度，不过我还在实验，一旦成功……”苏韵像是看到了未来，“那我大唐的航运史上将会掀开新的篇章，将会成为历史上里程碑的时刻，而我，苏韵，我将是改变造船历史的人物。”

苏韵又指着旁边的船说道：“我大唐的海鹘船是模仿海鸟而创制的海船，两侧有浮板，具有良好的稳定性，以适应海上作战的要求。而这隋朝杨素造‘五牙’大舰，起楼五层，高一百余尺，能容战士八百人，有六个拍竿，高五十尺，用以击碎敌船。我觉得这是我八千石大船的模型，只是我现在的试验还不成熟，当是可惜……”

“看来苏家大女郎已经决定如何做了？”

“我目前实验成功的倒是有个小一点的，你且看那边……”苏韵指着一个略大的明轮船，“那座战车船长二十至三十丈，有二十三到二十四个车轮桨。我取了个名字，曰战舰，战舰旁设四轮，每轮八楫，十分轻捷，可做常用车船，也可以支援郭将军。”

苏韵笑起来，很是自豪，而萨满师傅则是看直了眼睛，这船要速度有速度，要规模有规模，该是大唐最杰出的战船了。

“还有那边，湖船底、战船盖、海船头尾的多桨船，长八丈三尺，用桨四十二支，载甲士二百人，江河湖海均能适用，这个功能我也打算放在我的八千石大船上。

“还有那边，那是创制的铁壁铧嘴平面海鹘战舰，长十丈，宽一丈八尺，船底厚一尺，十橹，水手四十二人，能载战士一百零八人。这船可用以正面撞击，为侧翼求得时间。而这边的……”

苏韵指着不远的地方：“我称之为无底船，是一种奇形战船，船后截中部无底，只有两舷和站板，加以伪装，引诱敌军跃入溺死。还有这种，名曰鲕鱼船，船头方小，尾阔底尖，尾阔可以分水，头小底尖使阻力大为减少。这种长五丈，能乘五十人的鲕鱼船是用渔船作战船，让我余杭百姓一统为国而战，让江南渔民一起与国同在。萨满师傅，你可满意？”

第七十一章
马嵬坡下遇玄宗

收集稻米，再将稻米晒干碾成米面，总是花了一些时间。等到装船，通过明轮船通过扬州、永济渠等地运送到长安和九原的地方，这船只又停在了灞上。

上一次来灞上，正是荔枝案爆发之时，也是少年声名鹊起的时候，那个时候认识了很多人，有李白，有杜甫，更有郭暖和郭将军。

这里曾经千帆远，曾经万艘船，来来往往，熙熙攘攘。

在这最繁华的灞上，在这望春楼上，她一日看尽了长安花，可再次来到这里，却是一片狼藉，在最靠近长安的地方，这里竟然满目疮痍。

大唐，真的要倒了吗？

国之将亡，她有一种酸涩，更有一种唇亡齿寒之后的心慌。

她的四肢冰凉，指尖如霜似冰，颤抖着手指，抚上这曾经凭栏远眺的桥栏杆，泪水吧嗒吧嗒地滴落下来。

而此时大唐江山战火被四处点燃，扬州出现了水匪，灞上出现了流寇。

这一路上的粮食被流寇抢夺，为了保存军粮给九原，萨满师傅率领一支小分队，凭借明轮船的航行速度，快速地朝着九原奔去。

苏韵和俞默焕因着要给长安带去粮食，而与流寇纠缠在了一起。

被绑在粗大的木棍上，苏韵的口唇已经干裂，这是暴晒之后的模样。

俞默焕被绑在另外一侧，与她四目相对。

尽管已经沦落至此，可是俞默焕依旧是温柔的模样，仿佛在尽可能地让她不要害怕。

“阿焕，你说我们会不会死？你说大唐会不会亡了？”

她不想说“亡”这个字，可是长安，这帝都出现了流寇，而流寇肆虐的地方，大唐的禁卫军和地方军却不管理……

这说明，大唐的皇族已经是自身难保了吧？

“不，有我在，你不会死。有大唐那些爱护国家的百姓在，大唐也不会亡。”

“不会亡吗？可是，我们却要死在……”

苏韵还想再说下去，却听得一声报告，一个膀大腰圆的大汉走了上来：“听说你们是来运送军粮的？”

苏韵抬起头，逆着阳光看过去，迷迷糊糊看着来人：“嗯，运送九原。”

“可是给郭将军？”

“是。”苏韵点头。

“给郭将军的军粮吗？那我不该这般待你。可是我这些兄弟也是饱一顿饥一顿，我这做了老大的人可不能不管自家兄弟的命，你可有法子养活？”

养活这流寇一大帮子人？

不过听这人的语气，像是很敬重郭子仪，郭大将军。

“我知道一处，若是抢来军粮，可让寨主的兄弟们饱餐一顿，甚至半年以上没有断粮的苦恼。”俞默焕舔了舔干涩的嘴唇，沙哑的声音响起。

“是吗？什么办法？”

“往东，有一处粮仓距离洛阳很近，那里看管的人很少，我可以画出地图……”

俞默焕继续说道，他听得出此人有些英雄胆色，更有些莽汉气质。

“是吗？有一处是粮仓？这洛阳阴雨连绵，粮食全部被水冲坏了，还有粮仓？”

壮汉显然是不信的，可是俞默焕却是劝得动。

“看守粮仓的是投降安禄山的一支小队，这小队人马不足二十，本是想着用这粮食投奔安禄山的，若是你夺了这粮食……”

俞默焕欲言又止的模样，挠得壮汉心痒痒的。

“会怎么样？你倒是说呀。”

“自然是得了安禄山的青眼，你这些兄弟们，日后也有个归宿了。”

“是吗？你可是认路？”

“我少时去过，倒是认得。”俞默焕点头，“只是我这女郎，自幼是许配给我的，还需带着才是。”

壮汉颇为可惜地看了一眼苏韵，但与这安禄山的高官厚禄相比，还是选择了后者。

“行，我这几天准备一下，不日启程。”

被绑了三天，终于松绑的苏韵，当下摔倒在地上，她看着俞默焕艰难地画出当初父亲蹲牢狱的地方，那里确实有个粮仓，而且那里是安禄山屯兵的秘密粮仓。

若是这壮汉抢了又给安禄山送去，难免会让史朝义和史思明父子产生嫌隙。

这安禄山和史思明本就是两个心肠的人，若是生了嫌隙，安史的叛军内部就会生乱，然后便自我瓦解……

俞默焕到底是聪明几分，想出这般法子。只是这法子的凶险在于如何金蝉脱壳。

在壮汉高兴地举着地图去找人探路的时候，俞默焕和苏韵被关在了一处暗淡的船舱里。

“你为什么要这么做……”

“你和大唐，我都不想放弃……”

“所以你决定铤而走险？”

“就当孤注一掷，或许是置之死地而后生。”

“嗯，你决定了，我便陪着你。”苏韵挽着他的胳膊，蹭了蹭他的胸膛。

“你不哭吗？”

“我不是爱哭鬼，更不是个遇到问题就慌乱的。”苏韵抬起头看向俞默焕，“我只想成为你的助手，与你一起坚守你我的信仰。”

“若不是生逢乱世，我一定不会让你这般坚强，这是我的错。”

“阿焕，我有件事想跟你说。”

“嗯，你说。”

“若是有幸逃脱，你我缔结良缘，可好？”

“好。”

俞默焕郑重地点头，她则是展现出了难得的笑颜。

在流寇和安史叛军短兵交接的时候，俞默焕凭借过人的轻功，带着苏韵从水路遁逃，又从陆地快速奔逃，一时之间也不好找到长安的方向，误打误撞来到了一处地方。

苏韵抬起头看到了地界石碑写着三个字：“马嵬驿。”

这里是……苏韵心中有不祥的预兆，像是有什么特别恐怖的事情要发生。

“阿焕，这里像是有很多人走过，难道……？”

不会的，难道这里发生了战争？

“这些人的脚步虽然凌乱，但是还有车辇，这车碾的宽度看过来，不像是战车，倒像是皇辇。”

“皇辇？”苏韵凑近看过去，却发现，这真是皇辇。

难道陛下来了？

苏韵错愕地看向俞默焕，眼眸里全是不可置信。

“看这模样，看来是陛下从长安仓皇出逃，来到此处。”

“这……”

“走吧，前去看看。”

俞默焕握紧苏韵的手，朝前走去，果然看见前边一处破旧的山神庙里面，禁卫军举着长矛指向山神庙的庙门。

而当初圣名如神胄的李隆基，披头散发，一手放在剑柄上，而剑身插在泥土里，一手拿着皇冠，与禁卫军对视。

而身后的门微微敞开，那有着胡人血统的杨贵妃，虽然泪痕满面，却依旧是倾国佳人。

与苏韵见到的道馆女道人有别，此时的杨贵妃有着夺人心魄的美，更有着沉稳的眼眸，只是眼角泪痕未干。

苏韵快走几步，想要过去，却被俞默焕拉住。

苏韵回过头来，俞默焕轻轻地摇着头。

难道这人间的尤物、天生的佳人要陨落了吗？

“交出杨氏女，护卫李家人！”

“交出杨氏女，护卫李家人！”

禁卫军一边跺地，一边大喊，可是唐玄宗李隆基依旧是不肯退让的模样，他犹如一座山，稳坐山门前，就是不让开。

可是一天一夜后，或是有人跟李隆基说了些什么，李隆基终于走了出来。

“陛下，我本是大唐忠臣，这一世只会守护大唐李氏江山，却不想妖女祸国，这是褒姒更是妲己。有人传闻那安禄山便是因妄想杨氏女，而掀起了这场战祸。陛下，若是顾念黎民，若是不想大唐亡国，必然要有所决断！”

那带头人陈氏，将书信双手举过头顶，李隆基展信一观，坐在那里许久，久到了人们觉得李隆基已经石化。

苏韵和俞默焕走近的时候，李隆基看向俞默焕，嘴唇轻启：“丹丘生？你看到了郭将军了吗？”

“看到了。”

“真如陈氏所说吗？”

“是。”

“她，可是寡人这一生的命，若是丢了，怕是魂也没了……”

“陛下，当断则断。”

“当断不断反受其乱吗？你也这么狠心？”

“天下间，有的事情，本就是注定的。这是一场悲剧，帝王无法拥有爱情，若是拥有，便是那夫差。”

“吴王夫差终究为了西施误国。寡人或许错了，从一开始，就不该跟帽耳抢。”

帽耳是寿王的小名，足见李隆基的伤心。

“陛下，还是要做决断的。”

“罢了，你们想怎么样就怎么样吧？”

这一天，一尺白绫，悬在那马嵬坡上。佳人如玉，香消玉殒在了马嵬坡。

这一天苏韵见证了贵妃的陨落，这再真实的爱情，在现实面前都要低头。即便是帝王之爱，一旦江山破碎，爱情依旧会是可悲的下场。不知为何苏韵竟然特别地感慨，甚至对爱情丧失了信心。

伴随着李隆基的失魂落魄，新帝即位，苏韵再次承担了押运军粮的重担。这一次郭子仪被重用，而运河北道被她提前疏浚，整个战事开始偏移，胜利倾向大唐。

此时苏韵隐隐感觉到了大唐的衰亡，更彻底感受到了皮之不存毛将焉附的痛苦，盛世转入乱世，她有一种丧家之犬的感觉。

或许她该离开了，在不相信爱情以后，她不知道，该何去何从；更不明白，阿焕为什么可以对自己的姨母，这么狠心。

第七十二章
诗史面前长蹉跎

临危受命的新帝是广平王李豫的父亲，也许未来的天下是李豫的吧。

可是苏韵心中已经有了另外一番模样，尤其是感叹那令人伤心的爱情。

她忘不了，忘不了贵妃脖颈上的勒痕，那是帝王为了帝位而做出的妥协，却也是对爱情的一种背叛。

而背叛的助推者，是被人称颂的丹丘生，她的阿焕。

那口口声声说她的泪会烫伤他的人，会不会有朝一日也会跟唐皇一般，为了大局，丢了她的命，背叛了爱情？

她不知道，更不愿意细细去想，可是她控制不住，控制不住那令她心慌的猜测。

也许未知才是恐惧的，而她不愿面对那恐惧的未知，所以她能做的就是顺势藏匿。

就在俞默焕安慰李隆基，与新帝商谈的时候，她逃了，是落荒而逃的逃。

一路上，风烈烈地吹着，让她睁不开眼，却阻挡不了她的步伐。

她走得越来越快，逆风而行，倔强的泪水顺着脸颊而流了下来。

她不是爱哭的女子，可是这一刻，她的心，痛了。

为这满目疮痍的大唐，为这皮之不存毛将焉附的大唐，也为了她或许会失去的爱情。

抱膝坐在船头，她恍恍惚惚地来到这淮南，恰好在那码头上，看到一艘乌篷船。

乌篷船上正是那喜欢饮酒的杜甫，杜子美。

杜子美摇摇晃晃地走了过来，看着苏韵："马嵬坡而来？"

"你知道？"她抬起头。

"我有几首诗歌，说给你听可好？"

"你的诗能解除我的忧虑？"

"至少能够让你解恨。"

"那你说说。"她不知道什么是解恨。

到底是安禄山引起的战乱，让她恨了，还是俞默焕的冷情让她恨了？

可是她却是满肚子委屈，一肚子的烦闷。

杜子美仰头喝了几口酒，缓缓说下去：“功盖三分国，名成八阵图。江流石不转，遗恨失吞吴。”

“遗恨吴吗？可惜啊，八阵图却无法保住吴，你在勾起我的不好回忆？”

“不过觉得八阵图，比较适合我的心情。若是这大唐有人肯为国家出力，那安禄山老儿又怎么会是我大唐的对手？我大唐打回鹘和南诏又怕过谁？打那高丽更是不在话下。安禄山不过抗击突厥罢了，又有什么了不起？”

“很多人说他是神。”

“是神？呵，依我看，怕是什么也不是。”杜子美又喝了一口酒，“我还有一首，你听听？”

“好。”

“少陵野老吞声哭，春日潜行曲江曲。江头宫殿锁千门，细柳新蒲为谁绿。忆昔霓旌下南苑，苑中万物生颜色。”

“春日潜行曲，你这话，让我心中越发地忧伤了。”

“不大哭一场，怎么将满心的委屈彻底排空？”杜子美靠近苏韵，“话说，你的泪水已经留下来了，不擦擦？”

“不需要。”苏韵别过脸去。

她又想起了那些事情，那些恼人的事情……

心爱的女人，不与她同生共死，反而是委曲求全，以自己女人的命换取太平。

这样的李隆基，这样的陛下犹如缩进龟壳的乌龟，胆小怕事。

而这一年，她要记住，那曾经大唐的骄傲，拥有一半胡人血统的贵妃，陨落了。

杜甫缓缓笑起来：“这江南有些受过贵妃恩惠的，已经点香祈祷了。”

“已经传开了吗？”

“这贵妃之死就是为了震慑安禄山的，毕竟贵妃是安禄山的养母，若是母亲死了却不守孝，便是大不孝。国家以孝治国，那安禄山情理上就站不住脚，这是政客惯用的手段。只是……”

“只是什么？”

“这过程未免血腥，这结果未免难看罢了。”杜甫摇了摇手里的酒葫芦，“苏家大女郎，你那里可有存酒？我这酒葫芦里没了。”

“你什么时候这般嗜酒？”

“安禄山起兵的时候。我这般潦倒，你还不肯帮我几分？”

杜甫扬了扬两袖的清风，笑得很是开怀。

“这里有酒，你且等着。”

“好。”

杜甫拿到酒的时候，诗兴大发，随即说道：“岐王宅里寻常见，崔九堂前几度闻。正是江南好风景，落花时间又逢君。”

“你这诗，像极了旧时王谢堂前燕……”

“那你不觉得很好？”

“好是好，只是你这落花时间又逢君，伤了我。”

“你可是想起了什么？”

“也许，华清池太美，我忘不了那时候的艳吧？”

苏韵笑了笑，走到一半回过身来：“你若是无处可去，可以来余杭寻我。”

“可管酒？”

“还管饭。”

“那敢情好。”

这一夜苏韵做了一个长长的梦，她仿佛又回到了几年前，那个还是小女生的她。

那时候的她随着俞默焕走入长安，长安繁华的街景，还有那被唐玄宗嘉奖时候的荣光，仿佛那一切不过是昨天才发生的。

她记得那时候长安挂满了灯笼，华灯初上，照亮了孩童的笑颜。

更记得那年长安三月阳春，她走入华清池畔，看到了这大气磅礴的大唐气质，她记得，那是一种被人称作唐人的荣耀，满身的骄傲，犹如阳光照耀在身上，产生了光芒。

那一天，她参加的宴席，有个名字，叫作极乐之宴。

在那宴席之上，她看到了贵妃荡着秋千，接受着万千臣民的朝拜。

那一刻贵妃就是大唐的骄傲，更是大唐展示给众人的雍容。

是那般华贵，是那般奢华，又是那般繁华。

她沉浸在了那一场极乐之宴中，一夜看尽了长安花，也看尽了长安的繁华。

那时候长安的风都是甜美的，街边还飘荡着深巷的酒香，偶尔还夹杂胡人的烤羊肉和煮羊汤的香气。

她好想回到那个时候，那时候有李白、李豫，还有郭暧和俞默焕。

那时候他们聚在一起，吃着羊肉，唱着歌，说着诗，仿佛那便是对青春最美的歌颂。

不负青春，不负时光，不负光阴。

可是，为什么这一切越飘越远？

一个激灵让苏韵醒了，脸上是两行清泪，泪中有着对大唐盛世的追念，更有着对大唐荣耀的眷念。

她经历了大唐最繁华的时候，那时候八方来朝，那时候路不拾遗，夜不闭户。

那时候的大唐人是这个世界上最勇敢和骄傲的人，更是最有力量的人。

她为身为大唐子民而骄傲。

泪水吧嗒吧嗒地越流越多，她想念大唐了，那个国泰民安的大唐。

触目所及的疮痍，与她见过的繁华形成鲜明的对比，她的泪水再也止不住，越流越多，竟然湿了衣衫，此时一只大手伸了过来，将她揽在了怀里。

“我不过是说句话的工夫，你怎么说走就走，连个音信也无？”

这话从她的脑袋顶传来，可是她只顾着自己的伤心，却不肯回上一句。

“原是我做错了什么，你这般恼我？若是真的如此，你且说上一二，我一定让你捶打一番，让你消气。”

“你没做错什么。”

“我没做错什么，你又为什么这般不告而别？害我寻了好久，要不是遇到子美，怕是要和你擦肩而过了。”

“子美吗？果然是个喝了酒嘴巴就很大的主儿。”

“阿韵，你到底是怎么了？为什么这般恼我？要是有个什么，你说就是了，何必闷在心里？”

“阿焕，我没什么。”

“你的眼睛已经告诉我了，到底是怎么了？”俞默焕不依不饶起来，“你我终是好了，难道还要再次误会吗？三年，不短也不长，可你我还有几个三年？嗯？”

“你为什么，非要你的姨父杀了你的姨母？”

姨父杀了姨母？是说李隆基和杨贵妃吗？

“若是不这么做……姨母如何东渡扶桑？李代桃僵？”

苏韵诧异地看向俞默焕，东渡扶桑？

“陛下爱惨了姨母，又如何舍得？可是姨母不诈死，杨氏满门皆死。姨母若是诈死，对天下是好的，对陛下是好的，对她自己也是好的……”

俞默焕轻叹一声，继续说道：“虽然姨母此刻已经东渡扶桑，可对她而言，终生不再踏足大唐便是她的宿命了。这也许是另外一种爱情吧，为了爱人得以保命，只得生离死别，分隔两地。”

“陛下送走了贵妃？”她的泪水止住，心突然有了希望，因为他说贵妃还活着。

第七十三章 乱世当以战止战

“当然还活着，难道爱情的根本就是要为了皇权富贵而丢掉爱人的命吗？这个世界上，有些人是要江山的，可有些人是要美人的。而我那姨父既然退了位，便是不要皇权，却为了爱人，宁愿分隔两地……”

“原是我错了？”

“你误会了，阿韵，很多事情不是你想得这般简单。”

“是吗？”

“那是。”

“原是我错了。”苏韵点点头，心中的苦慢慢地消去，取而代之的却是一种快乐。

“话说，你这次来是为了？”

“我听说郭暖要来淮南，特地来这里等他。”

“你派人去寻郭暖了吗？”

“已经去寻了。”俞默焕打开一个油纸包，“先吃些干粮等会吧，一会儿郭暖就来。”

“好。”

苏韵看着俞默焕为她细细地打开油纸包，拿出那油酥饼，抚了抚饼上的碎渣，递给她：“莫要饿坏了，快些吃点。”

“阿焕。”

“嗯？”

“你为什么对我一直这般？”

“傻瓜，这个世界上，能被我叫作未婚妻的女人可就你一个，我不对你好，又要对谁好呢？”

这话让她的泪水喷涌而出。她想，她真的一开始想偏了，钻了牛角尖。

几个时辰后，风尘仆仆的郭暖走入这艘乌篷船，抖了抖身上的蓑衣放在外面。

所幸这乌篷船不算小，倒也装得下四人对坐。

“来了？”

“唔，我有些饿，这里可有些什么好吃的？”

“油酥饼，可要吃？”

“拿些来。”

俞默焕递给郭暖，郭暖狼吞虎咽地吃了一会儿，才消停下来。

“你这般吃相，可是一路没吃饱？”俞默焕打趣道，“郭少将军也这般落魄不成？”

“我若是不出来征粮，怕是九原要饿死一大批人了。唉，一言难尽，一言难尽啊……”郭暖叹息起来，却让苏韵诧异了。

“九原有郭将军？怎么会……”一言难尽？

“这安禄山手底下的兵都是老兵，跟突厥抗衡，没有一刻懈怠过的。可是我父亲手里的兵都是新兵蛋子，没几个机警的，这差别很大。”

郭暖继续吐着苦水：“还有这九原也不知道刮了什么风，好久没下雨了，导致颗粒无收。偏偏那幽州的百姓非常爱戴安禄山，铁了心地不给九原一粒米粮，我父亲靠着同僚友谊从西北调了一些米粮，可是杯水车薪。”

“所以你来江南了？”

“这江南是天下粮仓，只能来这里了，毕竟是鱼米之乡。”郭暖的眼睛亮了起来，“话说，阿韵啊，你那边可有什么陈粮？”

“眼下这九原和幽州可开战了？”

“我爹走迂回战术，已经开战了，只是在胶着中。”

“战火纷飞，我如何运军粮？走运河吗？”苏韵挑高眉。

“必然走运河，走淮南，通济渠和永济渠……”

“可是郭暖，这一路上，扬州水匪最多，烧杀抢掠无所不干，更有那流寇，更是各种抢夺，到时候，怕是到达九原的没多少了。还有……”苏韵顿了顿，继续说道，“你派来的萨满道人，不是为你押送了一批粮草吗？”

“就是有了萨满道人送来的一批救命粮，我才被我爹赶来江南再次征粮啊。”郭暖点着头，“要不是你的军粮启发了我爹，我爹怕是没想到用明轮船来做押送军粮的工具。倒是极好的，阿韵啊，你负责造船事宜，算是物尽其用，人尽其才。”

“可是这军粮，要是真的能运送过去也就罢了，若是不能呢？”

苏韵担心这江南扬州水匪作乱……

“我这一次是带着郭家军来的，他们还在路上，来了两千多人，该是够了。”

郭暖才说完，俞默焕点着头：“若是真有这么多人，怕是真的够了。”

“即便是这样，江南军粮该如何筹措？百姓现在也是缺粮的。”

“没事，这件事包在我身上，你既然疏通了运河，我自然要想办法征收。”郭暖拍着胸脯。

“郭将军这是要跟安禄山和史思明决一死战？”

“我爹说国在家在，国亡人亡，国家兴亡，匹夫有责，我郭家必然全力以赴，以战止战。”郭暖的这话说中了苏韵的心。

“以战止战，这战事，还必须是战争来结束，我支持你。”苏韵心中亮起来，更是知道这安史之乱，怕是只有郭子仪将军才能结束了。

“如是这般，那我们一起去钱塘吧。”俞默焕做出了邀请。

余杭此时还是太平之城，苏韵奉上谕在吴越地区协助郭暖筹措粮草，惊动了张景超，整个余杭即将陷入水深火热之中，可是苏韵依旧故我地去筹措粮草。

张景超坐在椅子上有些不安，他答应过主上，要替主上看好鱼米之乡的余杭，更要窃取这余杭苏韵的明轮船的制造图。

如今还没有得手，便引来了郭暖？

真是该死！张景超连忙写信给史思明，要求增派兵力，而他要通知扬州水匪，在路上干掉郭暖，乱了郭子仪那厮的心。

苏韵如同号召百姓扛着锄头疏浚运河一般，再一次搭了一个擂台，站在上面，对百姓们宣讲北方战事。

这些百姓大多是青壮男儿，大多的妇孺老人因为张景超的屯兵，而被苏韵的明轮船转运到鄞州了。

无后顾之忧的百姓一传十、十传百，大家都赶来一睹郭暖少将军的风采。

郭暖从来不知道自己在吴越地区的名声如此的好，甚至越发显赫起来……

他不过是陪着父亲打了几次仗，赢了番邦几次，而这次小区域战役的时候，也胜了几次安禄山的军队罢了。

没想到吴越的百姓竟然这般地爱戴和尊敬他……

这一刻郭暖感觉到了一种百姓团结、大国仍在、信心百倍的感染力。

这种感染力也可以说是一种凝聚力，让郭暖感受到了军民一心，更让他对未来大唐乱世转危为安充满了信心。

郭暖清了清喉咙，对着这些积极报名，要做押运军粮和入伍的吴越好男儿，大声说道：“各位乡亲父老，大唐有你们，是国家之幸，是黎民之福，是子孙之荫，我们大唐一定能赢得胜利的，就像我们的祖先一般。要知道，华夏从不妥协！”

郭暖看着那些男儿激动的眼神，继续号召着：“华夏从不妥协，要战便战，以战止战，如此当不负我华夏血脉。我吴越大地的男儿，自古便是中华根骨所在。男儿何不带吴钩，收取关山五十州。请君暂上凌烟阁，若个书生万户侯！”

郭暖的“男儿何不带吴钩，收取关山五十州”，让所有人都激动了起来。

“我们都是大唐的一份子，我们在吴越之地，必然要带上吴钩，收取幽州十六州，让华夏恢复华夏，让中原仍是中原，让大唐还是那个八方来朝的荣耀大国，可好？”

“好！”

“好！”

“好！”

郭暖的话语极具感染力，让年轻人一心坚定参军。

苏韵看着这一切，心中更是有了一种冲动，一种在这乱世犹如浮萍的恐慌感。

她在扬州看到了乱世之中人心的黑暗，在长安看到了乱世之中的变乱，更看到易子相食，看到了千里树无皮，还看到了这东晋灭亡时期的人肉相食。

漂泊多年，国将不国，她累了，需要一些安全感。

也或许是年纪大了，所以需要一个温暖的臂膀拥着她，护着她。

她想，在知道贵妃东渡扶桑之后，她又燃起了缔结婚姻的想法。

她走到俞默焕的身边低声说道：“阿焕。”

“嗯？”

“你看郭暖说得多好，男儿何不带吴钩。真是好，可是……”

“可是什么？”俞默焕看向身边的小女子。

“我终究是个女子，还算不上是个巾帼。这女子犹如菟丝草，终究需要磐石来遮风挡雨，固定一生的。”

“所以……”俞默焕的心再次激动起来，莫非阿韵要……

“我身边一直有一个人，他鼓励我，帮助我，赞美我。给我足够的安全感，也给我足够的喜悦，让我不觉得烦恼，不觉得枯燥，不觉得愤懑，也不觉得恐慌。这也许就是心安，可是这种心安的滋味太美，我舍不得放弃，只能来问问它的主人。”

“问他的主人什么？”

“君可否驻足，做那磐石？”

她小脸红了起来，她想要婚姻保护她现在的脆弱。

“阿韵你做好准备了吗？”

“只是你可愿……”

苏韵的眼神让俞默焕的心跳得越加地快乐起来：“若是你想，我随时候着你。只要你说的，我便会当真。我从没有愿不愿，只是奢求着，期盼着，你的这句话，丫头。”

他温柔地笑了起来：“我等你这句话许久了，怕是十年之久，这话不是在梦中吧？”

“让我咬一口，你就知道是真是假了。”

“那你咬，咬得狠一些，留个印记，好让我记住，今天的幸福。我的阿韵终于愿意嫁我了。”

此刻他笑得像个孩子，怕是真心地开心吧？

“傻瓜……”

“为你，我愿意痴傻到底。”

第七十四章 好事总有人干扰

“傻到底？呵，我原想着我心心念念护着的女子，怎么一趟走镖，便不见了踪迹？竟是被你这厮拐走了？”

一个极其熟稔的声音传来，苏韵定睛看去，竟然看到了一年多不见的从坤。

这从坤是王维的外甥，听闻这王维被安禄山捉了去，要让他做一个什么官员。

起初这王维是抵死不从的，可后来，也不知是怎么，竟然从了这安禄山。

她少时听过王维的风花雪月趣事，听说这王维原是一个碌碌无为的书生。后来被人引荐给了大唐公主，之后平步青云。

至于他如何平步青云的，这大唐百姓又有几个不清楚的。

虽然大唐公主没有公然养面首，可太平公主之后，很多公主已然将面首和男宠当作想要的资本和政治的筹码……

后来她闺中无事翻阅了一下王维的履历，竟然发现王维和那李太白都是玉真公主的入幕之宾，而这玉真公主则是窦德妃所出。

当初王维也算是唇红齿白的男子，不夸张地讲，也是大唐数一数二的美男子。

这般的男子，自然要被公主看上，毕竟，玉树临风，适合那花前月下。

王维精通音律，有一手好刻印，书法也有王羲之的风采。

这般全才的美男子，让玉真公主动了心。

可王维终究门户不高，门第之见自古有之。

故而公主不能下嫁于他，却可以将他圈养在公主的府上。

那玉真公主与岐王一拍即合，用双簧的做派，做了一个局。

这局自然是请君入瓮的局，而王维被玉真公主的权势所迫，只能成了那入幕之宾，更成了公主府上的常客。

好在玉真公主的权势不小，换来王维的加官进爵和安逸的田园生活。

但终究是三十岁的公主和二十岁少年的一段不浪漫也不光彩的往事。

这成为王维的痛，也是他这辈子污点一般存在的耻辱。

他曾写下“莫以今时宠，而忘昔日恩。看花满眼泪，不共楚王言”。

这“看花满眼泪”，自然在少年的心中留下了最痛。

以至于王维的妻子死后，他孤居三十年不再续娶，也是王维对自己的夫人情深义重。但更多的，也许是玉真公主那如狼似虎年纪的折磨，让他不共楚王言。

人都说王维是山水诗人，是远离红尘的闲游丞相。

可是这般的血泪，如何跟外人道哉？怕是一人引泪独憔悴，莫把往事说是非了吧？

如今这从坤算是学了他舅父十足十的性格，毕竟外甥打灯笼，照舅。

尽管苏韵的心中是百般的滋味，可是脸上却是云淡风轻。

“怎么？我来了，两位尴尬了？还是我来得不是时候？又或者，我说错了？”

从坤仿佛是捉奸的模样，这脸上的怒气已经显而易见。

他快步走了过来，抓住苏韵的手腕，将她拉起来：“跟我回去，你这一年在外面也是闹得够久了，如今却帮了这郭暧。这苏家如何，我看你是完全顾不得了，对吗？”

从坤这话，让苏韵的心沉了下去，难道从坤因着舅父王维投靠了安禄山，也跟着……

国贼也能当作投靠的对象？

她与从坤看来是根本不适合的，而且她和从坤亦没有媒妁之言，父母之命。

不过是他在阿焕不在的那些时间里面，对她多加照顾。

而她浑浑噩噩的时候，没有严词拒绝，让他以为自己有了机会，让父亲也以为自己的心意错觉。

可是她不想再一错再错，既然她定了良人，选了夫婿，那么就要立场分明。

她一下甩开了从坤的大手：“从家二公子，我想你没明白，我与你还未有瓜葛。你又何必这般与我说话？”

“瓜葛？难道你不知道我与你已经定了，”

从坤还想说下去，却被苏韵打断了话：“我何时跟你这般说过？红口白牙，莫要信口胡说！”

“你若是没有心许诺我，那些年，又何必与我同进同出？”

“同进同出？与你一起走漕运，与你从家因着商贸往来，而对你迎来送往也算是许诺？”

她的话很冷，让从坤的周身瞬间冰冷。

“阿韵，你走之前不是这般，莫不是跟这与你毁了约的人说了什么？”

从坤不可置信地看着苏韵。

苏韵还没回上几句，手就被俞默焕握住。

“毁约？我与阿韵那婚约底本尚在，如何是毁约？我这游学一段时间，也算是毁约？我不明白这道理是如何而来？”

俞默焕的挺身而出，让苏韵心暖了起来。

她的阿焕，还是这般，总是为她着想。

用几句话来说明当初她与阿焕私自闹别扭的始末，也为她圆了那段晦暗日子的缘由。

这样的他，几句话护住了她的脸面。

让她如何能不心动？

“俞默焕，这人生大恨，莫过于夺妻之恨，你可知？”

从坤不想跟俞默焕玩文字游戏，今天他就是来带走阿韵的，其余的事情，他不想拐弯抹角。

“同样的话，也说给你。”

“阿韵，你倒是说，你选谁？”从坤看向苏韵，不想这个扰乱他心的女人置之度外。

“我，选阿焕……”苏韵将声音压低。

可是这话才说出来，只听身后倒吸一口凉气的声音。

苏韵转过脸去，却看到妹妹苏然的愤慨。

“姐姐，你为什么这般？你明知道我……”

苏然快步走过来。被家人宠惯了的苏然，只想着让苏韵离开阿焕。

“可是我与阿焕早就有了婚约……”

“但是你们在长安就散了，你们已经没有了感情。你为什么要巴着阿焕哥哥不放？”

苏然的眼泪流了下来，她本想着嫁给阿焕哥哥的，就连那嫁衣……

“对不起，我……”

苏韵还想说，却被俞默焕拥住了肩头。

苏韵看向俞默焕，却看到俞默焕坚定的眼神。那眼神仿佛在告诉苏韵，一切有他。

“阿然，我对你始终是兄妹之情。我对你好，不过因为你是阿韵的妹妹，我从未许诺你三生，又怎么会有后续？”

俞默焕知道，沉疴当用猛药，他不想苏然恨苏韵太久。

“可是阿焕哥哥，你明明说喜欢我的。”

苏然摇着头，难以置信。

“我是说过喜欢你，但是喜欢有很多种，兄妹就是其中之一。”

“我送了你香囊，你收下了，你已经知道……”

“那香囊是平安福，而不是钱袋子。平安福，做妹妹的送给哥哥也是正常的，故而我没想多……”

俞默焕的话让苏然倒退一步：“阿焕哥哥，在你的心中，我真的不如我姐吗？就因为我姐在，所以你要负了我？”

苏然的心一横，将话说得更是难听了一些：“大姐，你嫁给从哥哥，我嫁给阿焕哥哥，不是两全其美吗？为什么你要让从哥哥伤心，也要让我恨你？”

“我……”苏韵不知道该如何解释。

都怪当初她只顾得伤心，只想着失魂落魄，却忘了，她跟阿焕的事情，卷入了阿然。

这是她的不该，也是她的错，可是她不知道该如何说。

“你既然当初知道了我对阿焕哥哥的心意，为什么要横刀夺爱？你可知你这般做是无耻的？你可知道你这般做，负了我和从哥哥两个人？你这般做，是要众叛亲离吗？”

众叛亲离，这话很重，让苏韵险些承受不住。

“阿然，我……”苏韵恍惚了一下，却被俞默焕拥得更紧。

“阿然，你怎么能对自己姐姐这般说？”

“我说错了什么？夺夫之恨，不共戴天！你知道吗？苏韵，我恨你！我恨你！”

苏然捂着嘴巴，跑了出去。

从坤手紧紧攥着拳头，看着这一对璧人：“阿韵，你该知道有些人有些情感是收不回来的，我对你用了心，你必然要对得起我的心，更对得起我这个人。”

俞默焕的眼睛眯了起来，只听从坤下了战书一般说下去。

“俞默焕，适逢乱世，大唐乱世，我定让你知道，这个时候，是你赫赫有名的丹丘生厉害，还是我这王维外甥厉害。我多年广布人脉，不过是韬光养晦，可一旦我要用，俞默焕，我一定要你悔不当初！你且记住，你我之间，有着夺妻之恨！”

从坤眼睛直直地看向苏韵：“我与我那舅舅一般长情，我既然选了你，必然是定下了你，你这一生休想逃离！你如今跟这俞默焕且待上几天，过了些日子，怕是只能与我一处了！”

从坤朗笑起来，那笑容让人不寒而栗，仿佛，从坤要做些什么。

而这外面有张景超，莫非余杭之战要拉开序幕了？

这里很快就要生灵涂炭了吗？

郭将军来余杭筹措军粮，既然九原这般需要粮食，距离九原不远的幽州范阳，怕是也要筹措军粮吧？

这济南府距离余杭也不远，难道整个江南道，要战火四起了吗？

第七十五章
为爱不顾一切

就在她想着从坤要引起余杭之战的时候，这长安传来了安史叛军节节败退的好消息。

而杜甫，此时写下了欣喜的诗歌：“剑外忽传收蓟北，初闻涕泪满衣裳。却看妻子愁何在，漫卷诗书喜欲狂。白日放歌须纵酒，青春作伴好还乡。即从巴峡穿巫峡，便下襄阳向洛阳。”

这蓟北发生了一件大事，那就是史思明的长子史朝义为了夺权，将史思明杀害，甚至割下史思明头颅的事情。

蓟北，也就是幽州一带。史朝义，她还记得那阴险得近乎蛇蝎的男子。

那嘴上的笑，永远是冷笑。

这史思明本人也是个猜忌残忍，好杀无辜之辈。在安禄山死后，安庆绪便镇不住这头狼。

史朝义跟安庆绪是最好的兄弟，而史思明为了称帝杀了史朝义最好的兄弟。

也不知道是兄弟情还是其他，只知道史朝义为了报仇，手刃亲父。

但是更多人认为这是夺权之战，史朝义为了大位，先下手为强。

不过这史朝义到底是底子不厚，而安庆绪又是被查出来陷害了安庆宗，导致安庆宗被唐玄宗所杀。

幽州的节度使都不希望大唐乱，更不希望大唐战火纷纷。

当知道是安庆绪为了夺权才发动这么一场变乱之后，人们更是恨极了安庆绪。

这史朝义跟安庆绪又是一丘之貉，便得不到幽州各个节度使的支持。

甚至这洛阳城内，不服从史朝义，妄图登基为帝的狂妄之徒，因着贪欲发作，将洛阳变成了火拼的地方，打了两个多月。

终究让洛阳如同那汉末时一般，成了一处废墟。

之后史朝义与李适大将军的军队火拼的时候，终究是落了下乘，逃回了幽州。

可是幽州的史朝义依旧没办法坐稳，故而北渡黄河，想要逃窜。

但后边追兵不断，在那范阳被拒之门外，之后众叛亲离，死于林中。

有人说史朝义的这一场败北，注定了安史之乱的结局。

可是郭将军和李适将军的军队，终究是在北方。

这南下逃窜的部分安史叛军，为了存活，一路烧杀抢掠，这余杭又是富饶之地。

苏韵的心沉了。

她知道自己将面临一场大战。而这场大战，她发过誓言，让这战火不踏入余杭地界

她一定要做到。

一定……

“阿焕，虽然这安史之乱已经节节败退，可是你我的终身大事还是要办的。”

她想要快些安定了自己，然后与阿焕打开这余杭造船坊的大门。她想告诉阿焕，她的八千石大船可以试水了，也想让阿焕看看那明轮船改造后的模样。

她更知道自己必须早些完婚，才能在漕帮拥有自己的决断权和地位。

毕竟女子完婚，便是成人礼之后更进一步的成熟。也是大权落定的基础。

她必须要早些结婚才能让这一场战役到达之前，有足够的权力调动船只。

“你要早些结婚？”

俞默焕是开心的，但是他更了解阿韵的心，如此急切，又是刚跟从坤和苏然吵完架。

怕是这结婚还代表了其他。

难道……俞默焕眨了眨眼：“你想接手漕帮？”

“嗯，你也知道我爹是漕运总帮主，我需要成家才能接手余杭造船坊。阿焕，你更知道这江南多水路，水战的价值……”

苏韵不想隐瞒自己的心思。

“可是如此仓促，我怕委屈了你。”

“只要是为这余杭好，我愿意简单行之。”

苏韵望着俞默焕，低声继续问道：“只是你可愿？”

“只要你愿，我便愿。”俞默焕点头。

“如此，你便去安排，我也去跟我爹说。”

“好，你等我，最快半天，最慢一天，定然八抬大轿，迎你过门。”

俞默焕拍了拍苏韵的手，看了一眼随身的小厮九堡，九堡点头之后，快速地消失在人海中。

“你不……”苏韵看着跟自己亦步亦趋的俞默焕。

“我怕从坤那厮一波未平一波又起，还是我守着你比较安全。”

俞默焕的话让苏韵愣住，他这是担心她？

“还有你那妹子苏然，我担心你摆不平，还有我那岳父，这一些乱七八糟让你心烦的事情，就交给我。你只需要等待做个新嫁娘，然后忙你的家国大事就好。你只要记得，一切有我。”

俞默焕的话，让苏韵的眼角流出了眼泪。

她的阿焕，一直都是这般地温柔。

“阿韵，你莫要伤心，这般哭着，可会伤了我，知道吗？”

俞默焕为她仔细地擦着眼泪，只是身后传来了一声娇叱。

这一波未平一波又起的感觉，让俞默焕皱了皱眉。

怎么今天是大杂烩吗？所有人轮番登场，挑战他的底线吗？

“阿焕，我听闻你游学回来了，怎么你不来寻我，却来这里与这不守信的女子处在了一起？”

这声音是钟晓蓉的，这越州最大茶艺老板钟湖的独女，更是一个喜欢将苏韵贬低得一无是处的女子。

“我近些年在那龙坞培育了一些茶苗，做雨前茶最是好，你要不要……”

钟晓蓉还没说完，却被俞默焕打断。

“阿蓉，你我不过是生意往来，不必这般亲昵，以免引起不必要的误会。”

这话让钟晓蓉的心揪痛了一下，那本是欣喜的声音变了模样。

“阿焕，在你的心里，我就是这么不堪的吗？你竟然这般待我，我不过是……”

钟晓蓉还想说些什么，却被俞默焕再次打断了话头。

“首先，我与阿韵的一切，外人无权置喙。其次，我与你不过生意往来，不是情缘，不必这般熟稔。”

若是以前的俞默焕，或许不会这般严酷，可偏偏是遇到了从坤那挑衅的，还有苏然威胁的俞默焕。

这钟晓蓉也委实是倒霉，遇到了俞默焕不悦的时候。

“你以前不是这般，你……”

“我以前不过是想做个君子，大度一些罢了，却不承想你会误会，如是这般，我定然要点醒你。”

点醒而不是提醒？这是多么严重的词汇？

钟晓蓉娇生惯养多年，实在不习惯这种话语。

“你可知道我若生气，俞家的茶园会如何？”

“你若是想毁了，便毁了。”

“阿焕，你可知道茶叶是寸叶寸金的，你这是……”

“我俞默焕这一生有妻足矣，其余所有人不过是匆匆过客。你若是不愿与我俞家有合作，那便不合作，左右我俞家也不是只有茶叶一个产业……”

这话说得倒是财大气粗，毕竟俞家的主业是瓷器。

“阿焕，你这话是气话对吗？”

“我的模样像是气话吗？”俞默焕冷着脸看着钟晓蓉。

“我……我……”

钟晓蓉还想说什么，一个慵懒的声音响起：“我看到九堡就知道是你小子回来了，怎么游学回来就这般不怜香惜玉了吗？”

这是俞默筌？还记得退婚的时候，那个在俞家大院的门外看到的俞默筌。

苏韵看向俞默筌，此时的俞默筌退却了青涩，变得更有几分不驯。

“怎么？你们你侬我侬，却是顾不得他人了吗？倒是有趣。”

“有趣还是无趣，你自己清楚，我不想与你太多话语。”

俞默焕不愿意看到俞默筌的眼神，那带着一丝情蕴的眼神。

是不是今天没有看皇历，这出门是不是不吉利？

怎么一而再再而三地有人来打扰？

俞默焕黑着脸，拽着苏韵就往前走，只留下钟晓蓉啜泣。

俞默筌走到钟晓蓉身边，叹了口气：“有些人肖想不得，可知？”

“要你管！”钟晓蓉凶狠地瞪了一眼俞默筌，转身离去。

俞默筌苦笑一声，他不过是分享自己的心得，罢了……

才走到苏府门口，这等待已久的郭暖连忙拦住了两人的去路。

“郭暖你怎么来了？”

“有件急事要跟你说，你先不要回府邸……”

郭暖那着急的表情让苏韵的心沉了沉，莫非又要有什么事情发生？是张景超吗？

因为史朝义死在林中，叛军群龙无首，便乱了阵脚，然后胡作非为了吗？

这乱了的叛军最是可怕，像是失了心的野兽，所到之处，一片狼藉。

心中，还是难免遗憾，她刚想着嫁人，也不知道跟阿焕可还有机会拜堂？

苏韵看向俞默焕，眼睛里有着失望，而俞默焕又何尝不是？

终于盼到了阿韵的首肯，也终于可以置办婚礼，即便是仓促的。

可如今又是被人搅局，而这个搅局人，他却半分气愤也使不得。

俞默焕看向老天，难道他跟阿韵注定一波三折？

关上望江楼的大门，郭暖快速低语道：“我的兄弟告诉我，从坤最近出入保俶山，而张景超驻扎在那边，怕是这大战在即了，而且李皋已经来了。”

“你是说，安史叛军准备围城余杭？”

“嗯，我得到口信，这张景超月末准备发起进攻，如今正准备一批兵器。”郭暖肯定地说道。

第七十六章
军民准备迎战

“那李皋来到望江楼了吗？”俞默焕深吸一口气，转过脸来，换了以往那份稳重的表情。

“来了。”郭暖肯定地说道。

“可还有李藏用、李强和温晁将军？”俞默焕继续问道。

“温晁和李强他们在抗击张景超部下孙待峰的时候，被孙待峰在石夷门击败。之后温晁和李强又在险要地形将孙待峰击败，如今孙待峰怕是逃窜到了乌程。”

郭暖的话让俞默焕挑了挑眉。

“可还有其他信息？”苏韵想要知道更多，更想知道，这一刻，她需要做些什么。

“倒是有，田神功先派遣特进范知新等人率领四千人从白沙渡长江，西赴下蜀；邓景山率领一千人从海陵渡过长江，东奔常州；随后田神功与邢延恩率领三千人驻军瓜洲，于二十六日，渡过长江。”

这是增派军队了？苏韵眼睛缩了缩，也就是说余杭有外援了？这是喜事，但是……

这田神功又到底是好人还是坏人？

“可还有其他的喜事？”俞默焕问道。

“刘展率领步骑兵一万多人在蒜山布阵。田神功用船运载军队奔赴金山，恰巧路遇大风，有五艘船漂到了金山下，刘展便杀掉了其中两艘船上的士兵，又将另三艘船凿沉，田神功无法再渡长江，只好回师瓜洲。”

郭暖的这句话让苏韵心中了然，果然这田神功不是个好人。

“我听说将军贾隐林用箭射击刘展，击中他的眼睛，刘展倒在地上，于是被贾隐林杀死，刘殷、许峄等人也都战死。孙待峰到李藏用处投降。”

俞默焕将自己知道的信息告诉郭暖。

“孙待峰不是在张景超的门下？这是弃暗投明了？”

郭暖的眼睛亮了起来。

“算是弃暗投明，但是这张景超听说刘展死了，大发雷霆。毕竟张景超和刘展是好友，这面子上要为友报仇。张法雷现在接管了张景超的部队，准备进攻余杭。”

俞默焕到底是丹丘生，这信息来源比郭暖还要详细。

张法雷和张景超看样子是一定要进犯余杭了。

余杭俗称杭铁头，岂有束手待缚的道理？

宁愿战死也不愿做亡国奴的余杭百姓，是绝对不会服输的，也不会窝囊。

“我要做什么？”

苏韵看向郭暖，她知道他叫自己来就是给任务的。

“你要做的，也只有咱们的王爷来跟你说才行，是不是王爷？”

这句王爷唤出了许久不见的曹王李皋。

“阿韵，本王听说你最近在优化明轮船，可是真的？”

“是真的。”

“你是我大唐造船的女坊主，我身为江淮节度使和都水使者，给你授权如何？”

李皋说授权？莫不是让明轮船参战？

“只要是我能做的，一定全力以赴。”

“很好，既然你这般说，那本王就说了。”

李皋心中有着喜悦：“这明轮船，本王听说余杭造船坊已经制造了百来艘，本王希望这船参战，而你做这调度使者，不知如何？”

果然是参战。

“王爷有令，自然应允，只是你也知道我苏家的规矩，成年及笄是一回事，成家立业又是另一回事，若是我能调动这战船必然要在成婚之后，才能独当一面。”

这话是没说错的，李皋也知道这漕帮的规矩。

“你要多久才能成亲？”

这话让俞默焕的心又浮现起喜悦：“后天。”

“后天？这么快吗？你搞得定？”李皋诧异地笑起。

“不管仓不仓促，只要能够平定战乱，一切都好。”

“好，那本王来做你们的主婚人和证婚人。”

“有劳王爷。”

“本王现在只想着军民一心，共同抵抗张景超，至于其他，一切便宜从事即可。不过这老弱妇孺，本王也着实头痛……”

“王爷不必担心，我已经造成八千石大船，算算时日，在我成婚之时，便是下水之日。到时候还要王爷亲自观看这八千石大船，如何？”

“八千石大船？”

李皋眼睛亮了起来，苏韵果然是余杭造船坊的第一女坊主，本是当初一个设想，戏言一般的期待，却没想到她付诸了实践。

这一天是四月初二，苏府门口站满了看热闹的人，但更多的是拖家带口、扛着家当站在水北码头等待上船的老弱妇孺。

从水北码头沿着水道而上，直到拱宸桥，百姓陆陆续续走上明轮船，通过明轮船快速地来到水北码头。

这是余杭历史上从未见到的壮观景象，数百艘明轮船，由年轻力壮的小伙子，踏水翻起河中白浪，白浪打湿了小伙子们的衣衫，却没有阻碍他们的喜悦之情……

数百艘的明轮船移动速度之快，连路上奔驰最快的骏马都追赶不上……

浩浩荡荡的船队，陆陆续续来到水北码头，却依旧是有条不紊。

一身新嫁娘喜服的苏韵，站在码头上，安排着百姓登上八千石大船。

这八千石大船的名字便是车船。

车船上树高楼，高楼层层，仿佛手可摘星辰……高楼之侧，一个个瓮里面水培着葱姜蒜，还有一些水培的稻米，以供百姓所需……

这大船之高，仰着头也看不到尽头，大船轰鸣，伴随着船的移动，慢慢从余杭长安村的河道进入钱塘江口，由钱塘江口走海宁盐道观潮口，朝着鄞州驶去……

日落西山，夕阳的斜晖照在苏韵的脸上。

虽然疲惫，但是应急作战，她做到了调度，做到了人员的快速转移，做到了战船的航行实测，这一切都是值得的，也是可以震慑张景超的。

苏韵捶了捶腰，看向一旁的俞默焕，嘴角笑起来："阿焕，八千石大船，终于下水了，真是极好。"

"嗯"

"你们小两口今日新婚，不打算洞房花烛夜吗？"李皋在一旁笑道。

本是揶揄，可是苏韵却板起脸来："今天的事情，怕是那张景超已经知道，我必须借新婚做幌子，来看看这张景超都做了一些什么，以备不时之需。毕竟知己知彼，百战不殆。"

"你这般，阿焕可受得了？"李皋心疼地看向俞默焕这个新郎官。

"受得了，抑或是受不了，江山为重，私事为轻。"俞默焕的话让郭暖深深地叹息了一声。

郭暖将手放在俞默焕的肩膀上："若不是大唐有难，今天本该是你最幸福的时光。将来大唐一定会补偿给你的。"

"是吗？可以补偿？"俞默焕看向郭暖。

"会的，大唐会铭记你们夫妻俩的功绩。"李皋点头保证道，"会记入史册。"

"如是这般，阿韵，那艘船不够大，我想与你去西蜀看看，再去大食国看看，一来一回半年之久，若是能在这上面再办一次婚礼，度过你我的甜蜜之月，便是我希冀的补偿。”

俞默焕的眼神之中带着希冀，让苏韵拒绝不得。

今天她确实是亏欠了俞默焕……她是必须要补偿的……

“好，我一定建造一艘更大更好的船，船破万里，乘帆远行，扬我国威。”

苏韵倒是会说，让李皋笑笑，不再说话。

身后那红了眼的苏然此刻已经恨上了阿韵，更是恨上了那负心人。

从坤手紧紧攥了起来，阿韵还没来得及给他时间便嫁了人？

钟晓蓉的骄傲更是让她怒气横生。此刻，国家大事在这三人心中轻若鸿毛，反而是自己的爱恨情仇重若泰山。

“我知道一个法子，从坤你可愿帮我？而苏然，你可愿与我一道？”

钟晓蓉冷冷地笑起来，她看不惯苏韵这般幸福，更是这般荣耀。

“什么法子？”

钟晓蓉从兜里取出来一包药：“我这东西若使用了，可造成瘟疫，而治疗的草药只有扬州才有，若是苏韵外出寻药，你我的阿焕哥哥便会独身一人。”

“你要制造瘟疫？”苏然错愕地看向钟晓蓉。

“不过是食用了草药便可解除的假瘟疫罢了，怎么？你不想夺回心上人？”

“我……”苏然还在犹豫之中，从坤却转了一圈眼睛。

“我又要做什么？”

“扬州不是你的地界吗？管好你的女人，不要让她再回来，就好。”钟晓蓉不想杀人，却不想苏韵回来。

“可若是这草药不来，百姓该……”苏然此时还是担心的。

“那就听天由命了，左右让得了病的人不多便是，又死不了人。”钟晓蓉此刻只想着自己的事情，却不想一念之差铸就大错。

第七十七章 问题接踵而来

李皋引荐苏韵和俞默焕去拜访李藏用，此时苏韵在坊间的风评早就传进了李藏用的耳朵里。李藏用将目前抵抗张景超的困难尽数交代，苏韵此时正好带着战船而来，便决心根据李藏用的条件改进战船。

可随着李藏用和张景超对战损失的船只越来越多，苏韵不得不加快造船的速度，而随着余杭造船所用木头的缺乏，无原料可用的困难摆在了苏韵的面前。

这八千石大船耗费了太多的木材，让明轮战船的木材越发缺乏。

为了寻找木材的原料，苏韵开始尝试用各种材料来做战船。

俞默焕走入余杭造船坊，看到的便是满地的木屑和碎木头，依旧抱着头坐在地上一脸痛苦的苏韵，她头发凌乱，像是沉寂在苦思冥想之中。

“阿韵，你可是担心这木材？”

“我很担心这木材哪里有，毕竟这木材非结实的不可。恨只恨我没有研究过木材，如今这忙着赶工期的师傅们，日夜加班加点为了赶制明轮战船，可原料眼看就……我……”

苏韵的泪水流了下来，她很怕，很怕战船赶制因为木料缺乏而无以为继。

这样，她如何对得起前方奋勇杀敌的将士？

又如何对得起看重自己的曹王和郭暧少将军？

她不想辜负任何人。

“阿韵，你该知道这坊间常说凡木色桅用端直杉木，长不足则接，其表铁箍逐寸包围。船窗前道皆当中空阙，以便树桅。”

苏韵错愕地抬起头看向俞默焕，到底是丹丘生，对这树木花草也是这般精通吗？

只听俞默焕那温柔的声音缓缓传来，解了苏韵的燃眉之急。

“凡树中桅，合并数巨舟承载，其未长缆系表而起。梁与枋樯用楠木、槠木、樟木、榆木、槐木，樟木春夏伐者，久则粉蛀。栈板不拘何木。舵杆用榆木、榔木、槠木。”

“榔榆？那不是会稽山最多的树木吗？可这运输……”

苏韵又担心运输，但是会稽山下是有水道入余杭的，所以，她只需要带几艘明轮船去运木头就好了吗？

还是走山路？

“阿韵，我那岳父终究是存了一些大船的，这些本就做运输的大船，要来几艘运木材便是……以前太上皇为贵妃修建宫殿不也是苏家漕运承接的吗？”

一句话点醒梦中人，对啊，当初还是走的江西木材。

“那我们赶紧去会稽山看看，我要……”

苏韵刚站起来，却踉跄几步，跌倒在俞默焕的怀里。

俞默焕叹息一声，将她打横抱起：“你先吃几口饭，休息一天，我们再去。”

“再休息就来不及了，你可知道？”

“可是身体是你做接下来事情的本钱。若是你不休息，昏倒了，谁来尝试木头的优劣？”

苏韵被俞默焕略微教训的话给说得呆了呆。

原来阿焕也会生气的呀？

“你终究是我俞默焕的妻子，你若是伤坏了身体，我又该如何？做个鳏夫吗？”

“我……”

“好了，你也不必说了，跟我走吧。”

“哦……”

苏韵被俞默焕抱入了卧室，小口小口地被俞默焕喂着饭。

她心中有着庆幸，更有着幸福：“有夫如此，夫复何求！”

“你看什么？我脸上可有什么东西？”

“看你怎么对我这般好……”

“傻瓜，对你好，还不好？”

“可是好得让我觉得不真实。”

“那你就觉得一直在梦中吧，毕竟是美梦。”

“万一醒来你不见了呢？”

“那你就不要醒来，只要有我的地方，你便一直心安理得地过下去就是了。”

俞默焕结了婚之后，竟然更会说情话了呢。

“你这是安慰我？”

“与其是说安慰你，不如说是安慰我自己。”

“安慰你自己？为什么？”

“我不想做鳏夫，只能盯着你这个小家伙保护好自己了。”

“我不是孩子，也不是小家伙。”

“你为什么跟个孩子一般？”

“我……哪有？”

“你的脸上，你的行为，都是。”

苏韵被俞默焕说得不知该如何接下去，只能乖乖地吃饭。

“说不过我，就睡一觉，明天我带你去会稽山。”

“哦。”

这会稽山距离余杭很近，苏韵带着几个年轻力壮的小伙子上山，将榔榆树试了试，做了个小模型，按照以往测试承重力、承压力的方法，仔仔细细地验证了一遍。

所幸这榔榆还算结实，几番试水之后，明轮船的木材改成了榔榆。

但是这造船的速度实在赶不上船只战毁的速度。

苏韵又苦恼起来，此时俞默焕正在下着围棋，他站起来，看着这小丫头的模样，扑哧笑起来：“怎么？感觉到自己江郎才尽，才思枯竭了？还是觉得事情一波未平一波又起，接踵而来，应接不暇？”

“要是都有呢？”

“那你也得受着……”

受着……苏韵撅起嘴巴……将头转到一边。

俞默焕将苏韵的脸蛋转了过来，轻笑一声：“好了好了，我不过是与你玩闹。你该知道这将士终究是有限的，现下有些百姓还未离开余杭，他们也想参与这场历史之战，你可知？”

“百姓参战？”

“对啊，百姓参战。你不要小看百姓，他们可是智慧无穷的，只是你没有考虑他们的创造力罢了。”

“那我……怎么……”

“很简单，将你制造战船的需求发出去，凡是能够配合你制造战船的百姓，都记战功，凡是能优化战船的百姓，更是记功大一些。这就调动了那些工匠的积极性，你可知？”

军功？这可不是她说了算的。

“这军功……”

“曹王李皋既然将你调为余杭造船坊的主管人，你便有权限做这些事，而剩下的，交给我就是了。左右我还有一个虚衔，推荐人还有些用处。”

“嗯，那我去调动百姓，你帮我要来军功授权。”

“那我们夫妻，各司其职？”

“好。”

余杭的造船坊从来没有来过那么多的百姓，那些曾经熟知的，甚至无所事事整日里家长里短的男女都赶了来，如俞默焕所说，这些人之中，终究是有一些能工巧匠的。

他们的手艺，有些甚至比造船坊的师傅还要厉害……

虽然战船赶上了军需，可又有一件事情在余杭爆发开来……

因为江浙经济圈被严重破坏，许多百姓沿街饿死，城中还出现了一些携带瘟疫的百姓。而药草长在扬州，必须从扬州将药材运到余杭，这已成为了迫在眉睫的事情，可是扬州这一段出现了很多水盗。

苏韵的眉头紧紧皱起来，总觉得老天在跟她开玩笑。

不让她有一刻的闲暇，也不让她有片刻的喘息。

这大街之上得了瘟疫的百姓被安置在义庄，显然就是任其生死的模样。

她，苏韵，曾经发誓要福泽一方百姓，护佑余杭百姓的。

就在她想着这件事该如何做的时候，又传来了让她手足无措的消息。

战事吃紧，军粮耗费过多，鄞州的庄稼还没长大，需要从更多的地方调运粮草。

可是粮草是不能走陆运的，必须要走海运，才能万无一失。

瘟疫、粮草匮乏、药草稀缺困扰着余杭城。

苏韵抬头看向天空，老天，你这是折磨余杭还是诅咒余杭?

为什么余杭的百姓要这么多灾多难?

虽然心中有这样的感觉，可是依赖她的百姓们决不能看到她这般无助的模样。

苏韵走到水缸处，以冷水泼面，凉水在脸上如此的冰凉，让她回了回神。

走入卧室换了一套衣服，正准备出门，却被匆匆赶回来的俞默焕拦住。

“你要去哪里？”

“余杭需要第二艘八千石大船，而我也需要将苗圃尽快改造完毕，你该知道，粮食若是慢了，余杭就毁了。”

“可是你去哪里借粮？”

俞默焕拉住这个莽撞又急性子的女子。

“我去福州。”

苏韵已经想好了去处，可是俞默焕怎么肯让她就这般离开？毕竟外面那么多的危险。

“阿韵，你该知道你当务之急不该是粮食，粮食有我，我会调动。哪怕是买，哪怕是倾尽财富，我也会运来。可是你，还是去扬州为好。”

所幸扬州他俞默焕还有些兄弟可以护着苏韵，再说扬州比起福州还算近。

“你要去福州？走陆运吗？怕是这百姓等不得的……”

“我走海运，用你的明轮船，而你，先用明轮船运载一些草药来，若是那运河之道走得快些，等八千石大船做好，便用那船运输，如何？”

“我……”

苏韵还想说什么，一个沉稳的声音传来：“韵儿，你不必去，为父去为你运来。”

苏韵错愕地抬起头，她的父亲怎么来了？

“父亲……”

“我也是常年走南闯北的，既然眼下这里还需要你敦促大船和战船的制造，就让为父为你走一遭，可好？”

“可是父亲，那边水匪比较多，我怕你……”

“我漕帮还能被宵小欺负了不成？你且放心。”

苏韵也无其他方法，只能同意她的父亲苏荣前去运载药草……

就在苏韵沉着心思去建造大船的时候，她的父亲苏荣被水盗杀害在了扬州段的京杭大运河里，因为苏荣无子，此时苏家漕运面临着分崩离析的危机中。

第七十八章 聚义堂藏风波

苏韵穿廊过堂的时候，看见母亲坐在回廊上嘤嘤哭泣，可当她与母亲对望的时候，母亲又是摆摆手，一副不想打扰苏韵的模样。

这样强装坚强的母亲，让她心疼，她走了过去，拍了拍母亲的肩膀："娘，放心，有我在。"

"嗯，你去吧，阿韵，有你在，我相信苏家不会倒下来的。"

母亲点着头，可是苏韵知道，自己肩膀上的使命更加重了一些。

只是在进入聚义堂的时候，她看到的却是乱成一锅粥的争吵。

此时聚义堂的老人们都嚷着要报仇，这此起彼伏的吵嚷声，带着对父亲的浓厚的兄弟之情，更带着对运河水道被人欺负的愤恨。

扬州水匪，不过是刚出的一帮小儿，却竟然敢招惹漕帮的帮主，真当他们这些漕帮的兄弟是泥塑的？

苏韵扶了扶头上的白花调整好情绪，刚想迈进去，却被一个大手拉住了胳膊，抬起头与俞默焕四目相对。

"阿韵，相信自己，你已成家，而我会站在你的身后，给你最坚实的依靠。"

"嗯，我知道。"

"这是漕帮的事情，我不方便出面，但是我会坐在那里，若是局势有变，我会帮衬。"

俞默焕认真的模样，让苏韵舒心地点点头，她以前怎么没发现阿焕竟然是这般认真的男儿？

"放心，我会的。"

苏韵旋踵走入了聚义堂，看着那些五大三粗的舵主和堂主，拉高声音："诸位叔叔伯伯，能否听阿韵说一句话？"

"阿韵，你要说什么？"

"阿韵是读过书的人呢，自然比我们懂些事……"

"我们听听阿韵的话，这不仅是我漕帮的大事，更是苏家的大事……"

"好好好，阿韵，你说……"

苏韵看着这些认真的人，她清了清喉咙，用平生最大的声音说道："各位叔叔伯伯，我父亲不幸罹难，这是我漕帮的痛，更是我苏家的痛。但是这痛不能只隐忍不发，却也不能强行发作。"

苏韵的声音仿佛带着安抚的效果，让正在争吵的人们慢慢地降低了声音。

"我余杭距离扬州不远，却也不近。父亲以明轮船战队来运输草药都难逃当地水匪的围攻，足见当地水匪已然成了气候，这人数怕是不少。我们的明轮船装人不多，而战士大多在保俶山和张景超的军队拼命。我们这后勤的造船坊不能调用军队，故而我们的战斗力怕是和刀口舔血的水匪有一定的距离。

"因为有一定的距离，所以硬拼不是我们该做的。但是不拼，又会埋没了我们漕帮的名声。故而我们应该学那卧薪尝胆的越王勾践，隐忍一段时间，制造出可一锅端掉水匪的战船，一战定乾坤，一战扬名万里，才是上策。"

苏韵的话让众多漕帮堂主和舵主眼睛亮起来："阿韵，你的意思可是有了主意？"

"莫非还有什么更好的战船？"

"能够跟刀口舔血的水匪一战，还能一战定乾坤？这是什么？"

"各位叔叔伯伯，请看……"

苏韵知道此时建造大船已经迫在眉睫，她拿出自己改过十几次的大船图样。

这八千石大船与远行鄞州的八千石大船不同，这是战船，装有火台和弹药的战船，更是有着绝佳航行能力的战船。屯兵船上，可有数千人，足以跟扬州水匪一战。

这样的设计很是精妙，甚至中层的船上还有部分的弓弩射箭的位置。

这水匪只要无法登上船，便会被弓弩就地射杀，而大船的木制厚度足够，可当最好的木盾。

这是攻无不克的战船，船体巨大，战斗力十足。

懂得造船的师傅们动了心，这怕是要名载史书了。

"阿韵啊，这东西可是个宝贝啊，这可是火炮？"

"火炮？这东西装得下火炮？"

"好像是可以，看看这里，这里还有避火的地方，这里还有火枪和羽箭的射发地点，真是绝佳。"

"阿韵啊，这足以成为我大唐历史上的宝船，怕是要记在历史之上了。"

"各位叔叔伯伯，我们都是大唐的子民，造船一为民生，二为卫国。我们是大唐的子民，卫国平水匪是我们的责任，我只想着平复一方战乱，护我江南之民。不知各位叔叔伯伯，可愿与我一起？"

“好，既然阿韵给了这图纸，我一定要造出来，让那扬州水匪瞧瞧我余杭造船坊和漕帮的厉害。”

“就是，让我们造船吧。用战船来给这些混球一些颜色！”

“好！我们去找木材！”

聚义堂走出来，苏韵看向俞默焕，只见俞默焕的眼睛里面有着赞赏。

阿韵又何尝不知道这大船将来是如何的?

但是她只想着，身为大唐子民，不该藏私，更不该藏着手艺，让这个飘摇的国家因为丧失了重拳一般的武器，而更加飘零。

国将不国，民当自强以卫国!

就在众人建造大船的时候，李藏用击败张景超的消息传遍了余杭，大家欢呼雀跃，这是苏韵出嫁后过得最安心的一个晚上，而这一刻有夫有家，她觉得这便是天堂。

苏韵将长发放下，头枕在俞默焕的怀里，她其实是有负于俞默焕的，毕竟出嫁之日起，他们还没有洞房花烛夜。

俞默焕抚着她的发丝，缓缓笑起：“你今天似乎很开心。”

“嗯，有你，便是我最大的幸福。”

“若是你我生在平安的时代，怕是子女都要有了。”

“切，没个正经。”

“有正经，还是没正经，你不还是我俞默焕的娘子吗？”

“阿焕……”

“嗯？”

“今日里的洞房花烛夜……”

苏韵还没说完，房门被敲了起来，咚咚咚的好不烦人。

苏韵和俞默焕互看一眼，叹了口气，他们刚想要……

打开房门，苏韵看到的却是郭暖焦急的面孔。

“阿韵，九原出事了，军粮不足了，但是阿焕回来了，我需要你和我一起去九原押送军粮，尽管你的战船还没有好，尽管扬州有水匪，可是我父亲在九原和史朝义的军队正面交锋。”

“史朝义？他不是死了吗？”

“没有，我当初听错了，竟然是安庆绪杀了安禄山，后来安庆绪被史思明杀了，我以为是史朝义……”

可是郭暖却不知道，史朝义的结局也是如安庆绪这般，命运的轮回没有绕过谁。

“一定要今夜就去吗？”

“一定要，九原快揭不开锅了。”

“可是我父亲还没有过五七，我走不了……”

“阿韵，国家大事，当以为重。你该知道你的使命，你现在是漕帮的帮主……”

这话说得苏韵也不好拒绝下去，只能叹了口气，跟着郭暧北上。

苏韵押运军粮北上为郭子仪送粮的时候，被扬州水匪控制住，这些水匪当着她的面耀武扬威，甚至羞辱她的父亲。

苏韵按压下脾气，眼观六路耳听八方，凭借俞默焕的智谋和自己的勇气，成功摆脱了水匪的控制，带着仅剩的粮食，成功抵达郭子仪的军帐。

郭暧看着狼狈的苏韵和俞默焕，尽管两人如约而至，但水匪横行彻底惹怒了这位少年将军。正巧郭家军需要招募兵丁，借着招募兵丁的机会，郭暧决定跟苏韵和俞默焕往余杭去。

再次回到扬州，水匪本就因为苏韵和俞默焕的逃跑而暴跳如雷，见着这一对新人又回到了扬州，便决心要铲除苏韵和俞默焕。刚进入扬州，水匪就引起了骚乱，而这一次苏韵和俞默焕再次坠入了运河之中。

尽管水匪想要害死苏韵和俞默焕，却赶上了涨潮季节，这湍流的运河河水让苏韵和俞默焕彻底失去了身影。等到苏韵和俞默焕醒来之时，二人漂流到了毗陵（常州），大难不死的二人，只能在河边露宿。

这露宿河边的二人并没有因为食不果腹而难过，反而自制垂钓的器具，过了一个美好的夜晚。苏韵称之为甜蜜之夜。

本以为是因祸得福，两人终于守得云开见月明，却不料，一夜之后，苏韵隐隐觉得周围的气息不对劲。在一场小型的战斗之后，俞默焕带着苏韵误打误撞跑进了一个山洞之中。这个山洞是一个有着泉眼的地方，而这里似乎能够通到扬州。

这时候，苏韵终于想起父亲说过水道不仅是水面之上，更有水下，地下暗河有时候也是一个近路。

此时郭暧一边招募兵丁，一边散布兵丁去寻找苏韵夫妇二人，水匪渐渐发觉了郭暧的身份。这些水匪作威作福太久，只想着绑了郭暧换钱财，却没想过绑了郭暧的下场。郭暧也因为年轻气盛，竟然真的着了水匪的道，被绑在了总坛。

苏韵和俞默焕乔装打扮回到扬州的时候，听说郭暧被水匪绑去，苏韵夫妇不得不侦察郭暧的位置，并制作营救计划。当苏韵夫妇趁夜找到郭暧的时候，郭暧并不打算出去，反而想借着这个事由打击史思明的部队，原来这些水匪是史思明的部下，他们专门掠夺财物供给史思明的叛军。

第七十九章
寻找史思明错处

郭暧授意苏韵夫妇在外围寻找史思明的罪证，而他则是借由这一次水匪绑架寻找史思明致使叛军扰民的罪证。暗访之中他发现史思明的军队残忍至极，就连史思明的亲信都已经产生了叛变的心思。此时苏韵提议，花重金去蛊惑史朝义身边的大臣，设局让史思明想杀史朝义，逼迫史朝义弑父。

站在滔滔江水面前，苏韵和俞默焕的心都沉甸甸的，看着波光粼粼的水，仿佛有着大江东去浪淘尽的感觉。这种感觉，是时光荏苒之后的荒凉，更是时光变更之后的仓皇。让她仓皇地看到了疮痍遍地的大唐，让她荒凉地看尽了长安的没落。

“阿韵……你怎么了？”

“你知道，我最怕的便是尸横遍野，却想不到曾经的战乱，再次席卷中原，大唐到底是怎么了？这又是什么劫数？我不懂，看不清，看不明白……”

“阿韵，历史自有她的模样，你且记得，过好当下最是实在。”

“阿焕，你说让史朝义和史思明父子相残，到底是好还是坏？”

“你心软了吗？”

“我知道那史思明素来是喜欢史朝清的，就跟安禄山素来是喜欢幺儿的一样。这安禄山终究是被安庆绪的嫉妒之心杀害，引起了那张景超自乱阵脚。如今历史重蹈覆辙，那史思明和史朝义终究要有一场父子相残，这对大唐是好的。”

苏韵顿了顿继续说下去：“可是对于史家，这是不好的，更是残忍的。”

“国家大义面前，小家轻若鸿毛。若是衷心护国的将士，又怎么会遭受此难？可这是掀起大唐战乱的人，只能承受这般的灾难。毕竟万千生命因为史思明和安禄山的小家而身遭横祸，他们以命偿命，本是应该。”

俞默焕的话，换来苏韵长叹一声，也许她骨子里不喜欢这样的事情，也不希望有这样的事情爆发。可是大唐兴盛之际，不容战乱。

谁若是兴起战乱，必然会因为历史的罪名而遭当世报。

“既然如此，那就拿出你我存的钱财，让历史重演吧。”

苏韵长叹一声，俞默焕拍了拍苏韵的肩膀。

史思明宠爱幼子史朝清，果然下了套准备杀死史朝义，而史朝义则开始准备反抗史思明，一场弑父的悲剧即将登场。

此时传闻史朝义哭哭啼啼地找到与史思明多年征战的老将军，说着三国乱世袁家因为幺儿夺位引起的战祸，说着夺嫡之战的种种弊端。

在史家军队节节败退的过程中，这些老将军都知道，一旦失败，必然是满门抄斩。

生与死之间，老将军自然是稳中求胜，更不会愿意让失败出现。

这一天，天降了连绵不断的细雨，已经入秋的时节，更是冷了几分。

史思明挑了挑火盆的炭火，笑眯眯地看着身边的幺儿史朝清：“清儿啊，等回到范阳，为父将大位给你，可好？”

“父亲，我怕大哥会生气。”

“生气什么？那家伙优柔寡断，就是个废物，一点也不像我，能继承什么大统？你就是我史家的桃符，当初司马昭没有给桃符大位，让晋朝覆灭，这一次我定然要给你。”

史思明压根没想过桃符的下场，却让史朝清感觉到了一丝不安。

甚至这一天，他能够感受到低气压的沉闷，像是死气沉沉。定睛一看，父亲像是脸色通红一般，不知是喝醉了还是本就脸红。

“父亲，该进汤药了。”

史朝义那本是阴狠的脸，变得很是孝顺，走进来的模样都是小心翼翼。

其实史朝义早就听见了那桃符的言论，但是桃符的下场如何，呵，怕是父亲没有仔细想吧。

不过没关系，他今天就是靠着眼泪，如同那刘备一般，哭来了桃园三结义，哭来了自己的势力。

今日父亲若是想着他，他还能不动手腕；要是冥顽不灵，大不了学那李世民，敲山震虎。

史朝义才走进门，却被史思明大声呵斥：“我没有召见你，你进来做什么？”

“父亲到了时间该进汤药了，做人儿子的必然要进来侍奉。”

“侍奉？我看你是不安好心，给我走开。”

“父亲，这是为什么？”史朝义纹丝不动地站在那里，丝毫没有离开的意思。

“你为什么还不走？”史思明瞪起眼睛。

“父亲，小弟在这里，你偏生开心，我在这里，你偏生不开心。我和小弟都是一母同胞，为什么你这般因人而异？”

史朝义顿了顿，手指点了点下巴，像是恍然大悟：“或是桃符天生得了司马昭的心，但是司马昭之心路人皆知，故而桃符便不能得到那得来不正的皇位，是吗？父亲，你这般，不怕应了司马家的劫数？”

史朝义将汤碗端到史思明的唇边：“我劝你还是喝下。”

“逆子，你想做什么？”

“做什么？父亲，你说呢？当初安庆绪如何对待安禄山，我便是如何照葫芦画瓢，再说庆绪……”

史朝义的心黯淡了下来，外面都盛传是他杀了父亲史思明，却是弄错了他和安庆绪的名字。

却没想过那些百姓盛传的故事倒是应了今日的事情，不知道是不是命中注定？注定那个明朗的少年，无论做了什么，他史朝义都要做一遍？

这一生，他史朝义没有在乎过谁，也没有真正想念过谁，可唯独那个少年，那个将他当作人的少年，他真的怀念了。这怀念不是男女之情，也不是痴爱之情，不过是一份割舍不下。

史朝义忘不了少年时代，委屈之时，那个少年搭在他肩膀上，为他赶去忧伤。

更忘不了那个少年站在他的面前，面对猛虎之时的坚定。

那是一种友情，难以割舍，难以放弃，也不容淡忘。

“父亲，你怕是生错了我的性别，若我是个女子，或许就今日里便没有这事，可偏偏，我是个男子。”

史朝义嘴角弯起笑容，像是淬了毒一般。

“逆子，你要弑父杀君？”

“父亲，你若是死了，这安史之乱便是没了，如此我大义灭亲，天下多少人称颂？说不定还留下我史家一脉。当然我们是阿史那家族，是突厥最强大的家族，也或许能得到北突厥的支持呢。”

史朝义笑了起来：“你说是吗，父亲？”

“你……想做什么？”

史思明往后退去，可是史朝义丝毫不许史思明逃开。

“父亲，人都说煮豆燃豆萁，豆在釜中泣，本是同根生，相煎何太急。我不想在你面前完成曹丕未完成的事情，但若是你强求，我倒是不介意手染鲜血，就跟你对庆绪一般，毫无感情……”

“逆子，你竟然为了安庆绪那个贱种……”

“父亲，我唯一的朋友被你说成贱种吗？真是遗憾，你越是这般……”

史朝义回过身去，一巴掌将史朝清打倒在地：“我便报复在你最心爱的儿子身上。”

“不……不要……”

“若是不想史家倾覆，就自戕！”

“你这逆子！”

“要么你白发人送黑发人？我也不介意上演一次玄武门之变。”

“逆子，你怎么可以……”

“凡是伤了我心的人，何必活着，对吗？父亲，你说我不像你，你错了，我的孤傲和冷清像极了你。”

史朝义将汤药端给史思明：“快喝下去，别让我的耐心用光。”

“若是我走了，你可会饶过史朝清？”

“会。”

“你发誓？”

“我发誓，若是我不饶，那便是我不得好死。”

史思明看了一眼史朝义，含恨饮下带毒的汤药，顷刻毙命。

而史朝义则是当下折断史朝清的四肢，将他丢入瓮中，冷笑地看着那气绝的史思明：“即便是我不得好死，当世，背叛我的，全部要死了才行。”

史朝义一甩衣袖，大步走出帐外，号令全军前往范阳。

史思明死在史朝义的长剑之下，而史朝清也被史朝义愤而诛杀。此时整个安史叛乱接近尾声，有勇无谋的史朝义掌管了整个叛军，却也为安史之乱的结束奠定了基础。苏韵听到史朝义杀死史朝清之时，只来得及说一句“七步诗”便累得昏睡了过去。

这一次苏韵决定，要加快造船的速度，八千石大船入水之时，便是跟史朝义决一死战的时候。

只有史朝义死了，这一场战役才会结束。也只有这一场战役结束，百姓才能休养牛息，伤痕累累的大唐才能得到喘息，才能慢慢恢复。

国家经历了一次战乱，容不得叛党死灰复燃，必然要斩草除根。

这除根的利器必然是运河河道上那所向披靡的战船和军队。

国家需要大船恢复经济，更需要大船，一战定乾坤。

这范阳此时下起了滔天大雨，将运河河水灌满，甚至有些地方发生了大洪水，通州段已然成了汪洋。

留给苏韵的时间越来越少，她需要抓紧一切有利战机。

第八十章 安史之乱平定

此时象山和会稽山陆陆续续运来了榔榆，木材充盈之后，八千石大船耗时半年终于建造完成。

苏韵站在水北码头，看着大船入水，心中燃起了希望。

“苏坊主，这战船打算拿什么开封？”

李皋笑眯了眼睛，看着这八千石大船，上一次看到去往鄞州的八千石大船，他就想着改造成战船。如今倒是如愿以偿，真是大唐的幸事。

“扬州水匪既然是史朝义安排下的，那就拿那边的水匪试刀。也好让我为父报仇，全了我漕帮的脸面。”

“对，苏大女郎说得对，为了老帮主，我们必须要拿下扬州水匪。”

“对，让范阳那史家小儿看看，我漕帮的厉害。”

“就是就是，我的刀已然饥渴，等待剑出鞘刀抹血！”

“如此，那本王便在余杭等待你扬州的好消息。”曹王李皋点着头。

“但是我要跟你们去一趟扬州，若是旗开得胜，也不必停留，直接马不停蹄赶往九原，迎来父亲，与那史朝义在范阳一战。”郭暧接着说道。

“好，若是扬州得了胜，那便是直接去九原。”

苏韵也想看看这八千石大船的战斗力，也想让大家见识一下余杭造船坊的能耐。

“只是，苏家大女郎，咱们这一次意义非凡，到底走哪边呢？”

“既然张景超逃到了海外，只剩下他的亲信苦苦维持，那必然做了观望的态度。既然是观望……”苏韵顿了顿继续说道，“那就走北门，若是旗开得胜，从此这里就叫作德胜门。”

“德胜门？倒是个好名字。”

船行数日，转眼到达扬州地界。

“这扬州怎么这么多死尸？”苏韵诧异地看向俞默焕。

俞默焕从上往下望去，整个人愣住，这是被人抹了脖子？

怎么会这样，难道这水匪知道他们来平匪，因此杀百姓泄愤？

“阿韵，不要看。”

“这是怎么回事？为什么会这样？”

苏韵不明白地看向俞默焕，俞默焕刚想说什么，腹中一阵疼痛袭来。

这是怎么回事？

苏韵看着俞默焕摇摇晃晃地往后退去，手放在肚子上，糟糕，这像是，中了毒？

看着满船都是扶着肚子哀号的人们，却见到两个女子翩翩而来：“倒是厉害，行船这么久，坚持到现在才会疼痛吗？”

苏韵看过去，看到的是苏然和钟晓蓉。

这两个女人，她们为了什么这般做？

苏韵诧异地看着自己妹妹，只听苏然有些兴奋地说道：“将我这姐姐丢入水中，便能让阿焕重新回到我们身边吗？”

重新让阿焕回到钟晓蓉和苏然的身边？

在这平匪的时候，她们这是为什么？

国仇家恨，在她们的眼里，没有爱情重要是吗？

“你们……可知道在这个时候，害了平匪的计划，会如何？”

“不如何，不过是你归从坤哥哥，阿焕跟我们走罢了，其余的人，命该如此，怨不得别人。”

钟晓蓉一副理所当然的模样。

苏韵揉了揉发晕的头，迷迷糊糊看向从坤登船而来，眼睛眯了起来，语气不佳：“从坤，你将大船卖给了史朝义？”

“这是一个机会，我必然要夺得不是吗？”

从坤的回答便是承认了他的计划。

“从坤，你疯了吗？你该知道这样做的下场！”

“下场？我只知道，我得不到的东西就毁灭！这一次史朝义给了我机会，让我得到我想要的，有什么不对？”

“史朝义是叛徒！从坤，你是大唐的子民，怎么可以跟叛徒一起？”

苏韵不悦，更是生气，这是叛国！

“叛徒？成王败寇，李唐江山败了，必然让能者居之，有什么不对？我还是开国大将呢……”

从坤骄傲地看着苏韵，苏韵脸上的表情让从坤很是不悦，从坤直接打昏了苏韵。

此时俞默焕想要站起来拦住，奈何身上一直是软绵绵的，几番挣扎都无可奈何。

苏然扶着俞默焕：“阿焕，你终究是我的男人，怎么可以看向姐姐？”

苏然强迫俞默焕看向她：“你可知道我为了你，害了余杭的百姓，尽管如此，你还是和姐姐一起。你这般如何对得起我？”

苏然不悦，很是不悦，她只想俞默焕一辈子都看她。

“你和阿韵是同胞姐妹，怎么可以这般……”俞默焕甩了甩脑袋，不想沉睡。

“为什么不能？你是我的男人，我姐姐抢了你，我就要抢回来。这天底下，我和谁都可以分享，但是她不行。”苏然霸道地说道。

俞默焕怎么肯跟苏然和钟晓蓉太多废话，当前夺回妻子苏韵才是最重要的。

俞默焕咬了一下舌尖，痛楚让他短暂清醒，趁着从坤一个不注意，揽住苏韵的腰便跳下了水。

此时水面漂浮着死尸，找人谈何容易？

苏然和钟晓蓉急坏了，刚想跳下去，却被从坤拦住了。

“有郭暖和漕帮的一帮老东西在这里，你还怕他们不回来？”

“你是说坐等苏韵和阿焕回来？”

“对。”

“好主意。”

俞默焕和苏韵掉入这满是死尸的水里，凭着一口气和那熟知的记忆，俞默焕带着苏韵游到上一次卷入的地下暗河。

这地下暗河有一处泉眼，是经过了死气和浑浊的草木腐败之气，联合地上的圣灵之气，可解百毒。

俞默焕凭着最后一丝快要枯竭的力气，给苏韵和自己喂了泉水。

不知昏迷了多久，两人醒过来的时候，已经在了暗河泉水的旁边。

这暗河滚滚而去，暗河的源头是这眼地下暗泉。

苏韵醒来之后，抱膝坐在了一处，任凭湿衣贴在身上。任凭俞默焕醒来烧火，烤衣，都毫无反应。

“阿韵，你不要伤心。”

“我不明白，爱情有这么伟大？为了爱情不顾家国，为了爱情可以引狼入室，甚至叛国？我不懂……从坤和阿然到底是怎么了？”

“我也不知道。”

“那八千石的大船若是被史朝义得了，我怕国家战事熄灭的盼头会没，再说郭暖……”

“这地下暗河距离郭子仪郭将军的九原不远。若是走地上，也许要走上几个月，可是地下暗河只需要半个月来回，不如咱们先去让郭将军调军，先来这里平复水匪，再去找史朝义？”

俞默焕永远是这样，即便是一派昏暗，他依旧有着安定人心的语气和沉静的思路。

“若是郭将军来了，阿然和从坤怎么办？”

“那只能怪从坤自己，为了私事不顾家国，咎由自取。而阿然，她差点误国……”

“我明白了，也许是我太过多愁善感，我们早些去找郭将军吧。”

“阿韵，你且记得，无论如何，我都会陪着你就是了。”

“嗯，好。”

苏韵与俞默焕来到九原的时候，郭子仪此时因郭暖的被绑的消息，怒气冲天，而整个郭家军更是士气高涨，所有的人秣马兵厉，往扬州而去。

几天的时间，扬州充满了郭家军队。正对郭暖严刑拷打的从坤还拿着鞭子，便被郭家军一脚踢在地上。愤恨的战士因为少将军被羞辱，直接把从坤乱棍打死。

至于苏然和钟晓蓉，因着战乱，也不知流落在了哪里。

有人说在淮南见过，也有人说在徽州见过，却再也没有在余杭见过。不知是生是死。

对于苏韵而言，也许最好的结局便是不知生死，如此便不会伤心。

当郭子仪的军队在范阳踏平史朝义的军营之时，史朝义正在慢条斯理地喝着酒。

史朝义的对面放着一个酒杯，像是在与谁隔空对饮。

“你不逃？”

“逃？败了便是败了，成王败寇，有什么可说的？只是我还打算跟安庆绪喝一杯，能否给我一个方便？”

史朝义看向郭子仪缓缓笑开。

“你祭奠安庆绪？”郭子仪似乎很是费解。

“祭奠？不，我在告诉庆绪，慢一点走，好让我赶得上。或许在你们眼里，庆绪早就离开了，可是在我看来。”

史朝义舒心地笑了，仿佛对面真的坐着安庆绪一般。

“他这世上也只有我一个朋友，他怕孤单，所以一直陪着我，也因为我同样怕孤单。只可惜，这友情却是生死相隔……”

史朝义颇为可惜地叹了一口气。

苏韵第一次看到史朝义露出惋惜的模样，上一次相见，他还是那般喜欢笑，尽管笑得很是阴森，却是个文雅的男子。

如今却像是入了魔的男人，被一个虚幻而又不真实的妄想拖累了心神。

毕竟，安庆绪早就死了，可是他却把自己当作安庆绪。

“当年庆绪如何死的，我便如何帮他报了仇，这一世，我这朋友也算是当得值了，对吗？呵……”

史朝义端起那杯毒酒，饮酒自杀，此时整个扬州的水匪被郭子仪荡平，这一年安史之乱被平定。

第八十一章
来之不易的和平

随着史朝义的自戕，安史之乱逐渐进入尾声，因着这一场战乱长达数年，江淮时逢大旱，京杭运河沿线水匪猖獗，国力积弱，陈粮也接近赤字。

江南粮仓无粮的窘迫时刻萦绕在郭子仪将军的心里，而作为京杭大运河的押运官，苏韵又接到了一个新的任务，那便是去天府之国——蜀地押运粮草。

这蜀地，因李太白的诗句很是出名。

一个是蜀道难难于上青天，一个是轻舟已过万重山……

这蜀道难，确实是九曲十八弯，而这长江三峡两岸，也确实是悬崖峭壁。

苏韵夫妇正押运军粮往郭子仪的军队而去，路遇知交杜甫。

在这巴峡之地故人重逢自然是欢喜一场。

“上一次见到，还是那江南乌篷船上，晃晃悠悠只见金山寺外蝉鸣，还是仲夏。这一次却是寒冬腊月，怎么女坊主不在江南，却跑到我巴蜀之地了？”

杜甫笑眯眯地从船舫走出来，摆了一桌四椅，给苏韵和俞默焕斟酒。

“你倒是记性甚好，我让你隐藏我的行踪，你却转手卖了我。”

苏韵打趣道，却引来杜甫的哈哈大笑，甚至杨婉都笑出了声。

“你还怪我杜子美？若不是那时我告诉了丹丘生你的位置，你如今岂能成为俞苏氏？”

岂能成为俞苏氏，这话便是知道了苏韵已然出嫁。

“我出嫁的事情很是低调，你是如何得知？”

“如何得知？你当初缔结良缘的时候，端的是余杭所有百姓来贺，据说那拱宸桥下都是你苏家明轮船的阵仗。”

杜甫一副啧啧称奇的模样：“起初那张景超还以为大家是去你苏家喝喜酒祝贺的。毕竟嘛，你苏家在余杭多年，朋友甚多。那日，你又是广开宴席，摆了龙门长阵，似乎是宴请八方来客的架势。张景超本以为是你结婚而已，却未曾想到……”

李婉将话题接过去："未曾想到你借着结婚的由头，开出了八千石大船，硬是让这大船航行鄞州，将满城百姓送出去了二三，余下的青壮年因着父母妻儿有了田地，更是卖命与张景超一战。说实话，阿韵，你倒是个会把握时机的。"

"何止是把握时机，简直是神机妙算。你这明修栈道、暗度陈仓的法子，很快便在大唐传得人尽皆知，都对你交口称赞呢。"

杜甫的眼睛笑成了月亮的模样。

"看来你今天很高兴？"苏韵的脸红了起来。俞默焕见自己的妻子已经羞涩得不愿多说，便换了话题。

"自然是高兴的，毕竟是老友重聚。"杜甫缕着胡子，"这人生有三大喜事，久旱逢甘雨，他乡遇故知，金榜题名时。话说咱们这不是有了其一？"

"有其一必然有其二，你可知道，这史朝义自戕，安史之乱结束了？"

俞默焕才说完，杜甫抓紧俞默焕的手："你……你说什么？"

"我说安史之乱结束了。"

"安史之乱结束了？史朝义死了？史思明呢？"

杜甫似乎不敢相信，近十年的安史之乱，这么快结束了？

"史思明因想传位给史朝清，被史朝义杀了，而史朝义也兵败如山倒，最终自戕而死。"

俞默焕才说完，杜甫的眼里就有了眼泪，他哆嗦着嘴唇，五十多岁的高龄却有年轻时候那血气方刚的模样。

"快……老妻……快……"

"快什么？"李婉看着这老泪纵横的杜甫。

"拿我的笔墨纸砚来，我要记下，记下这光辉的时刻！"

杜甫的鼻子有些红，泪水扑簌簌地落下。

"好，我这就去给你拿。"李婉站起身来，向着船舫走去。

"子美，你还好吧？"俞默焕担心地问道。

"丹丘生，我这是喜极而泣，喜极而泣。你知道吗？我本想着让我的孩子们，家祭别忘了告我这个老翁，小糟老头，如今倒是不用了。"

杜甫拍了拍胸膛继续说下去："别看我五十多岁了，依旧是老当益壮，不坠青云之志的。告诉你，我甚至还可以泼墨挥毫，文思泉涌，这一次就给你看看。"

"所以杜子美又是一个专门记录大唐历史的历史诗人吧？"苏韵打趣道。

"历史诗人怎么了？我虽然没有李白出色，但是想要了解大唐的后人，一定会记住我的名字，因为我将整个大唐记录在了我的诗歌里面。甚至将来有一天，我能跟王维和李白并驾齐驱呢。"杜甫自信地说道。

"我相信会有那么一天的。"苏韵点着头。

此时李婉将笔墨纸砚端了上来，杜甫握着笔杆的手微微颤抖，泪水滴落在鼻尖，却依旧是幸福的模样。

这时，忽听这巴蜀的百姓在船头议论纷纷。

“你听说了吗？江南道御史变了人，改刘晏了。”

“谁？刘晏？”

“嗯嗯，刘晏。”

“哇，那不是八岁的神童吗？当年太上皇封泰山的时候，这刘晏八岁便献上了颂，那可是天纵英才。”

“可不是他吗？我还听说刘晏十岁的时候，正逢贵妃施粉黛，太上皇问刘晏正字，正得几字？你知道他说什么吗？”

“说什么？”

“天下字皆正，唯有朋字未有正得。这回答也没谁了，小小年纪便知道朋党要不得。而且太上皇赏赐了刘晏一制象牙笏和一领黄纹袍，真是少年得志啊。”

“那刘晏还是一个任人唯贤的人，他选用了各种专才和实干家，分布各部门及各州县把关。我有一个叔叔是写唐史的，你知道那上面写的是什么吗？”

“是什么？”

“积数百人，皆新进锐敏，尽当时之选，趣督倚办，故能成功。”

“对啊，那刘晏以精明能干、忠于职守、廉洁奉公作为用人的标准，的确是难能可贵的。由于刘晏培养选拔了一大批理财专家，所以，他指挥的庞大理财系统，如臂使指，运动自如。掌管财赋有声望者，大多是刘晏选拔出来的人。”

“大唐有这样的人，有福了，我大唐兴盛指日可待了。”

“他还是个雷厉风行的人呢，你知道吗？”

“怎么说？”

“我有个远方舅舅，回家省亲的时候说那刘晏办事还处处从长远考虑，他为了解决关中吃粮困难的问题，官办漕运，在扬州开行用几十年也不坏。甚至那些当官的人经常说他的名言是‘成大计者不可惜小费，凡事必为永久之虑’。”

“能臣，干臣，良臣，这刘晏是齐全了的，你知道吗？”

“为什么这么说？”

“你还不知道啊？我叔叔说，安史之乱，天下户口十亡八九，所在宿重兵，其费不资，皆倚办于晏，晏有精力，多机智，变通有无，曲尽其妙。”

“这是啥意思？”

“就是说刘晏为挽国家之倾危，解人民于倒悬，身体力行，呕心沥血，几十年如一日，孜孜不倦。他上朝时骑在马上，心里还在筹算账目，退朝后在官署批阅文卷，常常是秉烛夜分。他饮食简素，室无婢女。你要知道一个理财大臣，两袖清风，这是非常值得称道的。”

“廉洁公正啊，这真是一个好官啊。这样的人管理江南道，天佑大唐，天佑大唐啊……”

“听说这刘晏来巴蜀之地调研，现在就在巫峡，咱们要不要结伴去看看？”

“好呀，好呀，我正有此意。”

苏韵看着那一群离开的百姓，心中一动，刘晏？大唐的能臣，财政大臣里面的佼佼者，堪比李白在诗坛一般璀璨的人物。

“阿韵，你这模样可是想要去拜访刘晏？”俞默焕如何看不出自己妻子的心思？

“拜访是拜访，但是也要给刘晏带去咱们的心思才是，毕竟，他是江南道御史，更是转运使。你我要助他一臂之力才行。”苏韵缓缓说道。

“如何帮助呢？”

“安史之乱虽然平息，但是汴水堙塞，漕运改从江、汉以抵梁州、洋州，水路迂险，劳费甚巨。我们有着余杭河道疏通的经验，这经验便是那刘晏所需要的。”

苏韵的话让杜甫茅塞顿开。

“我前段时间有见过刘晏，他也是我旧时好友。我听他说，打算将重要河道全部疏通呢。”杜甫笑眯了眼睛，“到底是在运河做买卖上的人家，跟转运使刘晏想到一起去了。”

“重要河道疏通，难道是京杭大运河扬州段、洛阳段、通州段？”

苏韵心思活络了起来。这几段倒是很重要的，北上九原压制突厥，通州段必须通，京都之地洛阳必须通，鱼米之乡枢纽扬州段西通长江，南通余杭，东达东海，势必要通。看来她知道自己该做什么了。

第八十二章
复兴中唐刘晏

苏韵调查河道堵塞一个月，根据从运河各个分舵得到的消息，凭借余杭流域河道疏通的经验，绘制成了一份河道疏通路线图。

当郭暖引荐苏韵给刘晏时，这刘晏也在看河道的情况。

苏韵绘制的图纸解了刘晏的燃眉之急。

刘晏捻着胡须，眼睛亮起了光芒，缓缓而言："十年前，初见小友，那时候小友在与李太白聊天，旁边正是站着丹丘生，那时候你约莫及笄年华，转眼十年不见，果然是白云苍狗，半点不由人。"

刘晏指了指自己花白的胡须："如今我这胡子也是花白了，老了。"

"那不知这河道地图，对你这花白的老人可有回阳反春的效力？"丹丘生俞默焕笑起来。

"自然是有的，我这糟老头子虽然懂得一些钱财的事情，可终究是不精通河道运输。这漕帮的大坊主为老夫亲自绘图，自然是喜上眉梢的事情。"刘晏那有些颤抖的手放在了地图上。

"喜上眉梢？"俞默焕揶揄道，"我少时也与你有些了解，你可是很少如此失态。"

"丹丘生，你要知道这天下商道，为先者一定是航道和巷道。这航道则是长江、黄河和运河的航行能力，这巷道则是州府之间的运输能力。无论是水路还是陆路，这交通畅通，则一通百通。女坊主给出的这地图，为战乱之后的大唐提供了最佳的修缮地图，而这地图……"

刘晏的眼睛带着光芒："能够为大唐节省上万白银黄铜，省下的钱可以让大唐子民休养生息，这难道不值得喜上眉梢吗？"

"确实如此。"

"不行，这件事我一定要落实下去，我这江南道御史和转运使还不能调动这官家修缮的金银，可一人却有法子，走，咱们前去见一见。"

刘晏是一个行动派，当下就想拉着俞默焕离开，俞默焕却反抓住刘晏："刘大人，何必这般急切？"

"丹丘生不知，这大唐容不得太多的耽搁。国运昌隆重在兵贵神速，更是贵在敢为人先。我身为这转运使，能让交通顺畅则是国家根本的巩固，江山社稷的大福，我怎能不急切？”

刘晏，这个大唐杰出的干臣和能臣，一向以稳重著称，却在战乱之后，因国力的空虚和百姓的疲态，而越发地急切。

这急切的刘晏面对着四处焦土，百里废墟的大唐，自然是要早些改善大唐的现状。当然是兵贵神速，以干练和效率将国家机器运转起来，让百姓早日恢复生产。这一腔为国的热忱，却不能马上落地，俞默焕站在旁观者的角度，自然要比这刘晏的心更安定几分，他拉住刘晏的手。

“莫非转运使忘记了三日之后是那郭暧郭少将军的婚事？到那个时候，这大唐的钱袋子都会齐聚一堂，那不是个最佳的时间吗？”俞默焕一句点醒梦中人。

“三日之后升平公主与郭暧的婚事？”

“对。”

“我……看看老夫光顾着高兴了，真是失态了。”刘晏笑着摇起手来。

“刘大人是我大唐难得的能臣，能臣为天下苍生而急，又怎么会有失态一说？”苏韵安慰道，“我知道疏浚汴水以通漕运，漕运便再次活了起来。而京杭大运河扬州段也和洛阳段与通州段通了起来。这意味着大唐的京杭运河，通州段和余杭段的运河形成人字形的运河分配，这会为大唐带来更多的生机。”

苏韵继续说下去：“而这生机能够让江淮、河内、河外、西域的国家连通，从而延续开国以来丝绸之路的辉煌，让丝绸之路越发地荣耀。此事不仅是刘大人的心愿，也是我江南运河沿岸百姓的心愿。而我一定会让这件事稳妥地做下去，请您放心。”

苏韵的话语让刘晏舒心一笑：“也罢，三日后，去参加升平公主和郭暧少将军的婚事，也好见见鱼朝恩和第五琦。”

这一年，升平公主嫁郭暧，苏韵和俞默焕前去道喜。

与此同时，国子监准备重开，让大唐的学子可以再次踏入京师成为天子门生。

觥筹交错间，刘晏带领苏韵和俞默焕走向了独坐一桌的鱼朝恩和第五琦。

说起鱼朝恩。

这鱼朝恩在李隆基时期入宫当了太监，安史之乱发生之后，随着李隆基出逃，在逃的路上尽心地保护和侍奉。因为鱼朝恩的衷心和敏锐，被予以重用。

鱼朝恩在肃宗在位的时候，主持国子监的事情，也管着天下的钱财。

鱼朝恩虽然是一个对国事有敏锐观察力和正确判断力的太监，也是一心想要大唐兴盛的太监，可是这个鱼朝恩恃宠而骄。

鱼朝恩做了财政大臣和国子监事之后，非常专权，凭借自己的好恶做事。

一般的公卿大臣从来不敢直视鱼朝恩，而且宰相决定事情的时候，若是没有跟鱼朝恩先说上一句，鱼朝恩一定会瞪大眼睛，质问事情为什么没有经过他的认可。

这也导致了即便刘晏认可了苏韵的运河疏浚的图纸，拨款和敲定还需要鱼朝恩来决定。

因为鱼朝恩的专权和暴脾气，很多人都不敢太靠近鱼朝恩。

第五琦因为跟鱼朝恩有些亲戚关系，故而可以坐在鱼朝恩的旁边。

这鱼朝恩专权其实也有个好处，那便是能够帮助皇权集中政权，不让节度使等封疆大吏来分散中央集权，所以这唐肃宗也就睁一只眼闭一只眼，任凭鱼朝恩作威作福。

也许在皇族的眼里，只要是忠于他们的，危害不是多么严重的太监，他们都能容忍吧。

毕竟大唐的战乱来自大臣而不是太监。

可没有人知道，鱼朝恩其实也让大唐逐渐走向了另外一个怪圈。

“大监……”

刘晏走到鱼朝恩旁边，先是作揖，然后落座。

苏韵和俞默焕对看一眼，也跟着作揖。

“刘大人？什么风将你吹来了？”

“大监，下臣这次带来两人，想是大监认识，便来跟大监说说。”刘晏将语气放得很低，像是卑微的小黄门执事一般。

苏韵的心里升起了不满，鱼朝恩真的太过分了。

少时成名的刘晏大人，是多少大唐人心目中的明睿之官？多少人钦佩和尊敬？可这鱼朝恩，不过是一个黄门太监，却是这般拿乔？

难道当年的指鹿为马也要重演？当初秦始皇时期的太监作乱，再到汉朝末年的十常侍作乱，都是太监专权，国将不国。

可是这话苏韵不敢说，只能闷在心里。

“哦？是谁？”鱼朝恩睁开浑浊的眼睛，看向苏韵。

鱼朝恩的眼睛先是一眯，慢慢地笑成了月牙状：“我道是谁，原是那年玄宗特别恩典的女坊主苏家大女郎。怎么？这余杭造船坊又出了什么新花样？”

苏韵知道是自己要说给鱼朝恩听的时候了，毕竟说服了鱼朝恩，便是帮助了刘晏大人。

“大监好记性，确实是妾身。这一次妾身来，有两件事要说给大监听。”

“哦？又是什么造船的消息吗？记得上一次咱家见到你的时候，那可是明轮船入宫的时候，当年啊……唉，真是令人怀念。好像你这事情也记入史册了吧？”鱼朝恩笑着点头，“女坊主，你倒是我大唐一个异数。这一次又是想要做些什么？尽管说吧，咱家能帮的，必然会帮，这不能帮的，咱家也只能点到即止了。”

鱼朝恩在苏韵还没开口便许诺，这让刘晏看向苏韵的眼神都变了，连同第五琦。

“毕竟当年这女坊主在第五琦发布的乾元重宝时，用了法子让江南免遭重钱的侵害，冲这一点上，咱家还是能够相信女坊主的。”鱼朝恩的话让苏韵有了底气。

看来她在明轮船和乾元重宝的事情上得到了鱼朝恩的认可，这就方便接下来她要做的事情了。

“其实这两件事，对大监不过是举手之劳。毕竟我还想再次创造明轮船的辉煌，只是有些事情。还需要大监的通融。”

苏韵的话点中了鱼朝恩的心：“明轮船的辉煌？女坊主，你可是又创造了什么样子的好船？”

“大监，妾身用八千石大船运送江南百姓的事情，怕是您也有所耳闻吧？”

“此事，咱家知道一些。”鱼朝恩当然知道，肃宗还给了表扬。

“大监，其实我还可以再建造一艘更大更结实的大船，而这大船若是航行到京都，必然走河道，当前河道多处堵塞，怕是要疏浚之后才能令船航行而来……”

苏韵表现出了为难的模样：“可一旦疏浚，怕是又要让国家的国库……妾身也知道国家当前恨不得一个银子掰成两半花。”

“女坊主，不知道那大船有多大？”

“约莫万石。”

“万石大船？！女坊主，你说的话可当真？”

鱼朝恩站了起来，连带着衣袖刮倒了旁边的酒壶，酒水打湿了衣袖，鱼朝恩也一点儿也不介意。

第八十三章
大船是大国实力

“大监，哪个国家能够建造这世上的第一艘大船，便是彰显了这个国家的综合实力。正如老祖宗说的那般，然赋也者，六义附庸，蔚成大国。而这巍巍大国必然要彰显六义。”

苏韵顿了顿，这一刻她将一腔热血尽数说与鱼朝恩听。

“这六义是或歌唱，或书写，大国工匠是六义的延伸，孔子将其归纳为六艺，即礼乐射御书数。这礼节有五礼，即吉礼、凶礼、军礼、宾礼、嘉礼。大监，我大唐的工匠将这五礼转化为婚丧嫁娶一切耐用之物，保家卫国一切必用之器，迎来送往一切可用之件。”

苏韵继续缓缓说道：“这乐有六乐，即《云门大卷》《咸池》《大韶》《大夏》《大濩》《大武》，它们分别歌颂了尧舜禹夏商周的祭祀之礼，其中用度也是当时大国工匠所造之物，这些有装大祚的木盘，有盛放三牲的木盘，以及平地起高楼的建筑……这一切都是工匠造福当下、造福后世的功绩。”

“哦？你这是来跟我讲天地玄黄，人间六艺的吗？”鱼朝恩的话语带着试探。

“不，我来跟大监说的是大国工匠不仅是为当世的人们提供有用的物什，更多的是给当世的人们提供大国中兴的根基。而这根基终究离不开四个字……”

“哪四个字？”

“开源节流。”

鱼朝恩嘴角弯了起来：“倒是有趣，女坊主，你倒是说说，这开源节流指的是什么？”

“开源节流说的是两件事，一件事大监一人可担当，那便是节流。而一件事，我有一策可为大监开源……”

苏韵引导着鱼朝恩的思路。

“你倒是说说看。”鱼朝恩点点头。

“这开源讲究的是钱财来源，而来源不能像溪流，慢慢聚集，必然要像河道快速充盈才是最佳。而能快速充盈的，当下我大唐有丝绸之路，更有这路上的遍地黄金，可让国库充盈。”

苏韵笑起来，而这话让鱼朝恩的眉毛挑高，这丝绸之路让他心中有了触动。

大唐的肃宗之后，他鱼朝恩服侍当今，当今数次提到唐太宗时期大僧玄奘西去取经之时，走的丝绸之路，那是大唐与西域互通的关键。

而这丝绸之路是有两条的，一条是走的沙漠绿洲，一条是走的京杭运河和长江支流。这是大唐贸易往来的根本，而这些根本因安史之乱都堵塞了。

其实鱼朝恩也知道陛下的心思，他也想着将这些河道的堵塞物清除。

本是惆怅不知该如何用最少的钱做最正确的事情，如今这余杭造船坊的老板，漕运新继任的帮主苏韵的到来，解了他的燃眉之急。

但是急切归急切，他鱼朝恩依旧表现出一副不急不慢的模样，只想听得更多一些，更深一些。

这样才能在大唐百废待兴之际，将钱花在刀刃上，让大唐得以复苏。

大唐的人，谁不希望国家繁荣昌盛?

即便是他鱼朝恩一辈子争强好胜，可他依旧希望大唐繁荣太平，让他以及他在乎的人能够平平安安地度过余生。

“说下去。”鱼朝恩点了点头，鼓励道。

我来自漕帮，自小在水上航行，如今我在这京杭运河通济渠、永济渠等地做了地图的详细复查，现在绘制出最佳通河渠的地段，方便大监派人疏通，而这些疏通之后……”

苏韵顿了顿继续说道：“这河道顺畅，船只在河上航行往来，便可以让西域与大唐的商贸往来更加频繁。我大唐的茶叶、丝绸、瓷器此刻正是西域最畅销的物资，西域盛产金银珠宝，如此大唐国库可以充盈许多，此其一。”

“其二是什么？”

第五琦有些激动，他上次乾元重宝本是想着为国库快速将金银珠宝回笼，却终究是饮鸩止渴。

“其二则是我余杭造船坊最近在建造万石大船，按照计划，万石大船可用半年时间往来一次西域与大唐。这万石大船的载重能力和运载能力将会达到当世最大，有了这最大的船，商人们的船只租赁也可以让国库进一步充盈，这是开源的法子。”

苏韵将万石大船建造的图纸递给鱼朝恩。

鱼朝恩展开这万石大船的图纸，眉毛皱了起来，他看向苏韵：“你这大船，可能建造成功？毕竟那些文臣可说大唐最多建造八千石大船，你这万石……”

“大监尽管放心，我必然能够建造出这般大的船只。”

“此话当真？”

“自然是真实无二。”苏韵点头。

“咱家还是想让女坊主给咱家安安心。”鱼朝恩给苏韵机会，让她把她的理想说出来。

“大监既然这般说，那我不得不提一提这华夏族人的造船历史了。”

苏韵看了一眼俞默焕，俞默焕拍了拍手，两个小厮抬来了数张巨幅画卷，苏韵掀开其中一张缓缓地解说道。

“大监，我大唐中原华夏族人的造船术一直都是独占世界鳌头的。在那春秋战国时期，东临大海的吴国，便拥有了当时世界上最整齐、形式类似于今八千石大船的作战群的战舰编队。大监请看这里……”

苏韵指着一艘大船，缓缓说来：“据《越绝书》记载，时吴国的海军总都督是伍子胥，有一次，他向吴王阖闾汇报战舰系列和水上作战部队的训练情况时称，吴国战船有大翼、小翼、突冒、楼船、桥舡等，水军训练办法参考陆军、陵军的车战法。此图便是当时的海上作战群体。”

苏韵指着各种各样的战船说道：“这便是春秋赫赫有名的大冀船，而这一个，在春秋战国时期的吴国，被叫作艅艎。它是重型战船，比大冀船还大，到秦代时此种战船被称为巨舸。这些不同功能的战船，组成了吴国庞大的战舰编队。

“大监再请看这里，这里是汉朝的楼船，传闻这汉武帝曾七乘楼船巡海寻仙。这先秦时代的楼船，到汉武帝时，已发展为巨型主力战船。”

“这船有多大？”鱼朝恩感兴趣地问道。

“据《史记·平准书》记载，楼船高十余丈；楼分三层，分别是叫庐、飞庐、雀室，其中雀室是瞭望指挥平台，方便观察水上敌情。”苏韵解释道，“东汉还把城墙的防御设计理念带到楼船上。各楼层建筑起高约三尺的女墙，作为士兵的军事掩体，同时在墙体上开设相当于今机枪眼的箭孔，方便攻守。为了防止船体被击穿，工匠在楼船的周边用坚硬的木板做出战格，关键部分再蒙上皮革，加强船身防护。

“东汉时，战船种类和分工更多，除作为主力战舰除楼船外，还有斗舰等；用于攻击，且具有防护性能的有艨艟、露桡；用于前锋突击的有先登；侦察哨兵行动时，则乘坐斥候。这些大监想必早已知道了。”

苏韵才说完，鱼朝恩笑着点头：“这一张咱家知道，是女坊主的八千石大船，被叫作木兰舟。这木兰舟中积一年粮，豢豕酿酒其中，不知道咱家说的可对？”

“大监说的很对，这木兰舟说起来是楼船的优化，那西域商人苏莱曼曾在《东游记》记载大唐楼船的模样，也是我幼年见过的楼船的模样。上面记载着，舟如巨室，帆若垂天之云，柂长数丈。民间也说大唐的海船特别巨大，波斯湾风高浪险，只有大唐的海船能航行无阻，西域的货物都是装载在中国海船上，进行远洋贸易。”

苏韵的话说完，便看见鱼朝恩沉思着。

安静一时之间在几个人之间充斥着，直到刘晏说话才打破。

“大监，现在盛唐转衰，需要大量的钱财回笼，百姓也需要商贸来复苏生机。按照女坊主所说，一艘足够大的船只，若是能让人在船上可以生活、嫁娶婚丧，那么这艘大船就可以载着足够多的布帛丝绸、茶米瓷器去跟胡人换取更多的钱财来充盈国库。”

刘晏才说完，鱼朝恩皱起眉看向他：“刘大人，你是我大唐的神童，更是我大唐的钱袋子，你确定这法子行得通？这河道疏浚的地方合适？”

“我确定。”刘晏点头。

“刘大人，你要知道我大唐容不得犯错，更没有第二次机会去修正错误了。这战乱刚平息，你我是站在历史风口浪尖上的人，要慎重再慎重。”鱼朝恩将自己的不安说了出来。

“你要相信我的判断力，大监。”刘晏还是劝说着。

“咱家……”鱼朝恩深吸一口气，看着刘晏那热切的眼睛，将腰牌递给了刘晏，紧紧地握住刘晏的手，“刘大人，咱家读书不多，但是咱家终是我大唐的子民，一切皆由你说了算，只盼你让大唐能够恢复以前的荣耀。”

“一定。”

第八十四章
公主该要一诺千金

有时候很多事，明明是好事，可是总有一些人沉醉在自己的知识领域里，沉浸在过去的辉煌里，不肯迈出一步，最终成为国家的负累。

大唐战乱才平息，苏韵便拿到了最丰厚的一笔拨款，这拨款让很多人急红了眼，尤其是那些三省六部大员，更是心有不甘。

不久长安传来消息，诽谤和奚落之词多于溢美之言。

三省六部大员认为最大的船只有八千石，最多九千石，认为苏韵想建造万石以上的船，纯粹是痴人说梦。一时之间舆论汹汹，苏韵背负着舆论埋头继续做她想做的事情，并不管不时而来的偷窥者。

有时候苏韵走出门，都会被人跟梢，大唐的小木椟，每三四天就会有她的传闻。

有说她卷款私逃的，有说她中途猝死的，也有说她早就放弃造船梦想的，还有说她一直都是骗取大唐拨款的混混……

一时之间，喧嚣尘世的流言蜚语，将苏韵打击得足不出户。

苏韵抱膝在床上坐着，她不懂，自己想着为大唐复兴的计划，到底哪里不对。

为什么会引来这么多人的攻击？

他们的攻击，对他们有什么好处？

他们的讥讽，对大唐复兴又有什么价值？

为什么他们只会乐此不疲地说三道四，却不愿意动上一根手指头，将理想付诸行动？

难道真的是仗义每多屠狗辈，负心多是读书人吗？

疑惑之间，俞默焕端来汤药："阿韵，郭暖来信了，你要看吗？"

苏韵喝着苦涩的汤药，诧异地看着俞默焕。

其实她心里是有负罪感的，因着扬州和水匪的一战，她落入冰水之中，凉了宫，只能靠着中药调理来暖宫。

这也是为什么她一入秋就会躲在炭火炉子的房间里，喝药调理。

她希望能够平安地为阿焕生一个属于他们的孩子。

大唐逐渐地恢复太平，而她和阿焕该是要有一个孩子了，一个姓俞的孩子。

“你说吧，我现在看图纸看得头晕眼花，懒得看。”

“你还是看看吧，事情有些严重。”

“是吗？郭暖做了驸马爷还有人欺负不成？”

“怕是郭暖欺负了那升平公主。”

“什么！”

苏韵立刻站了起来，接过信笺，赫然看到上面写着事情的来龙去脉。

这郭暖因着升平公主嫁到了郭家，做了郭家儿媳之后，却让郭子仪及其夫人晨昏定省，没有尽到儿媳该做的事情，勃然大怒，醉酒之下对着升平公主拳脚相向。

这喝醉了打公主的事情已经街头巷尾都知道了，甚至百姓还给了一个不错的名字，叫作醉打金枝。

“阿韵，你别急，当心动了胎气。”

俞默焕赶紧跑来抚着她的肚子，安抚着那活泼好动的胎儿。

“怎能不着急？那郭暖怎么会这么虎？这样下去，怕是郭家要被他带入沟里去了！赶紧，去长安……”

“你现在这样，去长安怎么可以……”

“阿焕，事情分轻重缓急，当下便是最急。”

俞默焕还想说些什么，却终究是没有办法，谁让他宠妻无度？

赶了一个月有余的时间，苏韵终于和俞默焕来到了长安。苏韵本是去劝说升平公主，可升平公主却听不进去任何安慰之言。此时郭暖已下了大狱。

苏韵挺着大肚子在天牢与驸马府之间来回奔走，调和这对夫妻的恩怨，却发现这对小夫妻只是把小事闹成了大事。

苏韵不希望这件事干扰到这对小夫妻日后的生活，便拿了许多话本子，挺着大肚子来到升平公主的房间。

才走进房门口，只听那升平公主火大地说道：“阿韵，本宫敬你是我大唐的女校书令，又是父皇恩典的大国工匠，可你不必再来了，本宫心意已决。”

“公主，我带来了一些话本子，不知道你要不要看看？”

“话本子有什么好看的？本宫不喜欢看……”

“可是这话本子里面不仅是有《西厢记》，还有《东游记》，这故事里面很多都是有情人终成眷属的。”

“那又如何？”

“难道公主不想要一个夫妇和美、儿孙满堂的生活吗？”

“本宫想又如何？现在本宫给了，但对方给脸不要脸，本宫堂堂金枝玉叶……”

升平公主还想说什么，却被苏韵握住了手腕。

“你做什么？”升平公主像是一朝被蛇咬十年怕井绳，快速收回了手。

“公主，你别怕，我只是想跟你去看一出戏，你若是看腻了，咱们回来就是。”

苏韵笑眯了眼睛，高深莫测的模样，让升平公主皱起了眉头。

“看戏？看什么？”

“走吧，陪我走一遭就是了。”

升平公主歪着头，还没明白是什么意思，便被苏韵再次抓住了手腕。

“我保证，这出戏一定好看。”

“好吧，既然你说好看，那就去看看吧。”

这马车走到了一处戏楼，戏楼里面正唱着《白蛇传》的故事，苏韵将戏牌子递给小厮，小厮走到掌柜面前，晃了晃戏牌子。

这戏楼的曲子顿时变了模样，变成了另一个故事。

这个故事是升平公主没有见过的，却是让她难以忘却的。

故事讲述的是少年成才的女子，她名耀故里，才气纵横却被家族所误，最终被送给了袁家的二少为妻。本是少年夫妻，却因为聚少离多，而形单影只。

怀孕数月，还未来得及体验与夫婿重聚的喜悦，这城池却被对手所破。

城破之后，女子被掳走，成为对手曹家二公子的妻。

二次出嫁，她本是希望与这良人一生一世，可没想到这人不是良人而是毒蛇。

因着她怀了袁家的孩子，曹家公子便让她生了下来，取名阿睿。

当了母亲的女子，为了阿睿活命，被曹家二公子当作箭靶子，所有不好的事情全部是她来担当。

所有好的事情，都是曹家二公子新纳的妾——郭女王所拥有。

一冷一热，热的是那郭女王的郎情妾意，冷的是她的委曲求全。

为了孩子，她被遗落在了许都，为了孩子，她忍受着耻辱和谩骂，终是与曹家四公子在了一起。

可这件事是曹家二公子指使的，为的就是曹家二公子的夺嫡上位。

一句摘缨之罪，误了她的曾经期待的爱情，也误了她的人生。

一首洛神之赋，郅如甄，宓是洛神，思郅赋成了洛神赋，她的美貌名扬后世。

可谁人知道她以发敷面？谁人知道她口含米糠？

女人的恨，恨在乱世生人，恨在嫁娶不由己。

她无错，却错在怀了阿睿，她无措，却不能舍了骨肉。

她是个合格的母亲，却不是个出色的妻子，终究以屈辱结束了一生。

这曲子结束，升平公主泪洒衣衫。

女人，若是后世口含米糠，那是最终的惩罚。

“阿韵，这是甄宓吗？”

“是。”

“为什么甄宓那么惨？”

“因为三国乱世，女人，身不由己。”

“本宫……”

“郭将军和郭暖是衷心为国的，大唐不容再乱了。”

“可本宫终究是皇室。”

“公主，夫妻没有隔夜仇。”

“可本宫，自敕封升平公主以来，便是个骄傲的公主，除非大唐有奇迹，否则本宫宁做寡妇也不做被臣子殴打的妻子。”

苏韵深深叹了一口气：“公主，你仔细地想想我的话，若是你还不相信，不如去问问陛下？”

当年的广平王，现在成了皇帝。

升平公主狠狠地咬着下唇。

她该怎么办？

她拉不下脸来，可是大唐真的会因为她的任性再乱吗？

马车哒哒哒地驶入皇宫，升平公主见到皇帝之后，哭得难以自制。

“父皇，我真的要委曲求全吗？我们是皇族不是吗？”

“可是我们这个皇族是靠着将军们不要性命拼来的，大唐不能再乱了。”

“可是我是您的皇儿，他却毫无忌惮，您不怕……”

“那又如何呢？大唐如何有第二个郭家军护住这大唐？”

“父皇，我忍不下去这口气，我跟阿韵说，除非大唐有奇迹。”

“奇迹？皇儿，你这是想要台阶下吗？”

“父皇说大唐不能再乱了，可是我又不能这般轻易地原谅了那莽夫。”

升平公主倔强地扬起小脸。

“如是这般，那朕就下一道圣旨，若是有人创造了大唐的奇迹，便说是上天开了恩，便让郭暧那小子无罪释放，可好？”

“好。”

不久朝廷告示贴了出来，上面写着，大唐半年之内，有人创造了从未有过的奇迹，无论是什么样子的奇迹，都是天降祥瑞。如此便是要大赦天下，而天恩如此，郭暧自然是可以释放的。

苏韵知道，这是皇帝和升平公主给她的暗示。

皇族也是需要台阶下的，虽然是依靠郭子仪的郭家军，可是就拉不下脸来委曲求全。

既然她从余杭赶来，非要在这搅浑的一池水里周旋，那么她一定要做好摆渡人才是。

第八十五章
大唐中兴一场传奇

苏韵回到余杭产下麟儿刚满三月，万石大船在官员的非议之中下水，这一天皇帝和升平公主从长安乘木兰舟到达余杭。

在钱塘江畔、长安镇旁，一艘楼船入水，此船可承装万石之多。

皇帝站在这大船的雀室，笑眯眯地问身边的苏韵："俞苏氏，这船该叫什么名字比较好？"

"请陛下赐名。"

"赐名？这船是你建造的，是我大唐建国以来最大的船只，堪称是造船史上的奇迹，这艘船是我大唐兴盛的标志，可谓是中兴代表，足以载入史册的时刻，你竟然不为自己征求一点留名史册的机会吗？"

"陛下，船是大唐的船，造船的人是大唐的国民，这是大唐的荣耀，而非我一人的荣耀，必然是您，这人中之皇来赐名。"

苏韵的话让皇帝的心舒服极了，他扶着栏杆，沉思片刻，笑道："你叫俞苏氏，又是苏家老大，不如叫作俞大娘号吧。"

俞大娘号？陛下是不是取名不佳？

苏韵错愕地看着皇帝，只听陛下爽朗一笑："史官，此船，朕赐名，俞大娘号。"

这一天俞大娘号被载入了史册，成为唐朝造船历史上的奇迹，更代表了唐朝中兴的开始。

苏韵望着那正常行驶的俞大娘号，泪水扑簌簌地落下，她经历过盛唐，经历过乱世，再次安定的社会让她觉得得来不易，这中兴的唐朝，更让她欣慰万分。

苏韵一直坚持着自己的梦想，坚持着以工匠精神去实现大唐复兴的梦想。

她很庆幸，在安史之乱的动荡之间，她周围的亲人都能够切身地体会到乱世不如太平，大国不容战乱，复兴不容危机，中华需要凝聚！

她这一生，生在中华，不悔此生，若有来生，再来中华。

因为这是每一个中国人的心，也是中国人的根，更是中国人的家国情怀。

她更知道，人之所以能够幸福，是因为有一个安定的国家。

国，能够中兴，是因为有一批为了这个国家担负起责任，知道唇亡齿寒的百姓与官吏。

大唐之所以可以实现复兴梦，是因为有一批竭尽毕生心力，不断创新和发现，让后来者传承中华工艺，传递中华文明，记住中华风骨的大国工匠。

在乾元重宝肆虐之前，她注重培养一批中华风骨的大国工匠，将他们安顿在了鄞州和余杭造船坊，让他们衣食无忧，让他们殚精竭虑，为大唐复兴而努力。

在扬州大旱之际，她更是与父亲老一辈的伙伴并肩作战，靠着一腔热血和漕帮之人的血性，以曹王李皋和郭暖将军的智谋，平复了那盘踞在江淮，影响京杭运河的水匪之乱。

即便是舆论汹汹，即便是一片不看好，在她的伙伴支持下，在国君的支持下，她顶住各方面的压力，将一艘前所未有的大船建造成功。

如果说木兰舟上可酿酒养猪，那么她的俞大娘号必然可以往来半年，承载金银以万计，婚丧嫁娶皆可在船上。

这俞大娘号是大唐的骄傲，更是大唐中兴的标志，她很荣幸成为这艘船的创造者。

这是历史的宿命，也是历史的使命，而她不负众望，不负华夏之名。

此时苏韵的鼻头有些酸涩，这一刻她的眼前飘过很多人，那些人有些名垂青史，有些遗臭万年，有些诗坛称霸，有些碌碌无为，可是她知道，那些人不只是她生命中的过客，更是见证这段历史的人。

他们其中有旷达的李太白，好酒好诗，在那华清池畔，醉酒写下的“云想衣裳花想容”成为绝唱，恍若昨日，言犹在耳。

其中有一辈子庸碌却开朗的历史诗人杜甫，在那乌篷船上，五十多岁的高龄，依旧是泼墨挥毫，写下“漫卷诗书喜欲狂”，也许他后世真的能够万世流芳。

还有那照拂一方水土的安禄山，他真心为范阳的百姓，是个好官，却也是个叛国的大恶人。也许这是大忠似奸、大奸似忠的典型吧。

安禄山在范阳还有长生碑，听说范阳百姓为了失去的安禄山，整个城池的人拒不投降，甚至将太守横尸街头……

不久之后皇帝派人镇压，屠了整座范阳城。

幽州范阳城的百姓是真心地喜欢安禄山的，可惜国贼就是国贼，对一方水土再好也是让大唐由兴盛转衰败的历史罪人。

还有那在济南府大明湖畔建造暗坊的史朝义，他是个敛财的高手，印象里一直都是阴沉沉的脸色，对谁都不大上心，唯独上心的也只有安庆绪一人。

可惜安庆绪杀死了安禄山之后，被安禄山的手下乱刀砍死，而史朝义像是轮回一般，步了后尘，也是弑父之后，死在乱刀之下。

史思明、史朝义、安禄山、安庆绪都是历史的罪人，可是她曾见过他们善良的一面。

身为余杭太守的曹王李皋，怕是也要载入历史之中，他帮她将明轮船开到了长安，成为战船，不知道列传本纪之中，可否有明轮船或车轮船三个字。毕竟这也是大唐的一件幸事。

还有郭暖这个莽撞的家伙，他的事迹一定会被写成话本子，成为那戏台子上的经典剧目，想必后世之人都会知道醉打金枝的郭暖郭将军了吧？

恍惚之间，她又想起了那寄情于山水之间的王维和他的侄子从坤，王维丞相后来听说是郁郁寡欢，终是病死。而从坤，那个总是想要凭借一己之力，颠倒乾坤，让所有人为他垫背的人，她也见过从坤曾经的戏谑和天真。

她经历了余杭张景超的战乱，经历了余杭的瘟疫爆发，也经历了否极泰来的抗战结束。

这一生，若是再选，她真的希望能够活在盛世，能够被时光温柔以待，能够安然地晒着太阳，慢慢地韶华逝去，含饴弄孙……

和平，需要每一个人的坚守，而她庆幸，这一世，如愿以偿。

也许这就是人生吧，生在了一个乱世，却在乱世之中找到了最该做的事情。

她无疑是幸运的，也无疑是幸福的，尽管这幸福得来不易。

俞默焕将手放在了苏韵的肩膀上："阿韵，你在想些什么？"

"我在想，我该是不悔的，不悔在这片京杭大运河上留下了自己的足迹，更庆幸能活上这么一遭，见证了这大唐荣耀的传奇。"

苏韵的话语逗笑了俞默焕。

"是吗？这俞大娘号怕是要载入史册了，你当真是不悔此生了……毕竟这世上有多少女子能够载入史册，万古流芳的？说起来，我这做相公的可是真的嫉妒你这好运气了。"

苏韵接过婢女递过来的孩子，诧异地抬起头看向俞默焕："话说这西域的船是不是已经约好了？我那妹子自从水匪之乱后，便找不到踪迹。你我还是好好地去寻寻，也许在大食、波斯、南诏、楼兰等地能够找到她。"

"嗯，我相信，我们的俞大娘号在京杭运河上航行，一定能够找到阿然，一定。"

大唐历史记载：大历、贞元间，有俞大娘航船最大，居者养生、送死、嫁娶悉在其间。开巷为圃，操驾之工数百，南至江西、北至淮南，岁一往来，其利甚大，此则不啻载万也。